题 记:

文不在华朴，而在乎真情。

写日记不是无聊的消遣，而是留下生命的痕迹。

—— 李砚明

作者简介

　　李砚明，1962年10月出生于山西太原。1976年12月入伍，在中国人民解放军北京卫戍区部队服役4年。1981年1月，复员后被分配到山西省晋中市榆次区人民检察院当法警，曾任助理检察员、检察员、控申科科长、公诉科科长、反贪局局长、院党组成员、院检委会委员。先后在晋中市人民检察院驻晋中市看守所检察室和晋中市人民检察院驻山西省女子监狱检察室等部门工作。在《检察日报》《法治日报》《犯罪与改造研究》《检察风云》等刊物发表纪实文学《在榆次的周月林》《山西检察"刀下留人"第一案》、法学论文《临场监督执行死刑相关问题探析》、调查报告《当前未成年人违法犯罪实证研究》（合作）、随笔《培根受贿：高明的哲学家，低级的犯罪者》《商马第案与幻象学说》《托尔斯泰心底的那抹亮色》等作品，计20余万字。

◀ 晋中市看守所

2021年12月30日，作者 ▶
与晋中市看守所所长张玉柱
（右三）、副所长王林森（右
一）、办公室主任李现国（右
四）在晋中市看守所前留影

◀ 2016年2月，作者
在山西省晋中市榆
次区人民检察院办
公楼前留影

▶ 2021 年 1 月 29 日，作者在工作单位

▲ 2012 年 1 月 25 日，作者在晋中市人民检察院驻晋中市看守所检察室

▲ 2018 年 5 月 30 日，作者在晋中市人民检察院驻山西省女子监狱检察室期间，在监区检察监管工作

▲ 2020 年 2 月 10 日，作者采访王安国

▲ 2021 年 6 月 2 日，作者采访李鲜鱼老人

◀ 1985年，全国民警统一换新警服。榆次市看守所的民警先着以后不再穿的上白下蓝警服合影留念，再穿上橄榄绿新式警服合影

▲ 榆次县中队干部战士在猫儿岭看守所前合影。前排右四为指导员杨玉锁，右六为中队长宋李仁，后排左三为一班战士高生国

武福洪老人的题字"李砚明同志为榆次政法界办了件好事

贺新书出版 壬寅年春月 乃谦

▲ 我国当代著名作家、诺贝尔文学奖评委马悦然称"他跟李锐、莫言、苏童一样，都是中国一流的作家""中国最有希望获得诺贝尔文学奖的作家之一"的曹乃谦为本书题贺词

检察院驻看守所检察室工作实录

一位检察官的
驻所日记

李砚明 著

告诉你这样的检察工作，这样的检察官

群众出版社
·北 京·

图书在版编目（CIP）数据

一位检察官的驻所日记/李砚明著. —— 北京：群众出版社，2022.10

ISBN 978-7-5014-6193-6

Ⅰ.①一… Ⅱ.①李… Ⅲ.①日记—作品集—中国—当代 Ⅳ.①Ⅰ267.5

中国版本图书馆CIP数据核字（2021）第267301号

一位检察官的驻所日记

李砚明　著

出版发行：群众出版社
地　　址：北京市丰台区方庄芳星园三区15号楼
邮政编码：100038
经　　销：新华书店
印　　刷：天津盛辉印刷有限公司

版　　次：2022年10月第1版
印　　次：2024年3月第2次
印　　张：21.5
开　　本：787毫米 × 1092毫米　1/16
字　　数：300千字

书　　号：ISBN 978-7-5014-6193-6
定　　价：65.00元

网　　址：www.qzcbs.com
电子邮箱：qzcbs@sohu.com

营销中心电话：010-83903991
读者服务部电话（门市）：010-83903257
警官读者俱乐部电话（网购、邮购）：010-83901775
教材分社电话：010-83903259

一位驻所检察官的工作、生活"原生态"记录
（代　序）

1978 年 3 月，检察机关恢复重建。1981 年 1 月，李砚明同志进入检察院，可谓与新时代检察事业同步走来，是检察队伍里的一名老兵。

检察机关维护社会公平正义，检察官乃"公共利益的代表"，是"法律守护人"。公诉，在法庭上指控犯罪，是检察机关的品牌窗口；反贪①，查办贪腐世人关注，可谓检察机关之铁拳。盖因工作性质之缘故，看守所向来封闭，从而使驻所检察也似乎少有人知。从作者的经历来看，他在这两个部门都工作过，后来又到驻所检察室，工作岗位是从"热"到"冷"，可作者同样付出极大之热情。基层干警工作琐碎，努力完成好日常工作，已熬去他们大量精力。而作者于工作中积极思考、勤于动笔，将驻所工作中的点点滴滴记录下来，又耗费时日整理之，这就更加难得。日记一般是"私记"，也即陆游在《老学庵笔记》中所写："黄鲁直（庭坚）有日记，为之家乘。"当然也有"工作记"。从该日记看，"私记""工作记"均有，作者是将那一段时间的工作、生活有详有略地记录了下来。读罢，余有所感。

其一，作者让我们看到了真正的"原生态"日记。凡为文，技巧

---

① 2016 年 12 月 25 日，第十二届全国人大常委会决定在北京市、山西省、浙江省开展国家监察体制改革试点工作。2018 年 3 月，随着国家监察体制改革试点工作的完成，《中华人民共和国宪法修正案》和《中华人民共和国监察法》的施行，检察院的反贪局转隶各级监察委员会，反贪局从此取消。

固然重要,但更可贵的是真,情真、人真、事真,而真往往出自"原生态"。日记就最"原生态"。从作者所记,从其大量的口语文字,可以看出,若非当时真实记录,绝不能如此生动,让人如见其人,如临其境,就像跟随作者亲临现场,也做了一次驻所工作一样。能将一般不为人所知的驻所工作,将高墙内的监管活动,如此"原生态"记录下来的,确实不多。这也是这本日记的特殊价值所在。

其二,作者提出的改进现行驻所检察工作机制的思考让人感佩。作者是一名基层检察官,可他能对顶层的工作设计进行独立思考。例如,对改进驻所工作提出了巡视检察与驻所检察相结合的见解;对最高人民检察院加强派出派驻检察机构建设,要求派驻机构的规格与监管单位对等、派驻机构负责人的级别与监管场所负责人相当,作者也进行了思考。他认为如此要求并没有抓住派出派驻检察工作的关键,进而大胆指出搞好派出派驻检察工作的关键在于工作机制而非机构规格和人员职级,这没有多年的工作磨炼和独立的理性思考是提不出来的。这样的思考,这样的勇气,对于做好工作有益,对于做学问也同样可贵。

其三,日记对看守所工作也是一个很好的宣传。它让人看到封闭的看守所并没有人们想象的那么冰冷;它让人看到看守所的民警们对工作是怎样的尽职尽责。这对消除人们因不了解而对看守所产生的误解,对增进人们特别是与犯罪人有这样那样联系的人们对看守所民警工作的理解,都是很有益的。日记让人们看到"高墙里边同样有阳光",看守所的民警同样文明执法、规范化管理,同样可亲可敬。这样日记也就似乎具有了一份消除社会矛盾的功效。

其四,日记还让人对检察官有了一种别样的了解。检察官的工作神圣,受人关注。日记向人们讲述了驻所检察工作,让人们知道了还有那样一种检察官。他们常年工作在看守所,维护监管秩序稳定,维护在押人员的合法权益,保障刑事诉讼活动顺利进行,默默无闻地奉献着。通过日记,人们还可以看到检察官的家庭生活,让人不禁感叹:噢,检察官的生活原来也这样普通呀。这就拉近了检察官与人们的距离,让人感到检察官是那么的可亲可近可信。这对检察干警做好自己的工作也是一种鞭策。

其五，该日记缓急相间的行文特点让人可读可阅。记工作于严谨的叙述，又穿插状物抒情于其间，恰似山涧的一股清泉流过，或森林里传来一阵鸟鸣，让人既能严肃地阅读，又可以轻松地翻阅。其行文的又一特点是意胜辞朴。杜牧云：文以意为主，以气为辅。又云，以意全胜者，辞愈朴而文愈高。日记无论是记事记人，还是写景状物，或者记叙议论，其内容，或短短的一二句十几字，或长达数千言，记述朴实，抒情表意，真真切切。阅读其文字总让人感到有一股气势在其中，恰似开闸泄洪，滔滔江水奔腾而出，滚滚向前，非一口气读下去不可。日记还使用了适当的俚语、俗语，形象生动，很容易让人记住所记的人和事。而且，小角度、大胸怀，就更大大提升了日记的价值。

其六，充实的内容让日记具有现实和历史的意义。作者采访当事人，查阅资料，实地探访，记述当地时代变化，梳理晋中市看守所的发展变迁，再加上作者的"非虚构写作"，就使得日记具有了史料性、纪实性和文学性的多重价值。

当然，日记也有不足。记事散漫而不集中，人物不突出、性格不鲜明，这样就使日记的整体效果扁平而不立体。这不能归咎于日记的纪实特点，日记不是不能文学，而且可以看出该日记并非拍照摄像，其中也添加了文学元素，其意是欲把日记写得丰满而充实。但作者的笔力还欠火候，词还有不达其意之处。所以读者千万不能按图索骥，因为日记的"真实"并非臆想的真实。

指出不足是希望作者进步。从作者对工作的热情，对写作的热爱，我相信他会写出更好的作品来。

当下之事最不好写。虽说出版是在十年之后，可我们还是能想见作者写作时的再三斟酌和艰难，现终于成书，值得庆贺。

是为序。

2021 年 8 月 31 日

CONTENTS

目录

楔　子

我国古代羁押犯人的场所多称为狱。《辞海》解释：狱，确也。拘系罪人之所。按狱亦谓之监，或谓之牢。狱豻词条：狱豻系囚之所也。乡亭之系曰豻，朝廷曰狱。[①]故后人一般将"狱"，通常解释为监狱。"即照狱字字义之解释，颜师古注之曰：狱之言埆也，取坚牢之意。又狱字从二犬，取守备之意。从言，言者，讼也。为防守因讼被拘者之地。拉丁文为Barcer，英文法文为Prison，德文为Yefangnin。皆由捕获或系留之意转变而来。足征监狱在古时，无论中外，不过为拘禁犯人使受痛苦之所。"[②]"中国古时的监狱，不是对已决罪犯执行刑罚的场所，而是对有罪未决或决而待执行的人犯暂时监禁的场所。"[③]

而看守所乃清末自日本引入。清末，清政府不仅派官员去日本研习法律制度，同时翻译出版日本的法律图书；对于羁押场所，也借鉴日本的设置模式。"清末'自光绪三十二年审判划归大理院，院设看守所，以羁犯罪之待讯者，各级审检亦然'，这是我国看守所制度的滥觞。"[④]

新中国成立以后，对看守所实行监督是检察机关的职权。1954年9月15日，第一届全国人民代表大会第一次会议通过了《中华人民共和国检察院组织法》，"第一次把对刑事判决执行的监督与监所监督

---

① 中华书局编辑部：《辞海》，中华书局1981年版，第1899页。

② 孙雄编著：《监狱学》，商务印书馆2011年版，第5~6页。

③ 《中国大百科全书》编辑部：《中国大百科全书·法学》，中国大百科全书出版社1984年版，第715页。

④ 柯邵忞等：《清史稿》第一百四十四·志一百十九·刑法三。转引自白俊华著：《看守所论——以刑事诉讼为视角》，中国政法大学出版社2015年版，第47~48页。

结合起来，扩大了检察机关监所检察的职权和内容。"①

1979 年 7 月 1 日，第五届全国人民代表大会第二次会议通过的《中华人民共和国人民检察院组织法》规定，人民检察院发现刑事判决、裁定的执行有违法情况时，应当通知执行机关予以纠正。人民检察院发现监狱、看守所、劳动改造机关的活动有违法情况时，应当通知主管机关予以纠正。最高人民检察院设置监所检察厅。2014 年年底，监所检察机构更名为刑事执行检察机构。② 历史的脚步永远向前。随着最高检"一场里程碑式的重塑性变革"，2018 年年底，最高人民检察院调整原刑事执行检察厅的职能，设立第五检察厅，仍然负责对看守所执法活动的监督。③

20 世纪 80 年代，有刑事看守学理论提出："我们所说的监所，是监狱和看守所的合称。在我国古代，叫作'囹''圄''囹圄'或'牢狱'。只是到了近代，为了区别这类机关的不同职能，才分成了监狱和看守所。"④

罪犯、警车、高墙、电网、铁门、铁窗、警察、武警等，这些元素让人容易想到现代监狱。其实，虽有相似之处，但二者还是有明显的不同。监狱是国家的刑罚执行机关。依照刑法、刑事诉讼法等有关法律的规定，被判处死刑缓期二年执行、无期徒刑、有期徒刑的罪犯，在监狱内执行刑罚，监狱也即执行自由刑的场所，而看守所则是羁押尚未判决的犯罪嫌疑人、被告人和被判处有期徒刑，在被交付执行刑罚前，剩余刑期在 3 个月以下的罪犯的场所。对一般人来说威严而陌生，对在押人员来说是煎熬是教训，对他们的亲属来说则是牵挂是担

---

① 刘志成：《人民检察制度的诞生与发展》，载《人民检察》2011 年第 20 期。

② 参见袁其国：《站在新的起点上再出发》，载《刑事执行检察工作指导》2015 年第 1 期，中国检察出版社 2015 年版，主编寄语。

③ 参见《最高人民检察院职能配置和内设机构设置》，载《检察日报》2019 年 1 月 4 日第 4 版；戴佳：《最高检第五检察厅负责 14 个罪名案件侦查》，载《检察日报》2019 年 1 月 4 日第 4 版。

④ 申占杰、杨友枢编著：《刑事看守学》（征求意见稿），成都市公安学校印发，1985 年 7 月 1 日，第 13 页。

忧。这恐怕就是看守所给人们的印象。

　　看守所对保证刑事诉讼顺利进行发挥着重要作用，然而人们对看守所一般知之不多。就是公检法部门，也是只有少部分人才会接触到它。对看守所执行刑罚和监管活动实施法律监督，是国家法律赋予检察机关的一项重要法律监督职能。2011 年 8 月至 2012 年 7 月，我有幸在晋中市人民检察院驻晋中市看守所检察室工作了一年。

　　你想了解看守所的真实情形吗？你想知道驻所检察官是怎样工作的吗？那好，就请跟随作者，从驻所检察的视角，走近看守所……

驻所日记

2011 年

8 月

8月2日　星期二　晴

从小城北文苑街往东，上了环城东路，再往北一段，这一带原属新付村，这条路就是从村子里开出来，穿村而过。公路两边多是村民们的房子、庄稼地。公路中间的大车小车，特别是拉货的重型卡车，每日川流不息。不过，在这轰隆隆的噪声中，还是有一块幽静之地。路东村口对面有一条简易的柏油路，往西进去一截，路北的一个所在，就是晋中市看守所。

在新付村的看守所原是山西省榆次区看守所，2005 年 4 月，随着公安体制改革上划到了市里，更名为晋中市看守所，驻所检察室也由榆次区检察院驻所变为协助晋中市检察院驻所。2002 年我在公诉科时，常上来提审。2004 年我到了反贪局就很少上来了。这次驻所，让我有一种熟悉的陌生感。

8 点多，科长送我到看守所。在车上，我心里有点不安。虽说对到这来工作已有思想准备，可真的就要面临新的工作了，我心里还是有些不安或激动。这么多年来，工作多次变动，每次我都会在心里产生一种激情，有一种努力把新的工作做好的冲动。而这次我将跟市院的同志一起工作，这是我以前没有过的。一路无话，十来分钟，我们到了看守所。

我们往楼上去，突然闻到一阵芳香。不禁向前张望，那是楼前的花园里正开得艳的花传过来的。其间红的、黄的、粉的小花，在浓浓的绿中摇曳，煞是好看。院子里和楼道上，有民警或医护人员匆匆而过，都向我们投来问询而友好的目光。上楼，跟主任见了面。主任是一个50来岁的老检察，对我来驻所表示欢迎，又跟我说了做好驻所工作的要求和注意事项。听了，我就又在心里提醒自己，在这工作可不能违反纪律。

主任通知了所长，他们上来了。市院监所处刘处长也专门过来。刘处向他们介绍我，干过反贪、公诉、控申、民行工作，熟悉检察业务，就是不熟悉监所工作。不过，他会很快熟悉起来。

以前在院里，虽也知道监所科的人驻所，可也就仅此而已。至于具体他们是怎么工作的，就不知道了。那时，我每天不是风风火火办案子，就是忙自己手头的工作，对监所科的印象就是几个50来岁的老同志，不是稳稳地坐在办公室整理报表、统计数据，就是骑上自行车慢慢地往看守所去。何曾想，如今我也像他们当年的那种情形了。

确定驻所后，我抓紧学习与驻所工作有关的法律法规，学习最高检的相关规定，熟悉驻所检察的职责和制度。从家里找出历年来的一二百本《人民检察》，阅读里边的文章，大量填补驻所知识，对驻所业务来了一个恶补，这也让我的思想洞开一个新天地，原不曾多注意的驻所工作，实际上别有一番意义呢。

韩所长50多岁，是一个老公安，红脸膛，高嗓门。听刘处这么介绍我，便痛快地、正合他心意似的说：

"那好。你给我们的人讲讲看守所民警违法犯罪的案例，失职的，通风报信的，讲讲有好处。希望多监督，多盯着点我们的人，像进监区，把手机留在外边，管上一个月，形成习惯就不用管了。只是不要在这办案子。"①

---

① 根据最高人民检察院《人民检察院看守所检察办法》（2008年2月22日），驻所检察室负责对看守所刑罚执行和监管活动中发生的职务犯罪案件进行侦查。2016年12月25日，全国人大常委会决定在北京市、山西省、浙江省开展国家监察体制改革试点。检察院的这项职能就转到监委了。根据最高人民检察院《关于人民检察院立案侦查司法工作人员相关职务犯罪案件若干问题的规定》（2018年11月1日），人民检察院在对诉讼活动实行法律监督中，发现司法工作人员涉嫌利用职权实施下列侵犯公民权利、损害司法公正的犯罪案件，可立案侦查：非法拘禁、非法搜查、刑讯逼供、暴力取证、虐待被监管人、滥用职权、玩忽职守、徇私枉法、民事、行政枉法裁判、执行判决、裁定失职、执行判决、裁定滥用职权、私放在押人员、失职致使在押人员脱逃、徇私舞弊减刑、假释、暂予监外执行。

韩所长开了一句玩笑，大家都笑了。

"所长说的对。咱们是一致的，不要出事。我们监督民警，不能越位。像有的地方，还参加看守所投劳，不对。抓好队伍，其他问题就不在话下。要防止有的民警经不住诱惑，有人找，给上一点好处，什么也敢干。外地暴露出来的问题，我们必须引起警惕，逢会必讲。"

刘处说话总是扣住问题的关键。

他们有四个副所长，今天上来三个。王所、麻所和吴所，还有办公室（外值班室）主任李警官。李警官提了平时工作中遇到的问题，说：

"一个县检察院不批捕决定，比如，8月1日吧，可公安却是2号来放人。理由是检察院下班以后才作出决定。他们取保，一时找不到保人。我们放不放呢？超了一天。"

"放。但这类问题要通知他们局领导，引起重视。搞案，各种情况都应该考虑到。" 刘处简洁肯定地说，又把道理讲清楚，语气中带着一种成熟女性特有的干脆。

李警官又提了一个他关心的问题：

"有的办案单位办案期限延长了，也不给手续。说他们快超期了，也不重视。半夜来送人还猛踢我们的大门。"

"人家就不把看守所当回事。" 麻所40多岁，用一种经历多、见怪不怪的口气说。吴所则看来是个胆汁质，接住他们的话说：

"我没有值班，我要是在班，谁踢大门我就把他关进号子里。"这自然是怪话。

王所默不作声，听着人们说笑，冲我点点头，笑了一下。

"你看，他们提出的问题很怪，其他部门遇不到。这些问题咱们也要注意。" 刘处对我说。

见了面，我跟刘处下来到市院去。这几天正在搞三年一次的规范化检察室等级申报工作，我去看看县院报上来的材料，把市看的该补的补充一下。刘处说，驻所工作的头绪比较多，平时做了工作要注意收集资料。说我来了，要注意这方面的工作。

我的办公室在三楼的检察官接待室。

不错，从今天开始我驻所了。

8月3日　星期三　晴

主任让上街定做一块告知在押人员权利义务的检务公开版面。从街上回来，碰到一个老所长，正好问问看守所的情况。老所长退休多年，可能是多年养成的习惯，说到工作，他还是稳稳的、很严谨的态度，一句一句地跟我说：

"里边的人什么样的都有。有的装疯卖傻，有的绝食，有的吵嘴打架，有的里外传条子。不好管。不过，给他们讲清道理，效果就又不一样。进来的人都想避重就轻，倒也可以理解，想早点出去。可这样往往适得其反，如实交代，办案单位才能尽快查清事实，诉讼程序才能走得快，早投劳早出来。给他们讲清了这个道理，他们在里边就安稳些。

"看守所的日常工作，像取保，出所看病，不用管。这些具体业务，让他们自己看着办，各办其事就好。看守所复杂，要说不出事，'三分靠努力，七分凭运气'不一定对。但意外、突发事件，不可控的因素始终存在。你先看看书，把看守所的工作程序搞清楚，把你们的职责搞清楚，你工作起来就不盲目了。工作中注意跟民警搞好关系，跟所长搞好关系，你就好开展工作了。那时，我欢迎检察院监督，给民警上法制课。讲讲，总会出事少些。可是监督的时间长了，就把检察和公安搞成一家了。可要是有了事就只能按制度来。在看守所想干出点成绩来不容易，平平稳稳的就好。

"给犯人讲课，也是你们的事。你们的几个老同志，给犯人讲课讲得好，犯人们爱听。有的犯人学了法，给自己量刑，很准。他们都是动脑筋的。在这工作必须多操心。还有，出入所体检，你们也监督。有的想出去，装病，可得注意。不过，有两个月你就清楚看守所的工作了。副所长王林森人不错，工作认真，业务也好。一个在押人员老尿血，痛得每天叫喊。用了好几种止血药，可一化验还是有血，大夫也很疑惑。再化验留尿时，林森突然跟进去，发现他用一根细铁丝，扎破指头，把血滴进尿里。这才破解了这个谜，要不，我们都考虑建议办案单位取保了。有时间了，可以跟林森聊聊。"

原想看守所的工作就不简单。感谢老所长介绍情况。

8月4日　星期四

王所昨天的班。早饭时他跟卫生所的马大夫才从女监区出来。马大夫方正脸，年轻，穿一件白大褂，一边走一边很有力地跟王所说着什么。一名职务犯的心脏不好，犯病了。一大早他们就进去了解情况。

8月5日　星期五　晴

今天狱情分析会上，卫生所的副所长张剑锋大夫说话不紧不慢，稳稳地介绍里边病犯的情况，其中比较严重的是一个吞了铁丝又不配合治疗的。这两天，喊肚子痛，得赶快联系医院，住院检查。

会后，我跟他聊了一会他们的工作。剑锋，45岁，山西中医学院毕业。2008年从铁路医院调到市公安局筹建监管卫生所。说起他们的工作自然是清清楚楚：

"监管卫生所现共有9个人，1个所长、4个大夫、3个护士、1个公岗，负责看守所、强制隔离戒毒所、拘留所的入所体检、日常诊疗、护理，负责市直监管场所的卫生防疫等工作。当然，主要是看守所，巡诊上午下午各一次。对老弱病残重点监控。入所办案单位要向卫生所提供被关押人的身体健康状况检验单。① 育龄妇女要询问是否怀孕。大夫或护士填写《入所健康体检表》一式两份，卫生所一份，建新入所人员的病历档案，交办案单位一份。

"我们根据实际情况增加了腹部透视。关进来的盗抢人员，可以说90%以上吸毒。他们有一个共同点，为了逃避打击，在外边就吞食了各种异物。作案前他就想，去偷去抢，被抓住了怎么办？按规定应取出异物再行关押。可他不配合手术，逃避打击。怎么办？我们必须冒风险把他收进来。收进来最大的隐患是消化道穿孔，腹腔感染，严重的危及生命。可吸毒人员，人格扭曲，心理变态，根本不考虑这些。"

张大夫像那些尽职尽责的人一样，向他人介绍自己的工作，总要说得清清楚楚，好让人多了解一些他们鲜为人知的工作。从里院出来，

---

① 2010年5月10日，公安部《关于规范和加强看守所管理 确保在押人员身体健康的通知》规定，看守所在押人员入所健康检查项目包括血压、血常规、心电图、B超、胸片等，问诊项目为目前身体状况、以往病史、药物过敏史、家族病史等。

他边走边跟我继续说：

　　"一次，一个20岁的，很直接地说，他吃了东西。什么东西？不说。反正是吃了两个东西，你们看着办。拿片子一看，果然，一个是铁丝，一个是体温计。看得清清楚楚。铁丝，一般能排出。而体温计，整个一根就吞进去了。体温计的头部有水银，万一断了，水银中毒，会对人体造成危害。这才说呀，他连水银头也吃进去了。什么危险他说什么，以为说的越危险就越不敢关他了。咱不能被他唬住，跟他斗智斗勇。经腹部X光片检查，发现他吞的体温计跟正常的不太一样。我想了一个办法，拿一根正常的，和片子上他肚子里的作了一个对比，发现他肚子里的体温计短。原来，他还是把体温计的水银头掰掉了，这危险性就小多了。咱心里就有数了。增加腹部透视，就是为了筛查吞食异物的人群。

　　"吸毒人员进来后，隔绝了毒源，再加上我们对症治疗，他们的身体很快就恢复了。住上几个月，恢复得就相当好了。可他们90%以上的复吸。长期吸毒，身体疾病或多或少都存在。对他们的身体不适，就得综合考虑。

　　"上个月，一个监室的在押人员正坐在小板凳上闲聊。一名吸毒人员突然一头栽到地上。那天王所带班，有人怀疑是装。因为涉毒人员比较狡诈，装病出所就医时有发生。王所通过询问、观察，发现他身体虚弱，不像。立即通知了我们。我带着护士程伟凤，拿上医疗器械很快进来。一看：吸毒人员平躺在地上，一动不动，脸色苍白，嘴唇几乎没有血色。这是严重的贫血症状。通过简单问诊和检查，初步判断是消化道出血。我立即下医嘱给予输液和口服药物治疗。同时看守所请示局领导，送省城医院抢救。第二天，手术顺利，切除了2/3的胃。发现上边有药瓶盖盖那么大的一块溃疡面。

　　"我们总结，他为什么会突发这么严重的病？11天前才进来，入所体检血常规正常，没有症状。后来问他，才知道，前几天他大便很黑，原来胃出血了，没有说。在外边，为什么没有症状？像胃痛、腹部难受等。那是因为吸毒，哪里疼，一吸就麻醉了，人就兴奋了，就掩盖了身体上的病症。进来，脱离了毒品，控制住了毒瘾，身体上的病症似乎突然一下就出来了，像胃溃疡、癌变，还有心脑血管疾病，都可能出现这种掩盖现象。这可算是一个经验。对吸毒人员身体不适，不能只考虑毒瘾发作的原因，还得考虑身体病症，这样才能避免他们的身体疾病'突然'降临。

"在押人员违法犯罪，可病了他们就又是病人。我们是将他们视为一般病人来看待，尽到我们的职责。

"一天晚上，一阵急促的报警铃将值班大夫叫醒：一名在押人员的腹部突然剧烈疼痛。值班大夫立即进行处置，可是腹痛不见缓解，连夜送到市医院。诊断为急性肠梗阻。第二天一上班，我赶到医院，跟普外科主任交换意见，从复查拍的片子看，保守治疗恐怕不行，病情加重了，需要手术。立即通知了急诊手术。术前检查准备，下午6点就完成了，可一直等到晚上9点多钟才做。其中有一个插曲：通知了他女儿，18岁，让她签字。她说，家里有大人，告诉一下她叔叔、姑姑。可按规定只通知直系亲属。好不容易做通工作，签了字马上手术。刚进手术室，估计是他女儿告诉她叔叔了。一会来了十几个人，在手术室外大叫大喊：为什么不通知家属？下不了手术台咋办？你们负全责。还骂骂咧咧的，很难听。我们顶住家属的辱骂和威胁，支持医院手术。手术一直做到12点多，手术大夫出来手里拿着一根一米多长坏死的肠子。他的家人看了这个，一下就悄悄的，不吭气了。反过来，态度马上就变了，说感谢的话。"

哦，我们的医护人员救护他们，也教育着他们的家属。

8月8日 星期一 晴

吃了午饭，搭卫生所的车下来。段建俊大夫年龄跟我差不多，性情直爽，热情好说。把我送到机关门口，一路上，跟我说他们的工作：

"卫生所看病，其实也就是头疼脑热，打针输液。有了急性的重病，赶快报告，不要给耽误了。有心理问题的做心理疏导。有的进来了害怕，恐惧里边的人；有的在里边受了气，装病，想出去；有的在里边待的时间长了，憋得想出去透透气。配合民警管理，去给输点液，听一听，检查一下，让他感到关怀和温暖，再管理他就容易了。有的'几进宫'，玩赖，说心痛。问他怎么个痛法，就给你七凑八凑呀，自相矛盾，说的就不是心脏病的症状，就知道是装了。有的昏迷状态了，潜意识里还知道你说什么。知道了这些情况，民警管理就有了针对性。可真要是有大病重病的，也收不进来。该卡的就得卡住，一年总有 10 来个给挡在外边，要不将来投劳也是问题，因病投不出去。投劳时，我们和民警都很发愁。①

"如果把看守所归到监狱系统，由他们统一管理就好了。没有判的，在看守所，判了的，送监狱。有病的，什么能投劳，什么不能投劳，他们自己定，就不会存在这些问题了。"

看守所归到监狱系统，还可以统一投劳携带的衣物，防止检查不严，投劳人员将违禁物品带入监狱等问题。

8月9日　星期二　晴

上午在卫生所了解入所体检情况。

倪大夫也是一个说话慢悠悠、文文的人。有两个办案单位往里边送人。一个抢劫的，宁夏人，41岁，穿着西装，目光呆滞。倪大夫坐在一个小桌前，问对面的被关押人，同时填一张表：姓名、籍贯、出生年月日。有公安提供的常住人口基本信息采集资料，倪大夫问一句，看一下，再抄上去。身高？一米六二；体重？60公斤。"吸什么？"是否有吸毒史是必问项目。进来的大多数都吸毒，或许倪大夫已从他灰白的脸色看出来，就直接问。"海洛因。"送押的民警回了一句。"哪种的？"倪大夫又问了一句。没有人回答。"土制的吧？"戴着手铐的人没有吭气。倪大夫就像是告诉我，又似自言自语："他们一般都是自己土制的。"说着就填进表里。护士忙完了她的工作，从里间出来帮倪大夫填表。倪大夫放下笔，拿起挂在胸前的听诊器摁在嫌疑人的胸前，问他家里什么人有肝炎、心脏病、精神病没有，他本人得过这些病没有，是否药物过敏。回答，没有或不。倪大夫问诊就像询问一般病人。如果不是"病人"身旁站着警察，卫生所墙上贴着特定的出入所健康检查流程，人们或许还以为这是在医院的医生办公室，

---

① 2012年10月26日修正的监狱法第17条规定，罪犯收监后，监狱应当对其进行身体检查。经检查，对于具有暂予监外执行情形的，监狱可以提出书面意见，报省级以上监狱管理机关批准。这一定程度上解决了看守所投劳难的问题。

以为另一张桌子上的小挂板上标着的各个监区病犯的姓名、病情症状是各个病房病人的。倪大夫又看民警带来的胸片。在桌前看了，又转过身来对着门窗看。卫生所没有拍片设备，办案单位到指定的医院拍了胸片，带片子过来办入所手续。显然，倪大夫是发现了什么。这会，他与一般大夫不同了。他侧了一下身子，话语声更低了些，问民警："拍片的时候，上身全脱光了吗？"民警肯定地说："脱光了。"倪大夫放下片子，在护士填好的表里签了名，被关押的人也在两张表上签了名。警察带上他们的人，往 AB 门去了。

"有一个小异物，问题不大，估计能排出来。" 倪大夫用一种对自己的工作很有经验的人的口气对我说。

以前医院拍片，按一般病人对待他们，穿着背心或衬衫就拍了。后来发现，胸腔里横着一个长铁钉，还找不到出血点。弄得医生没办法了，看不懂。怎么能出现这种情况？有了异物，铁钉，一般都是竖着的，也能看到出血点。后来发现，这些人，在后背或前胸用胶布粘了铁钉，给横着粘了。以后拍片，就要求这些人脱光了上身再拍。

第二个入所的也很快体检完，送进去了。

8 月 10 日　星期三　晴天，热天

中午吃饭时，所长又说给他们的人讲讲民警违法犯罪的案例。我说，行，我就有这方面的案例。

那是 2003 年，我在公诉科时，受理的一起指定管辖案件。邻县看守所的一个民警被人买通，给一个异地关押的在押人员通风报信，被耳目发现报告了所长，才阻止了一起帮助毁灭、伪造证据犯罪行为。

身边的教训最教育人。这个案子当初通报过，老民警应该还记得。我可以把办这个案子的体会跟大家说说。不要心存侥幸，不要做得不偿失的事。

"好。下次开例会，你就给他们讲这个案例。" 所长说。

8 月 11 日　星期四　晴天又雨

上午，坐在桌前看会书，抬头是蓝天白云。院子里静静的，远处传来一阵轰隆隆的声音，之后又静静的了。

有人打电话，说有朋友在里边，让招呼一下。看，工作还没有开

始，招呼就来了。一些人总是认为，不论你干什么，不论你当什么，只有为人办事，只有为人办规定之外的事，使他得到额外的照顾，得到规定之外的好处，你这个官，或你在这个位置上才有意思。否则你就没有意思，谁也不会说你好，谁也不会买你的账。你就没有基础，没有利益，你就弱不禁风。遇到一点风波，有一点风吹草动，你就会栽倒爬不起来。所以人们就极力用自己的权力，利用自己的位置，尽可能地给人办事，打基础，努力发展自己，直到有一天"悔不当初"。所以看守所的门就总是敞开着。

8月12日　星期五　热

今天，女职务犯的心脏病又发作了。我问值班大夫怎么回事。我刚来，不了解情况，遇事多问多了解尽快熟悉工作。

马大夫说："怎么回事了？耍赖了。入所体检，什么都正常。可进来就说，心脏不舒服，心慌。早晨四五点钟，突然报警说心脏难受。可一检查，心电图、血压都正常。告诉她，没有她说的病症。可过了两天，又是早晨四五点钟报警。我们又马上进去，问怎么了，又说心脏难受。一检查，又正常。很有规律，就是在早晨四五点钟的时候报警，说难受。我们值班大夫马上进去检查，血压、心电图又一切正常，而且一次比一次正常。"

是这样。

8月15日　星期一　晴，热天

法院的一个退了的副院长，头发花白，梳理得整整齐齐，说话绵绵的，现在律师事务所当律师，上午他上来会见。出来，在院子里跟我说起他们民庭的一个姓马的老书记员，后来当民庭庭长，办案细心。

"一对山区的夫妻来离婚。女的口齿伶俐，男的沉闷不语。女的要求离婚，男方土房，家贫，没钱。男的不同意，当初经媒人说合，彩礼一分不少。可男终说不过女，只好同意了。女的要什么，男的都同意。一般的审判员会认为这个案子很好办，判离就行了。可这位庭长觉得不对，前后反差太大。让女的先走了，留下男的，认真听男方的心里话。一开始不肯说，这位庭长慢慢地安慰他，有什么话就说出来。劝着劝着，男的'哇'的一声大哭起来。他们那里很穷，花几千块钱娶个老婆不容易，离了，钱也没了。说着一下从身上拿出一把刀来，说若不能挽回婚姻，准备一离婚就砍死女方。好险！问题出来了，就好找解决的办法了。第二天，又做女方的工作，让女方退回部分彩礼，判离了这个案子。很多年过去了。法院的人还记得这个庭长，记得她办的这个案子。"

这个故事听得我也很钦佩。认真体察当事人的心理，用心感受正常下面的复杂，对于当好一个检察官也是非常之宝贵的。

8月16日　星期二

中午吃饭时，王所和值班大夫来晚了。他们去做心脏病定期发作的女职务犯的工作。

王所说，你看她静静地坐在通铺边，一条腿稍稍交叉一下，搭在另一条腿上。两手捂在胸前，低着头，长出一口气，嘴里轻轻地"哎呀"一声。一副让人同情的样子。她就是一个装。以前还是一个单位的领导，可进来怎么不明智了呢？说她为党工作也20多年了，曾受到过省市的表彰。人生在世，不可能不犯错。世无完人。为党工作的时候，组织上曾关心、爱护、支持过她。如今在她有过的时候，请组织上再拉她一把。让她早点出去。说在里边，看她们，偷盗的偷盗，抢人的抢人。把她和她们关在一起实在受不了。

过去有功劳，现在想出去。可过去是过去，现在是现在。她贪污受贿，她们盗抢骗，都是涉嫌犯罪，没有高低之分。拿她过去的身份，高她们一等，在这里行不通。想出去的唯一办法就是配合办案单位，把问题弄清楚，争取从宽处理。这对她们都一样。这些道理其实她都懂。刚进来不适应，但该批评教育的还得批评教育。要不她们的思想改不过来。

8月17日　星期三　早上雨，白天阴

每天进监区，我好拿个本本，把看到的、听到的，凡是不懂的问题，我就记下来，回办公室查依据，一条一条对照，或向民警请教，争取弄懂。在这工作，说外行话可不行。民警老武不习惯我记他们说的话，直愣愣地看着我说：

"你还要把我们说的每一句话都记下来了？"

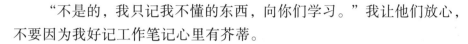

"不是的，我只记我不懂的东西，向你们学习。"我让他们放心，不要因为我好记工作笔记心里有芥蒂。

8月18日　星期四

吃了午饭吴所捎我下来，在车上说：

"在看守所干了十几年，不能说热爱这项工作，也早没有了新鲜感，干工作只是凭责任心。"

这也是一个态度。一项工作一下干上十几年，有的是一干二十几年，长时间干一项工作，确实让人厌烦，让人麻木，让人疲倦。更何况在这里，工作环境封闭，接触的都是负面人员。但他们这种把一项工作做到底的执着正是我应该学习的。

8月19日　星期五

看守所的大门外，常可以看到有家属绕来绕去。明明知道见不上，可就是在大门外晃，看着很可怜。进了看守所，真正纠结的是他们的家人。里边住的都是些什么人？他们对看守所的工作又不了解，所以就担心自己的亲人在里边能不能吃饱，会不会被打骂，有睡觉的地方没有。我理解他们的心情，对他们的理解也让我努力做好自己的工作。

8月22日　星期一　晴天

中午，坐所长的车下来。所长说：

"昨天夜里有一个发高烧的，吞了铁丝，肚子痛，就是会上张大夫说的吞了铁丝的。好不容易送到了太原109医院（新康监狱），烧退了，可不配合手术，只好又拉回来。不好干，不想干了。年纪大了，应该让年轻人干。"

他大我两岁就说年龄大了。我问他当所长几年了，他说两年。

"你才干两年，我认识一个所长，人家干了10年。你可得好好干呢。"我说。

跟人交流要多给人鼓励，鼓励人其实也是鼓励自己。说泄气话不好。可也警示我，老即将来临，要珍惜工作的时光。

8月23日　星期二　晴天

上午，在内值班室（监控室）。北墙是一块一块的监控显示器，显示屏不断切换着看守所各个部位的现时情况。民警李一丰，35岁，警校毕业，2003年11月在晋中市拘留所，2005年4月调到看守所。曾在"大监区"（未判决的一般监区）和"劳动号"（留所服刑监区），现又在内值班室。

一丰有一双好看的大眼睛，说话似乎有些腼腆，使他显得很温和。问他工作，他便一边扫视着"电视墙"，一边一句一句地给我介绍内值班岗的两个职责：

"一个是全所的总监控巡视，一个是全所的提审、释放手续的办理和每日工作日志的输录。看守所的总体安全，是看守所各方面工作共同完成的。从监控来说，通过日常监控和巡视，督促民警在岗尽职，监视在押人员是否遵守监规。具体说就是，对在押人员的总数变化、监室人员变化，对在押人员放风、午休和夜间铺位、站班情况进行监控，对重点风险人员重点监控，观察监室硬件设施是否安全完好，通过对这些现时情况的动态监控巡视，保障全所安全；配合带班所领导、监区民警、医护人员处置突发事件。看守所可谓'公安的一个后院'，工作底线就是保证安全。不出事，不关注你。'后院'嘛，呵呵。"说到这，一丰放松了一下接着说："一旦有事，就会成为社会关注的焦点。一起安全事故就可能毁掉多年来全体民警、其他工作人员乃至几百、上千名在押人员共同努力保持的荣誉和成绩。因此，工作每每让人感到如履薄冰。但只要按照看守所条例、监管工作要求去做，杜绝侥幸、熟视无睹、见怪不怪等麻痹大意心理，就能最大限度地预防事故。就是遇到突发事故，也能及时处置。"

一丰工作认真，怪不得所长在会上表扬他。

8月24日　星期三　灰蒙蒙的晴

早上坐接送车上来。民警老武见我在车上，似乎有些不解，看着我，直愣愣地说，你还每天上来？你不必每天上来。内值班室的一个老民警也颇有经验地说，一个星期上来转一圈就行了。他们恐怕是以为我来报个到，就三天打鱼，两天晒网了。

这段时间我的工作是检察提讯室，了解看守所内外值班室关押、出所、提审、会见等工作流程和卫生所收押犯人体检程序。

8月25日　星期四　晴

女监区的一名在押人员吞了铁丝，前一段时间男监区也发生过（他们的生产是做一种绢纸花，要用细铁丝）。上午，主任让写一份检察建议。建议看守所严查违禁品，防止违禁品带入监室；严格管理生产材料，防止在押人员私藏，发生危险；按照省厅规定，根据在押人员的体能、技能合理安排生产，防止连续加班，超时劳动，使他们产生思想压力，发生意外，影响监区安全。

下午，我把检察建议送回市院去。刘处问，吞铁丝是怎么回事？我说："女犯考虑自己的案情重，又怕完不成生产任务，心里有压力。"其实，我并不了解具体情况，是上午写"建议"才听说的。说了这话，我就觉得不合适。不知为不知就行了，却勉强解释，讨厌。

"这个问题是看守所有人向处里反映，你们驻所却没有发现。里边的问题表面上看不出来。发现问题得有一些方法，像谈话，刚入所的，快出所的，都要谈。检察出入所手续。查看民警值班监控录像。每天进监区巡查。在偶然中，能发现一些问题。"

刘处批评我工作不够主动，方法也不对。我觉得也是。做过许多检察工作，现在我还应该学会做驻所工作。

8月26日　星期五　早上阴，白天晴

今天请了一天假，女儿开学我们送她到太原车站。女儿开学走了，我不用每天早上"大师，起床喽"地叫她了，可我们又得孤独几个月想女儿。好在，我们已经习惯了。女儿自立自强，让人高兴。

我又感到，驻所是一种孤独的工作。现在我就有一种脱离大部队的孤独感。

8月29日　星期一　晴

上来先打扫办公室，在门口站一会。一个民警从楼道走过，跟我礼貌一声："拖地呢。"我跟人家点下头，笑一下。然后回办公室，看《人民检察院看守所检察办法》，看驻所检察的有关规定。静静的，一阵电话铃响，接起来，却是打错的。

上午，到提讯室转一圈。在2号提讯室外，有两个妇女趴在窗户上努力往里看。过去问时，是一个县法院的在开庭，一起交通肇事案。

各县看守所不设女监室，女在押人员都关在市看。有的就过来开庭，省事。根据最高人民法院《中华人民共和国人民法院法庭规则（试行）》第5条规定，公开审判的案件，允许公民旁听。

8月31日　星期三　早上雨，下午晴

早上7点半出来在二中门口等车。等了15分钟，车过来了。上午进监区。中午坐在沙发上看看文件报纸。下午翻看办公桌上的一摞判决书和《诉讼环节时间通报表》。5点下来。

驻所第一个月，基本就是这样。

9 月

9月1日　星期四　晴，有风

王所比我小一岁，中等个子，啥时都是把警服穿得整整齐齐的，很有警察的一股精气神。王所好笑，他人瘦，一笑，那张开的脸上就像开了花，先"嘿嘿"一声，才跟你说话，说出话来，你会感到特别踏实。可说到工作，他还是一板一眼的。

上午，他在监区值班室正跟新来的民警小何谈工作："男犯在一起，最忌讳打架。以前，一次放风排队，后面的一个碰了一下他前面的，他前面的又撞到前面的一个。前面的就问后面的为什么撞他。说，后面的碰他来，没站稳。结果两人就打起来了。里边的养成教育一定要从细微处做起，不能让他们以'打'来自己解决。有问题可以报告，由民警调查解决。

"找他们谈话要做好记录，对他们好的不好的表现、性格特征都要记录在案。过一段时间翻回去看，进行比较，看他们的变化，是好了还是有问题了。这样你的教育管理才有针对性。"

小何长着一副娃娃脸，用他纯真的眼睛看着王所，一身崭新的警服更显得他就是个新兵。他一边听王所讲，一边不时地用他那还没有完全转变过来的嗓音，细声地答着"是"，认真地点头。

9月2日　星期五

看守所进来几名新民警。今天的狱情会，所长请回来几位退了休的老民警，请他们介绍监管经验。

9月6日　星期二

今天在一监区。敲门。里边"哗啦"一声，门开了，"跑号的"① 站在一边。值班室里，王所和小何正跟一名在押人员谈话。

在押人员背对着门，坐在一个高塑料凳上，感觉有人进来，他就立即站起转过身来。他上身穿一件黑色秋衣，外罩着橘色囚服，两手合在一起，中间冒出一缕青烟。让他拿出来抽。他两手合在一起抬起来，抽了一口。

吴有奇34岁，一米七出头的个头，初中毕业后就到处打工。常年的体力劳动使他长就一副壮实的身体。今年过年，他约了同犯抢劫。他们的动机明确，也很简单，就是要钱。他们瞄准一个搞工程的老板。他们事先说好，给了钱就走。没想到，那天有一个女人在，吓得惊叫起来，结果他们把二人都给杀了，一审死刑。

王所问他有什么想法，他那白茬茬的脸上马上掠过一阵粉红，喃喃地说："没有希望了。"话音不高，情绪倒还平静。可是他那黑少白多的眼睛，看我们一眼，不由地来回飞速一转，马上垂下去了。

"后悔吗？没给钱，就把人杀了。有点思想准备吧，谁让咱做下这事来。"

"没有希望了。"吴有奇没有反应，低着头，又喃喃了一句。

"那就上诉吧，可你的问题不轻。"王所的一句话说了两个方面。

吴默默地没有吭气。

"穿的有吗？吃得怎样？"王所又问他。

吴有奇用铐在一起的两手扒拉了一下未全扣住的橘色囚服，里边露出一身新内衣，声音低低地说：

"有。所里刚给发了一身单秋衣。吃的也可以。"

吴有母亲和一个姐姐。没有结婚，有一个女友。出事后，女友也给他送来内衣。

"生活上有什么困难，你就跟民警说。"

吴点了一下头，王所让他回监室去了。

---

① 作者给他一个全称"跑号房的"，即在各号房间跑来跑去协助民警做些具体工作的在押人员。

"跟他谈话主要是从思想上尽早让他有一个准备。一审宣判后,鼓励他上诉,但要跟他说二审恐怕也改判不了。死刑复核也是。一步一步地引导他,让他接受现实。其他罪犯,住上几年没事了,他却面临死亡。他们的思想压力大,身心都将经历很大的折磨和打击。可得操心。"

王所说着他管理死刑犯的经验,小何就一直看着王所,用心听。今天小何的班,王所专门进来带带他。

"他会伤害同监室的人吗?"小何似乎有些担心地问。

王所沉稳地说:"死刑犯求生的欲望非常强。他就是知道自己会被判死刑,也会抱着活一天算一天的想法去活命。在号房里再犯罪,一个案子的程序走下来,又得好长时间。不过,看管他的在押人员不要激怒他,一般不会。要不,他杀一个是死,杀两个也是死。所以,管理他们特别需要把握好一个度。

"和他谈话的时候,你要注意他的眼神。死刑犯心狠。他会装,说话声音也不高,不吵不闹。可他的眼神装不了,那是不由得从他的心底流露出来的。他低着头,抬头的时候,那眼睛往上一翻,露出的不是平常人的平和的目光。说他,你就不能待人和善一些。他会自知地一笑,眼睛还忽眨一下。对这样的,就得多注意,多观察,多了解。"

尽管如此,吴有奇那淡漠的表情,还是让我有所思考。刑罚的惩罚功能必然使犯罪人产生生理上和精神上的痛苦,但其目的也是为了改造罪犯,使犯罪人再社会化。可这也是以犯罪人的真诚悔罪为前提的。而他,在法庭上,把主要责任推给同犯,心存侥幸;一审宣判后,考虑的就是自己的"希望",看不出他对杀害二人有丝毫忏悔。如此说来,吴上诉果真会发生奇迹吗?

死刑犯经历的诉讼时间长。我想,干公安,要到派出所,才能真正体验公安工作;在检察院,要干公诉,才能真正理解检察工作;在法院,要在法庭,才能真正感悟审判工作。如果要了解刑事诉讼的全部程序,看守所有其独特的地方。从刑拘、逮捕到移送起诉,再到一审、二审、再审、重审、死刑复核,乃至期间的改变管辖、最后的执行,看守所都要经历。干好看守所的监管工作,对整个刑事诉讼程序就都了解了。

可他们有的人调侃："看守所就像一个临时物品寄存处，人家（办案单位）把东西（在押人员）存在我们这里，我们给人家看管好，到时能让人家把东西领走就行了。"有的直接说，看守所就是"一看，二守，三送走"。有的还比喻："看守所就像一列火车，人家（在押人员）买了票（拘留证、逮捕证）上了车（进了看守所），我们就是列车员，给人家找一个车厢（监区），安排个座位（铺位），把人安顿好。到站了（交付执行或释放）我们把人家送下车。"

语言是思想的载体。有什么样的思想就会有什么样的语言。这些调侃，第一句将在押人员比作物，在尊重和保障人权即将写入刑诉法的今天，无疑是对在押人员合法权益的忽视。如此调侃，何谈尊重和保障在押人员的合法权益。第二句的意思就是，涉嫌犯罪的人关进看守所后，要看住了，别跑了死了，到时将其交付执行或释放就行了。将看守所对在押人员的法制教育，维护其合法权益等职能剥离得只剩下了被动的关押和送出。这种观念肯定是不全面的。第三句，有了依法羁押、注意提醒办案单位不要超期，保证监管秩序稳定的意思，但"一切比喻都是跛脚的"。看守所工作重要，民警责任重大，要做好看守所的工作，必须转变只讲权力而忽视权利、重管理轻保障的落后意识，必须按照有关法律法规、条例制度，扎扎实实做好每一项工作。

9月7日　星期三　晴天

上半年，一个县看守所发生了一起在押人员死亡事故，全省看守所进行整顿，省检察院、省公安厅又开了推进会。今天，省厅监管总队、省院监所处、市局监管支队、市院监所处"回头看"联合检查组到看守所检查工作。看守所、拘留所、戒毒所的民警全部着装，卫生所的医护人员穿着白大褂列队等候。

9点多，几辆警车开进了看守所。车停住后，几辆车上的人陆续下来。带班所长向这边喊了"立正"，转身，跑步上前，敬礼：

"报告政委同志：看守所、拘留所、戒毒所民警57名，监管卫生所医护人员9名，列队完毕，请指示。"好一口流利的报告词。

"解散。"对面一声，人们各自散去，正常工作。

检查组检查了看守所、卫生所。省厅的在内值班室查看前几天的监控录像。问值班人员，晚上他们（在押人员）自评有记录没有？回答没有，但看了新闻有讨论。省厅的人说，不是笔记本不让进监室，让的。有记录，从他们每天的记录里也能发现一些问题，不能光是口头向民警汇报。

检查组的人分头到食堂、监区、民警值班室、放风场检查一圈，然后回到里边的会议室。韩所长汇报工作后说，队伍建设没问题，民警们工作辛辛苦苦，而上级对看守所的评奖立功重视不够。一评奖，就是其他警察，而没有看守所民警。

省厅检查组的领导提出："看完新闻联播他们（在押人员）讨论应有记录，要不里边谁跟谁吵架了，咱们不掌握；食堂卫生要再干净一些，不能发生食物中毒。"省院监所处的领导提出："卫生所有过期药，应下架；有的在押人员一次买的东西太多。"麻所解释，一个月卖一次，他们就买得多。以后改为一个星期卖一次，多卖几次。

提出的都是小问题，但细节决定成败。细小的问题有可能酿出大事故。

省厅领导总结说，民警们的精神面貌不错，说明工作付出了。同时提到昔阳县看工作搞得不错（昔阳县看，是全国一级看守所），你们是大所，应该搞得更好，你们可以互相借鉴。

9月9日　星期五

下午，坐法院一个年轻法官的车来的。他来送执行文书。过了上诉和抗诉期判决生效的第二天，法院要给看守所送判决书、执行通知书和结案登记表，看守所收到这些文书后要在一个月内将罪犯送监狱。我问他上诉的多吗？他说，去年他们庭140多件案子，上诉和抗诉的也就20来件。请律师的呢？他说也就三成。

9月12日　星期一

中午吃饭时碰见女监区长安艳琰，问她：

"今天中秋，吃了月饼还有什么活动？"

"封号前，让她们到放风场赏月，双手合掌，朝天许愿，认罪服法，早点出去，与家人团圆。"这个安排不错。女监区长又说：

"正好，问一个问题。一个女犯原来就想离婚。男的酒性不好，常打她。现在留所服刑，想在里边就离了婚。问能不能办。"

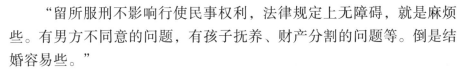

"留所服刑不影响行使民事权利，法律规定上无障碍，就是麻烦些。有男方不同意的问题，有孩子抚养、财产分割的问题等。倒是结婚容易些。"

"人家老提，好像是咱不给人家问，星期五上会研究吧。怎么办领导定吧。"女监区长想尽办法似的说。

看得出，民警们对在押人员提出的问题，是很上心的。

9月13日　星期二

今天，几次生育"卖"孩子的姚萍终于投劳了。姚萍，28岁，郊区农民，专盗电动车。几年下来，100多辆，与村里的犯罪分子盗、购、销一条龙，判了10年。可当时她正怀孕，只好监外执行。生育后，将孩子卖掉，继续盗窃。盗窃，又被抓住。可她又在怀孕，只好取保。取保了，她就继续作案。又被抓住，她却是在哺乳期。怎么办呢？成了办案单位的头疼事。刑拘，看守所不收。投劳，没有执行通知书。这回，监视居住，过了哺乳期，法院下裁定，发了执行通知书，投劳了。

我还注意到，有的保外或取保人员，依着病再犯罪。一个肺病保外人员，明目张胆地贩毒。称他不贩毒就没有钱，就看不了病，就活不了了。病成了他再犯罪的"理由"和"保护伞"。这种情形可以说已不是个例，其社会危害非常之大。该怎么处理呢？

来一个多月了，我越来越感到要做好驻所工作不容易。工作中说不定会遇到什么问题。这些问题往往很个别，不是经常发生经常碰到的那种。问题发生了，出现了，你得去查依据、找惯例。麻烦的是，关于看守所监管工作的法律法规、规范性文件很多，你不知道哪项规定在哪一年的哪个文件里，有的文件发布多年，你还得注意是否还有效，常常弄得人措手不及。所以，你平时的知识储备就得很多，要懂得很多，才能把工作做好。

一名在押人员从卫生间的半墙上，头朝下往地上跳，把头撞伤了，想"撞"出去。我们又给看守所发了关于加强监管的检察建议。

9月14日　星期三

吃了午饭在内值班室等出去的人一起走。监控里，犯人们正准备睡午觉。每个监室的在押人员，站在通铺上，纷纷铺开被褥，朝外放了枕头，脱了囚衣睡下了。"戴着铁链子的"怎么办呢？二监区四监室，一个在押人员正帮他脱裤子。"戴铁链子的"先是站着，然后坐下。那个在押人员很快就帮他脱了裤子。原来链子上有一条缝，能让他脱下来。我还有好奇心，可这也是我应该知道的。"戴铁链子的"向帮他脱裤子的点了一下头，像是称谢。每天如此，他倒是个有礼貌的人呢。

9 月 15 日　星期四

明天有投劳的。我找他们谈话了解看守所的管理情况。

一个 20 岁的愣头青，故意伤害，在歌厅打"小姐"。"看你的本事。到那地方，还打人。"他说："她骂我。""骂你什么了？""我一个开歌厅的同学告诉我说，我常去找的那个女的，给她钱少了，骂我穷鬼，就给这点钱。给多了，骂我傻，一下给这么多。我听了就气得不行。那天我喝了酒，其实我也就推了她一把，她没站稳，摔倒了，手着地，手腕骨折了。"说着耷拉下脑袋，手来回摆了两下，说："不说了，败兴。"回监室去了。

一个榆次东庄的，25 岁，抢夺。他快步进来，脸上带着轻松的表情，说是 2007 年犯的事。派出所到家里来找人，他跑了，躲起来，找人问该怎么办。社会上的人都说躲一段时间就没事了，公检法的人都说应该自首，不知道该怎么办。后来觉得老躲着也不行，回来自首了，判了 2 年 6 个月。早知道这样，还不如早点（自首），现在早出去了。认识到自己的犯罪行为，不应该去抢别人。说民警们管理严格、正规，没意见。

一个聋哑人，20 岁，瘦瘦的，个子不高，两只眼睛亮亮的，盗窃，2010 年 12 月 28 日入所。他与也是一级听力残疾的女友，合伙盗窃，作案数起。他判了 1 年 10 个月，女友缓刑。我用手势和纸笔跟他交谈。他在纸上写"能吃饱""没有人打骂"。

二监区一个外地的，48 岁，盗窃。说高警官专门告诉不准欺负外地人。住了半年多，没有见打骂的。有问题就喊"报告"。办案单位没有刑讯逼供。洗漱用品进来就发了。饭不够了，警官让多打点。晚上，不知道什么时候，干部在马道上巡视一下。

9 月 20 日　星期二

上午进监区转一圈，从检察官信箱里取回一封信：

检察官您好。我是在押人员欧某。写信主要是反映监区的变化。感谢你们找我谈话，解除了我心里的压抑。上个月，我一时想不开，吞了铁丝，给你们添麻烦了。自谈话后，我想开了，自残是继续走错误的路，我不会再那样了。现在监室也有了变化。以前，生产任务重，完不成任务心里就不由得紧张。现在任务适当减少了，每天五六百（朵）的任务，大家基本上都能完成。能完成任务，大家的思想就不那么紧张了。完成了任务，也就不用加班了，每周保证休息一天，大家都很高兴。

从监区出来，身上一阵轻松。工作有一点效果，我就会有一点成就感。

9 月 21 日　星期三

早上一来，院子里已停了好几辆法院的囚车。今天，一个 10 个人的少数民族犯罪团伙案开庭。

8：15，民警们从监区里一个个往出叫。他们都年轻，30 来岁，个子不高，身体健壮，穿着看守所统一发的囚服、鞋子。有的留着胡子，有的剃了光头，脸刮得干干净净。出来一个，报告一串名字。民警抬一下手，示意一个个头不高的在押人员走进 B 门，走到进出监区的大通道来。通道的地上，脚镣手铐一对一对地摆了一溜。法警让他们自己戴上。他们似乎也很知道怎么弄，就弯腰，很快地在自己的脚腕子上扣上脚镣，直起腰来，喀嚓喀嚓两声再戴上手铐。法警一一检查一遍，然后让他们排队往外走，到铁门前等 A 门打开。开庭呀，表情上看不出他们有什么不安、惶恐，更没有害怕，就是平静，不以为然。有的嘴里喃喃地跟自己"说"几句话。A 门打开了，20 多个年轻法警，两个押一个，把他们一个个押上停在外边的囚车。几辆囚车拉响警笛，出了看守所，向东，往环城东路而去。

9 月 22 日　星期四

二监区建了一个老病残监室，① 上午我进去了解情况。民警程秉谦

---

① 2010 年 5 月 10 日，公安部《关于规范和加强看守所管理 确保在押人员身体健康的通知》规定，看守所应当设立老弱病残监室，专门关押年老、体弱、生病、残疾的在押人员。市看的监管工作，在不断完善。

也是部队转业干部，红脸膛，可说话不是急急火火的那种，而像他始终温和的眼睛一样，慢慢地把要说的话说得清清楚楚的：

"老病残在一般监室，干活不快，饭也吃不上，受歧视。因为吃饭、干活，还闹矛盾。他们到了一块，生产生活基本上都一样，谁也不歧视谁，矛盾也就少了。"

他们现押78人，4个重刑犯，除老病残监室，一个监室放一个。监区基本稳定。他的工作方法是，谈话因人而异。有的想找点事做，安排了也能做得了的，就安排他一点事做。管理与被管理本身就是矛盾。为了监区稳定，顺着他点也没什么不好。管理主要是思想钻牛角尖的，想不开的。这些人注意点，其他的没什么。

人的工作难做。他们在做人的工作，特殊人的工作。

9月23日 星期五

今天是一个好天气。6点就醒了，再稍躺一会，6点半起床。天已大亮。拉开窗帘，明亮的太阳已升到前边四层楼的楼顶。洗漱完，还有一点时间，坐在沙发上看几页书。7∶23，手机响了一声，接送车司机的。出门，下楼，院子里停满了车，人们还没有进进出出，我快步走出院子。

今天，车上连我共六个。政委在车上，说体验一下民警们的辛苦。拉这几个人，就绕了小半个榆次。

政委原来在县局，后来调回市局，当办公室副主任、主任。看守所升格后，过来当了政委。政委主持工作这段时间，外值班室增加了下班后的值班制度，解决了办案单位24小时关押、提审的问题。食堂取消了留所服刑人员帮厨。看守所内外环境也比以前更整洁了。所里还开设了"周末阳光影院"，每周日下午播放一部有教育意义的电影，调节他们的情绪。看得出政委是一个想做事的人。

9月26日 星期一

吃了午饭从里边出来，两个年轻人给里边的人存了钱要下去，我搭他们的车下来。开车的年龄大点，让他的同伴坐到后排，让我坐在副驾驶座上。他们是到榆次来打工的外地民工。他们的一个朋友把人打伤了，问多长时间能出来。人伤得不厉害。问我是不是在这工作，能不能把人弄出来？花点钱。

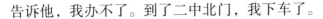

告诉他，我办不了。到了二中北门，我下车了。

9月27日　星期二　阴

上午，在电脑上熟悉驻所检察信息系统，发现一个罪犯的刑期错了一天。1案2人，怎么这个就错了一天呢？找出判决书核实，原来是我们的人录错了。判决书是正确的。

9月28日　星期三　阴，小雨

今天，参加看守所、武警的节前安全检查。从一监区开始。带班所长对我说："你们跟上好好检查一下。我们的人时间长了，容易疲倦麻痹。"

每个监区，进去第一间，是民警值班室。值班室也有监控，可以更清楚地看到监区每个监室的每个在押人员在里边的活动情况。往里依次是五个监室：第一个是过渡监室，第二个是未成年人监室，[①] 其他为一般监室。我问监区民警，过渡监室用吗？他说："不用。关的都是一般在押人员。过渡监室要关一个星期。可刚进来的，只有一二个人，住进去不好管理，怕出问题。未成年人监室坚持着，但也不全是。他们人数不多，只能尽量将他们关在一起。"

监室门外通道的北墙上，贴着每个监室参加看守所每逢五一、七一、十一、春节开展文体活动获得的奖状。每个监室门外的墙上，有一个工作台，上有三个民警的照片、姓名、职务。上边的一个是"主管"，下边的两个是"协管"。主管的全面负责这个监室。无论你在不在岗，出了问题都是你负责。然后是谁当班，谁就负责全监区。一个班24小时。

一进监室，先是卫生间，蹲坑，窗台上的牙缸、牙刷、牙膏摆得整整齐齐。监室的屋顶很高，有3米多。南北通长的大通铺，可睡十四五名在押人员。通铺上，每个人的被褥叠起来，摞在南边一角。通铺高30公分，铺沿下有一个放每个人的日用品的"小洞"。里边有他们看的书，吃的方便面、火腿肠。通铺上摆着做绢纸花的糨糊、细铁丝、小纸片。地下是1.1米宽的走道，墙上是《在押人员守则》。从监室那一头的门出去，是一块10来平米的地方，就是放风场，每

---

① 2014年起，全市未成年犯罪嫌疑人集中到平遥县看守所关押了。

天喊操、踏步、唱歌、背监规，就在这。放风场前，有一个 5 个放风场前相通的院子，一般不让他们出去。

监室的门顶上有一个壁柜。一个武警一跳，两手抓住壁柜沿，上去查看里边是否有违禁物品。一个上了通铺，抖开所有的被褥，检查是否有私藏的违禁物品，到门窗前，抓住铁栏来回晃动，检查是否牢固，又蹲到地上从"小洞"里往出拿东西。值班民警在一旁说："没事，回来让他们整理。"

武警进来时，让他们到放风场等着。室内检查完，把他们叫进来，在通铺上一个个脱光了检查。有的内裤、裤子上有带子，武警就全抽出来。

"谁的？怎么就没有发现？"值班民警变着脸，大声呵斥脱光了的人。尴尬的人都双手捂着下边，耷拉着脸，不作声。一个在押人员，应是"学习委员"[1]，低声嘟囔了一句什么，不吭气了。监区长老李则用和缓的口气说："再发现了，不允许。"

检查完一监区，我们再往下一个监区去。武警从一个职务犯的内衣里搜出一张小纸条，上边写了一首打油诗：

勤勤恳恳几十年，他人逍遥似神仙；一不小心千古恨，大肆贪污却安然；所谓赃款全部退，没收财产苦又冤；一人犯法一人担，惩罚家属何处言。

10 月

10 月 3 日　晴

10 月 1 日至 7 日放假。早上，到玉湖公园活动回来，向东望去，一轮金色的太阳从一层薄薄的云里钻出来，慢慢地向上，向上。它就又钻进一层厚厚的云里去，下边出上边进，它就这么隐没在云层里。一会儿它又从厚厚的云里钻出来，继续向上，向更厚的云层钻去。很勇敢很自信，不畏完全被淹没在上边大片大片的更厚的云里。而此时，

---

[1]　监室里有值班制度。值班员就是监室里的负责人，协助民警做一些辅助工作，如组织在押人员学习，照顾生病的在押人员，对死刑犯等特殊在押人员进行"包夹控"。作者分析，因主要是组织学习，故一般称为"学习委员"。

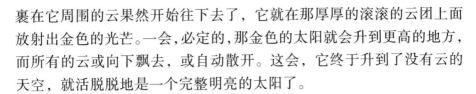

裹在它周围的云果然开始往下去了，它就在那厚厚的滚滚的云团上面放射出金色的光芒。一会，必定的，那金色的太阳就会升到更高的地方，而所有的云或向下飘去，或自动散开。这会，它终于升到了没有云的天空，就活脱脱地是一个完整明亮的太阳了。

10 月 4 日　星期二

今天、明天值班。8：10 从家里出来，骑车上去。今天走了王湖村这边。上了文苑街，往东，再向北，进村，再出村，右拐，路过一个煤场，拉煤车从身后一过，荡起一阵黑土，满脸煤灰。上了环城东路，横过马路，靠右往北走。路边的小石子，磨得车胎不好骑，而且风大车多。不时有轰隆隆的大车从身后飞速而去，有一种不安全感。就像驻所，生怕里边不可预料地出事。

看守所院里停着两辆平时也在的车，不见一个工作人员。一个人上楼，开门，8：43。

桌上，还放着外值班室送来的《人犯超过法定羁押期限报告书》。① 节前我到下边值班室逐个查看档案，再一家家打电话催办。

打开电脑，系统里又有红字显示有超期的。这里边有已经换押②但还没有更新信息的情形，不知道有没有实际超期的，超期一般是后边程序中的。 这倒也是。案件中的矛盾，公安机关的往检察院走，检察院的往法院走，基层院的往中院走，中院的往高院、最高法院走。案件中的矛盾总是越来越往后走，越来越往后挤。

看守所有负责羁押期限快到期提醒办案单位的工作人员。可是提醒了，有的说知道了，有的干脆不理。知道看守所也不敢把人放了。

---

① 《中华人民共和国看守所条例实施办法（试行）》第 12 条第 1 款规定，看守所在被逮捕人犯的法定羁押期限到期的前 7 天，应当向办案机关发出《案件即将到期通知书》；对超过法定羁押期限的，应当向人民检察院报送《人犯超过法定羁押期限报告书》，同时抄送办案机关和上级公安机关。《人民检察院看守所检察办法》规定，对在押犯罪嫌疑人、被告人羁押期限是否合法实行监督，是检察院看守所检察职责。

② 换押是指办理案件的主管机关将被羁押的犯罪嫌疑人、被告人移送另一办案机关管辖，并通知看守所办理变更羁押手续的活动。换押制度最重要的作用便是防止久押不决情况的出现，看守所准确掌握各办案机关羁押的期限后，对于羁押期限届满的办案机关进行催办，从而有效保证被羁押人的合法权益。参见高一飞等著：《看守所观察与研究》，中国民主法制出版社 2015 年第 1 版，第 14 页。

"知道了"是明知故犯,"不理"是妄其所为。难道放人才能治住超期?提醒,实无必要。他搞案,他不知道办案期限?而且,公安可以撤案,检察可以存疑(不诉),法院可以判无罪,可执行起来怎么就这么难?几十年治超,仍不绝于实践。细想,办案超期涉及办案人员的业务素质、执法理念、是否勇于担当等因素,还涉及办案机制、羁押制约机制、追责机制等问题,确实需要一个系统工程才能解决。

看守所提醒效果不好,那驻所监督就不能再软弱无力。可实际上,我们往往也只是督促、协调,向办案机关发出纠正违法通知书,或向上级院报告。"纠违"没有法律效力,"报告"充其量是尽到告知的责任,或许治得了标却治不了本,都不是制约超期的有力措施。

10月8日　星期六　晴却打雷

今天坐22路上去。在二中门口等车,8点50分车才过来。到了环城东路东出口,北边修路,车往南行,只好下来再打车。

上来,正好有事。有在押人员反映伙食不好,主任让写一份建议看守所按规定保障在押人员伙食标准的检察建议。

10月11日　星期二　雨,小雨

上午下午进监区转一圈,然后到内值班室看监控。基本上没有什么事。一天心里淡淡的。

检察官接待室,也是驻所检察室。靠西墙北边的是作者的办公桌

10月12日　星期三

上午找任有望谈话。看守所的在押人员，初中文化以下的占到70%以上，大学生是这里的绝对少数，他读了大一就退了学。任有望平时话少，监区长老李怕他憋出病来，专门让他当了监室里的司号员。每天上午、下午训练喊操，就是他的事。可任还是话少。老李让我有空找他谈谈。

案件自有办案单位把关。我想，弄清他为什么退学，或许能找到他话少的原因。

"跑号的"把他叫了出来。他喊了声"报告"，我让他进来，坐在民警值班室靠墙的小塑料凳上。他静静地坐在那，看了我一眼，就赶快低下了头。我看着他，心想，这么一个年轻人怎么也犯罪了呢？任，20岁，吕梁人，有母亲和妹妹。他个子不高，也就一米六几，胖胖的，眉宇间一直立着一条缝。2010年8月，考上一所师范学院的数学专业。今年3月他就执意退了学。

"进来适应了吗？"

"适应了。"他低头看着眼前的地面，低声说。

"能吃饱不能？"

"能。刚进来，心烦，不想吃饭。可非让吃。同监室的也劝，吃上点，身体是自己的。可我非常想家，都想哭了。偷偷地捂着被子哭。不好意思。刚进来，天天哭。哭多了，眼泪都哭不出来了。很后悔。后悔得都想一头撞死。"

"和里边的人相处得怎么样？"

"在里边交不下朋友。聊不到一块。刚进来还想，尽量跟他们搞好关系。可到后来就觉得没有必要。特别是我也开庭了，快离开这里了，更没必要了。我跟他们不一样。他们，杀人、抢劫、诈骗、寻衅滋事。说话不在一个频道上。"

自己犯了罪，还能意识到与其他犯了罪的人的区别，有不愿与恶为伍之心，其实是好事，就是改错的起点。

"出去以后找他们吗？"

"不找。不想再见。近墨者黑。"他说了这一句不说了，抬起他一直低着的头看我，似乎是想将不该说出口的话收回去。

"退学后，你就没有找工作？"看他有些为难，我就换一个话题。

"找了。先是在长治新世纪的一个 KTV 上了两个月班。那里的环境，不适合我。又到朔州新建路一家饭店做凉菜。辛苦不说，每天等下班，等工资，这不是我想要的生活，就又去了太原，在一家饭店干，干了一个来月，不想干了。不想吃苦，什么也不想干。从饭店出来，身上的钱很快就没有了。没有钱，心里挺慌的，就想抢包了。"

任没有抢到钱，却遇到了与他有一样心思的从河南过来的慕某达。

"没有钱可以再找工作，你怎么就敢跟一个刚认识的陌生人一起去犯罪呢？"

任又往下低了一下头，现出难堪的样子，说：

"我在南内环街上溜达，想抢女人的包。想是想，可还是不敢。怕伤了人家。那天，我看见慕某达跟着一个女人走，看样子好像也是想抢包。第二天，我在南内环附近又看见他，他也看见了我，好像还看出了我的意思，就过来主动跟我打招呼，问我是不是也想抢包。他这么直接问我，我说是。我们就这样走到了一起。我们在街上溜达了两天，可是一直没有抢成功。每天我们不是住 50 元一天的小店，就是在网吧。慕说，抢包不行了。咱们入室盗窃吧。我就答应了。"

慕告诉任，他曾因盗窃，被太原公安行政拘留 3 天。因为有这一段"资历"，任觉得慕胆大、有经验，便心甘情愿地听从了比他还小 3 岁，只有小学文化的慕的指挥，开始了他们的盗窃犯罪。"我就那么浑浑噩噩地跟他干了十几天，不想劳动，就想投机取巧。"

年轻人一旦失去生活目标，对劳动失去兴趣，那他们充沛的精力该往哪发挥呢？如此飘荡，被抓是迟早的事。

"你们连续作案十多起，你不知道总有一天会被抓住？"

"知道。可那段时间就像着了魔一样。脑子空空的，就是机械地去偷、盗。抓住了也就可以结束这种无意识的生活了。"

有学者认为，犯罪人为了解除他们对犯罪行为的罪恶感，潜意识里有渴望被抓到并被惩罚的欲望。为了平衡个人深藏内心的罪恶感，犯罪人会利用不断犯罪来获得当权者的惩罚，这种行为也反映了犯罪人自我伤害的意图。产生这种现象的罪魁祸首是超我过度发展。超我，

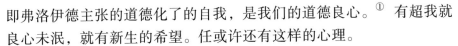

即弗洛伊德主张的道德化了的自我，是我们的道德良心。[①] 有超我就良心未泯，就有新生的希望。任或许还有这样的心理。

"你们是怎么被抓住的？"

他抬头看了我一下，把两手握在一起，搓了两下，又低下头去，现出很不好意思，甚至有些羞涩的样子，低声说：

"6月5日，那天可怪了。一般我们都是下午七八点才出去吃饭，吃了饭天就黑了，天黑了我们就去偷。可那天，慕非要早走，说要去踩个点。我不想去，可还是跟他走了。从网吧出来，在建设南路，我们沿着马路往前走。对面过来几个巡逻的警察。看见他们我就心慌，可又不由得去看他们。可怪了，就好像有磁铁吸一样，我看着别处，一看见他们，就把目光朝向他们。只看了一眼，对面的警察也很怪，一下就看到我的眼睛。我们就这么对视了一下，我就赶紧把头低下，想赶快走开。可警察过来问我们是干什么的，我答不上来，就把我们带到了派出所，从我身上搜出一把改锥，从慕身上搜出一个铁钳。我们就被抓了。"

真是做贼心虚。"当人一旦有了罪之观念后，心灵即会有掩饰的行动产生。"[②] 警察正是捕捉到他们的这种行为，产生怀疑，抓获他们的。

"那你是因为什么退学的？"

"在学校逃课，天天逃，觉得对不起家人。心想，与其在学校逃课，浪费时间，不如早点到社会上挣钱。可是，到了社会上，又发现和想的不一样，就开始盗窃。"

这倒是几句实话。看来，他话少，也不是就不肯说。其实每个人都想有所表达，就是平时话少的人，哪怕是进来了的他们。只看怎么找到他想要表达的话题。

"你好不容易考上大学，怎么就逃开课了呢？"

"因为有些事情……"

---

① 参见曹立群、周愫娴著：《犯罪学理论与实证》，群众出版社2007年版，第89、87页。

② ［瑞士］C. 荣格著：《现代灵魂的自我拯救》，黄奇铭译，工人出版社1987年版，第58页。

"什么事情？"

"不想说。是我主动退学的。辅导员一直给我打电话，一天能打30多个，一连好几天。天天打，想让我办休学。可我不去，不好意思到学校去。"

"这些事情现在解决了吗？"

"没有。"

"到现在还没有解决，那要到什么时候解决呢？"

"时间长了，就忘了。"

"多长时间了？"

"一年多了。有一年两个月了。"

"这些事情与盗窃有关吗？"

"与盗窃无关，与退学有关。"

"我能帮你什么？"

"这个问题，你帮不了，别人帮不了，兄弟能帮得了。"

"慕某达能帮得了你吗？"

"他不算。利益上的跟感情上的不一样。"

"那是什么兄弟？"

"就是玩得特别好的，可他背叛了你。"

"你是因为有人背叛了你才退的学？"

"好像也不是，不是为一个人，说不上来，冲动。"

"那你是因为什么退学的？"

"不想回答这个问题。退学，真的不想说。有伤自尊，说一次就心烦好几天，受不了。"

"进来感觉如何？"他不想说，就换一个话题。

"也算一个经历，能写小说。挺奇葩的。进来才知道自由是什么。渴望自由，原来根本不在乎。……偷的时候，就想着来钱快。那时啥也不想，不想劳动，对自己的未来没有规划，很后悔，犯罪的代价太大了，不好用语言来表达。……太固执。"

"出去后还固执吗？"

"对有些问题，肯定还要固执……原则问题。"他舒展了一下脑门上一直立着的那条缝，看了一下我，说。

"什么原则？"

"说不上来。兄弟呀，情谊什么的。"

他有点不安了，几次变换坐在小塑料凳上的姿势。那就不要谈了。我说：

"咱们今天就谈到这。你啥时愿意谈了，就报告警官。咱们再谈，好不好？"

"让我想一想。下一次，我告诉你。"

"那好，你回去吧。"这是一个有特殊想法的。

"跑号的"进来，把他带回去了。

10月13日　星期四　刮风

三监区监区长阎海涛，33岁，警校毕业后招进公安，到看守所也五六年了。驻所以来我发现，看守所的民警和卫生所的医护人员，大多有一个共同点，说话轻声慢语，不急不躁，又都把要说的话、要表达的意思，一句一句讲得清清楚楚。张利军、李一丰、侯斌、程秉谦、连喜龙、王景耀、李书勤等民警是，副所长王林森也是，他们说话语速慢，话音低，可言语都严谨客观、滴水不漏，跟他们尽职尽责干工作一样，一丝不苟。我想，这或许与他们每天工作的环境、接触的人有关。他们进入工作区，就是在值班室、监室、马道、食堂这狭小的空间里，每天面对的不是熟悉得不能再熟悉的同事，就是必须时刻保持警惕的在押人员。长期在这样的环境里，让他们变得寡言，变得思考多于言语，自持多于交流。我应多适应他们。

而海涛则是他们几个中快言快语的一个。海涛睁着一双明亮的眼睛，跟我说他的工作体会：

"在押人员复杂，可工作时间长了，就能琢磨出他们的心思来了。不说给他们相面吧，可看上一眼，谈上几句就知道他在想什么，他是什么性格。这是干好监管工作的功课，没有这个能力干不好。然后针对不同的人，采取不同的管理方法。对强势的往下压压，对软弱的给做点主，其他中间的基本没有什么事。刚进来的，判了刑的，注意点。总体上，一半以上的不需要做工作。"

看守所的每个民警都有一套工作方法，其效果一样，就是维护监区稳定，不要让在押人员出问题，把诉讼程序安安全全地走下来。

而我却出错，今天主任批评了。上次，写改善在押人员伙食的检察建议，落款的时间让我给写成 8 月份了。我用原来的文书模板，忘记修改下边的落款时间了。

下午回市院，送国庆前的安全检查报告。

10 月 17 日　星期一

"劳动号"一般没什么事，我也少进去。今天我进"劳动号"去。监区长王驰的班。年轻的民警一口气利索地介绍了他的工作：现共关押 41 人。外地的、收破烂的，偷井盖子、偷工地上的东西卖钱。案子都不重，时间短，思想也比较轻松。但正因为这样，反而可能不守监规，无事生非。管理必须自始至终，一刻也不能大意。

其中有三个传销的，四川、贵州那边的。家里没有人来看，他们也不想让家人知道。估计出去了还要干。就想着顶尖上的人，能挣大钱。管理这些人，主要是不能让他们在里边传播他们的理念。年龄最大的 57 岁，有两个高血压，一个有心梗史。这些人要注意点，身体不能出问题。

民警们对自己号子里的情况，都能做到心中有数。

10 月 18 日　星期二

上午，内值班民警告诉我，有一个打架的。从监控上看里边有两个在打架，值班所长在这说根本不听，还是监区民警回去训，两人才放手。直接管他的顶用。

我进监区了解情况。民警老武说：

"他用人家做花的铁丝。要用，问头铺领就行了，却图省事，又不好好说，直接去拿别人的。吵起来，把人家打成了'熊猫眼'，一个拉架的也被打伤了眼。"

老武训那个打架的："三监室是最好的。大家诚心维护，都有功，就你没有，还不知道珍惜。"

一个宽脸横眉、个子不高、胖胖的小子。不知他信服了民警的批评没有，此时，他脸色灰白，眼睛低垂，站在那一言不发，鼻子里出着粗气。

"你说怎么办？"

年轻的在押人员不吭气。

"为了避免再和他们发生争吵，给你换个监室吧？"

他还是没说话，可点了一下头。

"既然同意，那你先回去，我们研究好了给你调。"

在押人员回监室去了。

老武说："就是以自己为中心，到了这里也不知道谦让容忍。"

吃了午饭，吴所捎我下来，问我事多不多。

"里边没事，我们也就没事。"我说。

"里边只要民警们操点心，一般是没什么事。可有的还专门挑事，这就要出事了。"

"今天有一个打架的。"

"男人在一起，免不了。发生了，及时处理了，就没事了。"他有点不以为然。

10月19日　星期三

11：00，监区入所体表检查室，办案单位送进来一个。一监区的民警正对其进行入所体表检查。新入所的，20多岁，抢劫。民警让他脱了外衣、裤子、内衣裤，转身。他浑身干瘦，脖子下两根锁骨突出，脸色无光，头发渣渣的，光着身子迅速地在地上转了一圈，身上没有伤痕。民警说一声："行了。"然后把他脱下来的鞋子，拽出来的腰带，给了送他进来的办案人，说："你们可以走了。"办案人用腰带把他们送进来的人的外衣、裤子和鞋子一捆，提在手里走了。民警带着只穿了内裤的新入所的往他们监区去了。

这个过程，民警没有让他看一下挂在墙上的"检务公开"栏，也没有进行权利义务告知。

"民警向新进来的告知我们的'检务公开'内容吗？"我问王所。我们的"检务公开"栏挂在这，就是要让在押人员一入所就知道我们的驻所职责。

"告知了。今天他可能是忘了。"王所说。

"王所，你这是护你的人。"

"我还有事。"王所一笑说，要走。

"不行，我还有问题要问呢。新入所的，你们怎么给各个监区分？"

我想弄清我不知道的问题。

"根据各个监区的人数。哪个监区人少，就给哪个监区放。要不，有的不想要，像生病的，'五保户'，有的他们又过来抢。"

王所工作认真，也是一个性情中人。我是"每事问"，而他们管理上的细微之处也是我应该注意的。

10 月 20 日　星期四　晴，好天，不冷

早上的交接班仪式上，所里传达上级的一个通报，最近全国监管场所发生了几起事故，有的问题看守所也存在：领导晚上查岗往内值班室打电话竟没有人接；封号以后监区竟没有民警，有的男民警进女监区，有的喝酒。有的在押人员把民警玩得团团转，得了人家的一点好处，由不得他了，把自己玩进去了。说的是外地的事故，实际上是在提醒。监区安全，须警钟长鸣。

10 月 25 日　星期二　晴天，暖

12 点了，城区分局的民警进去送人，我和一个姓赵的民警在外边说了一会话。赵警官原来在监狱，跟我聊了一会监狱的情况。

他说："监狱比看守所更复杂。犯人有的逃避改造；'80后''90后'遇事冲动，不计后果；有的善于伪装，抗拒改造的手段多样；有的打架斗殴；有的过度维权；有的心理不正常，看问题偏激。那时，我们队上有一个，组长管他，张嘴就骂，不服从管理。对处理不满，抵触，还谩骂、顶撞干部。"

"还顶撞干部？"

"一般不。可是，有时也是极度伤心，有了极不高兴的事，或受到极不公的对待才顶撞干部。他不高兴了向谁发泄呢？向同犯发泄，或自己发泄，都是违纪违规。有时心情不好，一顿饭不吃，说不定会被组长打一顿。还不如顶撞干部几句，让他们体会一下受委屈的感觉。客观正直的干部，会想他这是怎么了。而有的不会去想这些。所以顶撞干部的结果很不一样。

"怎么了解他们的真实思想？他们自我'包装'得很严，你不好了解他们的真实想法。谈话，做思想工作是一方面。你还得通过一些途径，像家属会见，像他给家里写信，按规定要监听和检查，他们面

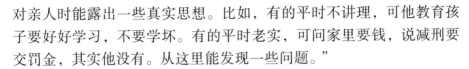

对亲人时能露出一些真实思想。比如，有的平时不讲理，可他教育孩子要好好学习，不要学坏。有的平时老实，可问家里要钱，说减刑要交罚金，其实他没有。从这里能发现一些问题。"

10 月 26 日　星期三　晴又阴的天气

今天在四监区。一个刚拿到判决书的喊一声"报告"进来了。20多岁，光头，面孔有棱有角的。问他判得怎么样？

"2 年 8 个月，重了。"他很直地说。

"那你还上诉吗？"打架，把人家的鼻子打坏，鼻骨及前颅窝底骨折，赔了 20 多万。

看他这股子不服的劲，民警问他，也是了解他的想法。

他却认可又无奈地说："自愿认罪，减 10% 的量刑，赔偿了再减 30%。可还是判重了。"

都是这，判了的就觉得重，就是不说自己干的事。真是小偷也有三分理。

10 月 27 日　星期四

上午，一监区的老李给了我一封信，说任有望昨天投劳了，走时给我留下的。信中，他没有像前次叫我李警官，而称我检察官了。

李检察官：

感谢你跟我谈话。那天走进民警值班室，你温和地看着我，让我坐在小凳上，你就像一缕阳光温暖了我的心。你平实的话语，解开了我多日来蒙在心头的郁闷。可我对不起你，那天我对你说假话了。

我刚上大学时，也是积极向上的。我想在学校门口开一个小店，减轻家里的负担。我认识了一个朋友，体育系的。我们很说得来，经常在一起玩，一起吃饭。我告诉他，想在学校对面的市场上开一个卖女包的实体店。他很赞成。我们就注册了小店。不久，我们就挣钱了。钱是我掌握的。他需要时，我就给他。放寒假，我把赚来的一万多元都留给他。他是当地人。我让他另选一个地方，回来了，准备扩大经营。

可是开学回来，找不到他了。问他一个班的。说没有，名字也是假的。我真是把他当亲人了，一下被自己相信的人骗了。

开店，是以我的名。租房，他借别人的钱，都在我的名下。我家里困难，可还是替我还了钱。我在同学、辅导员面前，抬不起头来。过去，同学们把我捧得比较高。大一就开了店，同学们看得起。我有一个妹妹。可我在家也跟独生子差不多，什么都是顺风顺水的。一下被骗了，受不了。不像年纪大的，心态就是不一样，是自己的就承担，错了就认。可我还是不明白，为了钱，怎么就可将人的真诚、善良也吞噬了呢？现在想想他那一副虚情假意的嘴脸，真让人恨。

虚荣心害了我。做事好打肿脸充胖子。一下跌倒，爬不起来，不愿见老师同学，我选择了逃避，执意退了学。这是我退学的原因。

你问我进来最深的感触是什么？

上次我没有说。现在我告诉你，犯罪很不值得。在里边的日子非常难熬。没有一个亲人，没有一个朋友，一天一天地等待，渴望自由。等发"起"（指法院向被告人送达起诉书。他们在里边的简语），等了一个月，又打回去（退补）。希望破灭，打得人爬都爬不起来。在里边一天比一年还难熬。还有等判决。等判决等得人头大。看到徒刑，10年，无期，更头大。我一个监室的，刚判了，10年。想都不敢想。他才住了8个多月。

每天看着铁窗外渐渐发白的天空，再看着它渐渐地变灰、变暗、变黑。大多时候，连太阳也看不到。遇到下雨天，那雨水就像一滴一滴地砸在心上一样。生命就这样一点一点、一天一天毫无意义地消失了。时间就是生命，用生命换徒刑，太不值得了。人活60岁，十五分之一的生命荒废了。

号子里有一个干部，受贿。进来时间不长，头发眼看着就全白了。他跟我说，人往往是为了名利而奋斗，不择手段，你死我活，看不透人生。公家的干部，本应好好工作，可他那时每天言不由衷，工作总是背后有自己的利益才会积极去做，背后的私利成了他工作的驱动器。他说进了看守所才知道一些人生道理，才认识到自己过去的错误。告诉我，将来出去了，要超脱一些，不要斤斤计较。我觉得他说的有道理。

我总是固执，自以为是，就是家长唠叨，学校老师教育，也未必能改。而那天，我一见到你就感到你与其他人不同。你平和的目光带着尊重，和蔼的话语没有盛气凌人，身上有一种让人积极向上的精神和气质。自见到你的第一面起，我心里就接受了你。今后我要向你学习，努力去做一个像你这样的能给人带来温暖、使人纯洁向上的人。

李检察官，你看我的表现吧。我有决心改正。我要彻底斩断过去。我会记着你说的，出去以后，这次犯的错误不会再犯，就是其他的错误也不会去犯。这是拿命换来的教训。

2011.10.25 夜

看看他滴在信纸上的泪水，可以想见他写这封信时是怀了怎样悔恨的心情。住了看守所才知道生命不可荒废，这个道理明白的代价也太大了。好在，他能有所醒悟。那在外边自由自在的人呢？怎样才不荒废生命，不浪费人生呢？

没有再找他谈一次话，有点遗憾。不过，也好，自己的问题最好自己解决。自己的问题自己解决才是真正的解决。

任有望被判处有期徒刑二年八个月。等他出来，他的大学同学也毕业了。但愿他把刑期当学期，把铁窗当寒窗，上好"改造"这个特殊大学，有别样的收获，重树人生目标。

10 月 31 日　星期一　阴

写了两篇稿子，下午送回市院处里去。一篇《浅谈驻所检察谈话应把握的时机》，一篇是关于驻所检察如何进行社会管理创新的。

作者与在押人员谈话

11 月

11 月 1 日　星期二　晴天

驻所检察系统里的信息是到下边外值班室抄他们系统里的再输进去。这一段时间得我输录了。好，我就再当一回"年轻人"。

11 月 2 日　星期三　阴，中午小雨

今天输入诉讼程序，拘留、逮捕、移送起诉、退补时间。发现一个案件，起诉法院了，一年后才受理。一个组织卖淫，21 日拘留，其后，逮捕、移送起诉、审查起诉，都是这一个时间，显然是录入错误。记住，查看下边的信息，更正过来。还发现有的信息空白，像不诉时间，哪种不诉，抗诉时间等。没有法律文书没法输入。心想："把不诉书、抗诉书送检察室一份就解决了。"存此想法，以备询问吧。

11 月 3 日　星期四　阴

监区院子里，摞了一编织袋一编织袋的红萝卜、白萝卜、大白菜、土豆。三个留所服刑的在往院子里的菜窖下菜。两个抬一袋萝卜过来，放在踩在下边的梯子上、站在菜窖口的一个 30 多岁的人的肩膀上，他就慢慢地下去了。民警在一旁看着。

午饭前，几个民警和司务长在院子里说话，在押人员的饭菜车子正好推出来。一个一米多长、四五十公分宽、五六十公分高的不锈钢铁皮箱，下边四个轮子，菜汤上漂着红红的尖辣椒和油花。

吴所用长勺捞了一下，沉在底下的白菜浮了上来，多少满意了一点地说：

"这还差不多，最起码有油花，能见到菜，多少补充一点维生素。"

大师傅，一个光头、圆脑袋、穿着白工作服 40 多岁的汉子，却觉得似乎很不错了，说：

"这就用了五斤多油。"

一顿五斤多油不少了，可里边 450 多人呢。检察建议出了错，可还是有了效果。

11月4日　星期五　阴，有零星小雨

今天上来，先到下边抄日志，然后上楼输录信息。年轻人正告诉我怎么输录，这时，推门径直进来一个50多岁、外地打工模样的农民，走到桌前木讷地说：

"我儿被关了。他给人家干活，砸了人家的地板。是他们不付工钱，应是民事问题。"

问他儿子的名字，马上从系统里搜了出来。一个故意毁坏财物，刚刑拘的。

农民说想见他儿。我说这可不行，我们有规定，现在你不能见你儿。谁知，他竟结结巴巴地说：

"那，那我们就发布到网上去，去找黄河电视台。"

好家伙。他一进来说的那几句就不简单，分明有人指点。这后一句就像预先准备下的威胁、压迫。现在谁也知道舆论的厉害了。

"你发布就发布去，与我们无关。"我们的人说。

农民默不作声地、似乎很委屈地走了。我又觉得对他的话有点生硬了。可老实厚道的农民，咋就变成这个样子了呢？

11月7日　星期一　小雨

上午抄了上星期六、日的日志。输录中发现一个错误，下去跟他们核实后，更正过来了。

今天张大夫和两名民警带两名在押人员出所做检查，其中一名女在押人员做孕检。

11月8日　星期二　稀稀拉拉的雨从昨晚一直下到今天早上

上午，继续输录信息。驻所日志是这样：一、出所入所各多少。二、羁押总数，其中各个诉讼阶段各多少，留所服刑的（一年以上的、

一年以下的）多少。① 三、其他。经检察合法。

11月9日　星期三

上午有人打电话，让给里边的一个故意毁坏财物的捎话，告诉不要着急，家里给他跑着（关系）呢，而且一二天就捎到，因为很快就要报捕呀。还让给捎烟。

看，要见他儿的老农果然不简单。简单的往往是自己。我说，话给你捎到，烟就不用了，我可以让他抽。他想干什么我不知道，能做的做，不能做的不做。答应而已。

---

① 1954年9月7日，政务院公布施行的《中华人民共和国劳动改造条例》第8条第2款规定，判处徒刑在2年以下、不便送往劳动改造管教队执行的罪犯，可以交由看守所监管。1987年2月20日，最高人民法院、最高人民检察院、公安部、司法部《关于罪犯在看守所执行刑罚以及监外执行的有关问题的通知》规定，在看守所服刑的罪犯，必须是经人民法院判处有期徒刑1年以下和判决生效后经折抵刑期余刑不足1年的罪犯。个别余刑1年以上的罪犯，因侦破重大、疑难案件需要和极个别罪行轻微又确有监视死刑犯、重大案犯需要暂时留作耳目的，应征得人民检察院同意，公安局（处）长审查批准，并通知看守所。其他的都要交付监狱、劳动队执行，人民检察院发现不当，应提出纠正。1990年3月17日，中华人民共和国国务院发布的《中华人民共和国看守所条例》第2条第2款规定，被判处有期徒刑1年以下，或者余刑在1年以下，不便送往劳动改造场所执行的罪犯，也可以由看守所监管。1991年10月5日，公安部印发的《中华人民共和国看守所条例实施办法（试行）》第56条规定，看守所因工作特殊需要，经主管公安局、处长批准，并经人民检察院同意，对个别余刑在1年以上的已决犯，可以留在看守所执行。1996年3月17日修改的刑诉法第213条规定，对于被判处有期徒刑的罪犯，在被交付执行刑罚前，剩余刑期在1年以下的，由看守所代为执行。2008年7月1日，公安部《看守所留所执行刑罚罪犯管理办法》第2条规定，被判处有期徒刑的罪犯，在被交付执行前，剩余刑期在1年以下的，由看守所代为执行刑罚。2012年3月14日修改的刑诉法第253条规定，对被判处有期徒刑的罪犯，在被交付执行刑罚前，剩余刑期在3个月以下的，由看守所代为执行。2013年1月，最高人民检察院、公安部、司法部联合开展罪犯交付执行与留所服刑专项检查活动：对2012年12月31日以前看守所内的留所服刑罪犯和其他已判决罪犯进行清查，对于余刑仍在1年以上的罪犯，一律由看守所送交监狱执行刑罚；2013年1月1日以后，看守所在收到人民法院交付执行的法律文书后，应当在1个月以内将被判处有期徒刑余刑3个月以上的罪犯一律送交监狱执行刑罚，将其中所有的未成年罪犯一律送交未成年犯管教所执行刑罚，不得将余刑3个月以上的罪犯留所服刑。

留所服刑罪犯的刑期缩短，有利于减轻看守所人满为患的关押压力。"一律送交监狱"，杜绝了借口留所，有效防止了交付执行环节的司法腐败。

11 月 10 日　星期四　晴天，是个很好的晴天

上午，回机关领补发的工资。从楼里出来，10 点，我又骑车上去。

上来正好有事。上级院要的一个数据，要求统计今年以来不符合关押条件而拒收的和不符合关押条件而关押的案例。一共统计出 6 件。其中，不符合关押条件拒收的 4 件：乙型肝炎具有传染性的 1 件；宫外孕（26 周）的 1 件；腹部有金属异物的 1 件；高血压病、心电图异常的 1 件。不符合关押条件而关押的 2 件：甄某怀孕（已建议办案单位改变强制措施）；楚某肝脏损害、黄疸原因待查（也建议改变强制措施）。

11 月 11 日　星期五　晴天

上午在外值班室抄录信息。有人大的工作人员要向一名在押人员宣布人大决定，却住了 109 医院。看守所安排一名民警陪同前往。

11 月 13 日　星期日　晴

在家休息两天，什么也没干，时间就哗哗地过去了。明天上去，先改电脑上的时间，再录入星期五、六、日三天的基本信息。改一天输录一天的，这样输录的日志不发生红字，年终考核不扣分。

11 月 15 日　星期二　晴，暖和

今天是留所服刑人员会见日。早上上来，看守所的院子里又有不少等待会见的家属，有男有女。他们都不说话，三五个在外值班室门前站着，有的在花栏边蹲着，等外值班室的工作人员给他们排号、开票，然后会见。

一上班，他们忙，一会再下去。在办公室翻看近期的判决书，发现两份有问题：一名罪犯的刑期少折抵了 2 天。卫某诈骗，刑拘在逃，被外地公安抓获并临时关押 2 天，后逮捕。判决后被外地公安拘留关押的 2 天没有折抵刑期。一名缓刑人员的缓刑期限需要核实。

今天的日志是：姜某等 23 名留所服刑人员会见了家属；河南公安带走临时羁押的盛某；提审 13 名（公安 7 名，检察 4 名、法院 2 名）、律师会见 2 名、关押 1 名、释放 2 名（暂予监外执行 1 名，刑满 1 名）。

怀孕的甄某，今天出所了。育龄女性入所后，卫生所都要做孕检，

10 天以后再测一次。这是一个县法院的案子，发现后通知了法院。他们说很快就下判。拖了几天，暂予监外执行，释放了。

11 月 16 日　星期三　小雨

今天出所 19 名，投劳 18 名，取保 1 名。入所人员情况没有输入，不影响录入时间，明天上来再录入。

伪造、变造居民身份证、黄疸原因待查的楚某今天也出所了。入所 6 天发现食欲不佳，腹胀，脸色发黄。卫生所抽血到市医院化验肝功能，结果显示肝功能损害，黄疸原因待查，消化科医生建议住院进一步诊断治疗。羁押期间我们建议看守所对其隔离关押，饮食卫生一人一具，卫生所积极治疗。改变强制措施出所了，总算没有发生传染事故。

11 月 21 日　星期一　晴

早上的交接班仪式上，政委讲了他 19 日到孝义参加全省创建安全文明开放监所现场会的情况。公安部监管局的领导亲临会议，并在《丹东看守所的故事》一书上为晋中市看守所全体民警题字留言：

中国特色社会主义公安监管事业是有无限生命力的，每一名公安监管民警都大有可为。我们要扎实推进公安监管工作，建设安全文明监管场所，为中国特色社会主义法治文明添砖加瓦。

政委鼓励大家做好本职工作，不辜负上级领导的期望，为构建和谐社会做贡献。

11 月 22 日　星期二

上午，输录信息。下午，一监区。民警老李正跟一个靠东墙站着的在押人员谈话。

这是一个从河北来榆次打工的，在一个网吧给人家看场子，碰到一个卖运动器材的女的。说好，一百块钱发生关系。结果不给钱，还抢走人家的运动器材。在押人员说，是女的让他去卖。老李说他："是这样吗？你自己好好想想，如果是这样，公安能按抢劫关你？"

在押人员不吭气，回监室去了。老李说：

"这些人很不老实，进来了，还总是为自己辩解。"

老李又说他们监区那几个从东北过来的，车上带着大钢钳，一路作案。抓住了，不承认，关上30天，出去了。后有证据，捕了，他们傻眼了。这些人脑子很好使，有事根本不说。第一次进来，还好管点。第二次、第三次进来，对公检法就很了解了，他们对公检法很抵触。进来了，教育他们，对他们说，你犯了国法，我们管理你是依法保证案子的顺利进行，这样来消除他们的抵触情绪。可这些人对什么事、对什么人都不满，反社会意识很强。对他们的教育改造，实际上，还是强制措施在起作用。

11月28日　星期一　阴

今天骑车上去。路上起了风，骑得身上出了汗。一个30多岁，肤色古铜、头发浓密，长着一对滑溜溜眼睛的民警，他个子不高可平时又好将两只手背到身后，走路慢悠悠的，就显得他更矮矬和油腻，见了我总是露出揶揄的笑。今天他又仰着头，笑眯眯的，用尖尖的嗓音、假假的腔调叫我李主任，凑过来说我辛苦，认真。

他是个聪明人。可不知道他对他们的人是个什么态度。从监区院里的B门到内值班室有五六十米。每天进出监区的人有上下班的民警、外值班室的工作人员、卫生所的大夫护士，有水电工，有搞生产的，我们也进去。还有食堂要进粮油蔬菜，领导说不定什么时候要来，开庭释放投劳，雇了附近的村民两天进来一次拉生活垃圾。一上午进进出出的人总有五六十。每次内值班室的民警都要急匆匆地快步去刷一次卡。就是上午下午换班，一个民警一天也得来回跑百十趟。监控不能离人。吃饭，他们就打了饭回值班室去，一边吃饭，一边盯监控，往往吃不好。前两天，民警李岗值班，有民警问他，怎么还不休息，第二天结婚呀。几人能做到？

11月29日　星期二　大雪

8：10，从家里出来。抬头看看天空，灰蒙蒙的。今天又走了自然村这边。从机关小院出来，往北，上文苑街往西，到中都北路与文苑街十字路口向北，过聂村村口，再向北。从路西大学城筹备处对面的一个村口进去，是聂村的一个自然村。一直向东。出了村子，村里的水泥路变成了一路上坡的土路。两边收割后的庄稼地裸露着，黄黄的一片。地头的枯草被风吹得呼呼的。天也暗下来了。

不能骑车了，就推着往前去。可以骑了，就骑上。风迎面吹来，脸凉凉的，可身上已微微地出了汗。机关一个"切"下去的干警说，这休息了，有什么意思。工作的时候，他是一个积极工作，属于不想闲，一心想工作的一类。这的工作枯燥。如果让他来干，我想他一定会高兴。因为又有工作干了，能干工作就好。哪怕是每天上来打扫一下办公室，录入在押人员的基本信息。这是休息了的人的感觉，是知道工作时日不多了的人的感觉。

迎着风，向前，向东。路上没有一个人，只有我自己，吃力地蹬着车子。上坡，又不能骑了，就推着。推着，推着，路上的泥卷进车子的刮泥板里去了，推也推不动了。停下来，用一根秸秆除掉泥，继续推着。天色更暗了。

看到看守所的楼顶和围墙了。风呼呼的，天色也越来越暗，还飘起了雪花，那所孤寂的所在就包围在一片白色之中。脸上冷冷的，身上却出了汗。快进看守所的大门了，我就骑进去。院子里停了几辆车，有几个老百姓在打电话，不见民警和工作人员。天色黑下来了。到了楼底，车子靠了墙，上了楼，进了办公室，窗外的雪花越飘越多，越飘越大，越飘越急，很快值班室、食堂、监舍的屋顶就铺满了雪。墙头、刺网上也挂了雪花。这才像冬天。这个冬天，从今天开始了。

到值班室抄了日志，上楼输录完毕，雪更大了，下不去了，在办公室看会书。李斯特的《德国刑法教科书》（修订译本），一本好书，可惜我不能通读。能读懂的章节，看了多遍，获益匪浅。

正好有公安的在提审。跟人家说好，走时捎我们下去。

一个律师上来给里边的人送衣服，我说不可以。他有些不满地说："要传话的话，渠道多得是。里边的东西贵。小食品和日用品，有的县看守所能比外边的贵两三倍。这对生活困难的就是一个负担。如果棉衣不好检查，像内衣，经过检查，家属送，怎么就不可以呢？还有的，里边的一盒氟哌酸六七十元。过敏，身上起疱疹，输一个礼

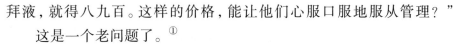

拜液，就得八九百。这样的价格，能让他们心服口服地服从管理？"

这是一个老问题了。①

"太原的一个看守所将方便面、榨菜、太谷饼、寿阳豆腐干、毛巾、香皂、洗衣粉、杯子、牙膏、牙刷等日常食用品的价格公布于接待大厅，这对家属是一个交代，也可以破除社会上对看守所的不实传言。"他又说他的经历。

"这个办法不错。还有什么意见？"

他掏出一张卡片让我看。这是一张外地看守所印制的《亲情传递卡》。家属可以给里边的人写嘱咐的话语。

我看这张卡片的背面写着：

姜×：

好不容易来一趟，太难了。哎，真不知道该跟你说点什么好。你也年龄不小了，就当是一次历练吧。希望你通过这件事，可以让自己脱胎换骨。

有时想，还不如跟你一起住看守所了，就不用在外边受那么多的白眼了。嗨，不说了。

儿子很想你，常问我，爸爸什么时候回来。儿子的学习成绩不错，年级第三名，就是没有以前自信了。你妈的身体比过年时还好，我们在家都好。你在里边管好自己，听警官的话，和里边的人处好关系。一切都会好起来。下个月我再来给你的账上存钱。

韩× 11.1

"通过这种形式，可以缓解他们的想家情绪，对监区稳定有好处。"他说。

不错。可是如果他们写暗语，在案子上内外通气怎么办？对看守

---

① 2018年3月，我到市看搞重大刑事案件侦查终结前讯问合法性核查，王所告诉全省看守所一律禁止所内购物了。好。现在看守所的伙食不断提高，吃饱吃熟吃热吃得卫生，早已不是问题，营养也逐步增加。不能滋长他们的享受思想。就是经济条件好的也要让他知道，这里不是让他们好吃好喝的地方。

所工作还有什么意见。

"一次代理县里的一个案子，我的委托人被打伤了。有伤本来关不进去，可他们局领导打电话让关。体检就一切都正常了。"他说，如果把监管卫生所从公安独立出来，不属公安管就好了。

有道理。本来是起制约作用的单位却同属一个部门的同一个领导分管，其制约效果自然大减。

"还有就是，我们会见不同于提审，会见的环境也应让他感到有一个区别，这样他才能放松思想把真实情况和想法说出来。现在的会见室跟讯问室一样，他在里边一个低低的一米深的'大坑'里（当初看守所设计讯问室的铁栏杆里边低，下边是铁桌铁椅），我们在外边俯视着他。他的感觉肯定不舒服。要是能把会见室里外改成一样，都是平平的地面就好了。"

一个挺好的建议。① 看守所封闭，可也是一个特殊的服务窗口，来这里的人注视着他们工作的每一个细节。

公安部要求看守所民警执勤警容严整。他们每天接触公检法的办案人员，接待前来会见的律师，还有里边人的家属。他们看到民警没有一个良好形象，能放心吗？看守所工作无小事，警风警纪不可小觑。

12 月

12 月 2 日　星期五　晴天

今天他们的工作例会，人都到齐了。监区里的报数声、喊操声、背诵监规声、歌声，又都响亮起来，整个监区似乎都激昂起来了。

"团结 1——2——"

"团结就是力量……"

"南泥湾……"

"五星红旗迎风飘扬……"

口令："1——2——"

众人："警官好！报数：一、二、三、四……"

---

　　① 2015 年，我在未检科时上来提审，发现不仅是会见室，就是讯问室的地面也里外一样平了。虽不驻所了，可我还是为看守所的变化感到高兴。

"向右转！向左转！"

"哎嗨哟嗨，山高水又深……"

"……互相监督、服从管理、接受改造……"

早饭后从里边出来，先在外值班室抄日志，然后上楼，11点55分输毕。中午，吴所把我捎下来。路上，他牢骚了他们工作中的一些长长短短。说过去是老的、能力差的、犯了错误的往看守所打发，当作职工的"劳改队"。现在是坏的社会风气，最容易腐蚀这里的人。会上批评有的带班所长又让留所的出来帮厨，[①] 他们是卖人情，这就说的对。管理就应该从这些细节问题抓起，不能怕得罪人。

12月5日　星期一　晴天，雪开始消融

上午，继续抄日志，录入信息。吃了午饭，一个人从往西的土路走出来。天气好，空气特别清新，呼吸舒爽，我就大步往前走去。路上的车辙是我的小路，或是在地边的白雪上留下我的脚印。四周一片寂静。太阳光照射下，两边的田地白晃晃的十分耀眼，一串不知是一只狗或黄鼠狼的足印，一直跑到白茫茫的远处。

12月6日　星期二　晴　晚8：40　家中

上午，民警老武上来坐了一会。他下午的班，没有回。老武四十五六，是那几个好说的中的一个，在看守所六七年了。他说了看守所的一些枝枝节节的事，像往里边带条烟了，带个内衣内裤了，很正常。说抽烟，在一定意义上还有好处。里边就那么大的一块地方，住十五六个人，多时二十几人，人均一点二三平米的活动空间，又不准随便说话，让他们抽几口烟，还能缓解压力，少出问题。办案人员有时为了让他们交代，还给烟抽。外地有的看守所，也给犯人抽。过年过节，我还得买烟让他们抽一下，表现好的，作为奖励。领导不让。我说不让抽，你们来管，把我调走。谁愿意在这里侍候犯人。我给他

---

① 2009年6月19日，公安部监所管理局下发的《关于禁止看守所使用留所服刑罪犯从事工勤工作的通知》规定，禁止看守所使用留所服刑罪犯从事工勤工作（包括帮厨）。

烟抽，是为了不出事。当然捣蛋的，作为惩罚，就一律不准抽。

老武见我一直听他讲，没吭气，便把话头转了回去，说：

"当然，管理还是应该按制度来。"

这是对我在狱情会上说他们有人往里边带烟的反应。他来解释往里边带烟的理由。

12月7日　星期三　晴天

上午，外边院子里，两个从太原过来的律师准备会见。有人占着会见室，她们就在院子里等。我跟她们说了一会话。

一个60多岁，瘦瘦的，斜背着一个小包，胸前抱着一个文件袋，很精神，说话干脆。她的同伴说她，（20世纪）80年代初就当律师。在法庭上敢说。这位律师，听了同伴的赞扬受到鼓舞似的说：

"有什么不敢说的。什么就是什么。我就是这样。"

"有什么不敢说的。什么就是什么。"好样的，这才像个律师。

可是有敢说的，就有不敢说的。有的律师上了法庭不敢"什么就是什么"，不敢尽言。"公安办案，检察院认可，你到了法庭上说那么几句就无罪了。简直是笑话。"人家又这样不屑。有的"敢说"，看似辩得激烈，却又是事先在下边跟公诉人，跟法官沟通好了的，在法庭上"做戏"，做给被告人和被告人家属看。

一次，一个50多岁的律师，在接待室门口跟一个办案单位的警察不知在说什么。临别，律师一脸的谄媚，先"谢谢"，再将一只胳膊伸得长长的，腰压得低低的，满脸堆笑，与小警察握手"再见"。律师走后，小警察说，想（给里边的一个）办取保。

办取保，该办就办，需要那么谄媚吗？我们法治进步的一个重要标志，该是律师从业环境的改变。律师从业啥时能与警察挺直腰板说话了，啥时在法庭上可以跟检察官无所顾忌地辩论了，啥时在法官面前可以"什么就是什么"地表达意见了，我们的法治建设才可以说跨上了一个台阶，向前迈进了一步。我们正向前迈进着。

问她案子多吗？她说不多，会拉关系案子才会多。又等了一会，等不上，说回去还要写辩护词，跟她的同伴走了。

12月8日　星期四　晴天，却冷

上午，碰到从一监区出来的张大夫，说史某又叫喊肚子痛。再看看，排不下来可就得做手术了。他说的是吞了铁丝又不肯做手术的那个在押人员。

我又跟他聊了一会他们的工作。张大夫说：

"现在，我们的硬件规模，可以说已达到社区卫生服务中心的水平，可技术力量还需要加强。三班倒工作制。白天巡诊，还要抽血化验，外诊，要干的事很多。而晚上，半夜，有情况又必须马上到位。一所对三所，晚上数我们起来的多。大夫护士们很辛苦。

"6月份，一个'F犯'老太太，进来以后绝食。我们每天给她输液，问诊，关心她，感化她，帮助民警把她的工作做了下来。有的进来，没病装病，给民警提种种不合理要求。我们配合总是比民警单独管教效果好。一个盗窃的，胳膊骨折，关进来后，给他做手术，第一次没做好，又做第二次。他吸毒，家里没人管，咱们这么关心他，两次手术没有要他一分钱，就是铁石心肠也感化了，让他从心里感到政府的温暖，顺利地把程序走下来。"

监所的安全稳定，大夫护士们的付出是双重的。

12月9日　星期五　晴天，冷天

中午，在办公室看了一中午书。站起来活动一下，转身从后窗看看里边，又一个熟人，年轻，关在二监区。几年前，一次，我说曾到看守所，看到里边的人百无聊赖地盘腿坐在通铺上，真是度日如年。他却不以为然地说，有的人还想进去呢。现在，他进来了。这是什么谶言呢？

犯罪无关乎年龄。年轻的年老的，无论干什么，凡做事就是为了钱。没有道德标准，没有是非观念，没有正确与否，没有任何底线，一切就是为了钱。为了钱预感"有的人还想进去"也不刹车，也在所不惜。聪明人的想法你不懂。

12月12日　星期一　晴

上午到北山司法所，核实一名缓刑人员的缓刑期限。

一个刚从外地看守所出来的社区矫正人员正好来报到，27岁，厚唇，中等个子，戴副眼镜。在外地打工，朋友跟人打架，他跟着去，伤了人，判三缓三。社区矫正由居住地司法行政机关社区矫正机构负责，他回来矫正。

　　"愿意说说里边的情况吗？"我想知道外地看守所的管理情况，试着问他。

　　"反正出来了，说说就说说。"他痛快地说。

　　"好，你坐下。咱们慢慢说。"让他坐在对面的沙发上。"里边的作息是怎样的？"

　　"6：00起床，做花。7：00出操（就是在放风场踏步喊操，人多，放风场放不下时，几个人就在监室）。7：30吃饭。8：20，警官们交班。组长喊，1—2，大家报数，喊，警官好。清点了人数，报告了里边的情况，警官就走了。隔壁监室，有的原来在一个监室，待了一段分开了。他们就趁机互相喊话，这边喊：二胖，有吃的没有？（诉讼程序）走到哪了？走的时候（投劳或释放）告一声。那边：知道了。都是在监室里混得不错的敢。

　　"然后开始做花。11：30，开饭。吃了饭，边看电视再边做一小会花。1：00睡觉。2：00起床，做花。做到下午6：00，吃完饭，快封号了，清点人数。7：00看电视，看了电视，还是做花。到9：00准备睡觉。洗漱，轮的，得一二个小时。差不多10：00睡下。夜里站班，每班2个人，一班2个小时，一晚上4个班：9：50~11：50；11：50~1：50；1：50~3：50；3：50~6：00，四班时间长点。但都能睡够。警官每半小时会进来打一下卡，检查我们。"

　　"做花有任务吗？"

　　"有。一人一天做5包，一把12朵，12把一包，一般都能完成。完不成的警官找谈话，让他好好干活，不要想太多，想多了更麻烦。'学习委员'也谈，说他不要偷懒，把所里的任务完成了就行了。一个未成年，完不成，哭。"

　　"有不做的没有？"

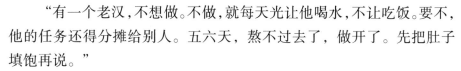

"有一个老汉，不想做。不做，就每天光让他喝水，不让吃饭。要不，他的任务还得分摊给别人。五六天，熬不过去了，做开了。先把肚子填饱再说。"

"生活呢？"

"生活？一天三顿馒头，有菜汤。有时是醋调和面，机器压的。家里给生活账上打了钱，中午吃不饱或想调剂，就可以买着吃点。买什么东西告诉头铺。头铺告诉'跑号的'，所里给统一买。主要是买方便面、榨菜、油酥饼、火腿肠什么的。"

"里边的东西贵吗？"

"还不至于。方便面，1.8元一袋，45元一箱。油酥饼，62元一件。火腿肠，6元一根。"

"所里不调剂？"

"调剂。一个月有一次烩菜，有肉、白菜、粉丝、辣椒。鸡蛋，三个月见不到。今年中秋，每人给发了两个月饼。"

"饭菜好吃吗？"

"在里边，什么不好吃？听说，监室集体受到表扬，环境、卫生、生产都不错，干部会给申请奖励，每人一个鸡蛋。我在时没有。想改善，只好报病号饭。我刚进去，吃别人的。后来，朋友给我的账上打了800元，我给照顾我的一个哥哥定了10天的病号饭，表示感谢。生活账上有了钱，干部就会问你：'开不开了？'意思是花不花这个钱了。你说'开'，'开'多少，扣除你应交所里的，就可以消费了。病号饭一天2顿，一顿10元，中午晚上，一天20元。能吃上大米、面、炒面皮，青椒炒肉丝油油的。油糕，一顿6个。一个月有五六百，吃得就挺好了。有的没有账，一个号房两三个'五保户'。有的室友也给他吃。要是他表现好了，就是生产积极，服从管理，不惹事，头铺会给他买包方便面。"

"头铺欺负人吗？"

"头铺一般是住的时间长的，熟悉里边规矩的当。一般不打人。可里边的人都得听他的。做花完不成任务，晚上罚站班。别人站2个小时，他站 4 个小时。一个被罚了一个星期，每天站 4 个小时。有的完成任务好，做花做得快，所里奖励一二箱方便面，也是头铺负责分。就是发了'起'（指法院向他们送达了起诉书），回来以后也得放到头铺那。他那有一个小盒盒，放到里边，统一管理。也不能折了。不能谁想看就拿出来看，也不干活了。有人定水果，一般是头铺，有钱的。我遇到一个头铺，做农机的，合同诈骗。其实是代理商搞的鬼，骗了他，他付不了别人钱。一次，他给每人一个挺大的苹果，都挺感谢，在里边吃不上。里边，群居。共产主义生活，大锅饭。头铺还得会来事。头铺 2 铺互相捧。'跑号的'一般是 2 铺。头铺对'跑号的'比较尊重，用得着，像往里边送烟。我们的 2 铺是一个年轻人，伤害，本地人。"

"里边可以抽烟？"

"可以。"

"谁往里送？"

"那还不是工作人员，给了'跑号的'。'跑号的'拿进来，在号房铁门上，叫里边的人递进去，告诉这是谁给谁上的。拿进来就交了公了，不能他一个人抽。由头铺统一分配。抽，是偷偷的，在卫生间，蹲下，有堵墙挡着监控。2 个人抽一根，有的是 3 个人抽一根。一个抽上两三口，叫进一个来，抽上两三口，再叫进一个来。打火机，有一个人固定保管。有时是放在卫生间的窗台拐角。谁想抽了，问头铺要。规定一个人一天只能抽两次，有的可以多抽点。由头铺规定。反正我不抽。无所谓。"

"用的呢？"

"主要是香皂、洗衣粉、牙膏、卫生纸。大家公摊。香皂不想公用，就自己买。我在的时候给发了一次。一个监室 4 袋洗衣粉、4 块香皂、4 管牙膏。洗衣粉可以公用。被子 150 元一条，自己买。'五保户'，没有钱，就一直用旧的。每人吃饭的小饭盆，也是公用的。吃了饭，洗干净，摞起来放。头铺的固定，单独放一边。"

"洗澡呢？"

"凉水。"

"不是有太阳能？"

"太阳能是为头铺准备的。其他人大部分是凉水。我在里边待了3个多月，只洗了2次热水澡。洗头，洗脸，冲澡，都是凉水。"

"监室里几个人？"

"18个。除了头铺2铺，3铺好像是北京的，50多岁，非法经营，家里有关系。律师会见告诉，捕就捕了，先走程序，很快把他弄出去。4铺霍州一个矿上的，偷税。5铺一开始是非法拘禁，后来变成了抢劫。自己的挖机，开回来成了抢劫。6铺河南的，绰号'老豹'，盗窃，在当地干了十几年，混社会。7铺老王，人们叫他'黄老二'，毒品，3克，住了一年三个月，我在的时候出去了。8铺马村的，诈骗，骗网友7000多元。9铺小青年，章某，外号'小龙'，1991年出生的，伤害。10铺'狼头'，诈骗，榆次的，跟我同岁。11铺……12铺，伤害，已经住过一次。13铺盗窃，头铺的老乡。还有几个，住的都是这些人。"

"你是几铺？"

"11。"

"睡觉呢？"

"通铺上13个，地下5个。别的监室只有头铺2铺。我们监室管事的还有3铺4铺。他们每人睡一米宽的铺位。每个人睡多宽，也没有硬性规定。剩下的铺位其他人睡。一个单人床单宽，睡两个人，至少。有时能睡三个。我睡觉的时候，被子三折，一折铺，二三折裹和盖。卫生一些。床铺轮流睡。站班的，叫起下一班的人，他就睡了站班人的铺位。那样折一下，是不想挨别人睡过的地方，也是想有一个自己的空间。

"晚上长明灯，刚进来，不习惯，心想，这灯怎么就不坏呢？后来习惯了。我有一个背心，往眼睛上一盖，露出头来。不允许蒙头睡，可以盖住眼睛。

"晚上值班。1、2、3、4铺不值班。还有几个也不站班。10个人轮流。有4个小时休息，就不错了。中午，12：20~2：20睡觉。有的民警抓得紧，2：00起床，就开始做花。"

"大便呢？"

"在监室，有卫生间。轮流值日，便池打扫擦洗得干干净净。监室里没有异味。我一般是在晚上站班的时候。2个人站班，他就既看着我，又看着铺上。白天蹲，浪费时间。里边吃不上油水，便秘。三四天一次，一次得15分钟。晚上，声音小点。9：50把大盆小盆都接满水。晚上有上卫生间的用。用水管冲厕所，影响号房里的人睡觉。水管连着值班室，也影响干部休息。"

"议论干部吗？"

"议论。有的管得松一些，有的严一些。老室友知道，他是什么脾性，他的班需要注意些什么。主要是生产。完不成任务，有的不让加班，有的可以加班。加班，要扣干部的工资。所以是晚上加，也就一个来小时。看完新闻联播开会，10来分钟。加班到9点，一个多小时。再干不完，是星期天下午，睡觉前加二三个小时班。平时，比如你今天干完的早，今天就可以往起补。"

"卫生呢？"

"星期天大清扫。洗被单、号衣，三个星期洗一次。二三个礼拜理一次发。光头，省事，也是为了与其他人有个区别。冬天，隔得时间长点。监室里有2个人给理。想表现。

"再是在个人卫生方面要保护好自己。牛皮癣传染吗？我在里边时有一个，从头到脚，看了让人……光脱皮，一晚上能脱，没有一二两，也有半两。早上起来，得拿笤帚扫。在里边住不了多久，不要惹上这种病。他出去后，连他的被子也扔了。"

"闲下来，放假，干什么？"

"歇着，耗时间。打打牌，斗地主。就能干个这了。"

"聊什么？"

"聊女人。工作时间不聊。晚上，中午，休息的时候，活泼一些的，关系比较好的，聊一聊。再就是互相问，是因为什么进来的。"

"不是不让说案情吗？"

"是不让，可哪管得住。不过，再怎么问，他也会对自己案件的细节有所隐瞒。没必要跟他一个监室的人说那么详细。实际上，他们都隐瞒得很深。问也是请律师了没有？到了哪个阶段？"

"闹矛盾吗？"

"里边一个老师。他们几个骗学生。关进来，不服气，说他上了那几个人的当。还问民警能不能起诉同犯。

"有的互相起绰号。戴眼镜的叫'四眼'，黑瘦的叫'黑鬼'，胖子叫'三胖'，说话慢的叫'笨鸡'。开玩笑，说到人家的痛处了，会反击一二句。但不会动手，都有所顾忌。"

"打架吗？"

"我在三监室，一个小我五六岁的，老找我的茬。我是因为打架进来的，不想打架。一开始忍着，可是不行。没有完。得跟他来一仗。我刚进去，擦地，张指挥一下，李指挥一下，他也指挥，我不服。打架是第四次。

"那天，在卫生间接水。桶大，一下满不了，回来做花。听着声音，快满了，我就准备起身。头铺叫，把地收拾一下，快开饭了。

"这回，又是他，说：二货，水快满了。我说做你的花吧，我听着呢。我进了卫生间，他就跟进来，给了我一巴掌，发狠地说，怎么，不服气？我还手，跟他打起来。那天，头铺不在，开会，或是他的案子。2铺也不在，提审。监室里的人在做花，都看见了。看见又怎样，与自己无关。里边都是各人顾各人。

"民警处罚了他，也训了我。给人家找麻烦了。打了架，他规矩了，我也不用每天提心吊胆，小心翼翼的了。他也怕戴'通天铐'。手铐脚镣，戴半个月。"

"说说在里边的感受？"

"里边毕竟是另一种生存状态，是一个特殊人群。一个住的时间长的跟我说，所有的人，各自的毛病，在外边意识不到的小毛病，在里边都给你无限地放大。优点别人看不到，缺点就给你放大了。你的小毛病，别人可能就不能容忍。里边的活动空间狭小，太容易发生矛盾了。

"刚进来的，里边的人会欺压，试探。看你能不能把握自己，有多少钱，有没有自我防卫能力，看你能被逼迫到什么程度。刷卫生间、擦地板。再有新进来的，换。可要是外地的，会一直让干。我在的时候，就是一个进来七八个月的外地的一直干。所以刚进来，头铺都要告诉，少说话，多做事，是这里的生存法则。记住：'谢字不离口，见门喊报告'，这样才能跟同监室的人相处好，警官才会满意。然后是保护好自己，不要受别人的磕打，克制。"

他说着说着停了一下，似乎是想想，该不该说下边的话，然后才说：

"里边不怕懒的，不怕傻的，就怕不长眼的。里边不同的人，不同的等级。三六九等，非常严格。说话做事，不能没眼色。说话不要让人挑毛病。同一句话，在外边很正常；在里边，不同的人就会有不同的理解，说不对就可能招来打骂。"

"出来高兴吧？"

"那当然。在里边，盼的就是出去。"说到这，他舒了一口气，接着便在轻松的情绪的驱使下，继续介绍里边的情况：

"你出去呀，里边就有人让你给他捎话。进来后，民警会让填单子，写家里人的电话。通知家里，一是给上账，二是请律师。填了，有的有消息，有的没有。不知是工作人员打了，家里没反应，还是没有打通，只好等下次再打。有人出去呀，他就会让人家给他家里捎话，说他在里边怎样，给他的生活账上点钱。主要是生活上的事，说案子的少。至于能不能把话捎到，里边的人也不知道。"

"现在有什么体会？"

"里边可红火了，人来人往的。说不定生活中的什么事就进去了，感觉进去可容易了。在外边可得处处小心，夹着尾巴做人。现在的体会就是自由真好。人不能犯法。在里边太痛苦了。不想第二次进去了。"

有这样的体会，这个看守所就算没有白住。

社区矫正人员走了，杨所跟我说了我要了解的那份判决书的缓刑期限。判决书是有期徒刑 9 个月，缓刑 1 年，可社区矫正告知书的缓

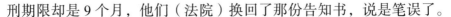

刑期限却是 9 个月，他们（法院）换回了那份告知书，说是笔误了。

我跟杨所长聊了一会社区矫正工作。杨所，40 多岁，在司法所工作十几年了。杨所说，榆次从 2007 年开始开展社区矫正工作，现在他们从乡里归到司法局了，可司法所不独立，还得受乡里的领导。其他的不说，你的水、电、用房等，都得依赖乡里，你就得与乡里搞好关系，才好开展工作。而且司法所的干部还兼人民调解、安置帮教、法制宣传、法律援助、网格及配合乡里的中心工作等，事多人少，工作难免疲于应付。

这真是"右手画圆，左手画方，不能两全"。

12 月 13 日　星期二

一监区的一个死刑犯想见家人，不吃不喝。王所上午进去做工作。见他从里边出来，问他怎么样？王所又慢慢地说：

"说说可能会好点，恐怕会反复。想见家人，是想让家里给他活动，不想死。可他家的情况，父亲下岗，还有弟妹，连律师还是法律援助的。我说，不想死，现在只有一个办法，就是检举揭发，知不知道其他人的犯罪事实，提供破案线索，争取立功。他不吭气了。"

"那下一步呢？"

"像他，抢劫，一下杀死两个人。他也知道，估计是活不了了。想见家人，其实是对死的恐惧。这种恐惧越往后会越厉害。对死的恐惧达到一定程度就会出问题。可是做他们的工作，你不能回避他的这个心理。引导他，让他勇敢地面对死亡，直接说透了会更好。对极度恐惧的死刑犯，我会专门让他读英国哲学家弗兰西斯·培根的《道德与政治论文集》中的《论死亡》，让他读《蒙田随笔》中的《面对死亡》《学会死》。用'朝闻道，夕死可矣'等古代圣贤关于生死的名言开导他们，让他们看淡生死。他们能坦然面对死亡了，就能遵守监规，不会伤害每天为他们服务的同监室的在押人员了。

"他们有的从小没有好好读书，文化不高。可他们当中不乏非常聪明的人。处在这样的境地，他们对人生的感悟会比一般人更深。你给他必要的启发，他们潜藏在心底的以前连他们自己也没有觉察的灵性就会显现出来。故意杀人的滕某，只读到初中。我给他买来《老子》让他读。后来跟他谈话，我拿着书念一句，他就能紧接着背出下一句，把5000多字的《老子》基本通背了下来。通过这种方式，他们对人生的认识提高了，注意力转移了，就不会发生自杀自残，伤害他人的事了。

"他们都牵挂家人，问他父母好不好，孩子怎样，老婆如何了，而平时交的酒肉朋友不问。得解开他的这个心结，不要让他想不开。了解他的一些家庭情况后跟他说，你父母挺好的，平时你也不管，就让你的兄弟姐妹管就行了；孩子也挺好，儿孙自有儿孙福，你就不用多考虑了；老婆，夫妻本是同林鸟，将来人家另嫁他人也是人之常情。跟他这么说开了，他也就想通了。"

"怪不得你们的人说王所会做死刑犯的工作。"

"死刑犯的工作不好做。做他们的工作首先要尊重他们。他们就是十恶不赦也有人格。跟他们谈话，尊重他们，给他们一定的尊严，就好和他们交谈了。"

"蒙羞的人都渴望别人的尊重。"①

"嘿嘿，还是李主任水平高。"王所还会夸奖人呢。哪是我说的，是雨果。

"当然，对性格暴躁的，也得降服他。一个，执行前提出要捐献眼角膜。虽然没有办成，可也看得出经过管教，唤回了他的良知。看到他出一开始的不服从管教，甚至还谩骂干部，到后来你说什么他就听什么。原来他对死者没有怜悯之心，后来做工作让他感到对不起死者。还给家里留言，可能的话，赔偿死者家。看到这个变化，你会从心里感到特别有成就感。这种成就感，不能用立功受奖、披红戴花来衡量。可你心里会特别高兴。"

我想，王所的经验其实也是看守所民警们的经验。为了做好在押人员的工作，为了做好死刑犯的工作，为了监所的安全，王所和他的同事们，看守所的民警们，长年累月，尽心尽力，不知付出了多少心血。

---

　　① 　[法]雨果著：《悲惨世界》（一），李丹译，人民文学出版社1958年版，第97页。

"一次，法院的人来，看到死刑犯戴着沉重的手铐脚镣，帮助死刑犯尽快解脱痛苦似地说：好，我们回去抓紧办理，让你少受点罪。这话就说给死刑犯，有的能想开，而有的不行，可他们不注意。他们走后，有的死刑犯走路连腿也抬不起来了。我们还得做工作。

"死刑犯的工作做好了，他会特别信任你。他会对你说，王所，我走的时候，你能不能送送我？我说，没问题。执行的那天，把他提出来，去了脚镣，他走不了路了，我就把他扶上刑车。他会和你握手，甚至抱住你哭。"

说到这，王所把话停了下来，看了一眼大马道两边的监区，眼前似乎又出现了与他们谈话时的情景。与死刑犯谈话确实不是一个轻松的话题。那就说说其他犯人吧。

"除了死刑犯，一般有三种罪犯不好管理。一是案情重大的。案情大，他的心理压力就大。一时想不开，有的绝食，给你躺下不吃不喝，有的自伤自残。告诉他，不能有这个行为。他说，我就这样。你能把他怎样。停止他购买东西，戴戒具，再不行就关禁闭。但是光靠打压也不行。有的罪犯很穷，家里没人管。可是死了可不行。过去自杀是畏罪，现在要追责。你必须时刻操心，不能让他出事。二是'二进宫'的。他们非常熟悉看守所的工作流程和管理方法，进来好挑事。不过，里边要是都安安稳稳的，他们也就不闹了。没有他的市场。三是生病的。现在生活好了，可进来的人身体却不如以前了，得糖尿病、高血压、心脏病的多了。他们生病给看守所带来经济压力，住院会牵扯许多警力还在其次，如果发生死亡，就是属于正常，可家属闹访、社会舆论关注都会给看守所的管理带来很大压力。

"还需要注意的是职务犯。职务犯比较少，可管理不好也会出问题。他们的主要问题是身份意识差。有的进来了，叫他的名字，他们在外边，恐怕听人叫他的名字都很少，他会不自觉地一下低下头去，那意思好像是刚清醒过来：哦，我是犯罪嫌疑人了。看得出，有羞耻之心。可有的则不是。一次，反贪局送人，到了看守所了还背着个手，仰着个头视察似的看看守所的大黑铁门。民警出去问，哪个是犯人？

看不出来。他们首先有一个身份转变的问题。社会上的混混进来，他们也不觉得怎么样。职务犯，原来有点地位的进来，他们就会感到很有落差。这个落差不解决其身份意识的转变，行为习惯的改变就是问题。有羞耻之心，转变得就会快些。有的进来了还颐指气使，在押人员不服，就会吵闹。这就很需要民警的管教工作及时跟进，帮助他们尽快适应里边的生活。总的来说，他们的重生是一个很痛苦的过程。"

从监区出来，我们到王所的办公室去，王所让我看女监的一名服刑人员给他的来信：

时间过得真快，一转眼我入监已3个月了。入监集训，刚下队一个星期。每天6点起号，打扫、整理内务。6点半打饭，6点40分至7点在监舍吃饭。7点30分出工到车间。8点开始生产。11点50分打饭。12点10分至12点30分，在车间吃饭。午休一个半个小时。2点半上工，下午6点收工。回了监舍，清点人数、发药吃药、洗衣服、打饭。6点50分晚饭。7点看新闻联播。然后自学弟子规、心理健康知识等，也可以继续看电视。10点半清点人数、封号、睡觉。我分在5队，主产车间，在锁边岗位。《监狱服刑人员行为规范》，共38条，1400余字，入监不久我就背会了。每天对照《监狱服刑人员行为规范》要求自己。这就是我们的一日生活。5年的教育改造就这样开始了，痛苦难挨但也充实。我已适应了这里的生活。想起刚到看守所时那恍如隔世的心境，真可谓刻骨铭心，让人无法忘怀。

那天，我是被押到看守所的。从警车上下来，突然看到从未想到过、更从未见到过的看守所的大黑铁门，我一下就愣住了，眼睛一热，泪就下来了。可是身不由己，只好低头一转身，抹一把泪，走进了看守所。当时苦涩的心情，真是无法用言语表达。进来，我又害怕又担心，思想紧张，心情沉重，不知道该怎样面对未来的日子，无故给你们添了不少麻烦。

可是幸好，我在看守所遇到了看守所的民警，遇到了王所你。你的教导使我认识到是自己法制观念淡薄，个人主义强烈，金钱至上和享乐观念作祟，抵不住欲望的诱惑，放任自我，无视法律和制度的约束，在工作中丧失了原则，导致自己违法犯罪，落到今日的地步。我的行为危害社会，葬送了自己的大好前程，也使家人蒙羞。由一名国家干部，一下变为囚徒，我这真是咎由自取。

是你让我放下过去，端正态度，勇敢地去面对未来。入监后，我遵守监规，努力用汗水和泪水洗刷自己过去的耻辱。用真诚悔罪的态度构筑回归梦，用踏实改造的行动实现自由梦。这是一开始你给我指引的出路呵。如今，我遥望自由努力改造，争取早日回归社会。再次感谢王所你对我的教导。

这是经历过煎熬得来的新生。

2015 年 10 月 11 日，作者发表在《山西警方周刊》上的《我眼里的晋中市看守所王副所长》一文

12 月 14 日　星期三　晴天

今天，那个 10 个人的外地犯罪团伙案宣判了。

12 月 15 日　星期四　晴

上午写工作总结，下午进监区。一个民警正躺在床上，让一个犯人按摩身子。见我进来，立即坐起来，让回去了。

12 月 16 日　星期五

今天的狱情会上表扬小何了。昨天他值班，3 监室的邱某取保出所，给里边的人往外带条子，被小何检查出来。王所坐在一边没吭气，却满意地笑了。他得意的民警，几个月就有明显的进步，他当然高兴了。

我问小何，你是怎么发现的，说说，让大家听听。小何还有些羞涩，可他已进入角色成熟起来，说道：

"邱某出所，我把他叫到值班室，跟他例行谈话。可他一点也不上心。我说什么，他就'知道了'地敷衍。急不可耐，恨不能马上离开看守所。住了几个月，想出去，也不至于急成这样吧。我检查他的东西，他一下就摊开，很自觉。可我检查他身上时，他就犹豫起来，说身上有啥检查的。有啥检查的，由你了？让他脱光了。从他的内裤里，发现了这张纸条。"

这真是：徒弟照着师傅做，认真作风有传承。

12 月 19 日　星期一　晴

上午在一监区，中午封号。"跑号的"，高个，白胖，光头尖脑袋，30 多岁，把一个监室一个监室的门锁上。他锁门时，看着铁锁，两只眼的上眼皮盖下来一大半，眉头微微皱着，眯缝着眼。可我能觉察到他向我们这边瞟过来的余光，让我很不舒服。这神态恐怕是他们在这极封闭的环境里不自觉地养成的。我想他在动脑筋，在思考。他在随时准备应对向他提出的问题，或是在尽可能地观察对他有利或不利的情形。忽然，他人不见了。书勤说他进去了，封完最后一个监室，他就进去了。

民警值班室与号房之间有一个上下通顶的铁栅栏。书勤说，封号，绝不能让他们出了铁栅栏这边。书勤把各监室门上的大铁锁都一一往下拽了一下，说：

"他封了号，我会再检查一遍看他到底锁了没有。咱们自己多动一下手，就放心了。"然后他把铁栅栏门亲自锁上，出去吃饭。

看看那几把大铁锁，长年的那么一锁一拽，把黑黑的锁体都摸白了。

12 月 20 日　星期二

上午，写总结。看守所全年出入所共 720 多人，关押死刑犯 7 人，

死缓 6 人，发出监外执行考察表 37 份。一年的工作就这样结束了。

驻所就是独立在外工作。独立在外工作需要驻所干警有相当的自觉性，可仅凭干警工作的自觉性又是远远不够的。实行派驻检察责任追究制，可以增强驻所干警的责任感。可是因看守所发生问题，真正追究驻所干警的有多少？就是有，这少而又少的追责，又能对其他驻所干警起到多大的警示作用？驻所检察是检察机关对看守所进行检察监督实行了几十年的工作方式，其作用自不待言，但是不是真正达到了驻所检察的预期效果，实在是需要认真研究和思考的。现在的驻所状况：一是人员老化。检察系统一说起驻所人员就是"老"，熬退休的去驻所。二是工作琐碎，成就感差。驻所工作没有办案部门一年办了多少案的成就感。做了工作别人看不见，难以获得领导和院里的认可，挫伤驻所干警的积极性。三是监督措施不力，工作没有权威。县院的监所科一般也就二三个人，他们还有"高墙"外的业务（社区矫正监督）。驻所，其实也就是一个星期去一二次，抄抄人家的日志，有时间了进去转一圈，如此监督可谓肤浅得很。

如何真正发挥驻所职能，真正做到对看守所的各项工作进行有力监督，我认为设置更有效的机制，才能激活驻所干警的工作热情。实行驻所检察与巡视检察相结合，上级监所部门对驻所工作常态化巡视，三个月巡视检查一次，既巡查看守所，也巡查驻所工作，不失为一个好的工作机制。

12 月 21 日　星期三　晴

今天关进来一个杀了两个人的，说话也平和正常。杀了人没跑，警察来了，还说，人是他杀的。精神有些不正常。

12 月 22 日　星期四　晴

上午在二监区。六七个在押人员每个人手里拿着一个小本本，正围着司务长核对他们的生活账。一个白白胖胖、圆头圆脑、30 来岁的，一下认出我来，说在东大街住的时候是邻居。我认出他来了。他父亲是一个老干部，见了人就客气地打招呼。他是家里老小，那时他还背着书包上学。

他们回去了，我把他留下来。问他："你爸爸妈妈呢？"他说："爸爸去世了。"我说你好好的怎么跑到这来了。他不在乎地说："上班没意思，不干了。出来干工程。夜里有人偷我们工地上的材料，打起来，伤了人。"我问值班民警他在里边的表现。康导说："还可以，干活手挺快的，就是不要跟他们说那么多废话。"我说："你有什么困难，看我能帮你什么。"他说："倒没什么，就是告诉家里，给我的账上再存点钱。"我说："这个行，可你也节约着点。我看你就是从小惯的。"

"这些人进来是不是都捣蛋呀？"我问民警老康。老康曾当过看守所副所长、指导员。人们习惯叫他"康导"。

康导说："也不一定。在外边好的，进来也还行。在外边就是渣滓的，进来也捣蛋。看有的民警好说话，就给出难题。不过，现在好多了。"又说，在里边待得时间长了，半年，人的视力会受影响。出去了，看不远。告诉他们放风的时候，抬头，透过头顶上的铁栅栏，多看看蓝天白云，有好处。

民警们管理其实是挺细的。

12 月 23 日　星期五　晴

四监区民警王景耀，大学毕业到了部队，2006 年转业回来，就一直在看守所工作。上午我进去，他正坐在办公桌前，两眼盯着监控。看他说话带着鼻音，有点不通。我说那还抽烟？可他又点了一支，说：

"李检官，不行呀，习惯了。回了家，一支也不抽，可上了班，不由得，太操心了。"

民警操心，监区里的问题就少。从四监区出来，我到五监区去。"跑号的"正在马道上翻看一个小桌子上的几十个小本本，她们的生活账本，见我进来，立即站到了一边。

值班大夫也在。值班室的沙发上坐着一个年轻的在押人员，二十四五，白白的脸，梳着短短的马尾式发辫，正把上衣拉上去，解开裤子，露出一块白肚皮，肚皮上有一个化了脓的伤口。她低头看一眼伤口，马上抬起头来看大夫，哭着告诉大夫她的感觉。大夫告诉她，不要着急，让它慢慢好。说着，给她做了处置。

里面，值班民警，一个年轻女民警站在一边，王所坐在办公桌前，正跟对面站着的一个"戴铁链子的"谈话。

嫌犯，21 岁，胖墩墩的，小学文化，17 岁被父母逼得嫁到了邻村。婚后，常因一些琐事与婆婆发生争吵，受丈夫的打骂。那天，她回家

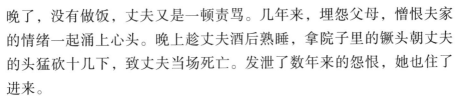

晚了，没有做饭，丈夫又是一顿责骂。几年来，埋怨父母，憎恨夫家的情绪一起涌上心头。晚上趁丈夫酒后熟睡，拿院子里的镢头朝丈夫的头猛砍十几下，致丈夫当场死亡。发泄了数年来的怨恨，她也住了进来。

"看她每天戴着手铐脚镣，也怪可怜的。" 值班女民警在一边小声说。

人性同情弱者。对死刑犯也一样，现在他们是弱者了，无论他们曾经怎样的冷酷或残忍。可又不能让同情胜过理智和职责。这恐怕也是看守所民警工作的心理压力。

12月26日　星期一　冷天　晚8：05　家中

中午司务长送我下来。我问他，在押人员家属给他们存钱的多不多？司务长说不多，不到一半。都是一开始存，时间长了，谁有那么多钱存呢。在里边买着吃，一个人花钱，人人有份。他的钱花完了，其他人买了吃的，他也吃。

12月28日　星期三

上午，和一监区的喜龙做吞了铁丝又不肯做手术的史某的工作。史某也觉得对不起他去世的父亲，对不起他80岁的母亲。上星期，政委和喜龙去看望他母亲，还留了200元钱，让老人过一个温暖的节。想通过这种方式感动他，配合手术。可做手术的工作还是没有做下来。

12月29日　星期四　晴天，可是很冷

年终了，看守所显得有些冷清。一上午只提审了两个。

一个"戴铁链子的"快步从监区出来，到了内值班室门外，停下，大声喊报告词："报告警官：二监区四监室在押人员……前来报到，请指示。"然后一腿前一腿后蹲下，一只手抚在膝盖上，一只手自然下垂，等待命令。这是一个行为很规范的在押人员。

值班民警说，有的过来，慢悠悠的，就跟散步一样，得狠训才行。民警命令道："出去吧。"

"是。"他大声答道，然后快步往监区门外走去。外边有民警跟着，把他送到监区南墙下的一个提讯室，打开铁门，让他进去，然后关上。

一个是发回重审的提审。

12月31日　星期六　早上雾，到10点多才慢慢散去

早饭的时候，王所感叹，一年又结束了，又长了一岁了。刚到公安的时候，人们看他小，叫他"小王"。一晃，也熬到了现在，快50岁了。说别人的事业不断进步，感叹自己的人生如此苍白。

王所在看守所工作20多年，这本身就是好大的事业。人一辈子能干好一件事就不简单。

上午，张大夫给送来12月份的《看守所在押人员重点监护病号情况通报》。通报内容有：监区、在押人员姓名、年龄、性别、诊断、病情。诊断是：窦性心动过速、高血压、糖尿病、癫痫、高血压冠心病等。病情注明：窦性心动过速平稳，血糖偏高，血压偏高偶有头晕，继续治疗等。史某吞食异物，自诉间断性腹痛，诊断必要时手术。一个吞食螺丝的，诊断容易排出。一个小三阳（乙肝），平稳。一个陈旧性脑梗，头晕不适，诊断重点观察。那个杀了两个人的，28岁，癫痫病合并精神异常，不定期发作，观察治疗，适时外诊。

下午2：25。里边又响起：

"日落西山红霞飞，战士打靶把营归……"

"春天的故事……"

"端正态度、认真学习、遵守监规、互相监督……接受改造、认罪服法、弃恶从善……"

"向右看齐，向前看，报数：一、二、三……"

"……立场坚定斗志强。"

"……走向繁荣富强，越过高山……"

"黄河在咆哮……"

2：40，悄无声息了。

进各监区巡视一圈，给全年的工作画一个句号。

一年的工作，平平淡淡，结束了。

2012 年

1 月

1 月 1 日　星期日　晴

一上午，楼道里都是静悄悄的。只有到 12 点半，楼道里才有重重的上楼的脚步声，在二层楼道放车子的声音，然后到门口，跺脚，掏钥匙，开门。妻回来了。再过一个星期，女儿就回来了。这就是我们的家。

1 月 4 日　星期三　晴

上午，民警小何跟一名新入所的未成年谈话，一句一句地告诉他，进了号房后，不要跟里边的人谈自己的案情，特别是不要说家庭成员情况。未成年人睁着一对大眼睛看着小何，点头答应着。

未成年人进去了。小何说，里边的人闲谈，有的别有用心套取人家家里人的情况。出去了，竟敢冒充看守所民警去骗里边人家属的钱，说你家的人，要判多少年，挺重的，但花点钱就能给减刑。可真怪，社会上就有人信，一说办事就给钱，也不想想可能不可能。王所说以前发生过，就把这一条作为特别注意的问题，让谈话的时候，专门告诉新进来的。

1 月 5 日　星期四　晴却冷

吃了午饭，我在内值班室待一会，等出去的人一起走。吴所看我一直盯着一个监室的监控，解释说："应该是吃了饭就午休。现在冬天，午休时间短。他们想早点把活做完，到下午五六点就没事了。"又说，"对这些人，不能太同情了。这些人在外边就是杀人、抢劫。进来了……"

"进来了还得人性化对待……"

"可不。有的关进来，几十天，硬是不说，弄得办案单位没有办法，只好放了。释放，没钱，回不了家，看守所还得给钱。他们在外边做的就是没人性的事，进来了还得人性化对待，真是把他们抬得太高了。"对他们有深刻认识的民警，说着他的看法。

下午在一监区。喜龙他们注重人性化管理，我就跟他聊这个话题。

喜龙说："人性化的一个重要方面是感化，从内心打动他。我们的工作延伸到了高墙外。上次去看史某的母亲，回来让他看视频，想感动他，配合手术。他看了，也哭了，可还是不行，不肯做手术。这次他们抢劫杀人，主犯判死刑，他判十几年，就想着出去呢。只好让他多吃韭菜，看能不能排出来。送他进来那天，他妈跟到了看守所，说：难受了，妈就花钱把你肚子里的铁丝取出来。他却狂呼乱喊：妈，做手术你要是签字，我就给你死在医院里。他老妈说：妈是为你好。他却扯着嗓子喊：你要签字，我就不认你，我就不是你养的。要无赖了！真是可怜他老母亲。人性化管理，我也在思考探索。"

人性化管理，本是一个问题的两个方面。人性化对待有人性的，对没人性的还应有不能"把他们抬得太高"的一面。二者相辅相成才能达到预期效果。

1月6日　星期五　晴

早上起来，院子里铺了一层薄薄的雪，走在上面，鞋底就一步粘出一小块地面来。

上午进监区转一圈，快过年了，里边不要出什么事。这几天看守所冷清，可司务长他们忙。我问他在押人员过年的伙食。司务长说："也改善。三十晚上包饺子。把面和馅子发下去，里边他们自己包。大年初一，8点开了号，开始煮。煮完就快中午了。初二、初三也改善，有烩菜，大米，比平时好。"

1月8日　星期日　晴，是个逐渐晴好的天气

女儿的同学都回家了吧。宿舍恐怕只剩孩一个人了，顶多还有一个。女儿在外孤单着，成长着。

中午，女儿告诉我，已从车站取了票，上了车。这下放心了，可以干点活了。妻说湾儿的卧室擦了，今天先擦客厅和后阳台，我的卧室最后擦。

妻的话好笑，心里却一阵酸酸的。我们结婚这么多年，妻一直关心我，有了女儿是关心女儿。女儿的屋子是女儿的，我的屋子是我的，那她的屋子在哪呢？妻始终没把她独立出来，她不是我的就是女儿的。女儿不在，她睡女儿的屋里。女儿回来了，她就在我这边睡几天，到女儿那边睡几天。一次，我们都说不要她了，妻竟一个人坐在沙发上

哭了，没有她睡觉的地方了。我和女儿都笑了。在家妻总是把她自己放在最后。有时饭做少了，她会给我和女儿盛了饭，去干一点家务再回来。我们吃好了，她才吃剩的。我们在家时，早上，三个小饼子，一人一个，另一个切开，总是一半大一半小。妻就是这样的一个人。

新年之际，感谢她。明天，女儿就回来了。

1月10日　星期二

今天的天晴朗朗的。可我有点感冒，有点流鼻涕。我自己上去。上去，没有进监区，在办公室审查近期的判决书。一个盗窃，有期徒刑9个月，缓刑9个月，还引用了刑法第73条，也不看具体条文。他们（法院）疏忽大意了吧。

看守所给发了一个挺精致的台历。回来路过机关传达室，给了看门的王师傅。一年到头，有稿费、杂志来了，王师傅很注意帮我收着。

1月11日　星期三

吃早饭的时候，听民警们说市直机关的改革方案，正科、副处多少年，年龄多少，职务就要被免，给提几个档次的工资，或享受上提一个级别的待遇，提前离岗。年龄差3年的，可以申请。

这个消息，让我心里有些郁闷。不知道区里会不会也实行这个政策。如果区里也搞的话，提前离岗的职务和年龄会更低更小。我今年就整50岁了。可我还不想被"切"下去，我还想工作。可是政策不由人。上次地方政策，52岁就让"退"了。

工作，无论你干什么，对老百姓来说，其实就是一个谋生的手段，为了生活而已。而我却把自己的青春，自己所有的感情，所有的付出，所有的热爱，所有的痛和累都倾注到检察工作中去了。从到检察院的第一天起，不觉得一晃就30年了。是的，你就是工作得再久，也会有退的一天。但是，30年来，"检察"二字已融入我的思想，融入我的血液里去了。在机关也好，不在机关也好，无论工作、学习或生活，我写的最多的两个字是"检察"，说的最多的一句话是"我是检察院的"。30年来，我做过多少检察工作。尽管有的我做得好，有的没做好，但我都真诚地付出了。检察机关恢复重建时的老同志大部分已经退了。

听他们说起那时的工作，那时工作中的热情，我可以听得出他们对检察事业的热爱和对检察工作的留恋，而对他们这种心情的理解却是现在。现在我也有了他们那样的心情了。想想，自己也工作不了多长时间了。这么多年来，检察院的领导、同事给过自己多少关心和帮助，我对他们心存感激。一朝离开，我会很想念的。

可政策不由人。果真"切"下来，我干什么呢？返聘回来继续干点工作也行，可人家要不要我呢？有时，我也想退就退了。看看书柜里多少永远也看不完的书，想想心里有多少想做的事却因工作、因时间不允许无法去做。一直工作到退休，精力也熬光了，干点自己想干的事也干不成了。倒不如早点退了，去干自己想干、能干的事。可终究还是工作的感觉好。

1月14日　星期六　晴

中午起来，跟妻擦阳台上的玻璃。她用一个两面擦，很方便。说那一年，我还把阳台上的玻璃取下来，就是上可不好上呢。妻的话，让我又心生感慨。她也终于有了"那一年"的意识，能够回想过去了。

擦了玻璃，她要把阳台上的窗户缝、门缝上的红绒布条子取下来，说去年就想弄下来。只她和女儿打扫，没取。这绒布条，一开门，就带土。

那还是刚搬进来的时候，没有包阳台。为了少进风沙，我学着父亲的样子，把阳台的门窗缝上，都用小钉钉了这红绒布条。外边看不明显，又挺密封。十几年了，这绒布条，不知挡住了多少风沙。把它撕下来，拔了小钉，妻粘了宽胶带。这样比原来更严密，屋里能少进风沙。

这就是我们的日子。

1月16日　星期一　早上有雾

7：05从家里出来，天灰蒙蒙的。路边枝条还未爆芽的槐树、未开门的小店铺、学校的围墙、远处的楼房，都还一片模糊。路边一个清洁工已在工作。22路公交车，一路上只有我一个人。车到新付村口下来，横过马路，往西走，到看守所去的那一段简易柏油路上，还是只有我一个人，我就大步往前，走进看守所的大门去。

今天投劳。三四个武警进来一起就餐。吃了饭，几个民警押着六七个投劳的往外走。他们穿着没有外罩的绿棉衣，戴着手铐脚镣，手里提着一个长编织袋，里边装着他们的衣物和日用品，跟在民警后边。

他们自动排成一排从里边出来，前边一个30多岁的高个回过头来低声地、好像很知道那边的情形似的告诉他身后的一个，可旁边注视着他们的人能听清楚：

"到了那边（监狱），就可以给家里写信了，告诉家里。"

后边的轻轻地"哦"一声。

外边院子里，除了工作人员，还有两个来送行的女的，一个40来岁，一个20多岁，穿着颇能显出女性特征的时装，梳着长发，看着她们要送行的人，走在最后边的一个年轻人。他瘦高，面白，一脸的忧郁。那个40来岁的女子的胳膊套着那个年轻的，这时，她拉了她一下，年轻的女子就赶快举了一下手，向他示意。瘦高年轻的投劳人员，扭头匆匆看了她一眼，便紧跟着前边的人上了囚车。他们坐在囚车里，向窗外投来平和的目光，似有终于离开看守所的意思。这时，靠窗口坐的一个50多岁的投劳人员，他尽量将身子挺直，给那个瘦高年轻的投劳人员腾出空间，他往窗口探了一下身，举起合在一起的两手，向窗外示意一下，就赶快放下去，脸上露出苦涩的笑，嘴里还说着什么。可外边的人什么也听不见，只好再次向他示意，那个年轻的女子，却是真诚地一笑。囚车开动了，她们就往前走了几步，一直看着囚车出了看守所的大门，看不见了，才慢慢地往外走了。

投劳是到一个新的改造环境。他们将来会怎样呢？美国整形外科医生和心理学家马尔兹说，通过21天的练习就能形成一个新的习惯。

里边的人，出去以后能改掉过去的坏毛病，保持在里边训练形成的好习惯吗？还有那些在外边"准备"进去的人，他们受的教育，接受的正面练习何止21天。他们养成一个新的好的习惯了吗？他们连住进去的人也不如。任有望从监狱给我寄来一封信，信里附着一首打油诗："入监教育在东侧，新生之门在西角。跨出只有几步遥，却需数年来改造。痛下决心重做人，不负检官曾教导。待到出监获自由，首先向您去汇报。"这些人需要的倒是这样的觉悟。专家讲的总有专家的道理，而现实却又是一道风景。

楼道里，突然"咚"的一声。一股风，楼道东头卫生间的门，猛地关上了。

11点从楼上下来。今天是会见日，会见的似乎比往日多。十几个家属从会见室出来，男少女多。他们面无表情，都不说话。一个年轻女子流着泪，用手背擦着脸。他们出来，楼门外等着的一伙人就进去，院子里还有等着的。

不见办案单位提审的车，我就从往西的土路一路走回来，进了机关宿舍院子，径直回家。单元楼门前，有一堆稀稀拉拉的炮屑。上楼，开门，进家，12点40分。妻还没有回来。问女儿，楼里有人搬家？女儿说，什么呀，今天是小年，有人放炮。

1月18日　星期三　晴天

上午和王所在女监区。当班的两个女民警。负责的，高个，快言快语，说：

"她们心事重重，除了案子就惦记着她们账上的那点钱。不过，女人嘛。"说着，叫过来"跑号的"，"让检察官检查一下你们的生活账。"又说，"女监区跟男监区不一样，男监区都是'跑号的'划账，划完一个人的再划另一个人的，一划就是好几百。省事。而女监区花多少都是她们自己划。"

我看账上有划去二三十元的，十几元的。

"他们应该学学女监区的管理。"王所说。

负责的民警介绍她们的监管工作："女人之间的矛盾多。不过尽是些这个多看了她一眼了，骂了她一句了，那一个几天没有跟她说话了，吃饭的时候少舀了一勺子菜了，她吃的包子小了，都是些小毛病。上厕所，人家先去的，不让她，也是事，会骂几句。打架的少。不像男犯，打架，往死里打。不过也得及时给她们解决，免得她们心里憋屈，发生争吵。一个刚进来的，路也走不稳，提审回来，不知道该往哪走。晚上能哭醒，白天也哭。问她，说一下把她男人打死了，也没有给她留下一句话。得耐心地听她哭诉，让她宣泄，把情绪平复下来。还有，我们坚持谈话制度。每个人的案情，她对自己案子的认识，她周围都有什么社会关系，现在有什么想法，了解了这些情况，就好管理了。"

女民警就是细。

负责的民警又说她不适合在看守所工作，进来以后，看她们都规规矩矩的，谁也怪可怜的。王所说，对罪犯的同情就是对受害人的犯罪。你就是一个铁石心肠。孩子、老公，还有老人，进来了能不牵挂吗？牵挂，就不要犯罪。有时候不由人。不由人由鬼了，心里的魔鬼。

他们在斗嘴，其实这也是看守所民警的工作压力。

该封号了，我们跟女民警到前院。一个一个放风场里都站满了在押人员。"跑号的"也随我们出来了，朝她们很冲地喊一声："回去！"站在放风场的原来还有一点眉眼的在押人员，一下都灰头土脸了，一个个不满地或生气地看她一眼，然后都默不作声地转身回号房去了。

放风场的铁笼子上有的搭着洗了的衣服。地上有一块湿湿的，有的太阳能漏水。女民警说，洗澡一般是两天供一次热水，轮流洗，要不洗不过来。地下靠墙摆着的纸箱子里，有高橙饮料、熟食、干果等。她们买的，过年食用。

1月19日　星期四　阴转晴

10：50，楼下传来关大铁门"吭"的一声，还有人提人，或是律师会见。下去，果然，一个县里的律师刚会见完，等人。他一看就是很精明的那种，人瘦瘦的，穿戴整齐，一双明亮亮的眼睛。我就跟他站在院子里聊了一会。

"他们见了你们高兴吧？"

"当然。他们进去后，最想见的人就是律师。其他人不是不想，是想也没用，见不上。律师是他们了解外边情况的唯一渠道。问他爸妈怎样，老婆孩子好不好。而死刑犯，一般不问，他们的心很硬。然后才会问他的案子重不重，他会在里边住多久，能判几年。这是他们问的最多的。平时的哥们弟兄，他不问。外边的人也是，想通过律师了解他在里边的情况。我问完案子，会跟他聊一会。他们进去以后，一般都有害怕、恐惧心理。跟他聊聊，他或许能跟你说句心里话，这样可以缓解他的紧张情绪，对里边的管理有好处。临走，他会让你给他送进两条烟来。我说，这是你家人的本事。我们做不到。人们对律师有偏见，我们越应该严格要求自己。有的会让你给他家里捎话，关于案件的超出纪律范围的，我一般是答应他，而不会给他说。再如，让问他父母好。你看是很普通的话，你得分析。他们进来前，或许与家人约好了暗语。你不知道这一句普通的话里包含的意思。你给他捎了，说不定把你害死。有的说，谁欠他的钱，让你给他要回来。你分析了可能性，才能去做。不能盲目。这些人确实很复杂。"

又说："办案单位最警惕他们翻供。不能说一翻供就是律师会见的问题。当然不排除坏律师从中捣鬼。一个强迫交易，我们的律师告诉委托人说，是经济纠纷。公安讯问了，不要给他签字。这就不对了。该签的字还应该签，话也不能那么说。律师是凭讲道理、凭证据生存的。一次司法局通报，一个律师到看守所会见。写了诉状，半页纸，说回家构思一下再写，让当事人在诉状最下边签了字。结果她回去写的内容就不是当事人的意思。出现这种情况，他没办法不翻供。不过素质不高的人哪都有，不光是律师队伍里。他们翻供，首先是你的证据不行，有漏洞。你想，他说什么关系着他的身家性命，关系着他的自由，关系着他的家庭，他能不再三考虑吗？他不到最后实在没办法了能给你说实话吗？再说人的思想就非常复杂，就是活络的。有时他睡上一觉起来就可能要翻供，不需要什么理由。"

听他说着，我的思想拐了一个弯。他们的想法或人的思想就像夏日里的湖水，一片树叶掉进湖里，或一只低飞的燕子掠过湖面，或湖底冒出一串气泡，平静的湖面就会滚过一道波纹。很快，湖面就又恢复了她的静谧。如果干扰她平静的物理力不同，湖面就会荡过不同的波纹。脆弱的人的思想，犹如平静的湖面，特别是在人生的低谷或失去自由的困境中，只要外界稍有一点动静，他的思想就会发生变化。

我问他一年能代理几个刑事案，他说也就三五个，二三个就不错了。一年代理不了几个。大部分不请律师。

　　"为什么？"

　　"有的觉得，已经犯了罪了，伤害了人家了，再请律师辩护，好像心里过不去。"

　　这是有良知的。"还有呢？"

　　"人们还是相信关系，觉得找关系比请律师强。找你，首先问，认不认识庭长，跟院长有关系没有？庭长定我的罪，院长要判我的刑。没有，我们不请。

　　"有人就笑话律师，被告人初犯、偶犯、自首、赔偿、认罪服法等，法定的酌定的从轻、减轻的情节都有了，连公诉人都不来，你律师来了，看你还能说什么？意思是律师没用。证据得力，司法机关把案子办得很好了，你要律师怎样？都辩成无罪吗？不可能。律师不是为无罪才参与诉讼的，也不是为了判得轻才辩护的。有没有律师法官都应该依法判处，应该判无罪的，应该从轻判处的，没有律师也应该判无罪，也应该从轻判处。有的到了法庭上，两腿发抖，不敢为自己辩护，不敢说实话。有的开庭下来说，他站在那，觉得地虚虚的，身子飘飘的，忽上忽下，腾云驾雾似的。我们在场就可以给他一个心理上的安慰，让他的家人心理上感到踏实。律师是'维护正义的根本代言人'。律师参与刑事诉讼是给当事人提供法律帮助，通过办理案件保障法律正确实施，促进社会公平正义，为依法治国做贡献。可人们觉得这是说大话。"

　　"当律师压力大吗？"

　　"大。小县城，不像大城市。律师办案都是尽心尽力的。这关系到我们的饭碗。你办一个案件，不给人家一个说法，人家以后不用你。我们靠口碑，不能坏了自己的名声。当然，社会上的混混，进去了，他的问题明摆着。会见时，他自己还让告诉家里，他没事，让家里放心。在外边时，白天黑夜的，吃饭没有规律，有一顿没一顿的。进来生活规律了，反而好了。这样的就压力小点。而有的当事人自己觉得冤，一会见就哭，我们心里的压力就大，想着该怎么帮助他们。"

"整体上，你给律师打多少分？"

他说："我先给你说一个律师吧，叫霍振友。一次，他代理一个民事案件，儿子不赡养老父亲。老人80多岁了，在你们产菜乡却吃不上菜，捡人家地里剩下的菜帮子。有二亩地，种不动了，给儿子种了。可这小子一个月只给他父亲20块钱。老霍在法庭上就骂上了，他妈的，给这点钱，连打酱油醋的钱都不够。你们还要生活了？你一个月挣多少钱？2000。挣2000给你老子200块也不多。你住的房子谁给你盖的？你父亲。你的媳妇谁给你娶的？你他妈的，这么没良心，简直是狗心。就这么骂，骂得那小子不敢吭气。老霍只收了老人十块钱的代理费，还觉得收多了。像老霍这样的，真难得。不过，律师队伍鱼龙混杂。打分的话，总体上打70，或75分吧。"

"那你说，律师怎么发挥作用？"

"律师在案件中的作用是肯定的：一是能充分应用证据，二是有辩护技巧，三是法律知识丰富。你法官的知识没有他多，律师的意见就很能打动法官。"

他说得对。

法官依法裁判。然而，多样复杂的现代社会及其迅速发展，使再周密的立法也不能做到天衣无缝，"疏而不漏"。这就为法官的自由裁量留下了大量的空间或余地，当然这也是法律赋予法官的职权。但法官的依法裁判或自由裁量，并不是机械地用法条套事实，不是美国学者H.W.埃尔曼说的"曾有人将其（法院制作判决）与自动售货机相比，将案件事实投入这种机器，这种机器就会像往常那样毫不费力地制造出适当的判决。"① 事实上，对每个案件的裁判无不包含了法官所受的教育、知识结构、社会经验以及人生阅历、素养、价值取向等学识。法官的学识对他的裁判活动起着潜在的影响和实际的引导作用。人们为什么服从法官的裁判，其实质并不在他身穿法袍、手持

---

① ［美］H.W.埃尔曼著：《比较法律文化》，贺卫方、高鸿钧译，清华大学出版社2002年版，第171页。

法槌、坐于高高的审判椅之上，而是法官所掌握的学识和技术（审判技巧）。法官运用其学识和审判技巧在审理案件中表现出来的智慧比他们所掌握的权力更让人信服。

能打动法官的同样能打动检察官，我也要注意。办案子，在法庭上，讲法，讲证据，其实也是知识的大比拼，谁的知识多谁就主动。"知识就是力量"，是弗兰西斯·培根说的。"只有知识才是真正的权力。人类只应当受知识的统治"，这是雨果说的。

他的助手从"阳光工作室"出来，他们走了。可我的思绪还收不回来。

律师不好干，有他们自身素质不高的问题。有的在当事人家属面前吹，夸大他们做的工作，夸大公检法的问题，来多收取当事人家属的钱。实际上，他们也就会见一两次当事人，每次十来分钟，还没耐心听当事人讲案情，也不提供相关的法律知识，有的甚至连基本案情也不问就结束了。有的会见首先问人家，你家里有多少资产。想通过代理案件弄钱。到了法庭上，有的提一两个问题，就是辩也抓不住要点；有的竟只讲一句，已向法庭提交书面意见，便不再发言了。久而久之，他们把自己的名声搞坏了，也加深了人们对律师的偏见，特别是公检法。

前几天，一个县院的公诉科科长来提审，说他们的一个案子不太好定，贪污，挪用，还有不构成犯罪，县院检委会研究时形成这样几种意见，最后检察长决定请示市院。市院公诉处也拿不准，上了市院检委会。承办人汇报后，让他发言。案子是以贪污罪移送起诉的，他倾向挪用公款。谁知他的发言还没结束，检察长就大声呵斥，打断了他：

"你的观点怎么跟律师的一样，你这科长是怎么当的？"

检察长的态度无疑是有权威的，使原本还有点讨论的气氛顿时鸦雀无声了。他却很气愤，律师的观点未必错，何况他的意见还没有发表完，如此伤他的自尊。也是出于这一点，他顶了检察长。

"这事在我心里盘桓了许久。"当时的愤愤不平似乎持续到了现在，他又有些激动地说：

"检察长的呵斥，除了对下级的极不尊重外，至少还有两层意思。一是他把职务拥有的权力当成了自己的私有财产。私权至上。只可惜用错了地方。别人提出不同意见就是对他个人私利的侵犯，就是对他的权威的冒犯，就有损于他的一贯正确，就恼羞成怒，怒不可遏，就非把不同意见扼杀。这种意识是非常有害的。它破坏工作原则和制度，也是许多冤假错案发生的思想基础。明明是自己错了，也不肯承认，更不去纠正，不惜让人蒙冤受屈也要保持自己的'正确'。为了维护自己的'一贯正确'，有的跑到上级机关游说。上级否定了，事实证明错了，也不肯甘休，还要找各种歪理来辩解，为自己辩护，好像他的错也是理所当然的，应该的。二是包含了对律师、对律师工作的极大偏见。律师是谁？律师同样是法律工作者。他们为当事人提供服务，为犯罪嫌疑人、被告人无罪、罪轻或者从轻、减轻刑事责任提供证明和意见，维护他们的合法权益，同时追求社会的公平正义。可他连这点认识也没有。"

像那个律师说的，你们（公检法）挣公家的钱，我们挣当事人的钱，都是为了谋生。看的同一本书，用的一样的法，你有你的观点，我们有我们的观点，很正常，都是为了工作。有不同意见本是正常。可是不行。非要把律师从轻、减轻、无罪的意见，认为是利益驱动。在法庭上，我们与公诉人是平等的，可你看吧，就连进法庭也不一样，公诉人就径直进去了，而我们还得过安检。不是说安检不应该，只对律师，就是歧视。[①] 在许多司法人员心目中，律师追求社会的公平正义无非是一个冠冕堂皇的托词。他们对律师的认识就是"拿了当事人的钱，自然为人家说话"，就是"靠给办案人送钱来办案子的"。

县院科长感慨不已地说：

"所以讨论案件，你不能发表比原来认定的犯罪事实少的意见，不能发表比原来认定的罪名轻的意见，更不能发表无罪的意见，否则的话，就一定是吃了律师的贿赂，得了律师的好处才有如此表现，就

---

① 2016 年 4 月 13 日，最高法修改的《中华人民共和国人民法院法庭规则》第 6 条规定，需要安全检查的，人民法院对检察人员和律师平等对待。解决了这个问题。

是有猫腻，就是站错了立场，就是'律师观点'，就是'你这科长是怎么当的'。在这样的潜意识下，要发表罪轻，或不构成犯罪的意见，那是要有冒这样的大不韪的勇气的。

"1980年代初，我在经济科。我们办理一起挪用公款案。那时，侦查、批捕、起诉、出庭'一竿子插到底'。开庭后被告人的律师认为我们侦查起诉的事实，属于被告人刚参加工作、业务不熟所致，然后又从主观上分析了工作失误与挪用的区别，认为被告人不构成犯罪。'你站在什么立场说话？你的动机是什么？'我们的人当庭大声呵斥，打断了律师的发言。随之，法庭上一阵沉寂。我不记得当时审判长的态度了，可同事这种既粗暴又幼稚可笑的态度却深深地留在了我的记忆里。当时这种态度和做法在我们的一些人中还当作经验，每当辩不下来的时候，就用这一招来制服律师。

"如果说昔日法庭上同事呵斥律师的态度尚有法治建设刚刚起步，还有我们法律人成长的痕迹的话，那么经过20多年法治建设的发展，今天人们对律师，特别是法律中人，包括检察官对律师的认识当大不同于法治建设的起步时期了。可是，面对检察长的呵斥，我的感觉是转了一个圈，又回到了刚从事检察工作的1980年代初。"

一次，我坐公交车上去。一个人打电话，说他妻家亲戚的孩子犯了事，被关了进去，他找了一个律师。过了几天，不用了。他打听了，这个律师太正统，不给法官送钱。

这又该怎么说呢？检察长如能既看到"律师观点"，又能透过这一层，监督者才不至于将孩子和脏水一起泼掉，不分好坏一竿子将人统统打倒。

我知道一个律师，姓郭，之前是法院的一名书记员。她从事律师工作后的体会是："法官的工作像分粥，要充分考虑矛盾各方的利益：民事案件，用审判的方式，让各方彼此分担责任，原被告各自分担一点，均衡双方当事人的权益；刑事案件，对当事人负责，对法律负责，对社会负责。通过裁判让老百姓知道，不要犯法。

"律师是拉架。你代理了一方，维权以后，不能使双方之间的积怨更深。做律师要有职业道德，不能唯利是图，不能做恶人，不能恶化人们的关系。律师应该是'爱心职业'，这是我的职业理念。我对我的当事人总是说你怎么没理，你怎么不对。不能投其所好，不能因为收了他的费就昧着良心说他好。他来找你，或许只是咨询一下，你不能一分析，让他觉得问题更严重了，更不能忍受了，这样不行。应当是通过你的解答，他或许就没事了，就回去了。你不能扩大矛盾。这才是律师在和谐社会中的作用，也是国家设立律师制度的初衷。就像车行到危险处，眼看着要翻车，律师应该是去给点刹车。人毕竟是脆弱的，谁在社会上生存也不容易。他们有了矛盾，你不能让他们反目成仇。你不能只说法律，有些事不是单纯的法律问题。老百姓的事，你应该教给他一些解决矛盾、实际操作性强的方法。这种做律师的感觉真好。当你看着他气狠狠而来，平和地离开，真的很高兴，那种愉悦真的不是高收入所能代替得了的。

"现在我带着两个研究生。接了案子，我可以听到她们讨论案件，从犯罪构成的四个要件，到犯罪嫌疑人在犯罪中起的作用、社会危害等，从总则到分则，她们阐述得条分缕析，言语间散发出来的那种对法条细腻的理解，那种由高校老师教导、经过六七年的学术氛围熏陶、在言谈举止中不经意间带出来的书卷气，很让人向往，也让我心生羡慕。我带研究生，其实是给了我一个向年轻人、向科班生学习的机会。向他们学习，不断充实新知识，及时补充新理念，是工作的需要也是生存的需要，且是让人非常愉快的事。"

好。我赞成这样的律师。

1月20日 星期五 晴天，可早上下了雪

春节期间，初三、初四值班。

1月22日 除夕

佳节思亲。为消释在押人员的想家思亲忧愁，看守所每逢大的节假日，都要组织文艺活动。

上午，看守所组织在押人员演出文艺节目。演出由一男一女在押人员主持，节目有舞蹈、歌伴舞、武术表演、手风琴独奏、哑剧、独唱、小合唱、小品、相声、三句半等，节目丰富多彩。他们的演出很

投入也很感人。想必是看似简单的节目也融入了他们跌宕的人生感悟。有感悟才能改错，将来出去了才能在社会大舞台上有精彩的人生。

犯罪嫌疑人卢某，一个挺精干的年轻人，28岁，涉嫌购买假币罪。他与女友已商定了结婚日期，却偶尔看到售假币的小广告。鬼使神差，他把准备结婚用的 5 万元钱，买了 20 多万的假币，在回家的途中被查获。要过年了，卢某想家想女友，他竟情不自禁地给女友写了一首诗。

有真情总是好的。我将它抄录在此：

这么近，又那么远
——致叶子

红叶子，粉叶子，白叶子，黄叶子，
日日抚亲千百遍……
却难得与亲见一面。
恍如在眼前，
梦里醒来却相隔那么远。

同在一片蓝天下，
却不在一个世界中。
凝望半空月，
你我共此时。
亲：
请把心安顿好，
待到重生日，
便是再见时。

红叶子，粉叶子，白叶子，黄叶子，
日日抚亲千百遍……

这么近却又那么远，

想你念你却见不到亲一面。

同事问，他反复吟咏"叶子"是什么意思。我说，他的女友姓叶，平时他就叫她叶子。他们在里边的生产是做一种出口欧美的绢纸花，绿叶衬着花瓣，红的、白的、粉的、黄的，非常好看。他睹物思人，是真正的有感而发呢。

这么近却又那么远。他想念女友是这样，其实幸福与痛苦也是这样，看似两重天，有时就在一念之间，一步之遥。

困境让人反省。他们在外边坑蒙拐骗，打打杀杀。进来后，就是再粗的人，他对人生的认识也会有一个大的提升，有比常人更深的感悟。

这是里边的人写的几首诗：

我的兄弟

一个没有黑夜的家，

家里住着十几个兄弟。

他们来自不同的地方，

可彼此都有各自的过失。

在他们的心里，

从不分年幼和年长，

缘分就是在此相聚。

大家都有自己的烦恼，

却从来不愿去说。

不说大家也心知肚明，

就互相默默地安慰对方，

安慰对方就是安慰自己。

我想告诉你，兄弟，
不要那么悲伤，
只要咱知错能改，
就一切都会好起来。
兄弟陪你一起走，
你要相信自己，
再大的坎坷也会过去，
烦恼全散去。
为了迎接新未来，
我的兄弟，
让我们真诚坦白，
我们就必获新生，
创造新的自己。

一个没有黑夜的家，
家里住着十几个兄弟……

靠近你，温暖我

我和你，
完全可以相识于一次优雅的相聚。
而今却相逢于戒备森严的高墙深院，
近在咫尺心却相距千里。

踏进监区长长的通道，
苦涩的泪水，赤裸的身体，
所有的尊严，瞬间都被硬生生地剥落于地。
茫然，不知该从何处捡起。

何曾想，

却不知。
哪知道,
竟然是……

晨曦中, 整齐的队列高亢的喊操声迎接初升的太阳;
晚霞里, 轻松的音乐嘹亮的歌声告别一天的疲乏;
平日时, 大米烩菜鸡蛋, 伙食改善变换着花样;
过节了, 饺子元宵月饼, 节日气氛如家里的景象。

生病时, 大夫护士细心医护;
夜间里, 查铺查岗为的是我们休息好和好的养成;
谈话时, 警官耐心的开导和关怀;
休息时, 捧起书本神交贤哲叩问自己的灵魂。

每一位警官身上都充满了正义的阳光,
看守所里竟这般感人。
于是, 我靠近你, 再靠近你,
想获得你的称赞和信任。

也已知道, 我面临的将是一段异常艰难的旅程;
也已晓得, 我接受的将是一次涤荡灵魂的洗礼。
面对庄严的国徽, 神圣的法律, 我在悔恨中落泪;
可面对可亲的你, 尊敬的警官, 我在反省中找回自己。

这段难挨的岁月,
无疑是一场人生炼狱。
窗外狂啸的北方之神虽然还一再光临,
而我心中春雨润物已开始了破冰之旅。

灰暗的开场, 决绝的转身, 勇敢的滚爬,
你的教诲就是牵引我向上的力量。

期盼团圆，渴望自由，
共同点燃心中守法的信仰。

风雨过后彩虹现，阴霾散去万里晴。
相信自己，就会登上心中的珠穆朗玛；
战胜自己，就会看到纯净高远的天空。
挥挥手告别往日的沉沦，
看看你期待的眼神，
鼓起我新的生命风帆，
洗心革面迎接新人生。

一个年轻在押人员的这几句也很好：

最美丽的风景，
是天真无邪的童年。
高墙笼中的鸟儿，
是多么悲凄的孤雁。
新一年的春天，
是多么热切的祈盼……

1月25日 初三 晴天

到看守所值班。

1月29日 星期日 晴天

今天上去，接送车干干净净，车窗明亮亮的。车上连我一共5个。有的女民警穿了新衣服，可人们的表情犹如平常。

早饭，我吃了小半碗小米、一个煮鸡蛋，一碗羊肉饺子汤，捞了几个饺子。

吃了饭，上楼来，看见每个办公室的门上都贴了宽大的春联，给人一种气象一新的感觉。远处传来沉闷的鞭炮声和"咚咚"的炮声。告诉你，这个年还没有过完，可也到了尾声，新的一年已经开始。

一个人在办公室。突然，楼下传来一阵剧烈的鞭炮声。"阳光工作室"前一阵硝烟，几个民警在一边捂耳朵。这一阵鞭炮，给这个孤零零的寂寞的所在带来些许热闹。

一会儿，是一阵锣鼓声。一辆彩车上下来几十个穿着锣鼓演出服的男女，附近村里的，来拜年。这一阵"咚咚锵"过后，又恢复了平静。楼道里，有脚步声，一下又没了。楼下传来大铁门"咣"的一声，是办案单位提人吧。吃了午饭在办公室休息。

1月31日　星期二　晴天，早上有雾

早上进去，书勤问我过年好。书勤老家在长治，回去住了一晚上，看看老母亲，就回来了，不愿麻烦人顶班。书勤也是一个自觉的人。

从里边出来，护士小郦跟我一起走。我说，小郦，过年你父母好吧。小郦有礼貌地说：李哥，我还没有问候你呢。听小郦这么说，我的眼里有点湿。小郦低下头，轻声说，当父母的都不容易。我说，你要体谅他们。小郦懂事地点点头。

2月

2月1日　星期三　晴天

7：35，二中北门口。东边一栋高层的楼顶上，立着一个很好看的西瓜红大圆盘。在门前走了十几个来回，它就升了一尺多高。车来了。

8：20，办公室。填了今年的第一份《监外执行罪犯出所告知表》，是给被判处缓刑罪犯居住地的检察院的监所部门的。告知："罪犯某某，犯故意伤害罪，于2012年1月19日被山西省晋中市榆次区人民法院判处有期徒刑一年两个月，缓刑两年，现已出所，请依法监督考察。"

8：50，外院。段大夫是心理科医生，三个所的在押人员的心理咨询工作就是他负责。我问他这项工作的开展情况。段大夫说，具体工作还处在初步问诊和一般心理疏导阶段。情绪好激动的人容易发生心理问题，像里边的激情犯罪，情绪一时冲动，犯下大错。而抑郁是犯罪后容易出现的症状，犯罪前后的落差巨大，有的就发生了抑郁。又说，咱们的民警有的也有心理问题。

分析心理学创始者C.荣格曾分析，医生与患者两种个性的会合

和两种化学物质的接触一样：要是产生了反应，那双方一定都会发生变化。医生对患者产生影响的同时，病人也在不知不觉地影响着医生。根据这种"反转移关系"原理，病人便把他的病菌转移到了健康者身上。看守所民警长期监管在押人员，在押人员的不良行为、不健康心理对民警的影响不可小觑。监管民警对此有必要的认识，保持足够的警惕，对保持自己的身心健康很有好处。

其实，现代人竞争激烈、生存压力大，有心理障碍的人在不断增加。了解心理常识，预防心理疾病，消除心理障碍，是现代人应有的素质。

段大夫带着护士到戒毒所去了。我想，在押人员有心理问题，监管民警的心理问题特殊，那犯人呢？特别是女犯，她们的心理问题会不会更多更严重呢？不良的心理是怎样导致她们犯罪的呢？我们守着山西省女子监狱，搞一次女性犯罪心理调查，市院监所处有很大的便利条件。设计出十几项或更多项内容，进行问卷调查，然后统计分析。这是一项有意义的工作。考虑好，再跟他们说。先买一本犯罪心理学来读。

9：30，"劳动号"。民警老程原来在局里当法医，局领导让他来筹建卫生所，干了二三年。有了大夫护士，看守所又正好上划，他就留在了看守所，到"劳动号"当了管教民警。"'大监区'太复杂。这里都是判了刑的，顶多1年，几个月就出去了。"老程又小心翼翼地说，"在这不能在案件上胡来，这是干这个工作的大忌。"

年轻人灵活，反应快。稳重谨慎又是老同志的长处。搞案的人对口供没有缘由地发生变化非常敏感，肯定怀疑其中有了问题。知道这一点，让民警们警惕不要犯"大忌"有好处。

10：00，二监区。监区长高军的班。放风时间到了，整个监区传来此起彼伏的喊操声、背诵监规声。我们到前院，从一个放风场一个放风场前走过。每个放风场里站满了在押人员，一共三排。其中一个喊口令："向右转。""向左转。"在押人员就齐刷刷地转来转去。

队列里有一个跟其他人不一样的。他站在后一排，只踏步喊号子"一、二、三……"不转身，是判了死刑的，戴着手铐脚镣呢。

我问高军死刑犯的心理变化。他说：

"一审判了以后，内值班室都要登记。若是死刑，就要戴手铐脚镣。回到监室，民警找谈话，鼓励他上诉。跟他说二审或许能改判，但更是告诉他，改判的可能性不大。如果改判不了，咋办呢？就直接打消他的幻想，让他接受现实，让他想被他杀害的人的家属的悲痛，慢慢地引导他。二审死刑下来，他就不会出现大的波动了。有的还会抱幻想，有的'死就死吧'，接受了。有的死刑犯说他死，没什么。如果说他死不了，倒不干了。人的心态不同，就得用不同的管理方法：用好里边的耳目，了解他的思想动态；跟他分析他的案子从轻的可能性，帮助他上诉；生活上关心。这样来防止和消除他们对监管的敌对情绪。执行了，我往往是既遗憾又不遗憾。遗憾的是，又一个20多岁的年轻人走了；不遗憾的是，在监管期间没有让他留下什么遗憾。"

放完风，他们都进监室去了，我们从前院回到值班室。高军指着监控上的一个四十四五，不胖不瘦的，他披着没有罩囚服的绿棉衣，除戴着手铐脚镣，表情与其他在押人员没什么两样，在地上慢慢地走来走去，说：

"'打点子的'。他说他死定了。到时，估计不会出问题，想开了。"

我又问了一个问题。监区长就尽量把他的经验告诉我：

"刚进来的找谈话，告诉他要遵守监规，背在押人员行为规范。有的一个月就转变过来了，有的一个星期就行。告诉他，这里的人都一样，只有'服从'。等过一段时间，再给他一点好处，生活上照顾一点。这样就好管理了。就像在高山上惯了，到了稍平一点的地方，他就感到很好了。"

这是王所介绍的，管理比较强势的监区。而有的监区，则人性化多一些。这样好。可以根据在押人员的不同情况将他们关在不同的监区，便于管理。

一监区打电话过来说，一个河南民工要和检察官谈话。

10：45，一监区。喜龙正跟一个在押人员谈话。监区民警每个月

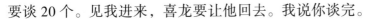

要谈20个。见我进来，喜龙要让他回去。我说你谈完。

这是一个盗窃的，40多岁，规规矩矩地坐在喜龙对面，说话文文静静的，就像一个跟人随便聊天的人。不说你不会知道他还吸毒。这次是他们一起的一个叫他，把一辆车开到村里，给了他200元。抓获后，又认定了两起。昨天开庭了。诉讼程序有变化（如批捕、开庭、宣判等），民警们都要找谈话，了解思想动态。

喜龙问他认不认，他说认。问他给自己量了多少，他说，一辆车三千五，一年半，三起，一万四，能判三年半。

看看，人家的"业务"多熟。他们在里边互相打听，有的还在里边开模拟法庭，根据已判了的，比照自己的事实，他就知道将来自己大概会被判多少。

"如果判得比你想的重呢？"又问他。在押人员挺自知地说：

"也认。因为咱有前科。"

喜龙说在押人员，养好身体最重要，每天活动活动。我们该照顾你的照顾你，你也要配合好我们的工作。"是。"在押人员答应一声，回监室去了。

喜龙说："吸毒的不好管理。该严管的严管，该安抚的还得安抚一下。"我说："看他的面色不错，有红有白的。"喜龙说："吸毒的，进来一个星期就戒了，一个月就不想了。吸食一般毒品的是这样。进来倒是能戒毒。呵呵。"

我让喜龙把那个河南民工叫出来。一会，喊声"报告"，进来一个身体粗壮、眼睛平和、说话直直的30多岁的在押人员。我问了他基本情况，让他说说自己的案子。他说他家在新乡，他们到榆次才十来天，揽了活，给人家铺地板和卫生间。说好干完80%，付12000元。干完活，主家验收，发现了问题。他们认为是挑毛病，都是范围内的。发生了争执，没有付钱。他们几个一气之下，砸了刚铺的地板。他砸了五六锤，损失估计30000多。故意毁坏财物。就是那个农民的儿子。

"不付工资和你砸人家的地板有联系，但你不该砸，你一砸，有理也犯法了。"我说。

"办案单位只问砸地板,是不是太简单了。"他不服气地说。

"办案应该全面审查材料。你干了活,他不付工资,那要看你们一开始的约定,也就是你们订的合同。如果对方的要求不合理,对你就可以从轻处理。你明白了吗?"

他似乎听进去了地点了一下头,回监室去了。

11:20。大夫护士进来了,给在押人员检查身体。一下从监室里叫出来四五个。平时他们感觉哪不舒服了,就报告登记。大夫巡诊,就让他们出来就诊。

一个40多岁、农民模样的说,他腿打弯的地方,起了一个疙瘩,疼。说着他就挽起裤腿,用粗糙的手指着小腿上凸起的一块五六公分长的肿块,说是做操的时候,一扭腰,腿痛,发现的。护士小郦给他量了血压,蹲下轻轻地摁他的腿,问他痛不痛。小郦那动作和话语,都自自然然的,没有一点勉强。他说不痛。倪大夫说,观察一个月,看有没有发展。有的话,出去做手术。

一个53岁,外地口音、打工模样的说他两胳肢窝和阴部发痒。叫到值班室外的马道上,让他脱了裤子,看不出什么,没有起皮,没有湿疹。倪大夫说,估计是季节反应。给他开了外用药。

一个26岁的少数民族,脑袋上起了不少红疙瘩。倪大夫说,可以用毛巾热敷一下,看看情况。

韦某,47岁,血压220/140 mmHg。倪大夫给他开了丹参、硝苯地平各2片,卡托普利1片。另一个35岁,说他胃疼,拉肚子,血压120/80mmHg。倪大夫给开了藿香水。小郦看着他们两个服了药,又让他们张嘴,检查他们的舌面舌底,告诉他们晚上再服一次药。

几名在押人员都看过了。诊疗过程中,大夫说什么,小郦都认真地记在《在押人员病情记录表》上。病犯的姓名、性别、年龄,服用的药名和数量、血压多少、病情症状,记得清清楚楚,然后让民警签字。临走,小郦叮嘱民警,什么药怎么服,说得详详细细。最后,又说:"服药,一定要看清楚,确实是,再把药服进去。"

2月2日　星期四　晴天

一监区的那个想见家人的死刑犯又白天蒙头睡觉。[1] 叮嘱老李多注意。不要还没等法院执行，他倒先把自己执行了。

2月6日　农历十五　星期一　晴天却冷，冻耳朵

晚上和妻出去看灯。在一处灯展前，有两个人说公检法的人，特别是有点职务的，说得头头是道。公安法院的某人，还有看守所的，谁提了什么职务，正的副的，有权没权，干得怎样，给不给人办事，能不能办事。还有某领导的属相、年龄，还能干几年，都知道。

有的人一心想往公检法钻，钻不进来就千方百计跟公检法的人"交朋友"，套近乎。这些人有车有钱，可他们心里不安不踏实。他们怕在社会上被欺负，怕被查处打击，怕他们的利益受损，就想在公检法中找"安全"，有个"靠"。可这个"靠"靠谱吗？

2月9日　星期四　还是很冷

这几天，没有上来提审的，看守所也清静一些。我没有进监区，抓紧时间把《犯罪心理学》读完了。列出调查项目，为问卷调查做准备。

2月10日　星期五

今天的天气真好。接送车往东行驶，从右边的车窗看去，太阳大大的，红红的，从东面的一座高层建筑物顶上放射出金色的光芒。车向北行驶后，公路明亮亮的，向前望去，可以清楚地看到前方的山脉。公路两旁荒芜的农田，村民的房子，一片干枯的树林，半拉子建筑工地，都被清晨的太阳照得清亮亮的。快到看守所了，主楼顶上红红的"晋中市看守所"字样，非常显眼。

车上的人满满的，都不说话，要么淡淡的一二句生活中的闲话，表情跟平时一样，看不出他们内心有波动。可我觉得天气好心情就好。心情好，可我今天没有进监区。在办公室思考女性犯罪心理问卷调查

---

① 2013年1月1日以后，死刑犯执行前就可以见家人了。2012年3月14日刑诉法修改后，根据最高人民法院的有关规定，第一审人民法院在执行死刑前，应当告知罪犯有权会见其近亲属。罪犯申请会见并提供具体联系方式的，人民法院应当通知其近亲属。罪犯近亲属申请会见的，人民法院应当准许，并及时安排会见。

项目。

2月11日　星期六　晴

今天累了，可也有收获。

上午修改女性犯罪心理问卷调查项目，输进电脑里去。算是完成一件事。问卷项目设计得科学是搞好问卷调查的第一步。不同的犯罪总是由不同的犯罪心理驱使的，探寻她们不同的犯罪心理应是问卷调查的主旨。

2月14日　星期二

今天，跟刘处说了搞女性犯罪心理问卷调查的事。刘处立即就同意了。好，我得把这个调查搞成搞好。

2月15日　星期三

喜龙说他们监区关进来一个精神不正常的，说话没谱，背监规，前边背后头忘，叫我一起问一下情况。

叫进值班室，初看就觉得有些不对劲。他坐在小塑料凳上躁动不安，边说话边两只手不停地比比划划。

"你说一下自己的情况。"

"报告警官：我是一监区一监室在押人员冯扬（化名），今年27岁，因为抢银行，13日进来的。报告完毕，请指示。"他一下从小塑料凳上跳起来答道。

"你家是哪的？你坐下，坐下说。"

"报告警官，我家在河北邢台，来榆次十几年了。在东大街做粉条，给'小彬'打零工。给我上了保险，有人要我的命，一般是8万。"他刚坐下又一下站起来，说着，伸出一只手，煞有介事地比划了一个"八"的手势。

"你坐下，不用报告，直接说就行。"

"是。"他马上答应一声，才又坐下。

"谁给你上的保险？"

"'小彬'。他说的挺好。雇我。我就跟他去了。给我上了保险，还用开水烫，说死不了，就是扒一层皮。"这回他坐着回答了，可坐得直挺挺的。

"你是怎么抢银行的？"

"13 号早上，在顺城街上，银行门口有一个小吃摊。我去得早。吃了麻叶，喝了两碗汤，一碗豆腐汤，一碗丸子汤。我知道以后喝不上了。我等路边的银行开了门，就拿了摊上的菜刀，跑进去。进了大厅，把刀举得高高的，要不他们不注意，大喊，我要抢银行。你们赶快报 110。我就朝柜台上的玻璃砍了两刀，那刀不争气，根本砍不动……其他的没有说。进来就踏实了，比、比外边……提心吊……胆的。报告警官，让我出去，我……就回老家，不在这……里干了。"

这么一个情况，让他回监室去了。

我跟喜龙说，得跟办案单位联系，告诉他们冯扬的情况。

2 月 16 日　星期四

一监区三监室的那个蒙头睡觉的"病号"的被窝，还横在通铺上，可人起来了，站在那，静静地看其他在押人员做花。带班所长说，我们说他不听，跟他说检察官不允许，他起来了。

2 月 17 日　星期五

心里想着问卷。吃了早饭从食堂出来，跟段大夫一起走。我问他里边人的心理跟一般人有什么不同。段大夫又用权威式的口气说：

"里边尽是能人，可他们心理不平衡，不能正确对待市场经济条件下人们的付出与所得，总觉得不如他身边的人生活得好。看见别人好，就愤愤不平，就想将他人踩到脚下而后快。嫉妒心理让他们走上了邪路。有的好面子，虚荣心强，为了维护自己的面子，急功近利，甚至不惜用非法手段获取利益。

"年轻的都是独生子女，在家孤单。人群人群，人是在一起生活的。可他们，像'90后'，在家就他一个，大人们围着，让他们变得自私孤独。到了学校，融不到同学中去。女生变得敏感，男生变得暴躁，不能与人正常交往，为将来走上社会埋下人格障碍。有的家庭离异，孩子没有家庭温暖，就到社会上去找，结果遇到坏人。有的家里只顾挣钱，不注意孩子的成长，认为只要给钱就行了，不知道孩子真正需要什么，结果在性行为上，在品德行为上出了问题。有的家贫，孩子内心自卑，可又表现得非常要强，甚至有一种英雄主义，事事要占人先。结果，奋斗方式不对，犯了罪。这里都有深层的心理问题。"

段大夫这么说，我就想，问卷调查应增加这么几项："你是独生子女吗？""你在家是否感到孤独？""你用什么方法排遣孤独？"

"有的犯罪是因为不懂法。但大部分是知法犯法。怎么会不懂呢？出去拦路抢劫，他不知道是犯罪？"段大夫又说，"有的干部违法犯罪，还说是不懂法。真是恬不知耻。"

2月19日　星期日　晴好的天气　下午

在家读《现代灵魂的自我拯救》。

2月20日　星期一　晴天

上午，三监区的马道上，三四个在押人员围在一起不知正在说什么。见我进来，一下散去了，只剩下"跑号的"，他便蹲下整理放在地上的新鞋、袜子和小食品。我进值班室去，值班民警正坐着看电视，说监区没有调皮捣蛋的，没有生病的，没事。

没事就好。

2月21日　星期二　晴

市院监所处打过电话来说，"女性犯罪心理问卷调查项目"设计得有点复杂，问卷不好答，将来也不好统计。我做事总是沉不住气。上个星期，刚把问卷调查项目设计出来，就发到市院去了。写了东西，知道应该放一放，多修改，却性急。时不我待，总觉得该做的事现在不做就没有机会做了。

下午，在办公室修改问卷调查项目，20多项，3000多字。好像已写出了问卷调查报告提纲。还是不对路，再改。

2月22日　星期三　小雪

三监区的邬，自17日宣布逮捕，当天晚上就不吃饭了，到今天绝食5天了。上午，政委、2个副所长、监区长都进去做工作。主任让我也去听听情况。

邬，46岁，运城人，盗窃，2012年1月13日刑拘，2月17日逮捕。这时，他身子消瘦，佝偻着背，眯缝着眼，"学习委员"扶着，慢慢地走了进来。民警张利军让他坐在一个有靠背的塑料椅子上。

政委让王所主问。王所径直问他：

"进来有人欺负你没有？有人抢你的东西没有？"

"没有。"

"管教民警对你怎样？"

"挺好。"

"跟你谈话没有？"[①]

"谈了。谈了好几次。"

"你什么时候不吃饭的？"

"2月17日下午。"

"为什么？"

"想不通。"

"因为什么想不通？具体说一下。"

"因为案件。我不知道为什么关在这里。什么都不知道。"

"你不知道为什么关进看守所？"吴所觉得邬说的过于无理，生气了，一下站起来，走到他跟前，厉声问他。

"是。"邬还是用一种阅历丰富的人遇事不慌不忙的镇静，对屋子里注视着他的七八个人轻轻地回答说。

"你跟办案民警说过没有？"

"说过。我说我什么也不知道。"

"你什么也不知道？你的案由？"

"不清楚。"邬回答民警的问话总是很简洁，这也正是有掩饰心理的人说话的特点。

"办案民警没有说你犯的是什么罪？"

"可我什么都不知道。"

---

① 根据公安部看守所执法细则，对新入所的在过渡期间，管教民警要进行7日跟踪谈话。

"你做了什么坏事你不知道？"

"是。"邬歪着头，迎着问话说。

"你在拘留证上签字没有？"

"签了。逮捕证没签。"

"为什么？"

"他们说调查没事，就取保。"

"有证据，才会逮捕你。"

"不知道。知道就不签了。"

"不吃饭，有没有受看守所的其他人的影响？同监室的，打骂你没有？"

"没有。"

"噢，这个要讲清楚。"吴所一连串的询问，到这才把语气缓和下来。

看守所封闭，被监管人复杂。看守所与在押人员发生矛盾，各执一词，谁来从中公断呢？看守所有时也很无奈。

"那你为什么不吃饭？"吴所把语气放缓，又问他。

"活得没意思。"

"怎么没意思？"

"没办法做一个人。"

"你这样就能做一个人啦？"

"……"

看得出，他的每一句回答都是沉稳的，心里有数的。

"上次你住了几年？"

"6 年。"

"释放几年了？"

"一年多。"邬还是闭着眼睛说。他针对的是满屋子人，而不论具体哪一个。

"那你不吸取教训？"

"你知道他是谁吧？是我们政委。政委在跟你谈话。"吴所恐怕是觉得邬这样对待政委过于没礼貌，便带着些气愤的口气告诉他。

"对不起。"可他并没有睁开眼。

政委继续平和地跟他说：

"你以前住过，法律你懂。我们要对法律负责，对你负责，对你的健康负责。你这么做，对错，你心里清楚。你对自己的案子有想法，可以通过法院审理来解决。现在有什么想法，可以通过律师向办案单位反映。生活上有什么要求可以跟我们说。可不能用不吃饭来对抗法律，对抗监管。"

"我是对抗自己。"

"你这话是什么意思？"吴所说。

"办案单位说，12 号取保我。"

"不取保，说明你有问题，不是没问题。跟你说两条，对抗监管，自伤自残的，后果自负，也不得取保。你别想通过这种方法出去。今天开始，把你在看守所的表现记录下来，将来考虑到量刑里去。"邬的态度又让吴所急起来。

"我管不了自己。我过不了自己的关。"邬仍一副无所谓的样子。

"办案单位冤枉你了？"

"……"

"饿吗？"利军问他。

"一点也不。一点感觉也没有。"

"这么多人跟你谈话，你该有个好的态度。"

"……我自己承担。"邬仍无动于衷。

"喝点水。"

"学习委员"将水杯送到他嘴边，邬轻轻地抿了两小口。

"我们要保证你的健康和安全。"

"我想受罪。"

"等你想通的时候，我还会来看你。"

"不用看。不值得。"

"我们希望你早一点想通。"谈话没效果，政委结束了谈话。

鉴于邬的情况，政委当即确定了三条应对措施：一是卫生所采取有效医疗措施，民警全力配合，保证邬的身体健康。二是继续抓紧做邬的工作，不要放弃思想工作。照顾他的自尊，告诉他可以给他调监区，民警保证不歧视，一视同仁。三是他马上再向分管局长汇报。监区长准备向办案单位反映邬绝食情况的材料。

从监区出来，政委叫我绕着监墙通道走了一圈。政委说，遇到问题不能拖，也不能推。推来推去，就像一个烫手的山芋，谁也不想接，扔来扔去，可是到最后总会落在一个人手里扔不出去了。那问题可就严重了。我说，这段时间，还得注意其他监区在押人员的思想动态，防止出现类似问题。

2月23日　星期四　晴

吃了早饭，向厨师了解邬每天的饭食情况。厨师说，每天都准备软和些的饭菜，护士要灌胃管。然后又到给在押人员做饭的操作间查看卫生情况。里外间都看过，地面干净，灶台整洁，粮油摆放通风防潮，刀铲使用后安全放置。厨师说，大件炊具，像蒸笼、大锅大盆，还有大案板，隔天一清洗并消毒，小的铲子、勺子、菜刀、抹布等，是每天都进行清洗并消毒。不能让他们吃腐烂变质的食物，吃不熟不热的食物，不能发生食物中毒。

说着他们又忙开了。两个厨师，一男一女，往大笼屉里上馒头。男人在案板上，从一大团发面上切下一长条，稍稍揉一下，揉成长条，切均匀，女人就摆到笼屉里去。

上馒头的女厨师边忙手里的活，边笑着说：

"做了早上的就做中午的，做了中午的就做晚上的，做了晚上的就做第二天的。"她看着摆进笼屉里的大小均匀、摆得整整齐齐的馒头，又笑说，"国家就白养着这些人。"

男人说她，咱这才多少人，你看看祁县监狱、平遥监狱、女子监狱，那才多呢。女人说，还有太原、阳泉、汾阳、大同，多着呢。你以为我不知道。

他们恐怕还不知道，在全市，市看已不是硬件设施最好的了，可关押的人数最多，450 多人。仅山西就有 20 多座监狱。全国每年关押服刑人员达 160 多万，看守所在押人员有 100 多万。而且随着社会经济的发展，犯罪人数还在逐年增长，国家在教育改造罪犯方面的开支是怎样的庞大。

2 月 24 日　星期五　小雪

每天给邬灌菜汤、鸡蛋，今天又灌了 450 毫升牛奶，一天三灌。

问喜龙冯扬的情况。喜龙说，还是一会明白，一会糊涂。又催了办案单位。

2 月 27 日　星期一　晴天

上午，进三监区。吴所正在做邬的工作。邬挨着办公桌，坐在一个高塑料凳上，背靠着墙，低着头，眯着眼，鼻子里插着吸管，在头上绕了一圈，然后挂在耳朵上。吴所坐在办公桌后，吸了一口烟，说：

"你想孝敬你母亲，就不应该犯法。你去打工，挣上个三百二百的，在你母亲跟前端上一碗热饭，也是好的。"

可邬一声不吭，脸上没有任何表情。不见效，吴所叫来"跑号的"，把邬轻轻地搀扶起来，邬趿拉着棉拖鞋，慢慢地出了值班室，回监室去了。

我问吴所以前有过绝食的没有。他说有，也正常。为了达到自己的目的走极端。

每天给邬只灌菜汤、豆奶、稀饭不行了。看守所专门买了食品料理机，把大米、面食、肉蛋打碎了给邬灌食，加强营养。

2 月 29 日　星期三　阴

今天，看守所的情况似乎跟平时一样。民警们在食堂就餐后，进监区交接班。各监室的在押人员也已吃过早饭。8：15，整个监区便传来舒缓悦耳的音乐："今夜无眠，今夜无眠……"同时从各监区传来 400 多名在押人员洪亮的喊操声："一二三四——""一二、三四——""一二三、四——"在内值班室的监控上，可以看到各监区的在押人员在监室里、在放风场整齐踏步。可在这一切正常的情况下，还是可以感到一种一年中少有的紧张。监区外，中级法院的两辆刑车早已停在看守所的院子里，法官、检察官陆续从警车上下来，等在看守所的大黑铁门外。各监区的民警到岗后，内值班室的民警都到监区院子里待命。

今天，有两名死刑犯要交付执行，一名是故意杀人的吴某，一名是抢劫杀人的关某。我们驻所检察人员要查看法院的死刑执行法律文书，监督死刑犯从监室提出并交付法院，监督法官验明正身，向死刑犯宣读最高人民法院的刑事裁定书和死刑执行命令，讯问死刑犯有无遗言、信札等。

8：40，法院的十几名法警通过了在一个封闭的过道的两头设置的一个门打开另一个就必须关闭的 AB 门，进了监区院里。当日带班副所长王林森指定一个从监区大马道往院子里看不到的位置，水泥地上画有一条红黄相间的警戒线，说："请在此等候。"十几名法警立刻站住了。王所对法警队长说："就在这，跟上次一样交接。"法警队长说："可以。"王所请示地看着站在一旁的政委。政委命令道："开始吧。"王所让四名值班民警进入监区，押解两名死刑犯出监。

关某在一监区，二监区的吴某被先提了出来。看来，他对今日的死期一点也没有觉察。他走出监区，面部表情正常，两手合在胸前，肩上披一件外边罩着囚服的绿棉袄，下穿囚裤。他顺着大马道的墙根，将脚步迈到脚镣可以让他迈到的最大限度，一溜小跑，到了内值班室前的一条黄色警戒线前，站住，大声快速地喊报告词："报告警官：二监区四监室在押人员吴某前来报到，请指示。"

"出来吧。"此时，六七米宽、百米长的大马道上空无一人，空气似乎也凝滞了。他脚上的脚镣发出的"哗啦"声显得格外响亮冷清，就连民警的口令在严厉中也夹杂着些许悲悯。

他没有注意到，今天民警的口令不是从平时的内值班室窗口传出来，而是由在院子里的民警发出的。

"是。"他很干脆地答道，就又快步往监区外走来。吴某到了院子里，一下看到比平时多了数倍的警察，而且全副武装，就愣怔了，睁大眼睛茫然地看着他面前的警察。王所已站在他跟前。轻声地对他说："吴某，你的死刑复核下来了，今天要对你执行死刑。"

"是。"也不知是看守所平时训练形成的习惯，还是对这一天早有充分的准备，他立即收回灰暗暗的目光，看着王所干脆地回答道。可他黑瘦的脸上，像是立即敷了一层霜。

有民警已把他脚腕上的脚镣取了下来，摘手铐时，却怎么也打不开，似乎有一种冥冥的力量，为这个值得同情的死刑犯拖延一段生命。

那边关某的手铐脚镣已被摘掉。他下意识地来回倒替地抬起两腿活动一下，又来回摸摸手腕，他贪婪地这样活动着。他已很久没有这样自由地活动肢体了。只可惜，他能这样活动的时间实在是太短了。关某边活动边说："抽一口。"有民警递给他一支烟，为他点火。关某就习惯地伸出一只手挡了一下风，深深地吸了一口，抽着了烟。关某只有29岁，高个，白净脸，还戴一副白框眼镜，挺文的样子。可就是他，为了抢钱，竟一下杀死母子两人。法院的法警蹲下用麻绳捆他的腿。他跟吴某穿的一样，脱了看守所的囚服，上身只剩下没有外罩的绿棉衣，下边就穿了一条保暖内裤。脚上是看守所发的新的黑面白边胶底鞋。捆小腿时，关某叫了一声："捆轻点。"这边在帮看守所民警开手铐的中院法警队长回头对那边说："不要捆太紧。"看守所民警要叫水电工拿锯子来，准备把手铐锯开。这时，手铐被打开了。

吴某怔怔地看着王所。王所抓紧时间对吴某说："你有什么要对家人说的你就说，有机会的话，我一定把你在这里的情况告诉他们。"

"对不起父母，对不起家人。"他低了一下头，又对王所说，"感谢王所对我的帮助。昨天晚上，我在书上还写了一段感言。书在监室，把书还你。"吴某好读诗，王所就买了一本诗集让他读。

王所说："你让我查的'曾经沧海难为水，除却巫山不是云'的出处，我还没有给你查呢。"吴某又来了一个很干脆的"是"，这是对一直关心他的王所的应有的态度。

一位检察官的驻所日记

今年春节前，看守所例行举办在押人员文艺演出。王所让他朗诵了一首诗，徐志摩的《再别康桥》。他的开场白是：

"各位领导、各位警官：我是二监区四监室的吴某。我到这里来已快两年了。在这里受到了各位领导和监区警官的关心。在新春来临之际，祝愿各位领导和警官合家欢乐，万事如意。"

他朗读得很动情，当读到"悄悄的我走了，正如我悄悄的来"，两次哽咽，难以下读。那对生的渴望，对人生的眷恋，完全表露在他那闪闪发亮的眼睛里。台下的数百名在押人员感动得抽泣声此起彼伏，民警们也都同情地默默地看着他。人性的软弱与残忍竟这般矛盾地体现在一个人身上。

他在诗集中的那两句诗的空白处写下的感言是："谁知，我的生命就像一滴水，在阳光下顷刻间便化为一缕烟云。人生呵，为什么这般的短暂，这般的轻微渺小啊。"

那天，所里从人性化角度考虑，把他父亲和妻子叫来了。他不知道。当他朗诵完回监室时，王所叫他："吴某，你看谁来了？"

吴某一扭头，看到他表情悲痛的父亲和捂着脸哭的妻子。

"他是一个幸运儿，又见了亲人一面。可他的脸一下煞白，咬着牙，一扭头，戴着手铐脚镣，哗啦哗啦地进去了。"王所说，"那场面太惨了，以后不能再搞了。"

他父亲是一个教师，通情达理，感谢看守所对他儿子的管教。他妻子给他写了几句话，让他坚强，她和孩子会等着他。这都是帮助做工作，怕他自杀，让他感到案子有希望。本来想交给吴某的，可怕他情绪激动，又把那张条子拿回来了。

这会，监管关某的民警也在跟他做最后话别，说："关押期间，你提出的要求，我们无法做到。现在你要走了，你对家人有什么要说的，我们一定为你转告。"

关某在死刑复核期间，预感死期将至，几次提出想见家人，还为此绝食，几天躺在床上不起。如今他真的要走了，一定会给家人留几

106

句话吧。可他摇了一下头，淡淡地说："没有。"

时间不允许停留。吴某在前，关某在后，两人一前一后向 AB 门走去。突然，前边的吴某不走了，也不说话，回头看王所。王所似乎明白了他的意思。快两年的朝夕监管，监管民警与死刑犯产生了某种感情，让他们心有灵犀。你也许感到不可思议，可事实就是如此。王所曾对我说，有的死刑犯对他说：王所，现在你是离我最近的人了，我走的时候，你能不能送送我。他说：可以。可是啥时执行，我们也不知道。有时，我不当班，第二天上班听说执行了，我心里会难过好几天。

这时，王所喃喃了一句："这是要我再送他一下呢。"他快步走到吴某跟前，拉起吴某的手说："咱们握握手吧。"

"谢谢王所。"吴某深深地向王所鞠一躬，说完，往前走了。

看守所给他们每人准备了两个包子和一个鸡蛋，可他们都没有吃，走出了 AB 门。

在汽车出入监区院子的大通道，临时摆了一张小桌子。中院的法官在这等他们。我站在一个面白、小个子法官身边，可以轻松地看清他手里的文书。他先核实吴某的身份："姓名？""吴某。""出生年月日？""1983 年 5 月……"然后宣读最高法院的死刑裁定书。法官的声音低而轻，甚至很柔和，怕他宣读的内容吓着了对面的人似的。宣读中，他看到了对面的什么，就停下来，关心地问：

"穿的有点少吧？"

"不要紧。"可他不由地揉了一下鼻子。

宣读完毕，法官问他有没有遗言书信，还有没有什么要说的。我觉得他应该说点什么了，可吴某说"没有"，还有关某，也说"没有"。他们没有对被他们残害的被害人及被害人家属表示一点忏悔。从案发被羁押至今的数年中，被害人的无辜惨死难道就没有唤醒他们的一点点忏悔之心？还是今天严肃、紧张的环境和气氛，让他们没有想到或没有说出口？对自己罪孽的忏悔，至少能使自己的良心获得片刻的安宁。可是，他们没有。也许，他们早已想用自己的生命抵偿所犯下的罪行。

不一会，坐在小桌前的书记员，也在几份文书上写好了几行简单的现场笔录，让吴某签字。吴某站在小桌前，左手按在桌子上，右手很快地在书记员指给他的地方签下名字，末了"哗"地一下，在自己的名字下边画了一道长长的由粗到细、稍微斜的横线，最后还在横线一头顿了一个点。此时吴某的表情比刚才在监区院子里时还要镇静一些，就像是一次开庭之后让他在庭审笔录上签字一样平静。他果真是想通了生死，为今日之死做好了充分的准备，为自己的命运和归宿做好了准备。看着吴某一份一份地签字，法官又柔和地说了一句："字还写得挺好。"

"原来做生意。想为社会做点事，可是来不及了。"吴某平和地答非所问地来了这么一句。此时此刻不知道吴某是怎么想的。

是的。在自他出事至今仅差 20 多天就两年的那个时候，在他的情绪失去控制的那一刹那，就一切都来不及了。吴某家不在本地，其妻也在外地打工，他们有一个可爱的女儿。2010 年 3 月的一天，刚刚应聘公交车司机一个多月的吴某，驾驶着公交车行至 ×× 站时，他问有没有下车的。车上没有人回应，他就继续行驶。这时，鲁某夫妻二人带着一双儿女说要在此站下车。吴某告诉二人只能在下一站下。为此，鲁与吴发生了激烈的口角，吴只好靠马路边停住了车。鲁某夫妻带着两个孩子下车后，吴鲁二人仍怒目而视，向对方表达着不满。这使吴某非常生气。这时，一般人不可想象的一幕发生了：吴某启动公交车，向右打方向，将鲁妻及鲁妻带着的儿子二人撞倒碾轧，导致二人当场死亡。随后，吴某开着公交车直奔公安局投案自首。法院认为：吴虽有投案自首情节，但故意犯罪后不停车、不救人、不听乘客劝阻，为寻求投案逃避法律严惩，开着大型公交车在交通要道上撞行人、闯红灯、超速行驶，全然不顾及公共安全，不计后果，犯罪情节特别恶劣，后果特别严重，造成极大的社会影响，不予从轻处罚。

吴某一时情绪冲动，犯下如此大罪，今日之结果，是其罪有应得。

关某签的字工整，只是在写年月日的时候，把一份文书的月份写成了"12"，书记员用手指给他，他就很快地涂去"12"，另写了一个"2"字。签完字，关某接过法官递给他的裁定书，叠好，将摁过手指印的食指使劲地往裁定书上擦，想尽量将手指上的红擦干净，然后解开棉衣上的一个扣子，把裁定书塞了进去。大通道朝外的大黑铁门打开了，二人跟着法警走到外边的院子里。

院子里，除了看守所的几名工作人员外，还有几个正好来看守所办事的在押人员家属，人们带着严肃而同情的表情，目视二人分别上了一辆刑车。卫生所的一个护士捂着嘴，竟流出了泪："这两天他感冒了，昨天我还给他发了药，今天就……"

刑车开动了，我们的任务也完成了。二人的路程，还剩下最后一段。

看着一下消失了的刑车，我想到了在监区没有出来的王所。王所从事监管工作20多年，由年轻的"小王警察"到如今年届五旬的"王所""王警官"，他接触、送走过不知多少死刑犯，有着丰富的监管经验，特别是做死刑犯的工作。

王所说："他们的性格不好，就像一匹野马，或心里有个魔鬼，遇到一点事就立刻跳出来，不可收拾。像吴某，其实他的本质并不坏。我说他缺乏最基本的职业素养，根本没有一点从事他那种职业的心理素质。像他那种职业，就应该做到骂不还口，打不还手。可是他，竟在一怒之下，做出那样天理不容的事。"王所分析吴某的犯罪原因，还是不离监管的本职，便又说：

"一个死刑犯从一审到执行，要在看守所住好几年。期间他们在精神上肉体上都要经历很痛苦的煎熬。可这是没有办法的事，对于极度恐惧的，就要想办法开导，让他们看淡生死，接受现实，平稳地度过等待期。"

"惩罚犯罪的刑罚越是迅速和及时，就越是公正和有益。"①
可是，死囚等待执行的时间较长，这个问题在国际上似乎也没有什么
更好的办法，而且有的国家死囚等待执行的时间会拖得很长。美国，
2005 年被执行的死囚犯平均等待的时间为 12 年 3 个月。巴基斯坦的
死囚要等待 6~8 年才被执行，有的可能长达 10 年。尼日利亚有 500
名死囚犯平均等待了 10~15 年。日本最长的等待了 34 年。② 在等待执
行的时间里，不仅是死囚，就是他们的家人及被害人的家人，都深受
折磨。死囚等待执行时间久，似乎是一个世界性的难题。

　　看着一下空旷了的看守所大院，我心里沉沉的。上楼，回到办
公室，我仍无法平静。死刑这一中外刑罚史上最古老的刑种，自从
1764 年贝卡里亚在他的成名作《论犯罪与刑罚》中，首次对死刑的价
值提出质疑起，死刑存废的争论就没有停止过，而且至今任何一方谁
也无法绝对占上风。坐在办公桌前，我也似乎遇到来自不同方向的一
问一答：一方的质问来自书上，李斯特的《德国刑法教科书》（修订
译本）："必须进行争论的是，现今之国家难道就没有其他办法来达
到与科处死刑同等的事实上的保安效果吗？"③ 一方是吴某的今日之
被执行，故答曰："恐怕没有，或至少是现在还没有。"死刑在我国，
威慑犯罪也罢，抚慰被害人的亲属也罢，然而，如何更科学合理地
把握死刑的立法和司法方向，确实是一个令当今之法律人颇费思量
的课题。

　　这时，监区里又传来"一二三四""一二、三四""一二三、
四""一二三四"的喊操声。这是每天上午 10 点规定的放风时间，

　　① ［意］贝卡里亚著：《论犯罪与刑罚》，黄风译，中国法制出版社 2005 年版，
第 69 页。

　　② ［英］罗吉·胡德、卡罗琳·霍伊尔著：《死刑的全球考察》（第四版），曾
彦、李坤、李占州、郭玉川译，莫洪宪审校，中国人民公安大学出版社 2009 年版，第
240~241 页。

　　③ ［德］李斯特著：《德国刑法教科书》（修订译本），［德］施密特修订，徐久生译，
何秉松校订，法律出版社 2006 年版，第 414 页。

让在押人员喊的。为的是让他们接受一些太阳光照射的同时,增加他们的肺活量,有利于他们健康。可我听着,今天的喊操声沉闷闷的,没有平时的洪亮整齐。

3月

3月1日　星期四　有雾的晴天

昨天给邬换了一个监区,让不同的民警做工作,换一种管理方法。可还是不行,又弄回来。

上午,我跟王所去了一趟办案单位。三监区民警老武带了在押人员代邬写的材料和"学习委员"写的邬进来的表现情况。

"学习委员"游某的:邬刚入所表现还正常。只是和其他在押人员闲谈时一直说自己无罪。办案单位证据不足,不会被逮捕。可其被逮捕后就变了,当天晚上就不吃饭了。所领导和警官每天都要将其叫到办公室或到监室进行苦口婆心的开导。他们动之以情,晓之以理的劝导并不能使其放下思想包袱,邬依然我行我素,继续绝食。回到监室,双目紧闭,一言不发,根本无法与其沟通。

在押人员陕某代邬写的材料:我认为自己没有犯罪,办案单位在证据不足的情况下,于2012年2月17日将我逮捕,我实在想不通。活着已没有任何意义。绝食所造成的后果与看守所及我所在监区和监室无任何关系。

我说,前几天我进监区,你还说没情况。老武大咧咧地说,他不吃饭,就做工作了。以为过两天就好了,谁知这家伙这么顽固。又有些无奈地说,死了,处分我,有这个思想准备。反正出了问题就是处分民警。跟上这家伙,我倒霉。我说,现在不是说处分谁,是怎么把问题处理好。

到了分局,孟局长已知道邬在绝食,马上叫来办案民警介绍案件情况。邹队,高个子,40多岁,自信地说:

"真是少见。抓住(邬),连名字都不讲。问他的出生地和家庭情况，都说忘了。以前是否受过刑事处罚、行政处罚或者被劳动教养、收容教养、强制戒毒等情况，也是。问他是否认识麻某和丘某，他的两个同案，说不认识。他们从运城流窜过来，在晋中××公司宿舍用技术手段开锁。失主报案丢了5万多元现金，一部手机。有监控录像。我们通过技术监控，确定这部手机就在这一带使用，中途还换了他的卡。抓住是在一个小区，正两手大包小包地提着茅台酒高档烟，准备去销赃。他用的一张银行卡，案发的第二天，就入账一万七。报捕前，我们又到运城找到他妹妹。他把偷来的手机给他妹妹用了。他妹妹说，手机是他二哥（邬）给她的。他却说没给过。问他的美元、欧元、港币哪来的？说是从市场上换来的，手机也是从市场买来的。人找不到了。说高档烟酒是有人让他去卖。问是谁，说不知道。看看，就是这么胡说了。这案子，就是他干的。"

胡说，可也是早有准备的。

我问他们要了一份邬以前的判决书复印件。邬先后两次判刑。1990年10月20日，因犯盗窃罪被判处有期徒刑14年，2000年8月7日假释。2005年9月8日因犯盗窃罪被判处有期徒刑7年，2010年10月23日刑满释放。出来一年多又盗窃。现金、手机、玉石手镯、油票、贵宾卡、钻戒、项链、皮衣、手表，能拿什么拿什么。

回来的路上，老武心里有了底似的说：

"这下好了。有了判决书邬就别再以为咱们不掌握他以前的犯罪事实了。他说的那一套，就立即戳穿他。"

可我觉得并不乐观："听他们介绍，这个案子的证据有问题，都是逻辑推理，没有一个直接证据，全是链条。有监控录像，说明他进入宿舍大楼了，不是盗窃的证据。邬说外币是从市场上买来的，还有手机，虽说是强词，总是证据不力。"

"李主任分析的没错。绝食不是改变强制措施的理由。催人家抓紧办理，可看守所得先做好自己的工作。"王所说。长期的监管工作，复杂的被监管人员，让王所遇到问题总是立足自己的工作。

3月2日　星期五　阴，飘着一点雪花

早上民警交接班仪式后，我叫上麻所进去再试着做做邬的工作。利军让"跑号的"搀扶着邬进来了，叫他："邬。"

"到。"声音低低的。

"今天的感觉怎样？"

"胸痛。让我死吧。"

"昨天、前天晚上，就说胸难受，痛。吐来着，说灌多了。"扶他进来的"包夹控"说。

"灌的时候慢一点。"利军说"包夹控"，同时让邬坐在高塑料凳上，又跟内值班室通话，叫值班大夫过来。

"非常感谢。"

"感谢，那就吃饭。"

"……"邬不吭气，轻轻地摇了摇头。

"你这样伤害自己，将来出去了，什么也不能干了，怎么对得起家人。"

"不想这些了。"邬闭着眼说。

"抬起头来，听张警官跟你说话。"看他萎靡的样子，麻所说了一句。

邬抬了一下头，可还闭着眼，面无表情地说："我理解张警官。可现在活得一点意思也没有。每活一天都是一种痛苦。没机会报答了。"邬沙哑的嗓音带着一种执拗和假假的滋味。

"你吃饭就是报答。"

"不吃了。对不起张警官。"

"喝点水。"

"不用。难受。"

"夜里能睡着吗？"一会，倪大夫带着护士过来了，问他。

"迷迷糊糊的。"

"胸痛？"

"还有后背。"

"插了管，就有反应。吸气，吸气。"倪大夫边摁他的胸边说。

"噢，就是这痛。"邬动了一下身子，在倪大夫摁痛他的地方，说了一声。

"再吸。"

"嗯……痛。"

"肺应该没问题。以前得过什么病没有？"倪大夫又问他。

"得过肺结核，2008年得的。"邬顺着问话回答。

"治了没有？"

"半年。"

"半年，应该没事了。"

"还得过什么病？"

"克隆压综合征。"

"没听说过。心脏、肺，都没事。"倪大夫收起听诊器，平和地说。显然在应对邬回答的问题上倪大夫也是心里有数的。

"喝口水。"利军看了倪大夫一眼，对邬说。

"跑号的"把水杯送到他嘴边。"往下咽痛，躺下更痛。"邬抿了一口说。

"好，再喝点，慢慢适应。"利军说。

可邬闭着嘴，摇了两下头，不吭气了。

谈不下去。只好让护士先给他灌营养液。程护士怕他难受，慢慢地给他灌下去。利军叫来两个"包夹控"搀扶着，邬歪着头，鞋子拖着地，慢慢地回监室去了。

下午我们的谈话，也没有效果。

3月5日　星期一　晴

上午，带班所长、喜龙和一个民警、值班大夫，带史某出所拍片。回来说，（吞了的铁丝）不见了。估计是排了。排了就好了。可吃了不少韭菜、青菜，足有好几斤。可是不能告诉他，只能跟他说铁丝还在肚子里，要是肚子疼了就吭气，再到医院去。防止他再吞。

排除了"险情"，民警们的心情轻松了一些。我也是。

吴所说他的人，你们写个情况出来，像这样的，还有。及时总结为以后工作积累经验。做了工作就应该让局领导知道，你们工作缺这个。还有那个杀了两个人的精神病，都是领导关注的。进来，咱们监管得挺好。民警却说，干工作可以，情况写不了。

喜龙告诉，冯扬昨天取保了。① 喜龙农大毕业，工作就像他学的怎样种好庄稼，该出什么工就出什么工。不该出去的，千方百计想出去也出不去。该出去的，就是想在里边"躲安全"也得出去。

3月6日　星期二　阴

吃早饭时，老武从餐桌上拿了两个煮鸡蛋，苦笑一下说，给我的那位"大爷"拿上，还得打烂了喂进去。有人笑他，就剩下嘴对嘴地喂了。他们说的是绝食的邹。民警们心里憋屈，说说怪话而已。

系统显示，昨天邹案移送起诉了。批捕后公安机关的侦查时间是2个月。这才17天。反映情况还是起了作用。

女监区的一名在押人员说不想活了。王所和监区长又进去做工作。

3月7日　星期三　晴

上午，市局分管领导召集看守所、戒毒所、拘留所的女民警和卫生所的护士，在戒毒所会议室进行三八节座谈。检察室也参加。

会议室墙上的图片展示着他们开展的活动：给戒毒人员做心理治疗、外出学习培训、参加大型的心理问题干预公益活动等。副所长张警官过来介绍所里的情况：他们一共8名民警，现有强戒人员40名，自愿戒毒人员5名，女戒毒人员5名。张警官是国家二级心理师，曾参加"五一二"大地震心理治疗活动。她介绍了几种心理治疗方法，如情绪减压、催眠、发泄等。心理治疗辅助药物治疗，进行强戒。

行政拘留，出出进进，一年1000多人。几名民警，其工作量可

---

① 2010年5月10日，公安部《关于规范和加强看守所管理 确保在押人员身体健康的通知》规定，患有精神疾病的，看守所可以不予收押。

想而知。看守所的女民警表示，工作辛苦没什么，只要她们在里边好好的，监区稳定。

从戒毒所出来，去参观省女子监狱。监狱民警是三班倒工作制，其工作辛苦跟看守所一样，工作硬件设施则比看守所好多了。

看守所也给她们放了半天假，停工半天，给每个人发了一份毛巾、香皂、牙膏。

3 月 8 日　星期四　晴

昨天暖，今天就变冷，真是乍暖还寒。

×监区出了一个"丢了魂的"。上午我进去了解情况。在五监室，"丢了魂的"平躺在大通铺北边第一个铺位上，挨着卫生间。头朝里，睁着一双大眼。个子不小，脚伸到通铺沿。叫他的名字，不应。"跑号的"推了他一下，也不动。

从监室出来，我说值班民警，王所说你们监区几年都是稳稳的。他似乎也觉得不应该地一笑，说，还是有了个精神病。

"丢了魂的"基本情况和关押情况是：董，34 岁，太原清徐人，初中文化，未婚，2011 年 12 月 25 日因掩饰、隐瞒犯罪所得、犯罪所得收益罪被刑拘，2012 年 1 月 21 日逮捕。

2 月 27 日，办案单位来提审，让他指认作案现场，他却把民警让他看的图片给撕了。回来跟同监室的人说了。人们说他"可不敢这样"。这么一说，他更害怕了。糊了。

2 月 28 日，晚上，做噩梦，半夜叫喊。

2 月 29 日，下午恢复正常。半夜，梦游了。醒来叫喊，刚才提审，又要关他黑屋子呀。

3 月 1 日凌晨，用大便往自己头上抹。叫出来，眼红红的，怀疑精神不正常。问也不说话。

3 月 2 日，不说话，不吭气，流口水。开始灌食。通知了办案单位。

3 月 5 日，再通知办案单位。6 日，又通知办案单位。7 日，办案单位带着去看精神科医生，但还没有做鉴定。

"他有同案吗？"

　　民警说有,好像1案4人,两个没关。有一个在一监区,腿有点瘸。

　　11:50,该打饭了。民警说,我去封号。他往一监室门口一站,里边马上传来:"向右看齐。""报数:一、二、三……""报告警官:一监室应有在押人员17名,实有在押人员17名。报告完毕,请指示。"声音洪亮。民警很干脆地一声令下:"封号!"监室里立即一声"是"。铁门上"嚓"一声,有铁片往下一插,观察口闭上了。民警再往下一个监室去。

　　到五监室,值班民警进去一小会儿,两个在押人员扶着"丢了魂的",后边还跟着两个,出来了。走了几步,民警看他行动困难,让他坐在一个高塑料凳上。两个在押人员从后边托住他的背,他向后仰着头。一个50来岁的在押人员,长脸、背头,叉开两腿,站稳,像照顾孩子一样,一只手扶起他的头,问话,不吭,叫他,不应。他就用调羹,一调羹一调羹,把泡软了的馒头喂进去。"丢了魂的"嘴巴一开一合,"吧嗒"一下,把进了嘴的食物咽下去。随后又用粗注射器一下一口,把豆奶灌进去。

　　"张嘴,好。"值班民警说。

　　"丢了魂的"脸干干净净的。

　　"每天洗。隔几天,下午就给他擦身子。""跑号的"说。一个20多岁的诈骗。够察言观色的。

　　"他可以自己嚼。""跑号的"又说。

　　"吃了什么,大小便,都要登记好。" 民警看他一眼说。

　　"是。""跑号的"立即答道。

　　听了这话,"丢了魂的"眼角慢慢地流出泪来。不知他内心有怎样的"挣扎",面对这样的关照,他恐怕不会一点也无动于衷吧。无论对谁。

　　"昨天吃得不少。""跑号的"说。

　　"逐渐加。一下加多了,受不了。"民警说。

　　眼看着灌进一袋牛奶,一杯豆奶粉。一个馒头,喂了一半。

　　12:30,食堂只剩下我们了。大师傅听我们说话,搭了一腔,说,是吓得吧。民警解释似的说，就是老百姓说的，丢了魂了。

3月9日　星期五　晴

早上吃饭的时候，我问程警官精神疾病怎么鉴定。老程说："精神疾病鉴定要了解案情，审查病史资料，向有关知情人了解被鉴定人的日常生活情况、成长经历、作案前后的精神状况及表现，使用一种精神疾病刑事责任能力评定量表，列着详细的测评项目，打分。依照国家规定的精神障碍诊断标准作出判断。"老程知道我问他的意思的，就接着说："'丢了魂的'，我见了。不一定能鉴定成精神病，只是有这方面的症状。"

"要装呢？"一旁吃饭的民警小何，一直看着老程讲，终于忍不住，问了一句。

"不是装，装倒是装不出来。"老程认真地说。

"如果装的话，装上一个月就装成精神病了。很不值得。"一旁的段大夫说。

"大夫检查身体时，有意痒他一下呢？"小何又问了一句。

"倒是可以试一下。"老程说。

"有的精神病人，痒痒也有反应。精神病看见好吃的，可想吃了。可他不。"一个餐桌上的程护士说。

司法精神医学鉴定结论（2012年3月14日修改的刑诉法改为鉴定意见）虽然在判断被鉴定人的刑事责任能力方面具有重要作用，但是精神病鉴定材料和鉴定手段的主观性，决定了精神病鉴定是一个很主观的判断，是一个应慎之又慎的工作。

从食堂出来，我叫住王所一起走，跟他说："邬绝食还没有解决，现在又出了个'丢了魂的'。你看有什么办法。"

"刚才段大夫的话有道理。我试试看。"

上午，进一监区。我让老李把那个走路有点瘸的同犯叫出来。老李喊"跑号的"："强强。把雷某叫出来。""哎。""跑号的"答应一声，一会，随着一声"报告"，进来一个挺粗壮的年轻人。老李对他说："检察室的李检察官，问你问题，要如实回答。"

"是。"他一咧嘴,笔直地站在那里答道。

"什么时候进来的?"

"报告警官,在押人员雷某,男,1989年6月16日出生,今年22岁,汉族,初中文化,农民,未婚,太原市清徐县人,因非法经营贩卖假烟,2011年12月30日刑事拘留,2012年1月18日被逮捕。"

他像背书一样一口气报告了他的基本情况。

他从家里出来打工,在太原西村南街卫老四家租房子住。那天晚上2点,晋中公安抓他,敲他的门。他感觉不对,就从后窗跳了下去,幸亏是二楼,只崴了脚。回来,到医院拍了片子,把他关了进来。"丢了魂的"是他的上线。他们单线联系。说办案单位没有打骂。

不是像有人说的,是刑讯逼供。他的脚没有大碍,让他回监室去了。

关进来的人情况复杂。民警们除了监区管理,对他们的案件也得操心才行。

下午,看守所又给送来邬绝食的情况通报,还附了卫生所关于邬的健康情况报告:目前邬的生命体征尚平稳,但已经出现消化道不适症状:恶心,上腹部疼痛不适,考虑胃黏膜受损。针对上述症状,我们给予药物治疗。但长期如此容易引起消化道功能退化、胃黏膜受损,进而出现消化道出血等危险症状,免疫力也会随之下降,引发其他疾病。建议尽快采取措施,促使其正常进食。

怎么才能让邬自己吃饭呢?

3月12日　星期一　天气放晴,不冷

早上,他们交接班仪式后,我直接到三监区去。利军见我进来,知道我又要问邬的情况,便主动说:

"咱们那天做工作效果不好,可也算不错了。他刚进来时,我看他没棉衣,到各监区去借。全体人员在大马道里歌咏比赛,看他冷,我就让两个在押人员把他夹在中间,他很感激我。李科长,我知道你的意思,怕我们出事。我会尽力做好自己的工作。我还高血压。"

我说:"你是老民警有经验,应多做一些工作。"

利军很知理,立即放下手头的工作日志,叫"跑号的"把邬弄了

出来。

利军又通知值班大夫来听诊。一会，马大夫和程护士过来了，给邬做了检查。呼吸、电解质正常，血压 140/110 mmHg，心电图，也没问题，就是精神状态差点。或许是有感于民警和大夫护士的关心和医护，邬的眼里流出了泪，抽泣起来，声音嘶哑。马大夫让他安静。程护士说：

"看他的情况，能喂。晚上反正有人，也有时间，让人喂，食物到了嘴边，条件反射，就吃进去了。"

"不会噎着？"

"不会。坐着喂。气管能自动合闭，不是昏迷状态就能喂。"程护士技高胆大心细。卫生所幸亏有她会插管。要不，每次插管，都得叫 120 过来。

邬不哭了，可吃饭的工作还是没有做下来，让他回监室去了。一会，"跑号的"过来报告，吐了。刚才喂的奶，吐出来了。又闭上眼了，不理人。

从三监区出来遇到王所，王所告诉，办案单位给"丢了魂的"做精神病鉴定呀，这是一个做工作的机会。

中午吃饭时，政委说要给我安排一个中午休息的地方。主任没说，我不好给人家添麻烦。

3月13日　星期二

今天的天气晴朗朗的。看守所的监墙外，东边的荒土堆却雾蒙蒙的，在太阳光的照射下，似乎有蒸腾腾的气体往上蹿，土堆上有白色的反光点。天空不断传来呼呼的风声。北边的荒地上，打桩机、挖掘机、装载机、拉土的重型卡车荡起阵阵黄沙，一种秋后似的感觉。这里要建一个大型的集贸市场，开工了。

监区北墙外，有一根水泥线杆。10 点 27 分，线杆上突然飞来两只乌鸦。它们轻盈地一纵身，飞到东监区第二排的监室顶上，又往前跳了一排，绕了一圈，然后飞回到线杆上，还"哇哇"地叫了两声。一会，不见了，不知它们飞到什么地方去了。

邬案，昨天退补了。检察机关审查公安机关移送起诉案件的时间

是一个月。这才一个星期，我们很配合看守所的工作。

3月15日　星期四

今天食药局来检查食堂，粮油米面正规渠道进货，炊事人员健康合格上岗，做饭流程符合要求。

3月16日　星期五　风，窗外吹得呼呼的，却是晴天

今天，接送车到太谷精神病院去了。我知道，那是给"丢了魂的"去做精神病鉴定。

近来邬不吃饭，又出了一个"丢了魂的"，看守所的气氛有点沉闷。四监区一直比较平稳。上午的工作会上让景耀介绍经验。景耀说：

"监区里有点问题不怕。有了问题就要及时解决。去年我们关的杀人犯卫某，刚进来也是不吃不喝。我们及时做工作，都是看着把给他订的奶喝了。他很感动。问题就解决了。有了问题，不能扯皮。民警的管理方法可以不同，但方向和目标必须一致，大家劲往一处使。他的思想和表现不可能是一条直线，不可能没有变化。今天是这样，明天就可能是那样。他的思想有了变化民警就要及时通气，商量好办法，一班接一班地把工作做下去。这样工作才会有效果。刚进来的，不懂规矩，就要把制度给他讲到前头，从一开始就打好基础。这样就可以避免以后的许多麻烦。教育很重要，遇到问题就教育。发现小的问题，小的苗头，像吵嘴、闹意见，就要抓住不放。不能让这些问题发展滋长。"

遇到问题有方法工作才会有成效。道理简单，可要做到却不容易。大家说他讲得好。

3月19日　星期一　晴

早上起来，觉得眼睛有点不对劲。右眼流泪，黏黏的，红红的。没感觉，怎么一下成了这个样子。这两天熬夜赶问卷材料，急的。我急什么呢？也没有人催你。可我不行，有了一个想法就想一下把它落到纸上，心里才踏实。今天我请了一天假。

3月20日　星期二　晴

卫生所又送来邬的健康情况通报：神志清楚，但精神状态较差。血压110/70mmHg，双肺呼吸音清，未闻及干湿性啰音，心率72次/分，律齐，腹软，压痛（＋），目前生命体征平稳。建议采取措施，促使其自己进食。

"丢了魂的"还是问什么都不吭气。

3月21日　星期三　晴

上午，回机关参加山西省检察机关派出派驻监所检察机构建设工作视频会议。会上表彰了达标的等级检察室。市看被评为三级规范化检察室。

3月22日　星期四　晴天，可刮着风

看了一上午驻所资料，11点多，我也下楼给自己放放风。

法院的两辆囚车，响着警报，进了院子，囚车后跟着进来一辆私家车。从车上下来三个瘦瘦的、衣着单薄、头发卷卷的染成黄黄的年轻女子。已经春天了，可天还冷。她们缩着脖，急步往囚车跟前来。从囚车上下来四五个年轻的在押人员，他们都一脸的疲倦，戴着手铐脚镣，懒散的样子，先到卫生所进行入所体检。值班大夫一边很快地在几张表上签了名，一边说："他们是开庭。开庭一般问题不大。如果是出所辨认、起赃，就得认真检查了。"

从卫生所出来，他们跟着法警往A门走。那三个女子伸出双臂，很夸张地朝他们摇摆。走在最后的一个小个子，两手合在一起，手里卷着判决书，举了一下，向她们示意，前边的几个没搭理她们。他们都默不作声，脚下却"哗啦""哗啦"的。几个法警也不管，一个走在前边，两三个跟在后边，看着他们跟着进去了。这边的三个，返回车上，车忽地一声，飞快地开走了。里边的人的人生，和外边的人的人生，此刻各自开始了。不知他们和她们数年后的人生是何结果。

这会，从会见室出来一个律师，看见我，他自己就过来了，往旁边看了一眼，说："上次会见（日），他到外地去了，没见上（里边留所的服刑的人），跟外值班室说好了，今天来见上一面。"

3月23日　星期五

上午监区民警告诉我，王所找"丢了魂的"谈话来。

3月26日　星期一　晴天

食堂每天和十几袋面，做470个人的馒头，早上不到5点就起来工作。厨师主要是一对30多岁的夫妻。

11:50，给在押人员打饭的两辆推车进了监区。男的在前边，他的推车里是菜汤，上面漂着红红的尖辣椒和油花。到了一监区门口，一下出来11个年轻的在押人员，他们每人手里拿着一个塑料盆，分站在监区门的两边，规规矩矩地等着。听民警口令才上前去，由送饭打菜的师傅给他们打。一个监区打完，一个监区再打。

以前，有一次，两个监区打饭的一下都出来了，谁都想先打，结果打了起来，掀翻了饭桶，烫伤了一个犯人的脸。

"跑号的"拿起伸在不锈钢铁皮箱里的长把铁勺慢慢地搅，一下一下地把菜箱里的漂在上面的辣椒与沉在下边的面条和白菜搅匀。男大师傅戴着食用手套，用一个中号铝盆，给挨个过来的在押人员端着的塑料盆里舀，一下，两下，三下。有的悄悄地说一声："再给点。"师傅也不吭气，就再打给他半盆。那个在押人员就大喊一声"谢师傅"，回去了。

男大师傅往前去了，再过来的是女厨师。她的车子上是几笼屉馒头。他们过来，也是高声喊一声，告诉她，"15个""18个"，他们监室的人数。她就将馒头从笼屉上掰下来，塞进一个个递过来的塑料盆里。她似乎也不数，凭经验给每个递过来的盆里塞。塞满了，有的也是小声说一句："再给一点。"她不像她一脸不苟的男人，而是一笑，再掰给他几个，一边自信地告诉一旁的人：

"够了，他们就不要了！"那个在押人员就大喊一声"谢师傅"，满意地走了。女厨师更笑了。

我掰了一小块馒头塞到嘴里。还行，暗腾腾的，有一股馒头的香味。

一会，打菜汤的车子返回来了，里边的菜汤只剩下一点了。王说，都打给他们，让他们吃饱。吃饱了里边的矛盾就少了。吃，人的最基本需求。

中午吃饭，张大夫过来跟我坐一桌，说今天进监区吓了一跳，一下就正常了。说话，吃东西，什么都正常了。张大夫是说"丢了魂的"，做了精神病鉴定，一下就好了，什么都正常了。

我看了一眼坐在另一桌的王所。他笑了一下，低头吃他的拉面去了。坐在我一旁的民警说，王所这回用的是"归谬攻心法"，乘胜追击，非常有效。

3月27日　星期二

上午，进一监区，见老李正跟一个刚入所的谈话。我就坐在沙发上看他们。

老李原来当所长，退休后被返聘回来。这会儿，老李坐在办公桌后边，看着对面一个单腿蹲着的还带着孩子气的在押人员。老李问一句，从他的老花镜上边朝对面的在押人员看一眼，然后在谈话本上记一句：

"谁叫你去的？"

"他们。"他睁着一双单纯而明亮的眼睛，看着老李。

"他们是谁？"

"就是一起进来的。"

"谁？"

"'宝蛋''强哥''小二''白四'，还有我。"

"知道叫你去干什么？"

"俄（我）不知道叫俄去干什么。"

"你不知道叫你去干什么？"老李显然是不信，把口气严肃起来，问他。

"俄知道叫俄去干什么。"他忽眨了一下他那对挺大的眼睛，赶快答道。

"老实说就对了。叫你去干什么？"

"拦汽车。"

老李的这一组问话，把未成年人的侥幸心理打掉了。

"你看你。小小年纪就去干违法的事。"

"载（这）还违法？"

"这还违法？是犯罪呢，抢劫罪。你不知道？在学校老师没有告诉你？"

"知道。可俄在车上，没有下车。当时没想到会这么严重。"

"在车上也不行。你应该老实。你是不是心存侥幸，弄点钱，发现不了？"

"嗯。"

"抢了一次，就发现了。你看你对自己多不负责任。"

"是。"

"抢的哪的车？"

"不知道。"

"怎么又是不知道，到底知道不知道？"

"真的不知道。好像是冀字车。"

"河北的。抢了人家多少钱？"

"2000多。"

"你分了多少？"

"200。"他随口答道。

"到底分了多少？"老李夸张地噘了一下嘴，又把口气严肃起来，显然是吓唬他。

"300。"他睁大眼睛忽闪了一下，就像一个偶尔撒了谎，经家长或老师一批评马上就认错的调皮孩子。老李满口的纯正京腔，在押人员则是稚嫩的榆次话。看着他们一老一小这有趣的对话，我心里就觉得好笑。

"你可要说实话。你看看你，多机灵的孩子，怎么干这事呢？花抢来的钱，你心里也不踏实呀。晚上睡觉，听见警车叫，你还以为是抓你来了呢。"老李的话似乎总能说到他的心上。那孩子就立即答道："是。"

"还干过什么坏事？"

"没有。"

"就这一次？"

"就这一次。"

"进来有人欺负你没有？"

"没有。"

"在里边好好学习监规，深刻反省到底是什么原因导致自己做了违法的事情。好不好？"

"好。"

"你看你，违了法，兵也不能当了。"

"不能当兵了？"那孩子不由地把眼睛睁大了一下，问。他的心里或许还有一个当兵的梦呢。

"可不。将来找媳妇，人家姑娘嫌弃这个的话，连媳妇也不好说了。影响多大呀。做人应该本本分分，靠劳动挣钱，你就睡得着，吃得好，可不能这样。监规背下来了吗？"

老李教育的话语里不时流露出关爱。

"背下来了。"

"你背个我听听。"

"……不准互相打提（听）案情，不准拉帮结派，扰乱秩序；搞好个人卫生，不准乱扔物品，乱涂乱画；不准吸烟，不准随意躺在床铺上；中午晚上休息，不准私自调换铺位，不准两个伙盖被窝（被子）；不准在监室里观察，东张西望；不准向其他监室喊话，不准为他人捎带物品；严格遵守劳动学习纪律，积极参加所里组织的活动；不准消极怠工，损坏公物；举止文明，不准做低级下流的动作……"

未成年人不连贯地把监规背了下来。听他背完，老李要求道："基本会了。但还不熟练。下去再背一背。要不你跟不上大家伙。"

"是。"

"在家得过什么病没有？"

"没有。"

"那头晕是怎么回事？"

"俄也不知道。"

"在家有这个毛病没有？"

"没有。在学校出现过这种现象。"

老李知道他晕，怎么不让他坐到小凳子上呢？一直让他单腿蹲在那，这么长时间，看他摇摇晃晃的，都快蹲不住了。我看了老李一眼，可老李一点也没有让他坐的意思。我也就作罢了，就让他难受地蹲一会儿吧。

"检查过没有？"老李继续问他。

"没有。"

"你自己感觉咋样？"

"晕。后来就不知道怎么回事了。他们问俄。俄说晕。"他单纯的眼睛一直看着老李。

"进来，吃得饱吗？"

"能吃饱。没有饿的反应。"

"你是低血糖？缺糖了？"

"不知道。当时晕倒，四肢发麻，手也是麻的。"

"你，17岁的孩子，不应该这样。你爸你妈有这种情况吗？"

"俄妈没问题，俄爸低血压。"

"有晕的感觉，你就及时报告，切记不要摔着。你自己注意点，组织训练，有了情况，就马上蹲下。我这有糖，不行就喊报告，吃块糖。"

"好。"

"你过来签字吧。"

他晃了一下，站起来，走到桌前。

"蹲这么长时间，起来有什么反应？"

"晕，就是晕。"

"蹲这么长时间，起来晕是正常的。起来的时候不要太快，过猛。"

"好。"

原来，老李让他蹲着是观察他是否能蹲稳当，看他是不是装病。

签了字。老李喊来"学习委员"，两个30多岁的年轻人，交代说：

"他还是个孩子，身体又不好，训练的时候注意不要让他摔倒了。"他们齐声答道："是。"老李又对未成年人说：

"你要是晕了，就告诉他们，他们会照顾你。磕着碰着就不好了，我们也不愿意看到。如果来不及喊报告,你就直接蹲下,趴到地上也行。好了，你回去吧。"

老李这一番谈话，就像老师批评调皮的学生，家长教育不听话的孩子，更像长辈关心晚辈，挺温馨的一幕。

老李说，昨天进的所，今早上起来训练的时候晕倒了。看样子不是装的，"老运动员"（"几进宫的"）不好说，他不像是装的。要是装就不让他了，还得批评他。

3月28日　星期三　晴又阴

进监区，常看见在押人员"咚咚咚"跑出去，"咚咚咚"跑进来，民警和在押人员谈话受影响。有时大马道两旁，每个监区门口，总有一二个蹲在那里整理他们做好的花，或是向商家移交花，或是往监区外搬堆在各监区门口的装在编织袋里的花的在押人员；监区外，停着来拉花的"鲁"字汽车。司机正指挥着四五个穿着橘色识别服的留所服刑人员装车。他们理着短发，汗水从脸上滴下来，头上、脸上冒着热气。可他们挺高兴的样子，干得起劲。干活中，互相说一句什么，或笑。他们过来过去，出来进去，却没有民警专门监管。

有民警说，曾发现"劳动号"的出来干活，跑到食堂偷了一个鸡蛋，跟别的在押人员换了半包烟。以前抓住过。他们是一案的，很容易说话。就不是一案，也可能捎话。他们有半分钟就够了。民警有时在里边谈话，顾不上看他们。如果是大案要案，串了供，民警还不知道是怎么回事就受处分了。

3月29日　星期四

中午吃了饭出来，见有民警带着两个普通妇女从提讯室出来。问他们怎么回事。一个年龄大的说，他们办的一个"F"案。捕了。经批准，带了在押人员的亲属来做工作。按规定，这类案件，到了哪个环节，转化工作就做到哪个环节。如果转化了，就放了。可这个，还是一个老师呢，不行。这些人的思想工作可难做了。

有的律师会见，你不知道他是不是带了在押人员的亲属，有的还给里边的人递条子、带打火机。

该跟看守所说说怎么管理一下。正好碰见从监区出来的吴所。吴所告诉我，政委正考虑在楼门安装电子刷卡门，有关人员刷卡进入，其他人员禁止进出，再派专人巡察。

3月30日　星期五　晴

狱情分析会上，跟他们说了加强生产管理、不是会见日会见和监控屏上时间错误的问题。内值班室监控屏上的时间，有时是日期不对，有时是时分不对。这样不出事算你们侥幸，一旦出事，就是你们管理混乱、责任不清的证据。可他们有的人却不以为然。

中午吃饭时，有民警悄悄问：检察院、法院是不是又整顿了？我说你听说了？他说是在押人员说的，是律师告诉的。

4月

4月4日　星期三

晚上把问卷项目给市院监所处发过去了，争取早点印出来。

4月5日　星期四　晴

上午，张大夫给送来3月份的《看守所在押人员重点监护病号情况通报》，说："现在里边共有病犯42人，男33人，女9人。上午又关进来一个吞了铁丝、有消化道穿孔危险的。吞了铁丝，不是太长，几公分，几个月或半年，在肚子里就腐蚀掉了。不说全化了，可拍片子，不见了，估计是排了。有的十几公分，也吞进去了。他把铁丝的一头窝回来，张嘴就硬塞进去了。还有的吞钢钉，就不行了。时间长了，只好做手术。有的高血压、糖尿病，吃了药能控制住。控制不住是不好好吃药。给他们发了药，看是吃了，张开嘴让检查，实际上他把药藏到舌根底下，随后就吐了。这么闹，住了一次医院。监狱医院咱们去了，可难了。"

怎么没有邬？张大夫说，邬不是病，这么长时间了，检查身体，各项体征还可以。我说，不是病，可属于特例。列出来引起领导的注意和重视。张大夫说，好，下次通报。

4月6日　星期五　晴天

吃了早饭从里边出来，西边武警中队的操场上不断传来战士的操练声。新兵下连了，两排一样的新军装，一样的列兵衔，一样的稚嫩小白脸。在士官的指挥下跑出了操场，在一进看守所的那个环形柏油路上跑步。一个小战士掉队了。训练帽盖住他半张红红的小脸，军装大而松垮。中队长叫住他，不知说什么，小红脸低下了头。

小战士也就十七八吧。他有点跟不上训练的步伐，这让我想起自己。我当兵时比他还小，少不更事，可我意气风发，一往无前。我没有掉队，队列训练没有，专业训练也没有。我的军营生涯过去了。眼前的情景追不回我逝去的时光，我的青春。

"李哥。"小郦轻轻地叫了我一声。啥时，她站到了我身边，一股沁人心脾的青春气息。

"换班了？"她昨天的班，看她准备下去的样子，我问她。

小郦点点头，却轻声说："每次进戒毒所，戒毒人员就问我要药。护士听大夫的。他们一要，大夫总是说，给他，给他吧。后来我觉得不能老给他们，就不给他们了。他们就骂，骂得很难听。其实给他们的药，也就是一些感冒药之类。他们要了，是为了碾碎了吸。"

"我们按规定工作，就是对我们自己的最好保护。"是呀，他们也有他们的一套工作制度，我能给她什么帮助呢？

"我也是这么想的，可就是没有你说得这么到位。"小郦说。她还想说什么，可他们的车过来了，上车走了。

驻所半年多了，我看到了在这里工作的枯燥和单调。上来以前怎样做好工作的想法，对未从事过的工作所抱的热情，就像刚参加工作那样充满了激情，可这才刚过去七八个月，一下子就都没有了。热的东西总会冷却，非常态的总要回到常态。平淡平常才正常。"满腔热情"真不如平平常常的好。

可我又在心里不断地鼓励自己，既然来了，不管怎样，就要努力把枯燥的工作干得有滋味，把"没意思"的工作干得有意义。

4月9日　星期一　早上冷，还飘了雪花，落到地上却是雨

上午在三监区。民警老武说："给邬检查身体，各项指标正常。骨头硬。给他灌食，用手掐管子，不让灌。往开掰，很费劲，很有力气。白天闭着眼，到了晚上，人们睡了，他就睁开眼了，有时还跟其他人说几句话。"

"他也在变。案子到哪了？"

打开系统，还在公安，12日到期。老武说："啥时才能把这位'大爷'送走了。"我说："别着急。补侦时间一个月。很快就又要移送起诉了。"

他们关着河北信用社的一个60多岁的老汉，给人虚开增值税发票。监控上，看他穿着囚服，在做花的在押人员背后那窄窄的一条地面上，背着手，不停地走。七八步走到头，他就总是很有规律地走到南头向左转，走到北头向右转，从南到北，从北到南，都是那几步。年纪大了，不用生产，做那绢纸花，他就这样不停地来回走着，思考着。

海涛说，老汉病多，高血压、糖尿病、脑梗，可有素质，跟里边的人说，以前以为看守所黑暗，没想到，他一个外地人，可民警对他挺好，在押人员也没欺负他，说"谁说高墙里边没阳光"。想写点东西，把看守所对他的照顾写下来，把干部对他的关心写下来。海涛说，写正面的东西，好事，咱们可以给他提供纸和笔。

人性化管理带来人性化回报，这才是人性化管理应达到的效果。

4月12日　星期四　晴

监区院子里全是水泥地面。可从B门进来的南墙边还是有一小块土地。冬天，呼呼的北风吹过，或是大雪覆盖，经过一冬的荒芜，这几天里边的韭菜绿油油、齐刷刷地长出来了。看守所的监墙内外没有一棵树，更见不到一叶绿。这一小块地，这一小片绿就很显眼。头顶上的那一方天空，好天时会有几片白云快速地飘过，今天则是淡蓝蓝的晴。高墙的电网上落着几只燕子，它们抖动一下灰褐色羽毛，跳起来，

又稳稳地落在电网上，用尖尖的嘴敏捷地衔着胸脯上的羽毛。

天变暖了，燕子就飞来了。就像民警们的工作做好了，在押人员的思想就稳定了，监区的秩序也就好了。燕子南飞北归，随气候变化，而看守所的民警们却是一年四季，时刻警惕。

今天，小郦头上梳了一个挺好看的发髻。上次见她，她头上用一个漂亮的发圈一扎，然后将瀑布般的长发刚好散到腰际，走起路来，秀发飘飘，很好看。今天她上身穿白衬衣，再罩一件红红的小马甲，下身黑色紧身裤，高高的个头，棕色发髻，浑身透出一股青春的活力。她的心情似乎特别好，早上从食堂出来，紧走几步，过来跟我们一起往出走，还没说话，她那健康的很有光泽的黄皮肤脸上的那双细小的眼睛先笑得眯起来，愉快地说："李哥，好几个班不见你了。"我说："小郦，今天你的班？"小郦答应一声，说她昨天晚上做了一个梦，不知好不好，梦见下雨了，她就醒来了。我说："年轻人的梦都是好梦。梦到什么都是好的。"小郦轻轻地"嘿"一下，又笑。我们各干各的，就是都在班上，有时也碰不到一起。看到小郦，我挺高兴。

现在，人们对我的称呼复杂起来。有的叫我"老李"，这是个朴实的称呼，可我不想过早地跟"老"字搭界。我更高兴年龄相仿的人径直叫我"砚明"，我听了舒心。有的出于尊重，像书勤，叫我"李主任"。我说我不是主任，可书勤总那么叫。我在公诉科时，利军曾跟所长到科里来谈工作。现在我来驻所，他叫我"李科长"。有的叫我"李师傅"，也无妨。而小郦叫我"李哥"，则是我听了最温馨的。

回味这些称呼，叫我"哥"者，让我精神为之振奋，鼓励我在人生的道路上，忍辱负重，迈步向前。叫我"老"者，让我警觉，让我惭愧，时光已哗哗地流去，我却一事无成。今后无论干什么，我都不能再浪费一寸光阴。工作，就要尽心尽力，做事做人，都要实实在在。叫我"师傅"者，让我自重自尊。至于什么职务，就是以前实有其时，我也未曾刻意经营让人"某长"云。人生于天地间，最本质最本色的是行不改名，坐不改姓，把自己的姓和名写得工工整整，不歪不斜，让人叫的踏踏实实，不虚不假。

4 月 13 日　星期五

上午巡视监区，三监区，利军的班。马道上一下多了好几个在押人员。"跑号的"见我进来，马上站到一边，小声说，他们出来"交花"。利军问"统计员"，他们的花交了没有，交了，就赶快回去。那几个出来交花的，马上不见了。

我问里边的情况。利军说除了邬，没什么问题。没有"牢头"，监区稳定。他当班不允许他们吵架。吵架，就可能打架，所以不准吵。有问题向警官报告。也不允许他们抽烟。里边空间小，空气不好。

民警们也有自己的喜怒哀乐，可他们进入监区，到岗以后，就得将自己的这一切都放下，去应对里边的人。这些人进来，几个月、一年多、二三年的都有。民警也是普通人，他们没有点化人的神功，要在这短短的时间里，改造他们的思想，改变他们的行为，何其难。民警们按照规定依据制度，凭着自己的经验、知识和能力去工作，出了一些问题，往往不是他们能控制得了的。像绝食的邬，你的工作做到什么程度才能把他的思想做通呢？还有那些吞刀片、吞铁丝的犯罪人员，已不是个别。这些人的思想之顽固已不是民警们耐心的思想教育、生活上的关心照顾就能让他们转化的。以前关进来一个吞了针的，民警们二三个月陪护住院，端屎倒尿，关心感化，可就是不行，不配合手术。

4 月 16 日　星期一　晴

今天，问卷送到女监去了。他们挺重视，狱政科安排各中队要求女犯认真答卷，按时完成。

上午，内值班室的"电视墙"的最下边一层全拆开了，三四个师傅在修监控，外值班室的两个民警跟着。

4 月 17 日　星期二

每天给邬灌食，不能老用一根管，看守所今天又买了胃管。

4 月 19 日　星期四

系统显示，有一个留所服刑的快出所了，却在一监区。问王所，留所怎么没有倒到"劳动号"？王所解释说：

"判了刑，时间不长的，半月二十天，倒过去，新的人在一起不习惯，很可能与那边的人发生打斗。在原来的监室他们待惯了，磨合得差不多了。所以留所时间不长的，就不倒了。"

留所服刑人员与未决在押人员应分别关押。① 留所时间短不倒监区，似乎有道理。可是容易发生传话、串供，他们怎么不考虑这些问题呢？

4月20日　星期五　晴

上午在市公安局参加"综合治理公安监管场所安全管理工作电视电话会议"，各县市设了分会场。

看守所安全管理纳入社会治安综合治理范围两周年。会议报告了前一段的工作，全市监管工作实现了"三无"（无被监管人员死亡、无民警违法犯罪、无监管事故发生）。对下一步的工作提出要求：监管工作要转变观念，适应明年开始施行的新的刑诉法，保障在押人员的合法权益，防止超期羁押。现在暑期将至，各看守所在押人员爆满，各单位要全员备战，做好降温防暑工作，保证收得下，看得住，管得好，出得顺。杜绝事故，杜绝非正常死亡，减少因病死亡，保证监所安全。

今天，法院给郐送达了起诉书。程序终于又向前走了一步。

4月23日　星期一　有云

今天，监所科的一个老干警说，他们那时驻所好干，现在人家是副处级了，咱们去了不好监督。

区院监督副处级单位，不好干。难道级别一样就好监督了吗？

在现在的驻所工作机制下，最高检要求力争提高驻所检察机构的规格，达到与看守所的一样，要求驻所检察室主任的职级与看守所负责人的相当，还有驻监狱检察室也是。其实，要求监督者与被监督者的机构对等，级别相当并不是关键，还有点形而上。试想，我们的侦监、公诉部门办案，公安机关就是厅级侦查员办的案件报捕、移送起诉，我们的侦监、公诉部门需要一个厅级检察官来审查批捕、审查起

---

① 2008年7月1日，公安部《看守所留所执行刑罚罪犯管理办法》第3条第1款规定，看守所应当设置专门监区或者监室监管罪犯。

诉吗？显然是"不"。这不是人员的职级问题，也不是机构的规格问题，根本的是工作机制问题。驻所检察虽然对看守所发生的职务犯罪案件有侦查权，对留所服刑罪犯又犯罪案件有审查逮捕、起诉权，但这不是驻所工作的常态。对看守所的日常监管活动进行监督才是我们的主要工作。对他们的日常工作，我们的驻所检察没有侦监、公诉部门那样的"坐等"捕与不捕、诉与不诉就可以立即制约对方的工作机制。看守所的工作不到我们这边来，是我们去够，去跟，去了解，去获知，才能去监督。像那个赵警官说的，审查减刑假释是我们驻监检察"去参加"（监狱的减刑假释评审会）而不是他们"报我们"。"去参加"恐怕也就同意人家的多，而不同意人家的少之又少了。我们没有"坐等"决定提请或不提请减刑假释的决定权，没有可以制约监管单位的工作机制，这才是我们派驻监督的被动所在。

监所监督的范围，可谓整个刑事诉讼程序。按说监督的范围宽，权力也应该大。可实际上我们的监督却往往很被动。一是没有相关机关报送我们诉讼文书的工作机制，如逮捕决定书、不批准逮捕决定书、释放通知书、延长羁押期限决定书等，不直接报送监所部门。我们监督还得到有关部门去查阅。人家不配合的话，我们连获取相关文书都困难，还何谈监督。二是我们是正常班工作制，却要求监督里边随时可能发生的问题。休息时间里边发生的问题我们不知情，就是工作时间我们也不可能全天候地待在监区里。里边的问题，靠我们发现，更靠他们报告。我们发现有偶然性，而他们的报告又往往有选择性。有的不报告，我们就不知道。三是我们监督还得靠关系。我们在他们的环境里工作，监督得紧了，惹他们反感，我们会更不好工作。四是我们的监督手段不硬。我从网上收集看守所监管工作中存在的问题：在押人员高消费；允许办案单位在非办案环节提讯；违反规定安排近亲属会见；记者采访未按规定程序审批；在押人员将手机带入监区；个别民警给在押人员家里打电话要钱；看守所非执法人员在执法岗位；家属为在押人员的生活账存了钱，外值班室不及时上到在押人员的账上，在押人员的生活账目不清；办案单位扣押在押人员非涉案财物不及时退还，反映出来，看守所也没有调查处置；等等。对这些问题，我们监督的手段是发出检察建议书或纠正违法通知书。可这两种监督方式没有法律作保障，人家买不买账，回不回复你，都很难说。有的有效果，是你不提人家也改了。有的还是应人家所邀，人家为了推动某项工作，借助我们的"纠违"或"建议"。试想，在现在这样的工作机制下，我们的机构设置、人员级别与他们的都一样了，能改变得了以上被动的局面吗？

根本的问题是我们对看守所的监督机制不太科学，限制了我们的职能发挥。除了机构对等，级别相当，更应该增加他们的监管活动必须及时报送我们的工作流程，设计我们可以制约对方的工作机制。这样我们的监督才能由被动转为主动。①

4月24日　星期二　早上雨，上午晴

早饭时，问值班民警邬这几天的情况。建中用筷子示意一下他的快餐盒，无奈地说，还是不吃。一天三灌，得灌这么多。问也不说话。

民警们盼着早点开庭。邬案，2月17日批捕，3月5日公安移送起诉，退补一次，4月13日起诉法院，20日发了起诉书，按说程序走得不慢。

4月25日　星期三　晴

上来时，车外刮着风，吹得车窗上的玻璃沙沙的。

上午，在楼上。听见楼下提讯室里传来高声的争吵。下去看时，几个提讯室都在问人。在第三提讯室门外就听见："怎么，把你提出来打一顿。"进去，看见在押人员不是在"坑里"坐在铁桌子后边的铁椅子上，而是站在铁栏杆前，激动得两手抓住铁栏，惊恐地睁大眼，努力地看着站在外边的两个穿着普通衣服的年轻警察。问他们怎么回事。其中一个马上迎过来说"没事了"，然后对他的同事轻声说："有话好好说。"提讯室里又恢复了平静。

他们搞的一个聚众斗殴案。被讯问的犯罪嫌疑人说到现场了，但

---

① 这个问题一直在我的脑子里盘桓。2017年元旦我写了《"对等监督"的反思与出路》一文，3日晚上发出去，5日就发在"刑事执行"（微信 xszxjc）上了。

在车上，没过去。可非让他说是下去了，还伤了人。吵起来。

这一问题是偶然发现的。现在我们对各监区的监控实现了与看守所联网。如果把提讯室的监控也联了网，对办案人员无疑是一个有效的监督。

11∶30，一楼讯问室的通道里，还传来"嘤嘤"的说话声。

4月27日　星期五　晴

三监区的那个杀了两个人的昨天开庭了。

海涛说："开庭前，律师已告诉他，他父母不来了，他叔叔和弟弟来。他回来倒还平静，没有什么波动。说已经对不起家人一次了，不能再对不起家人，让人家看不起。"

"精神状态不好，情绪不稳，就怕将来戴上铁链子以后。"王所分析，又提醒他们的人。看得出，他们对特殊的在押人员是警惕的。

4月28日　星期六　晴，有风。骑车一路顶风上来

上午在三监区。民警老武正跟王所说邬，跟他谈了，他的罪跟吃不吃饭，一点关系也没有。如果有罪，不吃饭，身体垮了，也得判。无罪，就是吃饭，身体好，也能出去。可邬不理，还跟里边的人说，再灌两个月，将来就是判了也送不走。可又跟里边的人说想请律师，申请法律援助。要找所领导谈话呢。王所说："那就下午吧。"

听王所这么说，老武似有所悟地说："也是。咱也别着急。不要他说见就见，尽由他了。他想往铺上躺，我就没有让他躺。这家伙躺下就不起来了。"又说，"像过去'服水土'，就不会有绝食的了。"

王所还是慢慢地说："以前'服水土'，回了家心里也不踏实。有个轻微的动静，也会觉得是'咚'的一下，能把人惊醒，吓一跳。'服水土'其实就是头铺在里边捣鬼。按说，头铺应该让五六个人轮流当，就是防止头铺变成'牢头'。可是不行。他们以为干部准备选他们其中的一个，就互相争得不行，都想当。今天甲让乙清洗卫生间，明天乙就让甲干同样的活。当了头铺，总是有点好处。轮流就乱得不行。干部直接指定，他们就没说的了。可是选择头铺可得注意，不能让他在里边成了为所欲为的'牢头'。规范管理大势所趋。'服水土'

是开历史倒车。我坚决不同意。"

从三监区出来，一监区的老李正好封了号出来，我跟老李说邬的情况，问他有什么好办法。老李一笑说："能有什么好办法？我和林森也跟他谈过，不行。他不是思想问题。思想问题，教育或许可以改正过来，可他不是。对这种人，只能按制度来，该怎么管教就怎么管教。一味迁就，他根本不买你的账。"

下午谈话，让他提供家庭情况，可邬又不配合，办不成。

5月

5月2日　星期三

中午在办公室看书。累了，起来活动一下。从后窗看去，此时，监墙外暂时没有了施工的机械声，监区里也不见了出来进去的民警和在押人员，都午休了。里边静静的，整个监区静得一点声响也没有。在太阳光的照射下，下边整个监区的屋顶白晃晃的一片。最前一排是一监区。从监室的前门出来是放风场，两侧是与其他监室的放风场隔开的单墙，前边和顶上用铁栅栏圈起来。

突然，三监室的一个在押人员进了放风场，三下两下爬上前边的铁栏杆，往二监室的放风场里扔了一个小石子之类的东西，马上下来，回监室去了。一会儿，二监室的一个在押人员从监室出来，手里拿着一本厚厚的书，爬上铁栏杆，把书放到隔墙顶上，马上下去，然后拍了两下监墙，回监室去了。一小会，三监室的那个刚才爬上来往二监室的放风场扔东西的又几步跨出来，爬上去，把墙头上的书拿下来，快步回监室去了。

他们只为传一本要看的书吗？要看可以通过民警传达呀。内值班室的监控能看到放风场，可没有人出来处置。下去看看，正好是老李的班。老李说："你这样好，有事先沟通。"又说："他们应该就是传书，我们查一下。"

5月3日　星期四　晴

上午，邬案开庭了，就在监区会议室。王所旁听回来说，同案不

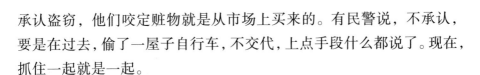

承认盗窃，他们咬定赃物就是从市场上买来的。有民警说，不承认，要是在过去，偷了一屋子自行车，不交代，上点手段什么都说了。现在，抓住一起就是一起。

5月6日　星期日　晴

送到女监的问卷答完了。看守所给帮助统计，政委安排给了一监区。上午，看守所打过电话来，问问卷统计中的一个问题。

骑车上去。一监室放风场前一般不让他们出去的院子里，十几名在押人员，两人一组，有的坐在小塑料凳上，有的趴在南墙阴凉的地上，统计着问卷。1000份问卷，每份问卷100道题，我知道这不是一个小工程。喜龙问，第99题和第100题怎么统计。这是两道简答题，各用一句话简要写出："你认为自己犯罪的主要原因是什么？""请你谈一点预防犯罪的建议。"告诉喜龙，让他们全抄下来。

今天喜龙和书勤在。为了统计问卷，他们有人加班了。

5月8日　星期二　晴天，热天

早上坐接送车上来，书勤在车上。我说问卷统计得不错。书勤说，是盯着他们统计下来的，应该基本准确。

问卷统计完了。翻看统计资料，看看她们，特别是那些年轻的服刑人员用学生字体，就像在学校答考试卷一样，深深悔恨写下的，看似简单实则发人深省的，让她们付出数年、数十年自由的代价才悟出的如何走好人生路的答卷，这是一份特殊的人生教科书：

多读法律方面的书；培养良好的精神；热爱劳动，用自己的双手创造明天；一定要有自控能力，遇事不要冲动，要冷静、理智，三思而行，不要太意气用事；提高就业范围，有一份稳定的工作；不跟社会上的人瞎混，慎交朋友，多结交好的知心朋友，不结交不良的人，少和陌生人搭话，不要独自走在大街上；不要沉溺网吧，请社会关心我们"90后"的心理健康；晚点步入社会，多在学校学习知识，这样就不会被社会上的不良生活迷惑，也就不会走到犯罪这一步；有良好的家庭教育；在学校进行警示教育，让与我一样年龄的人认识到犯罪给自己和家人造成的伤害，最好开办预防未成年人犯罪的讲座，让他们参观监狱,让他们知道犯罪要付出代价;按正常程序走,就不会犯罪;父母一定要严格要求孩子;在不该步入社会的年纪,万万不可步入社会;听爸爸妈妈的话,多与他们沟通谈心;健全的家庭,完整的亲情;不要太讲哥们义气。

一页一页地翻过答卷,想想,其实这两道题,也是一个问题。预防建议往往针对犯罪的主要原因。她们说的最多的犯罪原因是贪,太贪,说的最多的预防措施就是不要太贪。然而儒家学者认为,私欲,又叫人欲、物欲,是人人都有的,不能完全抹杀它的合理性。孔子就说,富与贵,人之所欲也。孟子也指出,欲贵者,人之同心也。但是,对人欲要提防,不能任其发展,否则,就会奸邪并出,犯罪频生。西方犯罪学家赫希的社会约束理论认为,社会约束是节制每个人心中欲望的重要力量。赫希理论假设,我们都有犯罪的欲望。有些人不犯罪是因为受到社会传统的束缚。如果个人不受社会传统的控制,他的行为则可能如脱缰的野马,溢出常规,随性而为。C.荣格云:一个人之所以想要获得满足或实现愿望,乃是因为他还缺少这些东西;对于他已有的东西,他一定不会感到有太大的兴致。[①] 她们已有的是自由,缺少的是金钱。她们不惜用自由搏金钱。如今却是自由、金钱全失。

我注意到这么一条:"保持我们的初衷,保持一个清醒的头脑,时刻鞭策自己做真正对的事。"追问这条建议,会涉及人性善恶这一争论了几千年至今仍见仁见智未见分晓的哲学命题。我想,这个服刑人员原本是一位心地善良的女子。她的本意是本本分分地度日,相夫教子地生活。她恐怕是怎么也不会想到自己有朝一日会犯罪入狱。她或许是因为家贫,或许是被人利用,或许是被金钱诱惑,或许是一时激情,或许是为情所迷,总之是一时之错,越出常规,锒铛入狱。她人生之初,性本善良,初衷纯洁。否则的话,她不会后悔万分,切肤之痛地总结出:保持善良的初衷就不会犯罪,保持清醒的头脑就能预防犯罪,努力做真正对的事情就可以远离犯罪。德国犯罪学家李斯特

---

① [瑞士]C.荣格著:《现代灵魂的自我拯救》,黄奇铭译,工人出版社2007年版,第85页。

就说："一个一贯品行端正的人，由于一时的激情或者在危急情况下不由自主地实施的犯罪行为，是违背行为人的本意的，犯罪是其生活中的一个懊悔的插曲（所谓的偶犯或激情犯）。"① 这位服刑人员如果原本不是一个品行端正的女子，她不会总结出这样的教训，不会提出这样的预防措施。迷途知返，就仍有希望。

服刑了才明白自己错在哪里。也好。明白了自己的错才能奋发改正，开启新的人生。而刚进来则是恐惧是害怕，还想通过各种渠道减轻自己的罪责，甚至想撞出去。随着逮捕、开庭等诉讼程序的往后推移，他们对自己的处境会逐渐有新的认识。像女性犯罪心理问卷一样，设计出若干问项，进行问卷调查，了解看守所在押人员在不同诉讼阶段的心理变化，使教育管理更有针对性，也是一件有意义的事。可又想，还是先把女性犯罪心理问卷调查报告写好再说吧。

5月9日　星期三　晴天，热天

今天，邹案宣判了，判了11个月。终于判了，可还有吃饭的问题呢。

5月10日　星期四　晴天

上午在院子里碰到一个律师，他说会见委托人离得太远，签字捺印不方便，还得另换一个地方。说县看守所就不是这样。

律师会见后，一般不让委托人（在押人员）签字。可要签，还是挺麻烦的。已不是一个律师提这个问题了。

我问他，其他方面，对看守所有什么意见。他说："现在挺好。管理比较正规。比五六年以前好多了。"说完，到外值班室办理会见手续去了。一会出来，说只有一个会见室，有律师用着就得等。

这又是个问题。不过，我知道，看守所正准备再开一个律师会见室。签字不方便的问题，恐怕也会得到解决。

---

① [德]李斯特著：《德国刑法教科书》（修订译本），徐久生译，法律出版社2006年版，第12页。

5月11日　星期五

昨天晚上刮了一夜的风。楼前的那一排杨树"哗哗"地响了一晚上。早上起来天阴暗暗的，那一晚上的风似乎就是为了把昨日、前几日晴朗朗的天一扫而去。终于，下午下了一阵雨，憋了几天的闷热可好点了。

中午吃饭时，老武高兴地跟王所说："好消息，邬开始吃东西了，是悄悄地吃，吃人家剩在铺上的瓜子、小果子。"

"就当不知道，让他吃。" 王所沉住气地说。

邬吃东西了。民警们稍稍松了一口气，看守所在押人员的健康状况一直是民警们思想上绷得紧紧的一根弦。看守所出不起事，民警们出不起事，我们也出不起事，可这不以人的意志为转移。有的就拿"病"拿"绝食"来对抗监管，民警们就得付出更多，我们也得更操心。

5月14日　星期一　晴天

上午在办公室修改问卷调查报告。11点半，进去准备吃饭。司务长提着一盒在外边做的漂亮的生日蛋糕过来说："有一个过生日的，家属交了钱，咱们给订的。"我说："可不能'捎夹带'。"司务长保证地说："不会，咱不做那事。"过去，把蛋糕交给了二监区的"跑号的"，告诉把蛋糕给里边的谁。

5月15日　星期二　晴

上午在监区巡视一圈，检查了几个监区的在押人员的生活用品、监室卫生、在押人员的体表。

5月16日　星期三　晴

上午巡视会见室。

下午在一监区。"跑号的"，一个瘦高个儿，30来岁的年轻人，见我进来，表情不自然地一笑，直往门背后躲。他右胳膊上打了石膏，缠着绷带，挂在脖子上。问他怎么回事。他说是跑时滑倒摔的。

心想："跑多快呀，能摔成这个样子？"

我叫民警到值班室问他。民警说，"跑号的"在一监室，他的同犯关在三监室。同犯骂"跑号的"，嫌进来后没有跟他说的一致了。"跑号的"对着铁门上的观察孔想打里边的同犯，结果打到了铁窗上，把手打坏了。我说，你们平时管理还是比较好的，却出现这事。民警又说，以后我们注意。

5月17日　星期四　晴

看守所的民警分批回他们局里参加修改后的刑诉法培训回来，有的人说："看守所尊重保障人权……嘻嘻"。

"嘻嘻"什么，这个民警没"嘻嘻"出来。这是一个在看守所工作了十五六年的民警。

一个又老点的民警说："现在的民警跟不上形势，还是老一套。要干好工作，必须跟上形势。"

倒是老民警与时俱进。

保障犯罪嫌疑人的合法权益是时代的进步，是社会发展的趋势。可几十年形成的工作方法，一朝很难改变。培根说："人的思考取决于动机，语言取决于学问和知识，而他们的行动，则多半取决于习惯。"

"尊重和保障人权"写入了修改后的刑诉法。司法人员的执法理念，必须有一个大的改变。尊重和保障人权，公安才能不硬侦，检察才能不硬诉，法院才能不硬判。而对于看守所来说，才能自觉地尊重和保障在押人员的合法权益，而不是带着"进来以后，把他们抬得太高了"的纠结，硬着头皮去"人性化"他们。

5月20日　星期日　阴

想写点东西，可总也写不出，笔力不够，更是感动不够。今天又找出《儿童文学集萃》。里边的外国儿童故事非常好。以前读过。今天翻到罗马尼亚弗拉胡查的《捉迷藏》，读得让人落泪。我抄了很长一段。从开头，一直抄到"德茹斯基诺变换了旋律。罗扎立巴鼓起勇气打开门走进咖啡馆。沉闷的热气扑到了她的脸上。赌徒的几张苍白面孔和睁圆的大眼睛，使小姑娘感到很害怕。面孔惨白而胆怯的小姑娘，口里嘟嚷着听不清楚的哀告，用眼睛央求着，她向每张小桌伸出小盘，可是没有一个人理她"。①

---

① ［罗马尼亚］弗拉胡查著：《捉迷藏》，刘连增译，《儿童文学集萃》，北京出版社1980年版，第83页。

不抄了。心酸，心痛。

贫困让故事中的两个孩子挣扎在死亡线上。而现实中教育管理跟不上，则很容易导致孩子犯罪。救救孩子，没有过时，还是全社会的责任。

上星期巡视会见室。邹某，一个看上去就比较胆小的孩子，一说话就涨红了他那张白白的脸，却在寒假里，为了练胆，跟网吧的孩子出去抢劫，被判处有期徒刑 10 个月。判决下来准备送省未成年犯管教所。[①] 可 16 号正好是他 18 岁生日，留所了。会见见到了他妈，高兴，说：

"平时也不想家。可一个月当中，又有那么几天特别想。想爸爸妈妈。前几天梦见爸爸来了。

"我问爸爸，我还得住多长时间？爸爸说：'爸爸也不知道。都怪我。过年就应该把你送走。不要和那些不好的孩子耍。'

"我就哭了。爸爸说：'男子汉，不哭。一切都会过去。'

"我说：'……在里边不受治，没人欺负……想……想你们……想上学……'

"爸爸问：'还想上学？'

"'想。想好好念书。还没上高三。'

"'那咱们出来以后，继续上学。衣服，会洗了吗？'

"'会了。拿洗衣粉，泡了，搓一搓。'"

告诉父亲他在里边长本事了。

"'妹妹知道我的事了吗？'

"'你还在乎妹妹的感受？'

"'走的时候，接见的时候，让欧 ××，郭 ××（他的两个同学）来，见上一面。'

"说到这，就醒来了，心想会不会见到母亲。果然就见到了。"

按说他还是一个孩子。小，不懂事，犯了法，让人惋惜。可这个

[①] 2008 年 7 月 1 日，公安部《看守所留所执行刑罚罪犯管理办法》第 2 条规定，未成年犯，由未成年犯管教所执行刑罚。

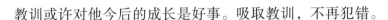

教训或许对他今后的成长是好事。吸取教训，不再犯错。

5月22日　星期二　晴

今天，没有进监区，在办公室修改问卷调查报告。

5月23日　星期三

今天，给一监区的在押人员上法制课。

他们坐在小塑料凳上，抬起头，静静地睁着一双双明亮的眼睛看着我。看着他们温和而专心地听我讲的样子，无论是年老的，还是年轻的，你不会去想他们的过往。有人曾问我，你看见我们是不是跟看见号子里的人一样？而我于此一刻，觉得他们都是那么的好，我看见他们就像看见外边的人一样。

是呀，社会要是没有这样一个矛盾的人群该多好。可我知道，那是不可能的。

作者给在押人员上人生教育课

5月24日　星期四　晴

女性犯罪问卷调查及犯罪心理分析报告，9000多字，终于脱稿。这是一个共同的成果，包括答卷的服刑人员。在问卷上，她们留言，有的甚至还附上自己的忏悔书，表明她们的心情：

一个39岁的诈骗：小时候，我学习成绩好，又听话懂事，人人都夸我是上大学的苗苗。可我在赞美声中长大，骨子里早已埋下虚荣的种子。随着年龄的增长，越来越爱和别人攀比。在这种心理的驱使下，我开始结交有钱的男人。其中他，一个包工头走进了我的生活。他给我买车，买金首饰。慢慢地我的心灵扭曲了，瞒着家人和他同居、抽烟、喝酒、出入歌厅，应酬他工程上的事。2007年，他因延误工期被甲方解除合同，还扣了150多万。我们赔了。为了生计，我们只好包小工程，可还是干一起赔一起。我只好以各种名义骗亲戚的钱。他不堪重压带着我跑了。公安网上通缉我们，我受不了在逃的生活，自首了。他也被判了刑。我错了，是虚荣心害了我。

一个61岁，拐卖儿童，有期徒刑6年：入监后，我每日混吃昏睡，熬刑期，没有罪责感。后来，通过干部的批评教育和听电教讲课，认识到自己的行为危害社会，给他人的家庭给儿童的健康成长造成严重伤害。不应该为了一点小利就去违法犯罪。

这一个37岁，高中文化，盗窃，刑期8年6个月：当我在逮捕证上签下自己名字的一刻，我知道我一生的幸福被自己葬送了。我有爱我的丈夫，有可爱的女儿，我一心想过好自己的小日子，却错误地将人生的终极目标确定为有钱，为了钱不择手段，盗取一切可以接触到的金钱，不能自拔，最终毁掉了自己幸福的家庭。

一个50岁的抢劫，刑期7年：一时的冲动造成终身的后悔。

一个32岁的贩毒、容留他人吸毒，刑期10年：对婚姻不满意，为了重新开始生活积累经济基础，又心存侥幸，走上犯罪道路。

一个55岁，开设赌场，刑期3年：在家无事，和朋友一起上网玩百家乐，赌博。

一个退休教师：因为患有视网膜色素上皮炎，视力很差，多次到大城市诊治无效。有人说练功能治，便从2006年开始练功。几年下来，眼疾没有好转，有人又说我，只在家练不做贡献眼疾才没好，便出来散发邪教宣传品。痴迷邪说，触犯法律。

一个高校领导42岁，受贿：在实现个人价值的追求中忘记了党的宗旨，共产党员的标准，在不知不觉中走上犯罪道路。我切身感到，丧失信仰有多么可怕，它会让人唯利是图，不择手段。

又一名职务犯：入监以来我注意到，这里的每一个女性犯罪的背后都有一段心酸的往事。她们大部分都会认罪，但她们并未认识到自己犯罪背后的深层次原因，特别是心理原因。女性犯罪心理问卷是一件很有意义的事。它舒缓我们的心理压力，释放我们压抑的心情，哪怕是片刻或一时。如实答卷，就像心里打的一个结，一下子解开了，轻松了许多。

一名职务犯附了一份她的忏悔书：

……

往事已尘封许久许久，封闭的心扉早已不想再去打开，昔日头上的一顶顶耀眼的光环已由自己双手摘下扔进岁月的长河里。现实要我去饱蘸浓浓的色彩重写人生。然而今天，因问卷，往事又都涌上心头。

我扪心自问：为什么会这样？我怎么就偏离了正确的轨道？为什么会做出与党和人民的利益背道而驰的事情？

党培养了我多年，我却成了党的腐败分子，给党抹了黑，影响了党的形象。有同事到家里来，回去说，我家装修得就跟金銮殿一样。每每想到此，我都会流下悔恨的泪水。我恨自己为什么要利欲熏心？为什么要虚荣心膨胀？我恨自己为什么要由一名事业上的佼佼者变成一名囚犯？我为什么要由一名党员领导干部堕落成一个罪人？我付出的代价太大了。哦，这完全是我不懂得珍惜，自己造成的恶果呀。如今，这颗恶果只能由我自己慢慢品尝。

我今天多想回到自己原来的工作岗位呀，可是不能，我只有踏实改造，才能对得起党和人民给我的第二次生命。我错了，我知罪，我认罪。我要用辛勤的汗水，洗刷罪恶的污垢，遵规守纪，接受改造，重新做人，争取早获新生。

但愿这些留言和忏悔，是发自她们内心的，也但愿对人们能有所教益。

一个职务犯还提了加强制度建设的建议：

预防职务犯罪思想教育有必要，但思想教育必须有保障才会有效果。我以前的一把手，开会给人们讲廉政。看他装模作样的样子，跟他在底下的所作所为简直判若两人。他就是流氓教育人要遵守社会秩序，妓女要良家妇女保持贞操。一次，我给下边的人作廉政教育报告，古今中外，引经据典，滔滔不绝，可回到办公室就收了别人送的10万元的卡。我或许也是这样让人看的。教育在私利面前在金钱面前很卑微，简直就像一张薄纸与洪水猛兽相搏一样。重视干部的思想教育还应该用制度去保障用法律去规范。现在干部的诚信意识缺失。教育首先要培养他们的诚信意识。百巧输一诚。话一出口就让人觉得假，连小聪明也算不上，简直就是蠢。骗人10年，你会背10年的心理包袱。骗，赢不了人生，想靠大树也是枉然。一次省里的领导来，我去献殷勤，人家连正眼也没看我一眼，只侧着身子跟我握了一下手。人家走后，我把一张人家很不屑的照片当作骄傲，洗出来，放大，挂在办公室人们都可以看到的地方，想借此来炫耀自己，抬高自己。结果没几天，那人出事了。想想，真是无地自容。如果是在现在，就是打死也不会那么下贱了。出了事，"光彩"的照片保护不了你，谁也罩不住你。

这些话倒也有几分道理。她还有羞耻之心，有羞耻之心，就有回头的可能，就有教育改造的希望。

5月28日　星期一　晴好的天气

上午和喜龙跟一个有点抑郁的谈话。诸某，26岁，在建材市场打工。最近他装修家，偷了邻店的木地板，价值5000多元，被关了进来。进来发现他晚上睡不着觉。叫干什么有时也不听，自己一个人默默叨叨，不知说什么。

从监控上看不出什么，和其他在押人员一样，坐在那做花。叫出来谈话，说话也基本正常，就是目光有点呆滞。告诉他有什么想法就跟警官说。他点了一下头，不吭气，让他回去了。喜龙说，已服了药了，控制着，也安排了"包夹"。应该是有点抑郁情绪，已反映给办案单位了。

5 月 29 日　星期二　阴，小雨

上午，到市院去。刘处说，调查报告基本可以，让我送到省院去，亲自交给政研室的张主任。

刘处又说工作：昨天开会，今年，你们只发几份"纠违"（《纠正违法通知书》），也没有一起案子。里边的问题，你们没有发现。驻所不发挥作用，在押人员就没有希望。驻所工作做好了，可有成就感呢，而你们的工作还有差距。又说，你们工作了没有资料，谈话，连一个记录本也没有。只记在你的本本上，不行。

看来，我的工作还不到位。

5 月 30 日　星期三　晴天，热

上午到省院去。路上，跟司机说，有点丑媳妇见公婆的感觉。

见到张主任，说了问卷调查报告的主旨和结构，请他指正。张主任说，他要亲自"拜读"。但愿此稿能讨得"公婆"的喜欢。[①]

5 月 31 日　星期四　晴天可又不亮堂

四监区的一个在押人员进来几天了，不好好吃饭。上午叫了麻所一起进去问情况。

在押人员 30 多岁，个子不高，脸黑黑的，胡子浓浓的。麻所问他因为什么进来的。他小小的眼睛里就慢慢地流出泪来，委屈地、好不容易地才说出一句："村干部欺负人。"景耀说："伤害，把对方打得住院了。"我说："看，有矛盾，就不能好好解决。伤了人，就是有理也进来了。"

问他进来的表现。景耀说："还可以，就是不好好吃饭，进来 8 天了，只吃了 3 个馒头。"我说那可不行，身体垮了，将来出去了什么也不能干了，多不划算。从今天开始好好吃饭。叮嘱景耀，盯住他，可不能不吃饭。

---

①　所幸，《女性犯罪问卷调查及犯罪心理分析》一文发表在 2013 年第 1 期的《人民检察》（山西版），没辜负我几个月来的付出。

6 月

6月4日　星期一　晴天

上星期设计了《检察官谈话笔录》，回院里打印出来，今天上街装订了两本，明天正好用。

6月5日　星期二　晴天

今天找明天投劳的谈话。

一监区。一个会计，销毁账簿，偷税，判了1年10个月。他30多岁，大学毕业好不容易找了一份工作，却犯了罪。他说，现在都是这样，做两本账，一本给税务，一本企业自己的。银行贷款也是，人家来了，根本不看你的资料，给你一堆表，让你怎么填你就怎么填，要不贷款就办不下来。老板说了，反正也没有想着还，到手的钱再拿出去可难呢，就几个银行倒来倒去。他说：出去了，就是当保安也再不干会计了，简直就是挣着买白面的钱，却做了卖白粉的事。

一个有点愤青的，住了半年多没说看守所什么。

二监区。一个未成年，1994年9月20日出生，抢劫。我和他多谈了一会。他中等个子，剃过的光头，已长出些许头发，显得虎头虎脑的。嗓音正在变成成年男子粗犷的声音，可说话还带着稚嫩的声调。虽说犯了罪，可他未成年的尚未逝去的稚气还在。谈话就在问啥便如实地回答啥的氛围中进行。

他从小没了父亲，14岁辍学，15岁交了女朋友。平时不回家，过年过节才回去看看母亲。他是家里老小，有哥哥姐姐，都各自成了家。家人也不知道他平时在外边干什么。出事前在太原一家饭店打工。

"你年纪轻轻的，怎么就想去抢人了？"

"去年3月，在店里，认识了从外地来的兄弟俩。晚上住在一起没事，闲聊。他们说抢人，是他们兄弟先说的，我就同意了。我们一共抢了榆次的十几辆出租车。抢了一次，就上瘾了，老想抢，来钱快。抢了，就叫上女友，吃喝，想痛快一下。没钱了，又抢。每次抢，是打出租车。上了车，我们就掏出'中华''芙蓉王'烟抽，装作很有钱的样子。实际上，我们身上一分钱也没有。打车往城外走。我们身

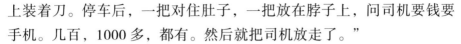

上装着刀。停车后，一把对住肚子，一把放在脖子上，问司机要钱要手机。几百，1000多，都有。然后就把司机放走了。"

"那你们怎么回呢？"

"事先说好的。打电话叫私家车过来，把我们接走。打了车，多是往我们村这边来。"

"上车是什么人，司机能看出个八九，就没看出你们？"

"有的司机，晚上，天黑，而且上车的是两个年轻人，就不去了。一次，我对象跟着，说是叫了'小姐'，出租车司机就信了。"

"你们就没失过手？"

"一次，我们打太原的车回榆次。到了安宁十字路口，红灯时，我们问他要钱。司机吓得跑了，我们也下车跑了。又一次，我们抢到一个上次抢过的司机。他叫了5辆车截我们，也没有截住。"

"你们是怎么发案的？"

"先抓的他们兄弟的哥哥，在网吧抓的。我听说了，就主动投案了。主犯判了12年，他弟弟3年。判了以后，我们商量不上诉了。想早点投劳，早点减刑，早点出来。主犯高兴，沾了我未成年的光，要不他还要判得重。我自首，未成年，从犯，还有立功，揭发了'三犯'，可是没有认定我从犯和立功。10年有点重。"他慢慢地说着，看了我一眼，又闭上了眼睛。

他讲自己的案件，讲得轻松、自然，就像讲述有趣的故事。他的眼睛似乎总是闭着，当讲到激动的时候，才会突然睁开一下。而他不知道，根据《最高人民法院关于处理自首和立功具体应用法律若干问题的解释》规定，犯罪分子到案后检举、揭发他人犯罪行为，应是同案犯共同犯罪以外的其他犯罪才能认定为立功。他的检举"三犯"，不能认定为立功。

"出来还抢吗？"

"不。抢了我就后悔了。"

"出来还找他们哥俩吗？"

他总闭着似的眼睛眨了一下说："不找。我和他们本来就认识不久。听了他们的才出了事。我还小，出来还不到 30，出来找一个正经事做。"

我问他胳膊上的"龙"字是怎么回事。他说是在号子里刺的。谁？已经出去了。用什么？铁丝。哪来的？做花用的。颜色呢？是做花用的绢纸用水泡下来的颜料。刺的时候痛吗？不痛。刺这有用吗？在里边没事，好玩。

早在 1984 年 3 月，两院两部《关于办理劳改犯、劳教人员犯罪案件中执行有关法律的几个问题的答复》中就规定："在押人犯和劳教人员文身，对监管改造工作不利，要加强管理教育，明令禁止。"记住，跟看守所说说。

这时，民警进来了，他把家里的电话告诉民警，让民警给他家里打电话，告诉一下家里，说他已投劳了。民警说行。他就立即习惯性地喊了一声"谢谢警官"，回监室去了。

三监区 2 个。一个高个，白净脸，大眼睛，刚满 18 岁，故意伤害，3 年 6 个月。他从小父母离异，一直跟着奶奶长大。家庭教育的缺失，让他在十六七岁时就染上不少不良习惯。

"住了几个月看守所，还记得刚进来时的情形吗？"对年轻的在押人员，我总是感到很可惜，会和他们多聊几句。

"记得。1 月 3 日，半夜两点进来的。就让在二号家（二监室，未成年人监室）睡了。第二天起来，一个挺好的警察哥哥找谈话，轻声细语的。然后回监室背监规。背不下来。"

"背了多长时间背不下来？"

"半个月。背不会。上学背个古诗还得一个礼拜。"

"还记得吗？"

"都忘了。"

"一首也不记得了？小时候记得的东西怎么能忘？"

"……"他用忧郁的眼睛看我，没吭气。

"床前明月光呢？"

"背这干嘛，不好意思。"

"你背背看。"

"床前明月光，疑是地上霜……"

"这不是背下来了吗？"

"当初背的时候，可下功夫了。"

"背这首诗，是让你不要忘记你奶奶，记着你的家。到了监狱好好改造，早点出来。"

他就又红着亮亮的眼睛看我。

"到监狱改造，有什么想法？"

"刚进来，看到比我晚进来四五天的，不到两个月，比我还早三四天就'上检'（移送起诉）了。想快点，在里边住的时间长了耗不起。可是后来就不想了。这东西，快也是住，慢也是住。在哪都是接受改造。在外边整天游手好闲，进来有事干还踏实些。

"进来脾气改变了。脾气磨得小多了。在外边好瞪眼，好和人家打架。可能与家庭有关，在家不是骂，就是训，要不就是打。脾气暴躁。出来，一句话说不对，就吵起来了，而且还是自己的朋友。在里边能磨人的脾气。出去以后不会冲动了，遇事说话也不会不动脑筋了。以前在外边好和人开玩笑，在里边也会开个小玩笑，不敢太过火。开玩笑开得不对了，他们就说我，开玩笑也不过过大脑。以后就慢慢地改了。"

"你的同犯都判了，你为什么不自首？自首不就可以少判点？"

"我哥在里边，快出来了。家里没个男人不行。我想等我哥出来了再自首。我还有一个上小学的妹妹，要照顾。"

"想念小时候吗？"

"想……少先队员。"

"多好。背着书包，戴着红领巾。"

"回不去了。"

"回不去了那就往前看。将来出去以后干什么？"

"找一个适合自己的事干。"

"你觉得干什么合适呢？"

"这个说不准。现在想半天也是白想，出去以后看吧。反正是不能犯法了。肯定是不能再犯法了。再犯法，这回不是白住了？跟没住过有什么区别？这样混，混不下个钱。出去了，想办法挣钱。是正规地挣。犯法的事，肯定不干。不想再进来了。"

这么想就好。

"李检察官，我听你的。到了监狱，也不想让老板上钱了。自己熬几年就出来了，吃点苦不怕。"

好。这个态度就是一个进步。

刚进来时，老板给他的账上上了 2000 元，让他吃病号饭。怕他在里边吃不饱。谈话时我说他，你年纪轻轻的，在里边吃点苦怕什么。而且，别人给你上钱有白上的？这都是人情，你得还。他似乎有点醒悟了。

一个 30 岁的，盗窃、诈骗，2011 年 12 月 18 日入所，是个"二进宫"。说现在民警谈话多，一遇到问题就谈话。像对那个绝食的，就是谈话，太人性化了。以前不谈，谈也是实习的，警察谈，很少。病了，马上叫医生，常规药都有，以前没有。监室里，吵架的有，打架的没有。

四监区。一个剃了光头，上身穿一件白色圆领衫的年轻人，正站着跟进来的大夫护士说着什么。一会他又坐在值班室民警的床边，跷起二郎腿，脚尖还咯噔两下，我才注意到他穿着囚裤。那动作那神态很自得，似乎他就是一名"管理者"。我别扭地看了他一眼。见状，民警让他回监室去了。

一个当地的，31 岁，高个，惭愧的心理使他的眼睛总是躲躲闪闪的，诈骗，2011 年 10 月 25 日入所。做生意，资金紧张，找人诈骗他做生意的姐夫。说，一时糊涂，很后悔，对 3 年刑，没意见。

五监区。一个昔阳人，49 岁，非法拘禁，判了 3 年。有妇科病，监外执行，时间到了，自己回来了，5 月 24 日才进来。这谈不出什么。

一个太谷的，22 岁，学开车，撞死了人，过失致人死亡，4 年。家里人来送她，会见去了。

6月6日　星期三　晴

早饭前，见那个未成年穿着一条裤子，上身只穿了一个二股背心，戴着手铐脚镣，靠在监区院子里的墙边，脚边放着一个里边装着衣物的编织袋，一小袋日用品，等民警把他提出监区，送上囚车。应该有点冷，可他就这样。他若无其事地站在那里，眼睛闭着似的，就像昨天找他谈话，轻松地讲述他有趣的故事那样。但愿能如他说的，出来后找一个正经事做。

吃了早饭，带班所长问我，昨天找谈话，他们说看守所的什么问题没有。

我说："没说什么。说你们管理挺好的。"

"问题不会没有。不能让每个人都满意。"他平和地说。

"一个'二进宫'，说你们的管理太人性化了，就是做思想工作，像对绝食的郐。"

一听这话，吴所一下又激动起来，可又有些无奈地说："不做思想工作，难道我们还能打他骂他不成？还得好好照顾着。"

精神不正常的董某正常了，绝食的郐也吃开饭了，看守所紧张了一阵的气氛又恢复了平静，可也给人留下思考。

人道主义是《俄罗斯联邦刑事执行法典》的一项基本原则。人道主义原则的实现直接取决于被处刑人员的行为举止，取决于他们以确定的方式表现出来的本人意愿与情绪。如果被处刑人员未破坏法定程序与纪律，则应当为其尽量提供获得各种形式的优待与减轻管束的可能性；如果其选择一条不服从法律并违反法律的道路，则会对其适用相反的管束制度以加大严惩力度。[1]

监狱是这样，看守所的人性化管理也应该是这样。人性化管理就应该包括有更严厉的处罚措施做保障。服从管理则宽缓之，反之则应适用更为严厉的监管措施。对不遵守监规的不进行必要的惩戒，不仅对其监管效果不佳，还可能影响其他在押人员。那个"丢了魂的"是

---

[1]　赵路译：《俄罗斯联邦刑事执行法典》，中国人民公安大学出版社2009年版，译者序，第29页。

不是受了邬的影响，就很难说。

6月7日　星期四　晴

修改后的刑诉法自2013年1月1日起施行，余刑3个月以下的才留所。上午我和王所跟"劳动号"的民警聊这个话题。"劳动号"的民警说，3个月以下留所，"劳动号"基本上就没有留所服刑人员了。留所没有10个人，晚上值班都是问题，保留"劳动号"没有意义。

我问王所，那减刑假释会怎么样？王所说，公安部有留所服刑罪犯的管理办法。可他在看守所20多年，从来没有减刑假释的。留所时间短，他们劳动改造的积极性一般达不到减刑假释的条件，看守所也没有实行计分考核。3个月以下留所，减刑假释的机会更少。不过要是集中管理，人数多了，实行计分考核，可能会有。

6月8日　星期五　晴

现在监室的在押人员不断增加。这几天开了一个新监区。大马道、监区院子里，施工的工人、打杂的留所人员、开蹦蹦车进来拉垃圾的村民，很乱。例会上，跟他们说了注意"捎夹带"的问题。

6月11日　星期一　晴

今天羁押总数，537人。

11∶50，食堂外，一监区的老李站在院子里，看着食堂前他的人。5个穿着橘色号衣（犯人识别服）的在押人员，站成一排，每个人端着一个大号塑料盆，打着菜汤。老李一声"向右转""齐步走"把他的人带回去了。打菜的车子，一次放不下了，让一监区的出来自己打。一会，做饭的夫妇俩，推着盛菜的车子过来了，满满的菜汤在不锈钢菜箱里涌涌的。我们帮把手帮他们把菜箱车子缓缓地推上一个进监区的小上坡，他们慢慢地进监区去了。

又有民警调侃，让他们在里边吃好喝好，"乐不思蜀"。呵呵。

6月12日　星期二

过两天有活动。上午和王所到女监区看她们排演节目。放风场前通长的院子里，十几个年轻女犯正在排演文艺节目。她们神情专注，

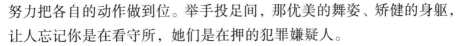

努力把各自的动作做到位。举手投足间，那优美的舞姿、矫健的身躯，让人忘记你是在看守所，她们是在押的犯罪嫌疑人。

　　从监区出来，王所让我看在押人员汪若香写的一封信。汪就是那个曾说不想活了的在押人员。

所领导：
　　你们好！
　　自己不慎，自酿的苦果只有自己品尝。上当受骗，让我万念俱灰，真想一死了之。那天夜里，万籁俱寂，可我脑海里却像有岩浆翻滚，痛苦至极。解脱，解脱，我在心里这样呼唤自己。我用一把剪刀，狠刺自己的手腕。好痛，也好痛快呀。可痛着痛着，慢慢地不痛了。可我清楚地看见从动脉血管里汩汩而出的血，染红被单，染红了我半边身子。我就静静地躺着，静静地等待死神的来临。可不知过了多久，突然，我看见一个人来到我的身边，她俯下身子，用她那特有的温暖的手抚我的额，捋起我的头发，轻声地叫我的小名"香香""香香"。我睁开眼一看，妈妈，是妈妈呀。妈妈来到了我的身旁。我几个月没见到她了，就像一百年一样。我抱住妈妈就哭了。妈妈说，不哭，不哭。妈妈说着就拉过一个人来，我一看是监区长安警官。安警官用一个药包，把我受伤的手腕包住，又用清水给我清洗身上的血，我就醒过来了。原来我出现了一阵幻觉。我就闭着眼哭了。我对不起妈妈。
　　我想起小时候，父亲去世得早。妈妈一个人抚养我。一年冬天，妈妈到学校接我。走到半路，妈妈停下了车子，让我先走。走了几步，我回头看见妈妈是去捡路边的几根木柴，回家好生我们的煤泥火。平时，家里再困难，妈妈都要让我穿戴得漂漂亮亮的，辫子梳得光滑滑的。妈妈就是这样抚养我的，妈妈吃了很多苦，受了很多罪。我发誓，一定要好好学习，为妈妈争气，我考上了一所名牌大学。毕业，同学们都到大城市发展，我坚决回来就是要好好照顾妈妈。谁知，在婚姻上上了当。我对不起妈妈。我实在无法面对受骗的现实，放火烧了他家的房子。进来我还转不过弯来，幸亏监区长安警官、王所一再做工作，让我认识到了自己的错误。对不起，我给领导们制造麻烦了。现在我想通了，我要好好配合办案单位，争取宽大处理，早日出去，重新开始生活，回报妈妈，回报你们，回报关心我的人们。

哎呀，这封信读得我心里也怪堵的。善良的人们呀，保持警惕吧。我们的社会好人多，可不良的人也无处不在。

在押人员转变了，看守所民警就是挽救迷失灵魂的工程师。

6月13日　星期三　晴

明天"劳动号"有一个出所的，危险驾驶。我让民警把他叫进值班室。他喝了酒，把车停在路边休息，被对方撞了。对方全责。因为他喝了酒，判了危险驾驶，拘役3个月。[①] 在"大院"（即未决犯监区）住了27天，倒过来了。上次跟王所说了分别关押的问题，他们改过来了。

他说，刚进来，心里有事，背不下监规，让背到12点。也没什么，人家教育咱，谁让咱犯了错，也应该。倒过来，有一个老乡（邢台的），家里没给打钱，我给他买点吃的，他挺感动。

6月14日　星期四

今天又见到小郦。我们从号房出来一起往外走，小郦高兴地告诉我，她要离开卫生所了。她考了一个新单位，已通过面试，只等上班通知了。

她说："我不想一直圈在这里。工作辛苦不说，里边的人，几乎每个人都吃药。班上，我们护士要把号房里几百人要服的药，有的要服好几种，都得一一摆好，不能出一点差错。再像赛跑一样，几十个号房匆匆跑一遍，要不一上午就下不来。在号房，要准确地把药发给他们，看着他们把药吃进去。而且这里局限人的视野，影响未来的发展。你给我讲的学习改变命运，给了我很大鼓励，谢谢你，李哥。"

啊，年轻人，总是向往有梦想的地方。真羡慕小郦。

6月15日　星期五　晴

今天是"全省公安监管场所集中开展'三访三评'活动对社会开

---

① 2008年7月1日，公安部《看守所留所执行刑罚罪犯管理办法》第2条规定，被判处拘役的罪犯，由看守所执行刑罚。

放日"。

早上接送车上连我只有3个人。有民警说，对外开放每年搞。来人进监区看几个监室，观看文艺节目，今年再加找几个在押人员谈话。

进监区的大通道的墙壁上增加了几行红字："爱岗敬业，忠于职守，秉公执法，廉洁奉公，吃苦耐劳，坚忍不拔，昂扬向上，务实开拓"。AB门小过道的墙上是："在岗一分钟，安全六十秒""责任重于泰山"。监区LED屏上打出的内容是："全面实施局党委提出的'135'工程，以优异成绩，向十八大献礼"。食堂的墙上是李坤的悯农诗。大马道两侧，立了好几块宣传架板。墙上是廉洁、勤政、务实、正气等警营文化。穿服刑号衣的留所服刑人员跑进跑出，忙着交给他们的事。

8：50，参加活动的各界人士，四五十人，先在外值班室大门厅前列队，政委致欢迎词。然后进监区参观，观看在押人员的文艺演出。

监区大马道顶头，有一个二三十公分高的木台，节目在这里演出。

节目由一名高个民警主持。首先，是在押人员汪若香的散文诗朗诵，《对不起，妈妈》。她朗诵得声泪俱下。她是一名名校大学生，毕业后在一个县中学教物理。结婚后，发现受骗了。善良遇到了邪恶，诚实遭遇了欺诈。最后，愤怒超过了理智，她一把火把人家的房子给烧了。进来以后几次想自杀，经民警们做工作，她转变了。

第二个，是5个少数民族在押人员表演民族舞。他们的舞姿虽说有点生硬，可还是赢得了参观者热烈的掌声。

20名在押人员合唱"夜半三更哟……"改排得不错。

吞了铁丝又不肯做手术的史某，自弹自唱："妈妈呀，我错了……"人们为他如泣如诉的歌声所打动，给以热烈掌声。他是一个会表演的人。

……

演出在主持节目民警嘹亮悦耳的"阳光路上"的歌声中结束。

10：30，晋中市看守所开展对社会开放日活动座谈会在武警会议室进行。参会的有省厅监管总队副总队长，市级人大、政协、综治、法院、检察（市院分管监所工作的副检察长王建荣参会）、司法、发改、财政、住建、卫生、工会、共青团、妇联等部门的领导，律师协会的负责人，武警部队首长，还有看守所的特邀监督员及看守所、戒毒所、拘留所、卫生所的工作人员和我们。

市局分管领导主持，政委汇报看守所的工作：

"一是过去的成绩来之不易。关进来的人，有的绝食三个多月，对抗监管，对抗法律。民警、卫生所的医护人员日日夜夜关照着他，粉碎了食物给他灌食，时时注意着他的健康。有的吞食异物，民警就想办法让他多吃韭菜，灌香油，让他排出。有的病情严重，不配合手术，民警就家访，感动他。有的想家了，民警就做细致的思想工作。民警们的辛苦外人难以想象。二是今后的任务任重道远。看守所原设计关押480人，现在已关到560多人，每个监室要关押十八九人，有时超过20人，可谓爆满。我们只有加倍努力，完成任务，看好晋中城区的'后花园'，确保党的十八大胜利召开。"

张所汇报卫生所的工作。他们坚持以人为本理念，保障监管卫生安全。驻所检察维护看守所的刑罚执行和监管活动的公平公正、维护看守所的监管秩序稳定、维护在押人员的合法权益，保障刑事诉讼的顺利进行。律师代表提了他们关心的会见室少的问题。

6月19日　星期二　晴天，热天

上午市院监所处通知，推荐我申报全国检察机关监所检察部门人才库人选，让填理论研究类推荐表。感谢刘处们的推荐。[①]

6月20日　星期三　晴天，热天

上午在三监区。利军陪我从一个监室一个监室走过，介绍说："监室里热，特别是最里边（东边）的一间，不像其他监室，铁门旁边还有一个小窗，那一间只能靠铁门上的观察孔和放风场的门窗通风。"

"最近身体怎样，血压还高吗？你也要注意身体。"

"高，只有自己多注意，按时吃药。"

看守所民警的班都排得满满的。民警们辛苦也很自觉。有什么困难都是自己克服。

---

① 申报上传后，我果真入选全国检察机关监所检察部门一级人才库。

6月21日　星期四　晴

一直想跟侯斌聊聊。今天正好是他的班。他正跟一名在押人员谈话，见我进来便让在押人员回去了。侯斌让我坐在办公桌前的椅子上，他坐到床边，问我找谁谈话。我说，咱们随便聊聊，就你的工作体验，说到哪算哪。

侯斌高中毕业后上了警校，2005年11月入警，到看守所五六年了。他曾在"劳动号"干了一年多，后来在监控室。半个月前才从内值班室调进来。侯斌内向，可他聪明，工作仔细。新进来的，七日跟踪谈话，每天做一个谈话表，详细记录谈话内容。逮捕了、提审了，都要找谈话。"捎夹带"，在他这根本行不通。有人找，他就给人家做宣传，说里边没有"牢头"，缓解家属的紧张情绪，让人家放心。王所这样向我介绍他。

他说，监区就这百十号人，对他们不能说了如指掌吧，可对他们的基本情况，特别是心理状况必须了解。里边的空间小，他们在里边的行为简单，可心理很复杂。发现他们的异常心理和行为必须敏感。要不工作可能还是做不好。

2012年夏季"严打"，侯斌值班时，找在押人员谈话，谈出一起抢劫杀人案。为此，侯斌立了三等功。

我让他给我讲讲他谈话谈出抢劫杀人案的事。他慢慢地给我讲述了事情的经过：

那是我刚进监区不久，也就两个来月。二监室关着一个年轻人。何某，祁县人，19岁，中等个子。当时我还想，他这么小，长得白白净净的，能犯什么罪呢？他和同犯盗割村里机井上的防水线，卖钱，破坏电力设备。我找他谈话，问他晚上的值班情况，睡得如何。关心他，毕竟小。里边住13个正好，而当时要住十七八个。他好像并不在意这些，只淡淡说，挤得不行，就不吭气了。他没啥说的，我就一般性地问了问他里边人的情况。谈话结束时，他突然问："这段时间，往进关的人挺多的？"

他突然问这是什么意思？这不是他应该问的。我就立刻警惕起来，觉得他话里有话。以前，监区好几天也关不进来一个。而那段时间，几乎天天往进关人。往进关人触动了他什么？但究竟是触动了他什么，我也不知道。我就给他讲法律规定的可以从轻的情形，一是孕妇，二是未满 18 周岁，三是检举揭发。我一个一个地给他讲，像你，孕妇，不对；未满 18 周岁，你也超了；只有检举揭发，对任何人都适用。就看你走哪条路了，是往好的方面跨一步呀，还是按原来的轨迹走呀。什么对你好，什么对你不好。他就一直眼睛直直地看着我，听我讲。进来后，他们都想获得从轻处理，讲讲从轻的规定他们总爱听。

可他当时没有吭气。看他不吭气，我就又跟他说，如果你知道其他人的事，检举揭发，你这个破坏电力设备，开庭的时候，法官肯定会考虑给你从轻量刑。当时我考虑的是在他现有的罪上从轻，没有想到他还隐藏着抢劫杀人。可他还是什么也没说。

过了四五天。祁县公安过来提他，问他与关在祁县的一个在押人员的关系，以前是不是经常跟着。他们一个村，谁跟谁好，人们都知道。还采了他的血，捺了手印、脚印。因为没有充分的证据，祁县公安也就没有往深里追。他回来也什么都没说，可他一直挺紧张。里边的耳目报告，（他）很不正常，干什么也不上心。我就又找他谈话。问他住进来这段时间的感受，适应里边的生活了没有？这次谈话，他虽然还是什么都没说，可现在看来，他的思想已经有了活动，内心在做激烈的斗争。

又过了几天，我当班，他喊报告。犯人主动喊"报告"就得注意，更何况是他。现在我已经注意他了。我叫他进了值班室，问他有什么事。他说，他还是有一个事想跟我说。这次看他虽然也是可为难了，心里有话，想说又说不出口的样子，可终究比上次大胆了一些。

我说："有话就说出来。"

他说："这几天，我一黑夜一黑夜就没睡。"

我说："你年纪轻轻的，怎么，有病了？不行就看大夫。"

他吞吞吐吐地说："不是这个意思……我是说……"

看他果然是有话要说，我就继续鼓励他，想说什么就说出来。不要憋在心里。这回，他终于说了："几年前，我有这么一个事。不知道那人死了没有。听同犯说，死了。这几天我非常煎熬。这算不算自首？"

有话说不出口，开口又这么语无伦次。我让他坐在小塑料凳上，安抚他，说："你慢慢说，不要着急。你说的事，公安机关已掌握的是坦白，没有掌握的是自首。"又告诉他，"你要说，就彻彻底底地说，不能编，诬陷他人要负法律责任。"

他点了一下头，向我讲了事情的经过：

"平时，我与同村的裴某偷了东西，都卖给东观村一个收废品的老汉。2007 年 12 月的一天，裴某来找我。说前几天他又偷割防水线卖给那个老汉，那老汉知道他是偷来的，就压价，按 15 元一斤收。后来裴某知道市价是 20 元，老汉骗他，就气得不行，来叫我一起去问那老汉追回差价。说要是给钱就不动手，不给钱就动手打。以前我们卖东西给那老汉，在家秤了，去了就又不一样了，知道老汉在秤上也捣了鬼，我就立即同意了。

"去了，快 10 点了。裴某进了院子，叫老汉。老汉出来，他就问老汉要钱，两人说了几句就吵了起来。我怕裴某吃亏，就捡了块半头砖砸那老汉的脖子。老汉喊，不要打，不要打。可裴某用从他家带来的一根钢管狠抽老汉。外边的动静让屋里老汉的老婆听见了，出来问干什么。裴某就又打那老婆子，我也上去打，把那老婆子也给打倒了。我们进屋翻出 200 多元，就跑了。"

何某说完，如释重负地出了一口气，抬起头来看我，看我是不是对他产生了别样的看法，破坏了他留在我心目中的好的印象。我还是平和地说，说了就好。你回去，就像以前一样，该干啥干啥。不要跟里边的任何人说，我会把你说的情况反映上去，你安心等待。我是怕里边的人挑拨他，他的思想又发生变化。安顿好他，我马上报告了监区长，拿来纸和笔，让他写了自首材料，固定他说的事。说实在的，当时也没太当回事。因为以前也曾转过揭发或自首材料，有的甚至是供出他的亲人。提出去，刑警队带着，冒着雨，搭了大棚，雇了挖掘机挖"尸首"，结果是假的。他们"自首"的动机很不好说，有的是想讨好民警改变一下在里边的处境；有的是想吃的好点，可又没有其他办法。总之，是想得到点好处。可往往不实，有的没有回音。而这次结果证明，他说的是事实，材料转出去一个多月，就反馈回来。祁县公安说，他的自首材料，查证了。听了这个消息，我很高兴。

后来我还问他，有监区长，有比我老的民警，你为什么不跟他们说而是跟我说？我也没有特别对你好。何某说，我对每个在押人员都比较公平，我跟他说的从轻处理的三种情形，讲得清清楚楚，他听懂了。又看我比较正直，信得过，跟我说了，不会打了水漂。

侯斌瘦，戴副白框眼镜，显得人文文静静的，像个老师的样子。说到这，他抚了一下镜框，有点不好意思地一笑，说：

"这样说，好像有点表扬自己。后来我多次想，我也是运气好。自首或检举材料监区不能直接交办案单位。我首先要向监区长汇报，监区长再向分管深挖犯罪线索的副所长汇报，再交给外值班室，经政委批准由看守所办公室往办案单位转。他的破坏电力设备案是榆次分局办的，而他说的抢劫杀人案却是在祁县，分局办案单位得再往祁县公安移送。哪个环节上出了差错，都可能使何某自首的愿望落空。这个事之后，我就更加注意，对他们反映的问题，一定要认真对待。否则，在押人员自首或检举的一条通道就会堵塞。

"我还想，这个事被揭发出来有多方面的因素。当时不断往里边关人，给他造成了一定的心理压力；祁县公安来提审，让他有点慌了，总以为人家已经知道了；里边的耳目发现他每天烦躁不安，及时报告。里边有一个杀人犯，跑了十几年，回来投案了。跟他讲，十几年不敢回家过年。平时一听到警报响，一看见警察，就特别紧张。40多岁，投案，判个十八九年，出来六七十岁了，不如早点投案。这个在押人员对他也有触动。这些内外因素对他产生了影响。我是这么想的，要说也没有做多少工作，也就是职业的敏感性，发现他不正常，找他谈话可能是起到了一定的作用。如果换了'几进宫'的，我们号子里有'五进宫'的，心理承受能力超强，什么也不在乎了，就是泰山压顶也不在乎，那就难说了。他心理比较脆弱，又年轻。人和人的心理差别特别大。这也提醒我，对不同的在押人员要用不同的管教方法。还有，我们监区的管理氛围好。氛围好，里边的人就愿意向民警说实话。如果里边的氛围不好，监室就成了他们交流'经验'或'交朋友'的地方。通过这件事我体会到，营造良好的管理氛围很重要。"

侯斌谦虚，也说得好。我说："这不是你表扬自己，而是你的诚恳赢得了他的信任，还有你的责任心。"

"最后他被判了什么？"

"破坏电力设备罪，判了4年9个月。抢劫杀人时，他只有14周岁，判了无期。没下判之前，我问他，说了（自首）后不后悔？写了自首（材料），你知道意味着什么吗？因为你不是抢劫杀人，再交代破坏电力设备，争取从轻。而是破坏电力设备交代出抢劫杀人，会比破坏电力设备判得重。他说，开始有点，过后就不后悔了，最起码能睡一个安稳觉。不要每天一听到往进关人，就怕得睡不着。不如亚已（当地口语：干脆）说出来吧。说出来是一个自首，肯定比人家揪出来的好。至于能判什么，如果是杀死2个，可能判死刑，1个的话，也会判得很重。

"他这么说，我就想，他说抢劫杀人时，语速正常，表情也没有变化。没有惊心动魄，紧张不安。可见经过几次谈话，他已考虑得很成熟了。而我和他谈话也正常，就跟普通谈话一样。"

普通谈话就是诚恳的谈话。诚恳才能打动人，才能取信于人。跟他们谈话就应该这样。

"判决后我还得把后续工作做好。他心理脆弱交代了抢劫杀人，也可能因为心理脆弱出现割手腕、头撞墙等自伤自杀行为。我说他，你判了无期，争取减刑，住上个十大几年，三十五六出来，年龄还小，找媳妇成家不晚，孝敬父母也不晚。多说一句，总比少说一句强。怕他万一出事。好在，他平平安安地投劳走了。走的时候，他好像吃胖了些。他是国字脸，稍胖一点，脸就圆了。"

说到这，侯斌停了一下，接着说："有机会的话，真想到监狱去看看他，看看他现在的改造情况。估计他现在也能减刑了。"

听侯斌讲了这个带传奇色彩的故事，我不禁叹口气说，真难得呀。这个似乎是在偶然中获得的抢劫杀人案，正是侯斌及各个环节上的"侯斌们"工作认真负责的结果。

侯斌更是感慨地说："工作十来年就遇到这么一起。"

"十来年就遇到这么一起"，侯斌似有不足之意。可见他想把工作做好的积极性。可这已经很不简单了。有的人工作了一辈子，让他回想一下做了几件有益的事，他说不出来。

"是。不过，后来又有一起。"侯斌轻轻笑了一下说。

"又有一起。你再说说。"

侯斌又慢慢讲述他的故事：

"一次，政委安排我去市政法委听政法大讲堂。那天讲课的是政法大学的一个教授。这个教授讲了什么，我忘了。不过我记住一句，意思是我们身边的许多工作似乎互不相关，可要是注意联想的话或许就会碰撞出成倍的效果来。

"回来，我就想，全国公安机关追逃那么多人，而我们的在押人员信息，追逃单位不掌握。我就把我们监区的七八十个在押人员的身份信息，一个一个复制粘贴到追逃人员网上。结果，真比对出一个抢劫在逃人员，又因涉嫌拐卖妇女关在看守所的。我们把信息提供给办案单位，他们很高兴。"

被晋中市看守所的同事们称作"谈话能手"的侯斌

这又是好动脑筋的结果。我想，如果把全国追逃人员信息、监狱服刑人员信息、看守所在押人员信息与社区矫正人员信息共享了，还不知会从中比对出多少单靠一家无法核实的信息呢。

后来，侯斌当了监区长，管理五个监室的那百十号人，侯斌更有了施展自己想法的舞台。

一是转变风气。晚上站班，谁值几点到几点的班，民警亲自安排。第二天轮换，一班顶一班的，不能一个人总值一个班。第二天看监控，快速回放，看每一个班的开始时间和交班时间，是不是一个人老是值3：00～5：00的班，人最瞌睡的时候。替班可以，但必须报告，经民警批准。否则，不行。不允许他们随便调班。

二是吃饭打菜。菜是一个人用一个大塑料盆打回来，再给十几个小塑料碗里舀。有的想多吃菜叶子，其他人一片菜叶也不能比他多，斤斤计较。有的想多喝汤，不想吃菜叶。那好，改进方法。谁掌勺，谁就最后一个拿。早中晚，都是他。掌勺的，值中午1：00～2：30的班，晚上不站班。一天，数他轻松。一天换一个。

三是不干活，只有一种可能。卫生所的大夫给开过医嘱来，不能从事生产劳动，或是适当从事生产，监区给他调配，给他书看。监区里有法律、文学方面的书。从监控上看，可以说我们监区没有闲坐着的，也没有没事走来走去的。

这些措施和管理都是为了防止"牢头狱霸"。像每个人的生活费，都是他们自己掌管，各花各的。卫生费大家摊，一个月连10块钱也摊不到，他们能接受。有的因醉驾进来了，"料子鬼"（吸毒人员）便欺负，这绝不允许。还有，以前头铺、2铺、3铺，他们睡觉的地方就大，一褥子宽。越往后越窄，要两个人睡一个褥子。夏天，他就靠窗户去了，那里通风好。冬天，他就跑到中间了，暖和。现在不允许，全弄成一样的。这些看似小事，可关系到监区的稳定。

扭转里边原有的不良风气不容易。有的抵触，虽不敢明说，但是他会给你讲歪理，要不就是给你使各种歪招。有的不想站班，不想生产，想吃病号饭，装病。大夫护士进来巡诊，量血压，人看得好好的，血压却没了，测不出来，或是很高。民警们也很害怕，研究，这是怎么回事。问大夫，说人紧张，或是配合不好，就会出现异常。这我们心里就有数了。让大夫再量一次，看他两手握得紧紧的，憋气。你还不能戳穿他，他没面子了，不利于以后管理。好好地说他，不要紧张，把手放开。给他一个台阶下，让他心里明白，小把戏，我们清楚就行了。原来量血压的时候，他专门把手憋住劲，身子绷紧，血压就不正常了。这些人你当场拆穿他，他说不定会走极端，给你出洋相。还有的装昏迷，坐在那好好的，突然就昏迷倒地了。大夫告诉，出现这种情况，一是掐人中，一是眼眶上有一个活口，摁，非常痛，装的话，根本忍不住，一摁，就醒过来了。

这都是"几进宫"的，一般的不会。这些人多是"料子鬼"。问他将来出去了干什么呀，他也直说，出去干什么呀？不抽不吸干什么呀？不偷不抢干什么呀？国家对累犯量刑还是太轻。给他一次机会，给他两次机会。三次五次犯罪的大有人在。这些人出去后不思悔改，还是会危害社会。对这些人从轻，是对人性化的一种误解。

不过，经过管教，人性回归的是大部分。我们监区关过一个杀人犯，把他前妻掐死了。离婚后他前妻生活得比他好，心眼小，自卑，想不开。他以前住过。刚进来，想把里边的人打压下去，都臣服他，他在里边说了算。民警管，还头撞墙，威胁，闹得不行。一审还没下来，先给他戴了铁链子，再撞，也没多大的冲劲了，伤不了人。严管，每天正正地坐在那，对着墙壁，一遍一遍地看在押人员守则，有两个人时刻看着他，只要动就得喊报告，民警同意了，他才能动。受治。过了一段时间，为了不受治，听民警的了，不敢明地使坏了。让他看国学书，慢慢地看进去了，二三个月，发生了变化，变化非常大，变了一个人似的。一开始听话，可以看出，还是在强制力下的服从，可是七八个月以后，就不是了，自觉了。到临刑的时候，他心里总算知道了什么是正义的，什么是非正义的。他知道了应该克制自己的冲动，学会了忍让。一天一天看着他的变化，觉得他也可怜。不过再怎么可怜，谁给死者第二次生命呢？犯了法对谁也一样，就要承担法律后果。只能说他从小教育缺失，过早地走上社会，思想空虚。要是早有在看守所这样的教育和变化，他也不至于走到这一步。一审后，他没有上诉，想开了。执行前，会见，他弟弟来了。他告诉弟弟，一定给四监区送一个锦旗。后来，他弟弟出于其他考虑也没有送。

可有的两次教育也没有效果。曲某第一次与他人合伙私刻公章，说是能给学生办特招上大学，诈骗学生家长的钱财。后又因信用卡诈骗住了进来。他人非常聪明，写的字，画的画，都非常好。现在，看守所的墙报上还有他的字呢。（他）就是觉得自己没错。我说，你把几个孩子最美好的年华都骗了，可以说是毁了孩子的一生，你还不认为自己有错。他不吭气了。这一次，判了4年，上诉，减了半年。临投劳，说将来出去了开一个拍卖公司。问他，开拍卖公司干什么？他说，炒作呀。你写了字，拿来，我让人买，5000元一幅。你的字在社会上就有价了。我说，你可够聪明的。他很不服气地说，我聪明？在外边弄到钱，就是你们说的违法犯罪，违法犯罪了还在外边的人才聪明。住进来的都是笨蛋。我就是这样，有错就找理由。不懂的事就先应承，不能当场丢面子。听听，人性的劣根性，在这种人身上特别的根深蒂固。

我崇尚柏拉图的正义的核心即各司其职的思想。干监管工作，只要细心一点，耐心一点，警惕一点，就能把工作做好。人们说看守所工作这风险那风险，要我说，把自己的本职工作做好基本上就没什么风险了。这也是我对我们监区三名民警的要求。

好样的，侯斌。

6月22日　星期五

明天是端午。看守所给在押人员准备了粽子。外边给包好煮熟，送过来。580多人，一人两个，那是好大的一个工程。女犯自己包，看守所煮。

6月25日　星期一

最近，我要到一个市直机关借调一段时间。没想到，我的驻所工作这么快就要结束了。

作者借调到晋中市委政法委工作期间，一次外出参观学习

6月26日　星期二　晴

上午在二监区。秉谦又慢慢地介绍他们的情况。有的"二进宫"，油皮，不好好生产。有的觉得他的案子大，怕判重了，心事重重。现在他们有4个"戴铁链子的"。2个在最高法院，1个在高院，1个在中院。复核的，看开了，将生死置之度外了，没有紧张害怕，就是等死了。二审的，也基本稳定。一审的，有点烦躁，是抱有幻想。一般都是这种情形，等他接受了现实，情绪就稳了。

民警们都很注意在押人员的心理状态，这可以说是做好监管工作的一个经验。

昨天，关进来一个未成年。我让秉谦把他叫出来。1994年9月出生，城边村郝家堡人，初中毕业后就在街上卖烧烤。6月20日，有朋友叫他去打架。他去了二话没说就打，把人家的头打出血了。

问他在里边的情况。他说能吃饱，也能睡好，办案单位没有打骂。这么说着，可他的表情是质疑的。他明亮的眼睛一忽闪，抵触地问了我一句，问他这些是什么意思？我说你还未成年，看守所、检察官对你有特殊保护，你有什么问题，就向警官报告，也可以要求见检察官。他点了一下头，说没有。让他回去了。这是一个早熟的孩子。

6月27日　星期三　晴，早上有风

今天羁押人数591。马上往太谷、祁县、平遥异地关押30个。

吃早饭的时候，一个民警说："一个服刑人员的账本丢了，能不能让办公室给核实一下，人家账上还有400多元。"带班所长却说："怎么能丢了？谁的班就让谁赔。"汇报的民警说："正好，不是我的班。人家反映丢了好一阵了。"反映问题却被顶了回来，他就转移了话题，跟我说：

"跟你说一个笑话。一个出所呀，检查身体，怎么少了一条腿。看守所给人家弄丢了？进来的时候检查身体没有登记清楚。有的进来，身上有刀口，腿上有钢板，不登记清楚，出去了，人家说，进去的时候好好的，你们民警、大夫都签了字。你没办法解释，说不清了。看守所封闭，社会上本来就有各种说法，出现这种情况，就会让人猜想，看守所怎么地他了。有的大夫不以为然，说过几天就好了。轻的，过几天能好了，可是有刀伤的，有大疤痕的，不登记清楚，就是麻烦。"

这些都是管理问题，责任问题，甚至就是私心问题。

6月28日　星期四

今天早上，在里边吃了饭，我没有进监区，回到办公室整理文件、工作资料。工作变化已不期而至。

6月29日　星期五　小雨

上午，疾病预防控制中心到所里对未成年人、少数民族、涉毒的等重点在押人员进行艾滋病监测并对在押人员进行艾滋病防治知识宣传教育。在一个监区抽血后，不小心把一个针头扔到监区的垃圾桶里了。张大夫把各个监区检查一遍，中午吃饭前，终于在"劳动号"的垃圾桶里找到了疾控人员丢弃的针头。

7月

7月2日　星期一　上午晴，下午阴

今天的羁押总数589人。

上午在一监区。老李的班。10点了，该放风了，其他监区已传来洪亮的喊操声，而他的人都还坐在通铺前做花。过几天投劳，他们有两个。外值班室的工作人员进来提取他们的手印。老李歉意似的说，咱们待会放。外值班室的人拿一个长方形的油墨盒，让那两个要投劳的每个人每个手指摁红的，然后是左右掌，摁黑色的。一个交通肇事，面白，瘦瘦的，30多岁，造成二死一轻伤，负主要责任，判了4年。说家里没钱，不上诉了，早投劳早减刑，说得眼泪汪汪。

这时，外边传来一阵鞭炮声。老李说："我们原来的'跑号的'，住了一年多，今天出所了。有讲究的，人家就在看守所门外放鞭炮，除秽气。"

秽气是他们自己的不良心理，而不应是他们的重生之地看守所。律师说要取保此人，终于取保了。

7月3日　星期二　晴

今天上去，8点多，刚吃了饭，借调单位打过电话来，让过去一趟。赶快从监区出来，再坐接送车下来。

7月4日　星期三　晴，热

今天，正好王所带班。我让他和我到各个监区看看。心想，这是我的最后一次驻所工作了。

内值班李一丰、王恩瑞。羁押总数 593 人。一监区民警连喜龙，二监区民警康导，三监区民警老武，四监区民警赵晋红，五监区仍然是两名女民警值班，六监区民警谢忠海，七监区（留所服刑监区）监区长王驰。

一监区。喜龙说着他的监管理念：他们也是人，不是机械。应该依法管理，科学管理，文明管理，还应该人性化管理。但生产、训练养成不能后退。对他们太好了，没有压力不行。但思想压力大的，也得让他们释放出来。管理顺了，他们连案子也不想了，就想着怎样完成生产任务了。

二监区。康导正跟一名在押人员谈话。浙江宁波宁江人，26 岁，个不高，人精瘦精瘦的，没有结婚，盗窃。康导说："每天哭哭啼啼。背监规，有的一天就背会了，慢的一星期也背下来了。而他进来半个月了，还背不会，进行考核，只得了 50 多分。"让他脱了衣服检查身上好好的。他抹着泪说，进来没有打骂，也没人抢他的饭。问他为什么哭。在押人员哭着说："心里好乱，想家，想父母，想家里人，不想留在这里。"康导说："你每天这个样子，干部怎么帮助你。"他不哭了。康导说："想回家，办案单位提审，端正态度，老实交代，不能花言巧语。"让他回监室去了。

三监区。自然说到绝食的邬。老武说，（邬）跟一般人的想法不一样。那脑子固执得就像装了程序，只要中间不故障就一直要运行到底，不是轻易能教育过来的。以前他们关过一个吞牙膏皮、细铁丝的。到医院取出来，又吞方便面袋。这种人关一辈子也难脱胎换骨。坏习气，改不了。

王所说："邬绝食 97 天。政委让把邬绝食以来，看守所做的工作写一个信息出来，分析邬的心理，总结经验。邬是一个惯犯，有一定的反监管经验。觉得办案单位掌握的他的犯罪证据不多，就绝食，向办案单位施加压力，达到早出去的目的。宁愿受暂时的痛苦，也不愿长期改造。如此固执反监管，可咱们对他无论是医护还是生活上的关照，可以说都做到了仁至义尽。公安部推广丹东看守所的经验，像对待亲人一样对待犯人。犯人的房子款要不回来，民警去给办理。

过年，民警家属包了三天饺子，拉到看守所给犯人吃。人性化管理应该是这个方向。"

四监区。一直比较平稳。晋红说，工作就得人人出力，不能只靠监区长。好。

六监区。忠海，高个，一个内蒙古转业干部。先在内值班室，这次开新监区，把他调了进来。忠海还处于兴奋状态，积极地说着他的体会：对里边的每个人，都应该做到基本情况、基本案情、诉讼阶段、思想状况四个熟知；取消了组长、号长、头铺、生活委员这些称号，不能叫这些，进来的都一样；苗头性问题及时发现及时处理，当班的问题当班解决，不留到下一班。新监区就要打好基础。王所说，王景耀、毛向东、忠海他们三个都能独当一面，齐头并进。他们有了好的气象，其他监区也在改。忠海还要让我看他们的喊操训练。一定是队列整齐，歌声喊操声嘹亮。可我没时间了。

七监区。关押 63 人。其中从"大院"（一般监区）倒过来 45 个。三个监室，中间"劳动号"（已决的 18 个，其中 3 个准备投劳），把两个未决监室隔开。他们一般没事。但小问题也有，有的不生产，还不屑地说，我可不干活。如此不驯，将来难说不会再进来。王驰说。

五监区。没时间，没进去。王所介绍，管理比较细，但也不是没有问题。夜间值班和生产劳动，还需要加强管理。

感谢王所一上午陪我。

中午下来，搭榆次公安分局民警的车。前两天他们就往进关人，又碰见他们。说，正搞着一个传销案，过几天还有几十个人要关进来。扩大战果，当然是抓的人越多越好。最好是一串一串的（一串 10 个人）。呵呵。年轻人工作热情高，让人羡慕。

7月5日　星期四　晴　早上 6:45

我提醒自己，尽快忘掉驻所工作的情景，尽快从中解脱出来。可是不能，这 11 个月来，我"投入"得太多了，我的感受太深了。一年来，我工作做得不好，可我也尽了自己所能。如今离开，我感到在这里的收获是沉甸甸的。

今天办理借调手续，没有上去。晚上，给接送车司机发了一个短信，告诉明天早上不用接我。

7月6日　星期五　晴

　　早上，坐公交上来。心情平静，也很激动。看看院子里停着的接送车，我就是坐它，每天跟看守所的民警们一起上来，开始在这里一天的工作。卫生所门前，张大夫和护士郦丽君正准备进监区去。一年来，监管卫生所的大夫护士对我的工作也给予了积极的支持。小郦下个星期也要离开这里了，愿她未来有好的发展。外值班室接待大厅的门楣上大大的"阳光工作室"几个字特别醒目。一段时间，我输录驻所检察信息，就是到他们的值班室打印收押台账、出所台账、超审查期、超一审期信息，抄录日志，然后上来，输到检察系统里。

　　这时，里边传来"军港的夜啊静悄悄……"的歌声、"一二三四""一二、三四""一二三、四"的喊操声和"……弃恶从善、悔过自新、重新做人"的背诵声。这一切，对于我来说，都将成为过去。

　　上楼，又看见提讯室那边有穿T恤、红短袖衫的年轻男女，他们大概都是办案的民警吧。我曾建议注意一下提讯室的管理。可我管不了这些了。

　　进了办公室，环视一遍室内的情形，跟我去年，2011年8月2日上来时一样，可此时的心情却大不相同。那时，面对未从事过的工作，不熟悉的环境，我兴奋，甚至有点激动，想着一定要把这里的工作做好。没想到，一年时光，一晃而过。

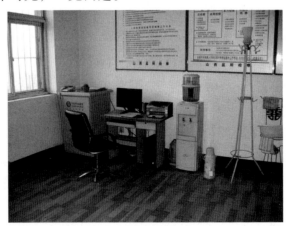

一段时间，作者就是往这台电脑里输录在押人员信息

此时此刻，心情平静，却又有点沉重。我知道，此一去，不可能再回到这里来。再到办公桌前坐一坐，桌上的近期判决书，不用我再一份一份地审查了。曾发现刑期计算错误，可惜没有纠正。再看看电脑桌上还放着一份下边外值班室送上来的《超过法定羁押期限报告书》，也不需要我请示该怎么处理了。

此时此刻，心情复杂，有几分对这里工作的留恋。一种梨子的滋味尝过了，可还没有尝够就没有了的感觉。有将要面对未来不熟悉的工作，不熟悉的人而产生的茫然。有一种说不上来的不快，或隐隐心痛。

回想自己在检察院工作 30 多年，从事过多少不同的工作。变，不断地变，向上向下，在院里或在外，不断地变恐怕就是我的宿命。

开弓没有回头箭。前边还有梦，还有不同于这里的人生。鼓足勇气向前，义无反顾地离开这个我熟悉了，但又要马上离开的地方。

站在面对里边的后窗前，监区里的情形如昨，民警们进进出出。里边的每个工作区、每个监区和大部分监室，都曾留下我的足迹，这都将成为过去，如今我就要到一个新的地方工作去了。

楼底下提讯室的铁门，"吱扭——咣"的一声。不知今天的羁押人数多少，突破 600 了吗？不禁问了一句。

"596 人。"

移交了工作，拿上自己的笔记本和水杯，交还了办公室的钥匙。留下我的付出，带走我的收获。握手告别，转身从楼上下来，我的眼里有点湿。

有民警上楼，打招呼问我一声："进去呀？"平时我进监区，民警或大夫护士见了，往往就是这么一句简单的问话，而我往往回答"是"。我和他们每天做着重复单调甚至有些枯燥的工作，就在这简洁的一问一答中，各自努力尽到自己的职责。今天，我也是，回了他一个"是"，可喉咙有些堵，声音小得不知道出了我的口没有，更不知道他听见了没有，看了他一眼，侧了一下头，快步往楼下走去。

从楼里出来，又见花园里绿色葱葱，花儿朵朵。桃树、杏树、苹果树上的花早已粉的粉、白的白地绽开了，再过二三个月，它们一定会像去年一样，红的红、黄的黄、紫的紫，果实累累。它们高低错落，相宜成趣，把小园装点得满满的。如果是一场小雨过后，那绿的叶，红的、黄的、紫色的花瓣上，就会留下晶莹的水珠，一阵风吹过，它就滚落下来，掉到泥土里去了。工作间隙到里边去走走，一种沁人心脾的气息便扑面而来。如今，我将要去工作的地方，也一定会有这满园的绿荫和芳香。我又向着一个梦而去。

晋中市看守所

1954年9月7日政务院公布施行的《中华人民共和国劳动改造条例》规定，看守所是劳动改造机关，主要羁押未决犯。1990年3月17日国务院发布施行的《中华人民共和国看守所条例》规定，看守所是羁押依法被逮捕、刑事拘留的人犯的机关。

新中国成立初期，山西省各市、县都设有看守所。有的隶属于人民法院，用以羁押法院审理的未决犯、已决犯；有的隶属于公安局，用以羁押公安机关直接拘押的未决犯。看守所设所长、看守员，并配有武装力量警戒看守。冠名为"××市看守所""××专区看守所""××县看守所"。[1] 1950年11月30日，司法部、公安部联合发出《关于监狱、看守所和劳动改造队移转归公安部门领导的指示》。1950年12月31日，榆次县看守所划归公安局领导。[2]

晋中市看守所的前身是榆次县（市、区）看守所。

"衙门"里的"公检法大院"

榆次，位于山西中部的太原盆地，东与寿阳、和顺交界，西同清徐毗邻，南与太谷接壤，西北与太原相连，是山西省交通枢纽之一。榆次是晋中的政治、经济、交通中心，素有"省城门户"之称。榆次春秋时期称为"涂水""魏榆"，战国时期称为"榆次"。

---

[1] 山西省史志研究院编：《山西通志第34卷·政法志·警察篇》，中华书局1999年版，第119页。

[2] 山西省榆次市志编纂委员会编：《中华人民共和国地方志丛书·榆次市志》，中华书局1996年版，第792页。

在古老的小城里有一条大街叫东大街。在东大街西头的一溜青砖高墙的中间，有一个坐北朝南的大圆门洞，两侧是细条磨砖镶边的八字形影壁。解放以后，影壁里是随政治形势变化的标语口号。

从常开着的两扇厚重的黑大门进来，青砖地面，一条十几米宽、百米长的通道，直抵正面旧时知县或知事审理案子的大堂或大厅。大堂前，东西两边是北方传统古建筑小院。旧时，县衙就在这里，故人们称从县衙里出来的这条街是"衙门街"，又因城隍庙在大街上，又称"城隍庙街"。1948 年 7 月 19 日，榆次解放。1949 年 11 月 12 日，榆次县民主政府改称榆次县人民政府，就在"衙门"里办公。工商科、财粮科、教育科、民政科等政府部门都在里边。审判机构是延续解放前的称谓，叫司法科，科长宇文哲。

司法科在从"衙门"进来东面的一个小院里。小院的门也是朝南，门口有法警室、接待室，进了小院，东西两边是审判员室，里边是正厅。正厅分里外间，里间是科长办公室，外边是会议室。

小院里有一个二层阁楼，叫"思凤楼"，隔壁"二完小"的学生叫它"凤凰楼"。机构有刑事室、民事室，二三名审判员，1 名接待员，还配有两名法警。1950 年 8 月，司法科改为榆次县人民法院，院长由县长王殿邦、副县长杨金镛兼任，副院长宇文哲，共 6 个人。当时管的事就不少，夫妻吵架、打老婆的不用说了，就是村里发生了杀人案，或打架的，也是法院直接受理。老百姓半夜三更就来了，敲门。投井的，法院要验尸，确定是自杀还是他杀。枪毙犯人，不是大牲口拉的大车，而是毛驴车，法警押犯人上一辆毛驴车，审判员上一辆毛驴车，有时是用山西省第四监狱的苏式嘎斯卡车。拉到刑场，东门外猫儿岭，验明正身，执行枪决。

榆次县人民法院成立纪念（摄于 1951 年 1 月 3 日）。前排
左三为谢金彪（1955—1963 年任榆次县看守所所长）①

　　反右的时候，有的一案 20 多人，开庭能开一整天。马忠秀、张
碧玲担任记录，也是一天下不来。89 岁的张碧玲老人回忆说："从汾

---

　　① 为了解读这张照片，笔者走访了有关老人。今年已 90 岁的武福洪老人，家住
在榆次区政府宿舍，行动不太方便。老人 1953 年由县民政科调入县法院，就一直在法
院工作，后来当法院副院长，1990 年离休。老人辨认该照片，指着前排中间披大衣的，
说："这个是王殿邦。"老人说，照片的背景是在法院的小院里，一排高大的瓦房前。
　　一位 1953 年在榆次县法院当副院长的老人回忆说：当时法院在东大街"衙门"里。
从"衙门"进来，东面有一个小院，门朝南，门口有法警室、接待室。进了小院，东
西两边是审判员办公室，里边的正厅分里外间，里间是院长办公室，外边是会议室。
这张照片就是在正厅前。如今 87 岁的她也认出前排中间的是王殿邦，挨在王殿邦左边
穿大衣的"是公安局的"（即谢金彪）。王殿邦右边的是司法科科长宇文哲，王巨臣
接任的他 [据《山西省晋中地区政权系统 军事系统 统战系统 群团系统组织史资料（1949
年 10 月—1987 年 10 月）》，1949 年，榆次县设立县政府司法科，1950 年 8 月改设为
县人民法院，院长王殿邦（兼）、杨金镛（兼）。1955 年 1 月，榆次县第一届人民代
表大会第三次会议选举产生了法院领导人，院长王巨臣]。
　　这张照片有两个问题要解释：一是这张照片拍摄的时间。1950 年 8 月，县司法科
改为县人民法院，而这张照片的拍摄时间却是 1951 年 1 月 3 日。笔者的猜测是，由司
法科改为法院，自然是行文在先，而实际成立在后，相隔数月，也有可能。
　　二是谢金彪当时在县看守所，为什么跟法院的人在一起？新中国成立初期，看守
所有的隶属于人民法院，有的隶属于公安局。1950 年 12 月 31 日，榆次县看守所划归
公安局领导。笔者的猜测是，看守所移转归公安部门领导，恰逢人民法院成立。谢金
彪是当时榆次仅有的十几个老红军之一，所以他不仅参加了法院的成立活动，而且照
相时还坐在了较中间的位置。
　　笔者以为，对这张照片的解读还有很大的空间。如有人能对照片作进一步的解读，
对完善我区特别是法院的史料都将会有很大的帮助。
　　详情参见李砚明：《谁还能解读这张照片》，载《榆次时报》2016 年 11 月 10 日第 7 版。

阳调到榆次，先是在县委文印室工作。抗美援朝时，刻蜡版，六开大，每天一蜡版。蜡版一印多少份，你必须刻得正正规规。刻蜡版让我练出了字。后来调到法院当书记员。审判员问一句，他（被告人）答一句，都要写下来。不能潦草，不能写错。写错，事实就变了，不行，还要存档。那时查档案的特别多。潦草，别人看不懂。我写的字，人们都满意，我自己也满意。"说到这，老人脸上露出欣慰的笑容。

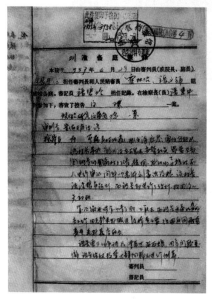

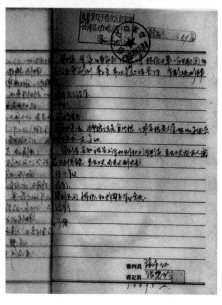

1957年4月29日，张守仁担任审判长、张碧玲担任书记员，张建中担任检察员的刑事准备庭笔录

案卷中张碧玲记的笔录

1953年担任榆次县法院审判员、现已92岁的武福洪老人说："那时，榆次专区法院系统都知道，榆次县法院的马忠秀和榆次市法院的张碧玲两个优秀书记员。马忠秀记笔录，速度快而不潦草，谁拿起来看都一清二楚的，而且记录能抓住重点。最高法院曾要调她，却因家庭拖累没去成。张碧玲比马忠秀记得还快，字迹也清楚。中院、高院都表彰过她们。"

县公安局在小井巷14号，"县衙"后面，一个大水圪洞中间一棵约两人合抱的大柳树东边的一个大院里。1951年8月，县人民检察署成立，编制和实有均为2人，在"县衙"里。

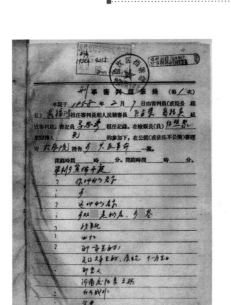

1958年2月7日，武福洪担任审判长、马忠秀担任书记员、
任招聚担任检察员的刑事审判庭笔录

1954年5月，榆次县分成榆次县、榆次市。县法院编制和实有均
为12人，县检察署编制4人、实有3人（1955年2月改为榆次县人
民检察院，编制和实有均为7人）均留在了"衙门"里。县公安局也
搬了进来，在大堂前东面的一个两进的小院里，进去是一排土坯白墙
灰瓦房，往东又套着一个小四合院。人员编制50人，实有58人。①
故人们又称"县衙"为"公检法大院"。

之后，榆次行政区划虽几经改变，但公检法一直在"衙门"里，
直到2000年老城改造才全部搬迁出来。

后来，法院搬到了"衙门"里的大堂后边。县衙大堂，历经时代变迁，
虽有毁损，但几经修复，仍基本完好，古色古香。解放后，公审重大
案件一般都在这里，公检法的人叫它"审判大厅"。

① 榆次市编制委员会办公室编著：《榆次机构编制历史沿革》（1949年10月—
1989年12月），1992年3月印，第76、189、191、36页。

1959年10月17日，榆次市人民法院全体人员在"大堂"前合影留念①

大堂东西长南北窄，东头一个审判台，长条桌子高背椅。下边是一排一排的长条凳，能坐一二百人。到后边的二堂，是从大堂外西侧的通道绕过去。

1964年9月2日，有关人员在"二堂"前合影，
中排右三为县法院审判员王瑞祥

---

① 因公安局在"衙门"里，故大堂又被人们叫作"公安局大礼堂"。市（县）里有大型的会议，往往在这开。1960年代后期，常在里边放映革命题材的电影。看电影的孩子们叫它"大礼堂"。1959年10月17日，榆次市人民法院全体人员在"大堂"前合影留念。中排右五雷全（院长）、右三刘二海（庭长，后任副院长）、右二王瑞祥（副院长，1978年7月，榆次市人民检察院恢复重建，首任检察长）、右七武福洪（办公室秘书，后任审判员、副院长）、右一崔桂英（助审员）。后排右二侯树勋（刑事审判员、庭长）、右三李玉廷（审判员）、左二侯瑞兰（民事审判员）、左三马忠秀（书记员、后任民庭庭长）、右一李宝玉（办公室干事）。前排左起：赵振祥（法警）、荆俊友（法警）、张守仁（民庭庭长）、张学成（审判员）。

二堂正房，是法院办公室，档案室挨着。东西厢房是审判员、接待员室和食堂。二堂后的一个小院是三堂。正房是法院院长办公室，东西厢房是审判室、值班室。三堂后边是四堂，检察署秘书室，堂前一个小院，东厢房是打字室。

1960 年代，榆次市检察院和榆次市法院的工作人员在检察院办公室前（旁边的院子是法院审判室）合影留念①

秘书室的后院是五堂，检察长办公室，一个小庙，门厅摆一张方桌，东西各一个小间。小院东西厢房是检察员室。从院子里的东门出去，有一个小花园，因在"县衙"的最里边，故人们又称五堂为"后花园"。

① 前排右一刘晓兰（检察员）、右二郝瑛（检察员），后排右一王庆宝（法院审判员）、右二任招聚（刑事科副科长）、右三何北管（刑事科科长）、右四赵玉保（副检察长）。任敏，今年 64 岁，父亲任招聚、母亲郝瑛。她记得，检察院办公室旁边有一个小院，里边几间老房子，住检察院和法院干部家属，她家就在这的一间老房子里，小时候常到父母上班的地方玩耍。

榆次县法院审判员武福洪
在法院干部住的房屋前留影

榆次县法院审判员武福洪在
小花园园门前留影①

与"县衙"一墙之隔的是清代榆次县学、榆次的最高学府凤鸣书院。1905年，县城凤鸣书院改为公立凤鸣高等小学堂，实行班级授课制的新式教育。新中国成立后改为"榆次第二完全小学"（简称"二完小"或"二完校"），20世纪60年代改为"榆次东大街小学"。

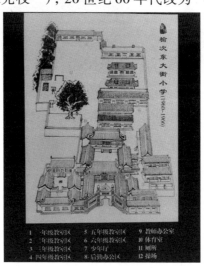

66届（1966年）65班的董建平绘制的"榆次东大街
小学"校园图

①　在五堂前，东边有一个小花园。从园门进来，有一个东西向的小石桥，桥上砖木防护花栏，往前几步，是一个八角亭，中间石桌石凳。桥底月形水池，池里养着鱼。桥北是检察员室，桥南有一座不甚高的假山。对面的青瓦白墙里的古建筑，是新中国成立后50年代的"二完小"。法院检察院的工作人员，工作之余可到这边来小憩。

1968 年，榆次县检察院和法院的工作人员在"衙门"里的检察院办公室门前合影留念①

每当（公检法）"三长"研究（或"三堂会审"）重大案件，就在五堂。人们知道，越往后堂研究的案件越严重，或是研究隐私案件。旧时，州县审案子叫"升堂"，人们就习惯地将法院所在的地方叫作"堂"，称前边的"大厅"（审判大庭）和后边法院占的几个院子，是"大堂""二堂""三堂"，称检察院占的两个院子是"后堂"。实际上，除了"大堂""二堂"大点，其他的说是"堂"或"厅"，也就是几间老房子。

据《晋中市志》和《山西省检察官名录·晋中分册（1950—2003）》（附录一，"晋中市人民检察机关历史沿革·晋中市人民检察院"），1950 年 8 月，山西省人民政府榆次区行政督察专员公署改名为山西省人民政府榆次区专员公署，下辖寿阳、榆次、太谷、祁县、灵石、交城、文水、汾阳、孝义、清源、徐沟等县。山西省人民检察院晋中分院于是时组建，当时称山西省人民政府榆次区专员公署检察

---

① 后排左起法院的法警郭文才，检察院的检察员任招聚、高守铎，法院的法警蔺海宽、书记员刘玺泉，前排为法院的书记员马忠秀（左）、张碧玲（右）。中间的小女孩，是任招聚的女儿任敏。

署。1954 年 12 月更名为山西省人民检察院榆次分院。

1956 年 1 月 25 日，山西省人民检察院榆次分院各县市
检察长会议合影留念

1957 年 1 月 5 日，榆次县人民检察院的干部合影留念①

　　这枚"山西省榆次县人民检察院"徽章不是榆次县院制作，而应该是分院一级，或就是省院或最高人民检察院统一制作的。这枚徽章实在是一件记载着新中国人民检察事业初步发展历程的难得的实物。

---

　　① 　前排左二检察长刘有恒、右二检察长王庆云、右一刑事科科长张福海（后来任副检察长）、左一检察员王明宪（后来任二科科长），中排右检察员聂昌煜（后来任副检察长）、中秘书张建中、左张克胜，后排左一杨洪瑾、左二检察员高守铎、左三刘二福、右一杨成鸿。

"山西省榆次县人民检察院"徽章①

公安局对面的西小院，就是自古称作"监狱""狱""监""班房"的，在榆次从清朝和民国时期就一直在这里的看守所，关押的大部分是穷苦人，里边的生活相当苦。武福洪老人记得，新中国成立前，拆了北城墙，城里通了一条十米宽的土路，即东西顺城街。东西城门还保存着。城边村的农民进城拉大粪，起得早，天刚蒙蒙亮，来到西城的城墙上，可以看见一个木轮车上拉着死尸，从"衙门"里出来，往西，上北大街，在大街中段往西穿过寇家巷，到西门外（现在花园路）的一个场子，十分荒凉，寒风凄凄，野草摇曳，丢下就走了。立即就有不知从哪一下跑来的野狗，嗷嗷叫着，抢着撕扯，啃吃死人骨头。三五天就有往外扔的。很惨。

粮店街看守所

1954年5月，榆次县市分治后，市公检法搬了出去。市人民检察署（1954年6月设立，1955年2月改为榆次市人民检察院。一室两科，即批捕起诉科、一般监督科和办公室。何北管是最高人民检察院任命的第一批榆次市人民检察院检察员，曾任批捕起诉科科长）编制5人，实有3人，② 在富户街，从"衙门"出来往东，从东大街上的城隍庙南面的一人巷过去，一个高台阶院里。

---

① 徽章(背面无字)直径3厘米，上半圆"山西省榆次县"，下边一行"人民检察院"，中间红色五角星。白底，淡黄色繁体宋体，庄重大方，几十年过去了，还基本完好无损。

② 榆次市编制委员会办公室编著：《榆次机构编制历史沿革》（1949年10月—1989年12月），1992年3月印，第191页。

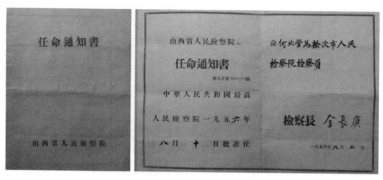

何北管的任命通知书

这是 1956 年 9 月 5 日山西省人民检察院检察长金长庚颁发的检人字第 000187 号任命通知书：中华人民共和国最高人民检察院一九五六年八月十日批准任命何北管为榆次市人民检察院检察员。

如今，88 岁的何北管老人还记得：

"困难的时候（20 世纪 60 年代初），有人偷割了集体地里的麦穗。麦穗刚黄还没有黄透，但搓下麦粒来可以煮着吃。公安报捕后案子到了我的手里。盗割队里的麦穗，就是偷盗集体口粮，我们也很重视。我叫上科里的另一名检察员任招聚，院里有两辆公用自行车，我们骑车走了二三十里，到村里调查，看公安的材料实不实。经调查，事实清楚，可确实是饿得不行。一家人，父母、老婆孩子，上有老下有小的，揭不开锅。他盗割的麦穗也就普通口袋一小袋，我不同意批捕，进行批评教育就行了。那时批准逮捕发扬民主，坚持具体案件具体分析，重大复杂案件集体讨论的办案制度，注意区分不同性质的矛盾。检察长徐振国河北沙河人，工作注重调查研究，实事求是。他到北要生产队搞五类分子思想动向调查，发现于某海被错戴生产监督帽子，报请党委批准，给予平反。听我汇报后，他同意我的意见。公安检察意见不统一，要上报市委。市委分管政法的副书记很生气，说我，你就是一个右倾。你数一下麦穗，写成一麻袋多少麦穗数量不就多了。我不服气地说，我数麦穗？我还数麦粒呢，数麦粒更多。检察院有不同意见，市委也不好做决定，请示地区检察院。批示回来，还是没有逮捕。现在想来，那时高检直管，就是觉得检察工作了不得，又年轻，我才 20 多岁，年轻气盛，不同意领导的意见，也不知道态度和缓一些，当面就顶。可我很佩服领导，比较大度，以后没有在工作上刁难报复我。

"那时运动多，人们不敢要人的东西，抽别人的一支烟也是事。可还是有送礼的。送一瓶酒叫扔'手榴弹'，一包点心是丢'炸药包'。派出所的一个户籍民警，专门把办公桌子弄斜，他这边低。有人来办事，给他烟，不敢要，说'不抽''不抽'。人家把烟放到桌子上，就滚到他抽屉里了。平时当笑话，运动来了，挨了批判。检察院一般监督，这些事都要管。"

市法院人多，编制 12 人，实有 10 人，[①] 在富户街与南马道挨着的一个院子里。市公安局在原县局在的小井巷 14 号，后来搬到了城里的粮店街。

从"衙门"出来，西拐，是东大街与南北大街十字口，往南是南大街，往北是北大街。北大街是一条繁华的商业街。出了北大街北口是东西顺城街，对面就是粮店街。1907 年石太线通车，在顺城街北的北关东大街逐渐形成粮食市场，街道也易名为粮店街。粮店街两边店铺林立，药铺、卫生所、印染店、小饭店、电料店、煤油公司、茶庄、水电安装社、理发店、劳保用品商店等，米面铺更多，也有机关单位。市公安局在街道的东面，一个圆大门里。进去是一个东西入深长的两进院，南北两边是山西传统民居老房子，原来面粉厂占的地方，后来是榆次电影公司，挨着晋中地区工商局。当时，市公安局编制 46 人，实有 43 人。[②]

后来，市检察院搬到市公安局的院子里。新成立单位，占了人家二三间南房。不久搬到了市公安局对面、通顺巷的一个院子里。市法院也搬了过来。进去，先是检察院，南北房。往西，里边又一个院子是法院。

预审科、看守所原在小井巷 23 号，公安局斜对面的一个院子里。后来随公安局搬到了粮店街。预审科科长郭飞，干事李达。看守所只有 3 个人，所长王建业，会计郭向库和管教干部。看守所在公安局院子里再往东的一个四合院里，天庭院，正房南房，东西房都有。在东边的三间号房前，安了 4 盘磨。犯人们的生产劳动是给面粉厂加工红面（高粱面），或是做豆腐，或是用夹板夹住纳底子。那时犯人们吃

---

① 榆次市编制委员会办公室编著：《榆次机构编制历史沿革》（1949 年 10 月—1989 年 12 月），1992 年 3 月印，第 189 页。

② 榆次市编制委员会办公室编著：《榆次机构编制历史沿革》（1949 年 10 月—1989 年 12 月），1992 年 3 月印，第 135 页。

得还可以，一个月四五十斤粮，吃得"肉乎乎的"。可统购统销以后，粮食有了比例，一下减到 20 多斤，副食短缺，就吃不饱了。

那时，恶性案件少，可一年也发生一二起。一起杀人案，李达的预审终结报告写道："该犯因听说某某某（被害人）一天晚上天黑了还在他家，因此怀恨在心。第二天，该犯趁某某某到井上打水，将某某某摁到了水井里。"

李达，88 岁，红脸膛，双目炯炯有神。老人小时候上过初小，1954 年从汾阳公安局调到榆次县公安局到 1992 年离休，一直从事预审工作。如今老人还铿锵地说："预审定的调调，谁也改不了。他老婆说发生关系了没有，都不行。他反正是把人摁到水井里了。在号房里，犯人还说：'他（被害人）要是摁我可摁不进去，他的力气没我大。'"李达还办过一个猎枪打死人的案子，过失，可死者家属认为是有意的。最后还是认定为无意。

榆次市公安局原副局长王富贵分管预审多年，如今 92 岁的老人说："人们说预审工作不好干，可我不觉得，坚持原则就能干好。一是要有事实，二是要有证据。就是打架斗殴，谁对谁错，也要有证据，才能说个长短。不能领导说是就是是。公安的第一手材料很重要，检察院、法院都是看你的。不放过一个坏人，也不冤枉一个好人。"

西小院看守所

榆次县市分治后，县看守所在公安局对面的西小院。1958 年 5 月，榆次县撤销，市公安局搬了回来，县看守所也就变成了榆次市看守所。不知道当时人们怎么称这个看守所。为了叙述方便，笔者就按进了"衙门"后的方位和它的内部特征称之为"西小院看守所"，就像以街名称"粮店街看守所""道北西街收审站""猫儿岭看守所""安宁看守所"，按建筑特点称公安大楼后的看守所为"窑洞院看守所"，以所在地称"长凝看守所"一样。

西小院看守所是一座清代建筑，青砖高墙，双开的黑大门。穿过几米深的门洞进来，院子中间一道铁栅栏，又分成南北两个小院。北院的东房，由南往北，是办公室、所长室、还有一个小提讯室。西房是厨房、会计室、犯人干活的缝纫组。正房大，是犯人生产劳动的地方。西北角有一间厕所。

1950 年，榆次县看守所副所长要四娃（左）与榆次县
武装部副部长冀汉山（中）、县公安局侦查员段文礼
（20 世纪 80 年代任榆次县公安局教导员）合影

南院，西房南房东房都是号房，二十几间，大小不一。没有民房的间架大，四五平米一个房间，两米多高，低矮潮湿。墙上是"敌人不投降，就让他灭亡"等时代标语。在西号房前，安的两盘石磨。犯人吃的玉米面、红面，脱谷子，都是他们自己磨出来。几个人轮班。社会上诅咒人："把你逮到司法科推大磨。"即住监狱，住看守所的意思。

南北院中间的西墙上有一条斜斜的青砖台阶，从地下一直通到房顶。房顶上一圈雉堞，东南角有一个小角楼，是部队的岗楼，哨兵来回巡步。这一派景象，就是在一片古旧建筑的"衙门"里，也显得冷僻和特别。

当时关押的犯人有四五十，也有刑事犯，但大多是反革命犯。1959 年 9 月关押的 2 名特赦人员被释放。1961 年，共收押犯人 244 名。对未决犯、已决犯，重刑犯、一般犯，男犯、女犯实行分别关押。[①]不死不跑，是那时的主要任务。

所长王明宪（1951 年 1 月至 9 月），之后是谢金彪。谢金彪在延安时搞过大生产。监管犯人，教育生产相结合。搞生产既改善他们的生活，也分散了他们的思想，少出问题。做醋酿酒、磨豆腐、做粉条

---

① 山西省榆次市志编纂委员会编：《中华人民共和国地方志丛书·榆次市志》，中华书局 1996 年版，第 792 页。

都是给人家酿造加工，给鞋厂搓麻绳、纳鞋底，或是给东门外的县针织厂缝妇女用的头巾，毛儿八分钱一条。加工好了，捆好，犯人拉平车给人家送去。或你在外边是干什么的，比如木匠铁匠，也给安排相应的活，做小板凳，或打扁担上的铁钩钩。缝纫组的都是巧手，各种衣服都能做，做得比外边的好，又便宜。法院干部常买了布料给自己的老婆孩子做，付加工费。有时也将犯人提出来干活，带罪行轻的到东门外的农场种菜、喂猪。20 世纪 50 年代末法院修缮大堂，犯人出来干活。一个叫郑云某的，复员军人，挺老实，破坏农作物。他对别人有意见，把人家地里的南瓜苗子给毁了。出来干活，穿的塑料底鞋，没注意一下踩到拆下来的木头上的钉子上，把脚扎伤。后来，平反了。

　　1960 年从武警部队转业到榆次县公安局，后来当看守所所长，如今已 89 岁但仍精神矍铄的马修贵老人回忆说：刚转业下来，正好来了名额，河北为山西代培劳改干部。他就从 6 月至 12 月到保定劳改干校学习。回来后，谢所长把他要到了看守所。马修贵老人记得：老所长开朗，工作原则性强。有的干部工作方法简单，谢所长就批评："他（犯人，也即在押人员）犯了国家的法，不是犯了你的法。不能体罚打骂犯人。"

1961 年 3 月，马修贵（后排右二）和看守所的干部与担负看守所外围武装守卫和押解任务的解放军中队干部在西小院看守所前留影

　　伙食，按照"劳动者、半劳动者、不劳动者"三类，确定每月的粮、油、盐、肉、蔬菜、煤的供给标准。每月 29 斤粮，7 块钱的伙食。早

上一碗玉米面糊糊；中午两面（白面和高粱面）擦尖（山西的一种地方面食，用擦子将和好的面直接擦到开水锅里），有时是小米饭，一盆菜。晚上稀饭或玉米面糊糊。不过，再怎么，一年也能吃几顿饺子。每月，家属可以往里面送东西，日用品，穿穿戴戴的。那时让送吃的，主要是蒸馍、炒面，防止夹带违禁品，好检查。买菜，就在出了"衙门"的蔬菜公司门市部。人家给送到看守所的黑大门前，叫开门，里边的人出来拿进去。买粮，是带犯人出去，用小平车拉回来。

睡觉，是木板大通铺，有的号房是土炕，上边没有席子。人多的时候，一个人只能占一块半砖的地方，一个人头朝这头，一个人头朝那头，来回颠倒地睡，省地方。

冬天，火墙，在房子外边烧，用炭或秋天打的煤糕，做饭也是。一年冬天下大雪，一个监室的犯人中了煤烟，干部们赶快抬出来放到雪地里晾。过了一会儿，过来一看，一个也没了，吓了一大跳。进监室一看，全在了。原来，他们醒过来，全自己跑回去了。

允许往里边送的书只有两种，一是语录，一是《新华字典》。在里边，对爱学习、肯思考，对人生持积极态度的人来说，或许还是一个特殊的学习机会。"文化大革命"初，关进来一个重点犯人。刚进来住"小南号"，里边关两个人。后来住"小六号"，住四五个。再后来住一般号房，关20多个。关的时间长了，也就不重点了。在这遇到两个很好的医生。他跟其中的一个中医背汤头歌诀、号脉脉诀，学习按摩的手法，住了6年多看守所学会了看病。还把字典翻得烂熟，现在写旧体诗成了作家。而有的"我就是看守所的一个过客"，"白天看墙头，晚上'晒'灯头"（里边，晚上睡觉不关灯），耗时间。有的白天出去干活打扫卫生或提审，捡烟头。回到号房，他们把缝头巾剩下的线头辫成辫子，有太阳从小窗口照射进来时，用老花镜对着照，燃着了线头抽烟。

开公判大会，一般是在大的节日前，像阳历年。判了就送走。有的一时送不走，关已决号，不与未决犯关一起。投劳凭法院的《刑事案件执行通知》。

一次枪毙犯人。一个有名的插队知青跟到刑场。人已经死了，那个知青还捡起一块砖头去砸，表示对阶级敌人的愤恨。看守所民警过去问，敢开枪吗？不会。教你。对准，扣扳机。果真打了一枪。

"牢头"，也有。对新进来的，问：服不服水土了？服，就什么都好说。不服，就让吃"焖面"，或"坐板凳""燕飞"，或挺胸收腹，后脑、后背、臀部、小腿肚、脚后跟靠墙，"五点"站立。整个号房，也就一二个干部。这些情况，有的干部也不知道，问也不说。他们出去了，互相扯里边的事，才知道。不过，这种情况，总的说比较少。

办案的来提审，带介绍信，提谁谁谁。看守所的干部根据介绍信再写提票，提张三李四，交给部队的岗哨，才能提出人来。外地来搞调查的，让里边的人写证明，也是。

预审科在看守所对面，公安局的小院里。提审多是将犯人提到这边来。预审员坐在桌子后边，犯人坐在对面的一个小板凳上。预审员晚上问人，有时问着问着就睡着了。一次，犯人趁机跑了。看守应该跟着却没有。看守所连夜到他村马村，先跟村干部说了，再到他家里，人回来了必须报告。第二天，村里开着拖拉机把人送来了。

1970年代初，看守所搬到了窑洞院，西小院就改为收审站。中后期，收审站迁到了道北西街。20世纪80年代初，这里成了榆次市法院的民庭。2000年老城改造，"衙门"里的公检法全部迁出，昔日的"公检法大院"成了旅游区。

窑洞院看守所

20世纪60年代末，拆了"县衙"，在大堂、二堂、三堂的位置上，盖了一栋三层大楼。公安在一二层，三层是法院和公安会议室。在四堂、五堂的位置盖了看守所，是一个砖砌的窑洞院。

昔日的公安三层大楼。大楼后边就是窑洞院看守所

简介 1971年7月5日，榆次市县再次分治，恢复榆次市。[①] 同月设立榆次市革委保卫组，李文祥任保卫组副组长[②]。根据省委晋发（73）78号文件，1973年10月，经榆次市委批准，成立"榆次市革命委员会公安局"，恢复看守所。[③]

部队领导与榆次市公安、法院的领导班子交接工作，在"西小院看守所"对面的公安局院子里合影[④]

从大楼的东侧绕到楼后，有一排瓦房，中间一条通道将两边分成东西两个小院，西边住武警，东边是刑警队和预审科。中间通道对着看守所大门前的影壁，上边大字"加强无产阶级专政"。影壁后青石

---

① 榆次区史志研究室编著：《中国共产党山西省榆次历史纪事（1949年10月—2008年4月）》，中央党史出版社2008年版，第136页。

② 中共榆次市革命委员会核心小组文件，市核发（1971）001号。

③ 榆次市公安局编：《榆次市公安局大事记》（1989年编写），第52页。

④ 1967年2月，"文化大革命"造反派夺权，政府机构停止了职能，1970年实行军事管制，成立军管。1974年3月，公检法军管组撤销。前排左起：赵登元（公安局副局长）、张建华（公安局局长）、蔡琳（军代表，部队的一位副政委）、军代表、刘海江（公安局副局长）、军代表（部队的一位姓顾的指导员）、张德华（公安局副局长）；中排左起：张芝兰（公安局负责政工人事工作）、任贵祥（法院副院长）、周悦发（公安局安保科科长）、赵发旺（公安局治安科科长）、丁云峰（法院院长）、王长胜（"一打三反"办公室干事）、杨臭货（公安局政保科副科长），后排左二杨喜荣（公安局治安科副科长）、右一曲明善（法院副院长）。

圆闸圈，2米多高、1.4米宽，十四五公分厚的木门，四角包着黑铁皮，下边安了滑轮，两边推拉。厚实的青石墙黑大门顶上镶着一块长方形横匾，白底黑字"榆次市看守所"。20世纪60年代末，东大街上的人民银行，拆了老院子，临街盖了一座新式的预制板3层楼，看守所把人家的青石黑大门买过来，照原样砌了起来。

窑洞院看守所实际上是一个长方形的大院子，东西六七十米，南北四五十米，四周是大块城墙砖砌的六米高的监墙。高墙下四周离监房有一条三四米宽的通道，人们叫它"墙壕"。进看守所要过两道门，从厚重的拱门进去再进第二道门，才能进号房院。第一道门外由中队负责，第二道门里由公安负责。

从第二道门进去，又分里外院。外边院是一排窑洞，中间一条通道，将东西两边分开。西边的几间是看守所值班室、办公室。东边的几间是犯人伙房、接待室、提讯室。窑洞前空地，一个小院。窑洞顶上加盖了几间房，是民警们值班后的休息室。从小院出来，一条东西通长，南北二三米宽的走廊。走廊尽东头，是茅房。

从走廊北墙中间的门进去，就到了里院。里院是一个四合窑洞院。四面窑洞都是号房。西边有一间女号房，前边是她们的放风场，最多时也就关六七个。其他的都是男号房。每个号房约十来平米，住七八个人，人多时10来个，晚上睡觉每人只有四五十公分的铺位。两个号房一个放风场。整个号房多的时候能关二三百人。院里有一间澡堂。冬天，屋里用泥火取暖。

干部有所长郭庆成、副所长谭守先、内勤窦有丹和兼管女号房的女会计窦云。窑洞顶上，有武警的流动哨。

严查违禁品 民警在大楼前的公安食堂就餐。挑罪轻老实可靠的犯人做饭。那时，粮食供应，城市居民30%的细粮，他们是15%。一个月10元的伙食费，一天9两粮，早晚玉米面糊糊，中午窝头。开饭，用一个大木桶给各号房送，回到号房他们自己再分。进来的时候，给每人发一个塑料碗和调羹。饭量大的，用调羹把木桶边上的干糊糊也要刮下来吃了。里边的人吃不饱，家属就想办法。每月1日、15日可以往里送日用品。有的把洗衣剂袋里放进猪油，有的把糨糊瓶里的糨糊挖出来也往里装。还有的想串案，就往牙膏里塞纸条，或是在肥皂上挖洞，放进去。有的是塞家人的照片，让里边的人聊解相思之苦。还有的送衣服，把扣眼缝住，他穿的时候扣不上，就知道里边有东西。这些，像肥皂，不是新的，而是用过的，就要重点检查，违禁品被检查出来，进行批评，都要退回去。1980年1月1日起，犯人们的粮食供应涨到一天1斤2两，一顿4两粮。每个月28斤粮，3两油，伙食费涨到12元。[①] 粮油伙食增加了，可关押的大部分是年轻人，还是吃不饱。

时代印记 这时，市场上开始供应高价面，有的犯人就让家属送钱。家属交了钱，登记了，他们在里边换成饭票，上边盖一个里边的人刻的"看守所事务专用章"，凭票，就可以买吃的。

盖大楼时，挑罪轻的犯人出来干活。干活可以多吃一些。大楼的地基就是犯人们肩担、平车拉挖出来的。看守所的监墙也是犯人们砌的，还有号房。自己住的囚牢自己盖。就连手铐脚镣，也是住在里边的人打的。

号房由来 犯人住的房间都一样。为了加以区别就给每个房间编了号，简单易记。犯人住的房屋叫"号房"，恐怕就是由此而来。那时，民警少，顾不过来，里边就用犯人管理犯人。白天，有一个"大组长"，干部把号房门上的钥匙交给他，让他管放风、开饭、放茅。进来的犯人，都要编号，进来一个编一个。提人时，告诉"大组长"，"提2号房的××号""提4号房的××号"，他有一个名单，就知道提谁了，进号房，叫，"××号，提审"，"××号，开庭了"，把人提出来。同号房的也不知道他叫什么。这主要是防止暴露名字，不让同犯知道。小手，在号房，有一个大木桶。大手，早上起来和晚上睡觉前各一次，排队、报数上茅房。晚上，"大组长"一个号房一个号房去封号，最后把钥匙交给民警，就回他的号房去了。他和做饭的睡一起。"文化大革命"期间关过一个医生，进来当"大组长"。能给犯人看病，管理得不错。1979年8月20日，公安部《看守所工作制度》下发，就不允许"大组长"管钥匙和用犯人做饭了。

监所管理 1980年以后，增加了管教民警，也就五六个。十来

---

① 公安部、财政部、粮食部、商业部《关于看守所在押人犯伙食费和粮食、副食品供应标准问题的联合通知》，1979年12月24日。

个人的时候，开始实行三班倒。正班在里边，管放风、放茅、提押，24小时。休息一天，再上一个副班。副班不上夜班，在外边管收押释放、提审开庭登记。晚上值班就三个民警。值班所长在外边，两个民警在里边。一个睡觉，一个转。20分钟进去一下，怕号房里犯人打犯人。

那时，里边的条件确实是有限，吃的、住的都不好。他们在一起闲话，古话说屎难吃。一天，一个20多岁的，突然抓起屎来就吃。吃得满嘴满脸都是，犯人看见吓得大叫起来。民警进去，赶快让给洗了。原来是装疯卖傻，不想在里边住。

为加强监管，所里安装了值班室与号房之间的通话机。值班室装一台收音机，一根线通到号房，一个号房一个喇叭。值班室讲话，号房能听到；里边有什么动静，值班室能听到；不放歌曲，主要让他们听新闻。一机三用。

1981年，中政委（81）2号文件下发，要求：犯人不饿饭，能吃饱吃热吃得卫生；不打骂、体罚犯人；每个人有睡觉的地方；消灭疥疮，病了能治疗；每个月洗一次澡，理一次发，晒一次被褥，10天剪一次指甲，搞好个人卫生、环境卫生；井下高温作业的保健费和安全设施按国家规定标准办理；建立学习、劳动、业余文化生活正常秩序；刹住逃跑风，发生逃跑，要迅速追回。检察院积极贯彻落实中政委文件精神，监所科基本上做到每天有干警在看守所，发现问题及时提出。经对照检查，1~5条虽有不足，但基本做到，6条不存在，7条、8条做得比较差。监所检察提出了文明管理，落实监管措施的建议。所领导跟民警讲：他犯没犯法，定性了没有，法院说了算。就是犯了法也没让你体罚。你有父母，他也有父母，你有儿女，他也有儿女，不能体罚打骂犯人。要求民警对犯人实行人道主义。每星期二、五下午学习法律常识。公检法三长轮流，每个月上一次形势教育课。看守所在日常监管中，对人犯加强思想教育和政治攻势，定时进行安全检查，并深挖犯罪线索。

监管工作得时刻保持警惕 有时为了缓解他们的思想压力也让他们抽烟，特别是死刑犯，民警给他点火。其他犯人只能抽旱烟，不能抽纸烟，怕传纸条。可是不让抽时，他们就偷偷地抽。

一个民警原来当交警，年龄大了到了看守所。关在里边的小偷有

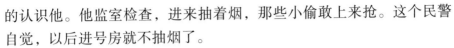

的认识他。他监室检查，进来抽着烟，那些小偷敢上来抢。这个民警自觉，以后进号房就不抽烟了。

一次过年，民警带着一个平时看似老实的留所服刑的犯人在院子里杀猪。民警有事回了一下办公室，犯人就带着杀猪刀跑了。好在，到河北老家把他抓回来了，又判了两年，送走了。

"他在外边是'坐山雕'，是'地头蛇'。你是与老虎狮子在一起，是在训兽。在外边是赖小子、江洋大盗，进来一下就变成共产主义分子了？不可能。表面上老实，是因为有强制力。监管工作，必须时刻保持警惕。"一位老监管回忆时感慨道。

一次，下午5点开饭，一个姓吴的干部进3号监房封号。开门的一刹那，藏在门后的一个犯人趁干部不备，夺门猛冲出来，反将干部关在号房里。哨兵鸣枪，大门关闭，才将其抓获。所以规定不准一个人进号房，杀人犯必须戴戒具。

又一次，也是当班干部进去封号。一个犯人拉开外边没关的门，冲出来，从茅房的墙头上爬到房顶，跑了。后来，从石家庄逮回来，判了无期。到了监狱，又跑了，又从唐山抓回来。1983年枪毙了。

窑洞院看守所后来改为榆次市公安局第二看守所。再后来，与西小院看守所的命运一样。

道北西街收审站

"收审"即"收容审查"，是公安机关用来对付流窜犯罪分子和流窜作案嫌疑分子的重要手段。它是对那些在刑事拘留时限内无法查清主要罪行和取得必要证据的嫌疑人所采取的强制性行政审查措施。适用对象是有流窜作案嫌疑的，或有犯罪行为又不讲真实姓名、住址、来历不明的人。[①]

1961年有了收审制度，榆次也有了收审站。20世纪70年代工商部门也参与进来，收审对象就又包括了"来路不明的长途流窜贩，倒

---

① 公安部《关于严格控制使用收容审查手段的通知》（1985年7月31日）。

贩物资多、破坏性大，有重要投机嫌疑的外来投机违法人员"。① 市
看守所搬到窑洞院后，收审站先在西小院。1976 年，搬到了道北西街
西段路南原是日伪时期的盐站的一个院子里。1980 年下半年，工商部
门从收审站撤出。关押的除收审人员外还包括行政拘留人员，在号房
里分别关押。

1977 年 6 月 23 日，榆次市公安局收审站的工作人员在一起
合影留念②

　　粮店街北端，有一个石太线道口。过了道口，路西，有一条西向
的街道就是道北西街。街道长 780 米、宽 7.5 米，两边有 2 米的人行道。
南北两边也是老式房屋，大的拱形门洞，或小的矩形门楼，里边是小
四合院，或小平房。也有商铺，但不如城里的多，居民也相对少。往
西去，街道路南有一栋临街的旧式二层建筑，圆门洞里的大门常关着，
这就是收审站，道北西街 14 号。

　　收审站南北 45 米，东西 40 米。从坐南朝北的大门进来，大门道
东边有一间值班室，值班人员对进出的人员进行登记。从大门道进来，

　　① 山西省晋中地区革命委员会文件，革发字（1971）087 号，《关于对流窜投机
违法人员收容审查的通知》。

　　② 中排右一李德根（书记）、右二胡秀山、右三成森林（站长），后排右一王殿科（管
理事务）、右二谭守先（后来任收审所所长、看守所副所长、所长）、右四侯永福（工
商局派到收审站的负责人）。前排左一、二、三为从村里雇来的民兵。

院里西边一个朝东的房脊高、中国瓦、前坡陡长的小二楼。楼上是管理人员宿舍，楼下是号房和放杂物的库房。南面是福利院和收容遣送站的后墙。东面三间灰砖沙擦房（焦渣顶房，渣方言读作 sāng），是工作人员和收审人员伙房。工作人员是小灶，收审人员是大灶。北边的楼临街，二层是办公室和财务室，还有两间宿舍。楼下都是号房。大的二三十平米，能关三四十人，中号关十几二十人，小的三五人。也有女号，土炕，号房潮湿，有臭虫。冬天有泥火。院里有厕所。中间是一个大院子。每天早上起来，几十号，甚至上百号人在院子里，喊号子"一二三四"跑步，慢慢跑几圈。院里有几棵高大的杨树，房上和墙头有简易的铁丝网。

1978 年夏，榆次市公安局政保科科长原振田（左）与成森林
在收审站东面的伙房顶上

收审的多是小偷小摸、打架斗殴、抢军帽的，流动性大。有的进来一二天就放了，是个流水的地方。一年进进出出能关押二三百人。但定不了案的，有的能关一二年。有的判了，刑期还没有在里边住的时间长。也有带出大案的，倒到看守所，能判 10 年以上。收审站有手铐没脚镣。关进来的大部分是年轻人，十八九、20 多岁，不想在里边住。一次，里边有人尿湿号房的土皮墙，用钉子挖洞，晚上跑了。有的是带出去到农机厂、挂车厂劳动，趁机逃跑。有的装病，看病的时候逃跑。跑了，到家里再抓回来。关进来的人，要交生活费和粮票。

一天交两三毛，一个月几块钱，一天九两粮票。他们的粮油副食品，按当地居民标准供应。外地的，给不了，收审站出了。吃的是红面擦圪蚪（一种当地面食，将和好的高粱面，用擦子擦到开水锅里），加拿大玉茭面糊糊、窝窝头。收审站有电没水。每天"大组长"带两个收审人员出去，到街上的水站拉水。两个礼拜，排队到城里树林街澡堂洗一次澡。

办案单位来，拿着手续提收审的或拘留的。收审站没有提讯室，大部分是将人提走，个别的上二楼办公室问一下。所里有一部电话，在二楼。工作人员有站长李宝珍，之后是成森林，后来是李德根，再后来是谭守先，有书记、会计、司务长、管教干部，还有雇来协助干部工作的村里的民兵。收审站人手不够，局里又派不出人来。站长就到公社去要人，公社推荐老实可靠、肯吃苦的民兵。工资一天一夜一块五毛钱，一个月45元。白天管理号房，带上问题不大的出去干活。晚上在院里，或在二楼的通道上巡查，防止逃跑、自杀。早上起来早点名，晚上睡觉前晚点名。有时还押送收审人员，协助民警追逃。每个号房有一个"小组长"，院里有"大组长"，也协助管理。收容站还养了二三条狗。

1982年3月，在窑洞院的看守所迁至安宁，收审站就搬了过去。后来在收审站原址翻盖了一排二层公安宿舍。道北西街收审站就没有了。

第二看守所

1957年10月22日，《中华人民共和国治安管理处罚条例》施行后，榆次有了行政拘留所，专门收押受行政拘留处罚或劳动教养的人员。[1] 1980年6月30日，行政拘留所从看守所分出，[2] 也在道北西街14号。

---

① 晋中市志编纂委员会编：《晋中市志》，中华书局2010年版，第1739页。
② 晋中市志编纂委员会编：《晋中市志》，中华书局2010年版，第1740页。

1981 年 10 月 1 日，榆次市公安局拘留所的工作人员在道北西街 14 号公安局拘留所前合影留念①

1982 年 3 月看守所从窑洞院迁至安宁，在道北西街的行政拘留所与收审站就搬到了窑洞院，1983 年重新设立了收容拘留所。窑洞院关押的人员有治安拘留人员、收容审查人员，后来又关押戒毒人员。"严打"开始后，看守所人满为患，把刑事拘留人员也羁押在这边，逮捕后再关看守所。这几部分人员，一套人马管理，统一挂"榆次市公安局第二看守所"的牌子，简称"二看"，② 为三级看守所。在安宁的看守

_____

① 前排右三成森林（所长）、右二谭守先（副所长）、左一王牡丹、左二霍安国、左三王俊善、右一朱怀玉。后排右二赵斗北，其他的是协助民警工作的民兵、厨师等工作人员。

② 1979 年 8 月 20 日，公安部《看守所工作制度》规定："逮捕犯和拘留犯一般应分别关押。"20 世纪 80 年代有刑事看守学理论主张，逮捕犯和刑事拘留犯属有条件的分关分押情形。"所谓有条件的分关分押，是指本来案犯应当分关分押，但在受条件局限，不可能分关分押的情况下（如看守所规模小、监房少等原因），可以采取混合编组杂居。必须强调，条件允许分关分押时，则应该分关分押。这种关押的对象主要是逮捕犯和拘留犯，初犯和累犯。"见申占杰、杨友枢编著：《刑事看守学》（征求意见稿），成都市公安学校 1985 年 7 月 1 日版，第 155 ~ 156 页。可 1990 年 3 月 17 日起施行的《中华人民共和国看守所条例》和 1991 年 10 月 5 日，公安部印发的《中华人民共和国看守所条例实施办法（试行）》，对逮捕和刑事拘留都没有规定应当分别羁押。其实，逮捕和刑事拘留分关分押是合理的。尽管刑事拘留后绝大多数会被逮捕。但是，在当前"尊重和保障人权"、慎用少用羁押强制措施的形势下，而且现在看守所的民警队伍和基础设施都已达到分关分押的条件，对逮捕和刑事拘留的实行分关分押，对保障人权、防止被"二次污染"和释放人员给在押人员传话串案，都有积极意义。

203

所自然简称"一看"。用里边的人话说，看守所关押的是判刑对象，收审的是打击对象。

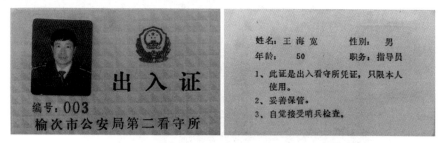

1989 年在"二看"当指导员的王海宽的出入证

"二看"关押的与"一看"关押的不同：一是时间比较短，思想还不复杂。刑拘的，3 天或 7 天会被逮捕，或者是释放。行政拘留的，最长 15 天。而逮捕了的诉讼期限长，关押的时间也就会长，关押的时间长他就想得多，思想就复杂。二是大部分是初次进来，还比较胆小，相对好管理。不像逮捕了的，住的时间长，油了。三是罪行都比较轻。而看守所关押的重刑犯多，有的死刑犯关押长达四五年。执行时，有的都找不到（手铐脚镣上的）钥匙。不断有进来的，却出去得慢，重刑犯就多。

那时，管理没有现在的 24 小时监控，犯人在里边尽捣乱。像他们睡觉的铺位，给他们分得好好的。他们的铺位是按进来的先后顺序，从挨着卫生间的铺位排，一个一个往前顶。你进去，开院门，他听到了，给你摆置得合合适适。可你一走，就变了。封了号，里边就是他的世界。进去一看，谁的铺位不对了，就知道这家伙不守规矩，就要注意他。

关押的几类人员中也有特殊的。

有的拉拢民警　20 世纪 90 年代初，市油厂发生了一起诈骗案，涉案金额 100 多万，导致油厂倒闭。犯罪分子是广东人张某男，40 多岁。为侦破此案，公安机关光给广东"线人"现金就十几万，终于将张某男抓了回来。

当年"二看"的管教民警、现任榆次分局治安大队副大队长的郝锦洲回忆：那时我还小，20 多岁。我当班时，他跟我套近乎，说："我给你 20 万，你把我放了。"我说："我把你放了，把我关进来。"他说：

"你一个月才挣多少，二三百。你一辈子也挣不了20万。有了20万，你可以远走高飞。"我说："让我考虑一下。"出来，我就向所长汇报了。所长跟刑警队联系。刑警队说答应他，让他把钱打过来，能挽回些损失。那时也没有手机，呼机也少。让他写信。后来，捕了，倒到了"一看"。不知道后来的结果。

有的不想在里边住吞铁条 有的"几进宫"。说他，你怎么又进来了。笑笑，没事了。这里的监规，你都知道，也不用多说，你自己做好就行了。他也坦然，说行。可对付咱们有经验了。你得把他管住。要不他在里边给你弄出事来。有的初次犯罪，觉得委屈，跟你又哭又闹。有的不守监规，吃钉子，吃扣子，吃别针，进来检查不严，就出现这些问题。吃了东西，说不想活了。有人报告，他吃了东西了。皮鞋底有一个小铁条，一指头宽，把这个也要吞下去。有这决心，不要犯法，可是不行。有的不需要手术，长不要超过5公分，多吃韭菜就排下来了。韭菜切了根根，整叶子和面煮了一起吃，菜多面少，裹着铁钉就排下来了。有的需要手术。难受。可他觉得反正是住医院了，不在里边了。有的说有病。所里没有医生，只好带出去看病，借机逃跑。

一个外号"二愣子"的，因为生活小事，与一个太原的发生打斗。里边没东西，竟把通铺沿拔下来打，把太原的脑袋开了口子。幸好，只是皮外伤。值班民警骑摩托带到专医院包扎、上药，过了几天，好了。

为了防止里边打斗，新任所长亲自参加各监区交接班，一个号房一个号房跟上，每个号房十几个，100多个收审人员，每个都脱光了看。每天。有伤没有。有。问，怎么回事。这才遏制住里边的"打"。

2000年1月，晋中撤地设市，榆次市变成了晋中市榆次区，榆次市看守所也改为榆次区看守所。是时开始修复榆次老城，"二看"搬到了新付村在建的榆次区看守所临时关押。2003年5月，新付村看守所建成启用，看守所从安宁迁往新付，"二看"就迁回安宁看守所旧址。不久，与新付村看守所紧挨的行政拘留所和戒毒所建成启用，在安宁旧所的"二看"就倒了过去。2005年4月，榆次区看守所更名为晋中市看守所，"一看""二看"的称谓也就成为了历史。

2002 年夏，榆次市公安局第二看守所的民警，在新付村在建的榆次区看守所号房院合影留念①

榆次县看守所

1971 年 7 月，榆次市县再次分治后，榆次县革委会迁到了位于榆次城东南约 15 公里的长凝公社长凝大队。当月，县公安局也随之迁往。

长凝看守所

1974 年 10 月，县看竣工。县委决定从 11 月 1 日起，由县中队正式接受看守任务。关押在市看的县公检法办理的案件的在押人员就送了过来。当时拘留、逮捕、判刑的犯罪分子共 16 名，其中重大案件罪犯 6 名。

长凝，古称长宁壁，清末建镇制，榆次城东南交通要塞，地理位置重要，辽县、和顺以及县境东南山区的货物运往榆次城，必经长宁，乃榆次东南重镇。民国以来长宁镇改名长凝镇。由于长凝村庄分散，又据地理方位形成东长凝村、西长凝村。

颇大的外院 西长凝村前有一条通往邢台的榆邢公路。村西两里地，公路北越过一片庄稼地，有一个东、西两面不高的土山窝，县看

---

① 前排从左至右为袁占国（民警）、程维宁（民警）、许新玉（民警）、李惠（所长）、王军合（指导员）、窦有丹（民警），后排左起：吕红（卫生员）、王双喜（副所长）、王迎梅（民警，后来任晋中市看守所副所长）、王林森（民警，后来任晋中市看守所副所长）。司务长陈午生拍摄了这张照片。

就在这里。

长凝看守所在一个东、西两面不高的土山窝里

大门上四根粗大的水泥方柱，中间是大铁栅栏门，两旁是小门。小门两边有红砖影壁，两米高的围墙。

长凝看守所大门

进了大门是一个大院，东西 55 米，南北 70 米。先是一大块空地，地里有老百姓的坟，空处可以种菜。

一条上坡的土路，直抵看守所的两个双扇木门。门前，十米一排，十米一排，东西两排灰砖三脚架红瓦房，每排四间，两头是单间，约十来平米。进门右边是双开的玻璃窗。窗下，盘一个砖垒火灶，既可以做饭，又可以冬天取暖。后墙上有一个小窗。屋里，砖地，麻纸顶棚粉垩墙。中间是两间一间的两间房。

前一排的房前，十几棵合拃粗长势很好枝繁叶茂的枣树，给在7月的烈日下的来访者带来阵阵舒爽。留守人员，对这里当年的情景也只是听说的，一个40多岁的男子告诉笔者，枣树年年果实累累。笔者采访的回忆者说，是当年的看守部队栽下的小枣树。这真是前人栽树，后人摘果。当年的被管教者，不知今日都在何方？

当年看守所前的排房今犹在。排房前当年看守部队栽下的小树苗，如今已长成合拃粗、枝繁叶茂的大枣树了

后一排即挨监区高墙的一排，东依次是中队长办公室、中队一班二班、指导员办公室，东二排是两间仓库、中队伙房、食堂及客房（供干部战士家属来队住）。西一排依次是看守所的会计、所长、管教干部的办公室，还有一间会见室；西二排是预审股（后为了与榆次市的机构相对应，也改为了"科"）、办公室，还留有一间讯问室。预审股3个人，股长张效先兼管看守所，预审员李达、刘军。看守所所长魏春贵、管教干部刘俊保和女会计郭丽萍（后为侯丁臣）。

后一排排房的东头，有两间车库，不是看守所的，是公安局的。1977年，局里花2.4万元买了一部汽车。车库盖在了看守所，还放公安局的两辆摩托车。发动不着，骑的时候还得推。

西墙下，垒一个鸡窝，还有一个煤池子。拉煤要进城，从北门口，即顺城街与粮店街十字路口往北20多里，到北山国营煤矿，5.5元一吨。东围墙上有一个小木门，出去十来米，有一个供外面人用的简易茅房。

当年的车库和鸡窝

眼前的景象，让人恍如又见当年生活在这里的人们的情境。留守人员告诉笔者，一次，一个老人专门带着家人到这来，告诉女儿，她就生在那个房间里。

不知设计者为谁。你看他竟俏皮地在看守所门顶的女墙上加了文艺复兴式的造型。

进出监区的门有两个，左边的备用，日常进出是走右边的

进出监区的门有两个。右边的是传统的一间门屋式，门道右边一个房间，是看守部队登记出入所人员情况的值班室。后墙是一对木门，门闩还插得牢牢的，铁链也用大黑铁锁锁着。进去就是监区，可作者未能进去。看守所的工作人员、犯人出入，一般都走这个门。而左边的门是备用，常锁着，只有搬运货物，或有特殊情况时才会打开。

号房和号房院 留守人员带作者从监墙东侧的一个小门进去，是

犯人用的有简易屋顶的茅房。靠南监墙，从砖砌的 22 级台阶可上到
沙擦房顶（焦渣顶房）。

上到沙擦房顶的 22 级砖台阶

　　放眼望去，四周是越过号房房顶、约四五米高的外围墙，离号房
围墙约二三米。守卫部队就在房顶上放哨。从东、南、西三面俯视里边，
北十间号房，东西各五间。南也是十间，进出号房院的门道占去两间，
值班室 1 间：东边的是犯人伙房、粮库；西边是放犯人的劳动工具、
物品的库房。

　　笔者在房顶踱步，每间号房也就十来平米。向下看去，号房无檐。
号房门的一边，有一个小窗，上边两扇六格玻璃窗，下边两格。窗户
上六根铁栏。号房里水泥地面。

号房的门窗

关押的也有重刑犯　当年的一位大队干部记得，曾从看守所拉出去，押到东阳公社开"三干"会，枪毙过一个犯人。正房最西的一间，下边的窗口被砖垒住，西监墙开了一个门，工作人员可以从这进来，从上边的窗户观察号房里的情形。窗和门之间，垒了一堵一人高的二四墙，将无窗的门隔在外边。看守所设有禁闭室。这间号房，不知是重刑犯号房，还是禁闭室，或也许是女号房，没有人告诉笔者。

特殊号房

一个女死刑犯，每天把脸洗得干干净净，头发梳得光光的。有人进号房看见，无端地说，你一个死刑犯还这样打扮。女犯倔强地不吭气，给人留下深刻的记忆。放风，是在大院里统一放，有时是几个号房分别放。

长凝看守所旧址，号房院鸟瞰

长凝看守所旧址，前院鸟瞰

在押人员的生活　雇了长凝大队的两个社员专门给犯人做饭。饭菜不好，大铁锅"下边煮的大白菜，上边蒸的窝窝头"。但是，"我们还是尽可能地改善犯人的生活。犯人的钱用到犯人身上，这是一个原则。"当年县看的内勤郭丽萍回忆说，"我们找粮食局的领导，尽量给我们批一点细粮。每次没多有少，总能批一点。回来就能给他们改善生活。东长凝大队有一个养鸡场。鸡蛋，职工可以买好的，我们就买孵小鸡没有孵成的，很便宜，花很少的钱就买回一桶。犯人们吃了高兴。犯人病了，给他们找医生，买药，都是我的事。有时他们（预审科）审不过来（案子），我还去搞预审。"

当时关押的人不多。下面是1978年10月"每日各种用粮数"记载：

日	人数	白面	大米	小米	玉米	红面	粉面	其他	备　注
1	22	15.4		13.6	10			粉条1.5	十一改善生活
2	20			1.6	24.8	11.2			
3	19			1.5	24.2	9.8			
4	20			1.6	24.3	10.5			
5	20	0.5		1.6	24.4	10.8			汤二小病0.5（生病了，可以吃到半斤白面）
6	20				24.2	17			
7	20	0.5		16.3	23.8				
8	21			1.6	39.3	10.5			
9	21				19	18.1			

续表

日	人数	白面	大米	小米	玉米	红面	粉面	其他	备　注
10	21		14.7	2	24.9				
11	21				23.2	18.1			
12	21				34.7	6.6			
13	21				34.7	6.6			
14	20	1.5			33.5	6.2			木工加夜班做大门，2人
15	20	0.8			33.5	6.2			木工加夜班做大门，2人
16	20	7			33.5	6.2			长凝拉家具
17	25	4		5	22	17.5			查账一天，4人，一天面，一人一斤
18	25			2	24	19			
19	25	2		3	23.8	16.5			拉砖司机
20	25	16.8			33				
21	25			3	18.3	15.5			
22	19			14	7.8	3.4			
23	18			3	18.8	3.4			
24	18	1		3	19.6	3.8			
25	20			4	11.1	11.7			
26	20			3	19.6	3.4			
27	20			3	11.8	16			借看守所劳力9人，每人补玉米4两，共3.6斤
28	20				16.7	12			
29	20	6.5		3	8.8	19			
30	20	12.4		4	8.8	5		粉条1	借看守所劳力2人，补0.8斤（详细记载用粮情况，可见魏所长工作认真）
31	20			3.5	8.8	17.9			

　　看守所没有干部食堂。看守所和预审科的干部都是自己做饭。更多的时候是到不远的公安局食堂上灶。灶上也是尽粗粮，只是菜给多打点。公安局院子里有自己的菜地。

　　监区高出房顶的遮蔽着号房的杨树，不是当年栽的；院子当中铺满了干枯的和新生长的半人高的蒿草；墙根长势旺盛的野花野草掩映在号房的门窗前：眼前的情景也未能掩去来过这里的人们发生在以前的故事。

当年曾关过一个老汉 说是"老汉"，也就 50 多岁，原来在西小院看守所。中等个，胖胖的，长脸形，厚嘴唇，脸上的表情始终简简单单。言语少，两眼目光和善。原是国民党太原市红市街特派员、榆次二区区长兼康复医院院长。新中国成立后在西安工作，1966 年 3 月被逮捕，遣送回榆次，关进了看守所。说是为敌人做事。会看病，懂中医。"文化大革命"中，晋中专医院著名外科主任郭统珍被人诬告关进了看守所，遭批斗捆绑以致肩膀骨节脱臼。老汉两手狠劲推捏一下，郭疼得"哎呀"一声，脱臼骨立即复位卯合上了。一小儿，脸上白癣，黄豆大小。碾碎某中药，再用某油脂调好，敷之。痒，忍之。不洗脸，忌湿戒水。七日后去之。初红，留一小窝，似疤，既而自动复原。其术之奇，可见一斑，乃家传也。

预审科、看守所研究，犯人好好改造还奖励呢，能看病是好事。这下好了。每天天亮就从号房提出来，一直看到夜里 12 点回去，就在预审科办公室给人们看病。号脉很准，还扎针。犯人有个头疼脑热的，不用说了，一扎就好。可局领导批评，你们是看守所，不是卫生所。1975 年 5 月 17 日局党委扩大会议研究决定："从 5 月 18 日起，内外一律不准看病。"可是不行。老汉医术好，十里八乡传得很远。太原的不少人还专门找来看病。找看病的人太多，每天排队等看病的人能排到看守所大门外，有的还从内蒙古赶过来。有的民警跟着学会了看病，也给人看。开药方，一抓就是一大包，一剂有半斤。胆大，药剂特别重。抓药的说，可不敢。可吃了，很管用。镇里的一个干部胃口不好，瘦。吃过老汉开的药。特意嘱咐，不适了就按药方照抓一二副吃。如今这位干部退休多年，人还是瘦，可身体好。说起当年，感激之情溢于言表。

当年一个曾找老汉看过病的，还珍藏着这样一副药方：山扁豆、车前子、石韦、泽泻、木通苓、茯苓皮、通草、瞿麦、鸭跖草、生姜皮、猪苓、苍术、陈皮、党参、白术、厚朴、木白、甘草、仙茅、巴戟天。二剂。利尿消肿、健脾补肾、清热解毒、膀胱尿道湿热之剂。三次煎服。早、晚各一次，一日二次。椿树子 60 粒为引。当年找老汉看好病的人说："剂量确实不小，可很有效。"

可老汉每天也是一个窝窝头，要看一天病。富有同情心的人，看他太累，有时悄悄地塞给他一个窝窝头。他高兴地解开衣襟藏在怀里，瞅空，偷偷地吃了。有时有人给他做一大碗面，二三分钟就吃完。1977年8月，他出了看守所。改革开放后，这位犯人医生获得平反，到县医院坐诊，后来成为工龄从1945年8月算起的离休干部。原来，这位敌区长，曾护送省公安厅的一个领导及家属到解放区去，又曾在榆次顺城街上的天达大旅店和咱们的人接过头。八路军的暗号、破坏敌人铁路的行动他都知道。负责审查他案件的李达，问他对自己过去历史的认识。他说："娃娃都死了，烂屎布还要它干什么？"意思是什么都砍（扔）了，还摆什么功，不需要说那些功绩了。至于为国民党做事，李达倾向于他在搞地下工作。

看守所的种种情形 一位1969年从部队复员的老管教回忆说，回到地方，先在派出所，后去了县看守所。他的体会是，在派出所，哪有事到哪，去了干什么说话都得和和气气。而在看守所不行，得板着脸，说话得硬气些，强硬些。你管教他，必须严肃。你好我好，不行。有个干部，怀疑他打死人，关了进来。在里边，管教干部姓什么，犯人就叫什么干事。可他不这么叫，而是直接叫老×。他认识管教干部。管教干部当着其他犯人的面批评他，称呼正确以后再说事。可他叫惯了，老改不过来，一次，不听；二次三次以后，还这么叫。于是就组织犯人批斗，这才改过来。

他们的生产劳动，是在院子里种菜。罪行不重的被带出去给有的单位修路，有点收入回来给他们改善生活，或是在号房缝纫做衣服。1977年1月26日，一封给县百货公司的便函道："兹因我局看守所做衣服无法处理，故须购买缝纫机式台，请见条后，按原计划供给。"

20世纪80年代初，过年过节的时候关押的人多，吃饭要分批，放茅要排队。每个月有会见日。因为人多，会见室放不下，就让他们出来，站在操场上见。一家人围在一起，一堆一堆的，都是哭。里边的哭，外边的也哭。一个小青年，一边哭一边吃家里给带来的东西，糕点、罐头什么。一旁同情的人看了，心想，你倒是吃了还是哭了，吃了再哭，或哭完了再吃。

"揭、批、清"运动中住进来的，要交粮票和伙食费。资料显示，晋中行署的一个局长，1977年5月9日交（4月5日至5月3日的伙食费）粮票56斤，现金31.50元；7月25日交粮票86斤，现金45元；9月5日交粮票28斤，现金15元。

"老任"不是"犯人" 一个生产大队支部书记学大寨先进，因派性被关了进来。先后两次，住了6年看守所。进来没有住号房，而是住在库房里，他自己做饭，管理犯人的劳动工具，跟犯人出去劳动，协助干部管理犯人。公安局领导叫他："老任。"他说："我不是'老任'，是犯人。"局领导说："不是犯人。怎么能成了犯人？多年的干部。"他说："不是犯人，把我关在这里。"局领导说："这是形势的需要。盖新看守所呀，你还得在这继续干。"

1976年元旦，榆次县中队干部战士在长凝看守所前合影。

中排左三为指导员杨玉锁，右二为中队队长宋李仁

市县几个看守所，现在留有遗址的只有长凝看守所。有心人可前往一睹昔日的禁地，或许有感而发，作一篇追忆往昔、启迪今人的文章，也是一件益事。

猫儿岭看守所

1975年12月15日，省革委研究决定，榆次县委、县革委迁驻榆次市城区。① 县级机关搬到了东大街往东，到俞家街口往北，俞家

---

① 中共山西省晋中地区组织部、中共山西省晋中地区党史研究室、山西省晋中地区档案局：《山西省晋中地区政权系统 军事系统 统战系统 群团系统组织史资料（1949年10月—1987年10月）》（1991年8月），山西人民出版社1994年版，第339页。

街与新集街十字路口往东，县兵役局（后为市武装部）南面，拆了城墙，用城墙砖盖的十几排排房的新集街 26 号院里，称为"政府南院"。1978 年 8 月，位于新华街 25 号的县委、县革委办公大楼建成，县级机关搬了过去。同月，县公安局和法院搬了回来。11 月，县检察院恢复重建，[①] 也在这里。故"政府南院"就成了县"公检法大院"。其时，县公安局在猫儿岭顺城东街 51 号盖的看守所也已竣工，看守所就从长凝迁到了猫儿岭。

那时的人工作不讲待遇 从城里的东西顺城街往东，有一个大土坡，从大土坡上来的这一带都叫猫儿岭。当时是荒郊野外，还有大片的庄稼地。挖地基就能挖出很多老百姓的坟。有一次打夯陷了下去，原来是把底下的一个墓夯塌了，上边干活的人一下踏到墓里。"以后睡觉不能想那情景，一想就睡不着。那时的人们，根本不说工资待遇，就是一心想着怎么工作。"张效先老人回忆说。

所长魏春贵领着罪行轻的犯人干活，在院里挖一个土坑，上边搭了木棍，住在里边。一个犯人说他会烧砖，就组织犯人烧。可烧得不成功，只好垒了围墙。借铁三局的汽车到城南 10 公里的修文砖场拉，一车 5000 块。犯人干活，可民警也得每天早早地跟着去，天擦黑了才回来。

没有长凝所"气派" 看守所搬到了城里，可没有长凝所"气派"，整个占地和号房建筑都不及长凝所。看守所也是坐北朝南。监区南是一溜排房，从中间的圆门洞进去，右边的一间是中队值班室。值班室里有一个木梯，可以直接上到房顶的岗楼。挨过去是中队。中队排房前是部队操场，操场东边是部队食堂和库房。西是预审科、看守所办公室。办公室前又有一排，是中队宿舍，再前一排是公安局宿舍。

里边的号房是一排十几间红砖沙擦房。号房院又分东西院。东号房院大是看守所，西号房院小是收审和行政拘留所。看守所号房院里，右边的八九间是男号房。一个号房关押 10 来个人。左边的是女号房，也就一二间。中间有一堵墙隔开。号房院就是放风场。东边有茅房。拘留、收审的少，由一名民警负责，也归预审科管。犯人睡的是土坯炕，炕上有席子，自带铺盖。院里四周是 6 米高的监墙。

---

① 榆次市编制委员会办公室编著：《榆次机构编制历史沿革（1949 年 10 月—1989 年 12 月）》，1992 年 3 月印，第 77 页。

1980年3月18日，榆次县中队四班战士在猫儿岭看守所前合影。前排右二为指导员杨玉锁，右四为队长宋李仁，右一为班长高俊林

看守所也就四五个民警。平时关押20多名犯人，一二名女犯。没有专门的提审室，提审就在预审科民警办公室。

工作生活很艰苦 看守所没有干部灶。民警一般都是回家吃饭。只是晚上值班时，给犯人做饭的灶上给干部做一顿饭。做饭的是一个失火犯，清明上坟，引着了森林，判了一年半。刑满后没走，管犯人的物品，给刚进来的发碗筷调羹、拖鞋、洗衣粉什么的。

犯人的生活。早晚，号房掌勺的，用一个10公分高的茶缸，每人一茶缸玉茭面糊糊。中午每人一个半斤大的窝窝头，菜是山药萝卜白菜各滴子（白菜根子）。一个礼拜改善一顿，一人一个大蒸馍。"饿得什么也不想了，就想吃的了。"当年的一个犯人说。

1979年，县公安局实有人员52人，[①] 也不是全体民警有警服，治安、刑警有几套，谁出去执法谁穿，回来交给领导。一次，上级来检查，分不出谁是犯人谁是民警。过后不久，就给看守所民警发警服了，但也不是每个民警都有。工作中因为穿警服还发生矛盾。一次，一个民警检讨："穿衣服（警服）问题，没有叫老刘穿，而自己穿，影响团结。"后来全体民警才都发了警服，同时给驻所干警也每人发了一套，

---

① 榆次市编制委员会办公室编著：《榆次机构编制历史沿革（1949年10月—1989年12月）》1992年3月印，第51页。

我们的人挺高兴，那时检察干部还不着制服，却干了不该我们干的事。

1981年7月，魏春贵（前排中）担任榆次县看守所所长
期间到山西省公安干训班学习

当年的驻所检察 1978年11月，榆次县检察院恢复重建，县看守所有了驻所检察干部（检察机关对看守所的监管活动是否合法实行监督）。"至于职责，说是监督，可去了也不知道该干什么。白天跟他们（看守所）的人一样排班。给犯人打饭，用一个大盆端到号房门口，犯人进去再分。吃完了，再把盆子收回来。碗是犯人自己的，在里边。我们的人还管提审、放茅、收押、释放，就跟看守所的人一样。只是星期天正常休息，晚上不值班。有时进号子看看，有没有打人的，吃得饱不饱。秋天拉回土豆来，往墙角一堆。到冬天烂掉了，没有让犯人吃进去。浪费。给看守所提出来。"退休多年的驻所老检察官回忆道。

1979年5月28日，最高检《关于加强看守所检察工作的通知》下发，特别是1981年1月5日，最高检通过了《人民检察院监所检察工作试行办法》，驻所工作逐渐走上正轨。找犯人谈话是驻所检察的一种工作方法。刚入所的，主要是要求他们检举揭发，交代余罪。投劳的，是看他对判决有什么意见。"严打"时，榆坪村一个收烂货的老汉。收了三四十斤电线，一个带铜线的电瓶，被判了无期。问他有什么意见。老汉苦涩地说，没有。

一次，枪毙犯人，一个小后生。验明正身，上了刑车，家里才给

送来衣服。不想给换，嫌麻烦。提出意见来，才给换上。就在车上，腊月天，就那么脱得光光的，换了新衣。然后五花大绑，走了。

从那开始，县看也紧张起来。关八九十人，里边就满满的了，再多，就关不进去了，罪轻的就放回去，主要是赌博的。过年，或村里赶会唱戏，聚众赌博，一抓就是十几二十人。村治保主任带着，开着拖拉机，突突突地，自己带着铺盖卷就来了。开会时，跟他们说一声，注意安全。

一次，侦破了一起犯罪团伙案，大多是年轻人。在村里，也就是干了些偷鸡摸狗的事，或是打架，也没杀人。他们倒是有排名，老大、老二、老三，一直排到十三，按年龄排的。老大，判了死刑，不服，上诉。执行的那天，开大会，一起往出提。枪毙的站一堆，不枪毙的站一堆。把他叫到不枪毙的一堆，才知道死不了了，哭得泣不成声。咱们做做劝说工作。

1983 年 9 月，榆次市县再次合并，县看撤销合并到了安宁看守所。县看号房改成了市收审拘留（行政）所，民警们称其为"东看"。1985 年 11 月，拆了"东看"，盖了两排民警宿舍。收审拘留（行政）人员都关到了"二看"，"东看"也就没有了。

县中队

新中国成立后，负责看守所守卫任务的是中国人民解放军公安部队。1971 年，榆次市县分治新组建了县中队，属榆次县人民武装部管辖，全称为中国人民解放军榆次县中队，负责守卫长凝看守所。1976 年 1 月 1 日，全区（晋中）各县市中队统一改称人民武装警察中队，指战员一律着上绿下蓝警服，戴人民武装警察帽徽。晋中地区公安处成立人民武装警察科，具体管理全区 14 个县市中队的有关事宜。[①] 1983 年，守卫猫儿岭看守所的部队改为中国人民武装警察部队山西省总队晋中地区支队榆次县中队。看守所守卫部队无论变化，始终担负逮捕、押解人犯、保卫看守所等任务。一般都简称"县中队"。

过去运动多，中队也如数历经。"揭、批、清"运动中，昔日的

---

① 参见中共山西省晋中地区组织部、中共山西省晋中地区党史研究室、山西省晋中地区档案局：《山西省晋中地区政权系统 军事系统 统战系统 群团系统组织史资料（1949 年 10 月—1987 年 10 月）》，山西人民出版社 1994 年版，第 400 页。

领导，有的突然一下住进了看守所。省委组织部的一个副部长关过一个月，省工会主席关过两次，一个县委书记关过两次，关过团地委书记、县委秘书长，关过一个姓李的银行行长，等等。还关过一个年轻的派性头头。

一个县委书记，五十五六了，跟中队战士说：

"解放军同志，我犯了什么罪了，把我关在这里了。我就买了××××，都出钱了。你们的衣服脏了，拿来，我给你洗洗。"

家人给他送来一点小菜、饺子。请示，经批准，送进去了。了解他，从战争年代过来的，比较大度，不会自杀。衣服自然不用他洗。

他们对外边的动静特别敏感。听到是小汽车的声音，他知道，这是来提审的。如果是大卡车，他就猜呀，这是开大会，批斗谁游街呀。就连哨兵是哪的人也知道。换岗，喊口令，他就听出来了。

一次，运动紧张的时候，晋中行署的一个局长拿床单上吊自杀，被哨兵发现。报告喊人，掐人中，抢救了过来。批评他不应该这样。这些领导关进来的时候，上级就安排了，要特别注意，保证不能发生意外。他们被关在一个特殊的号房里，战士们时刻保持警惕，完成了特殊的守卫任务。

在外边的运动的另一派人，有的见了中队干部说，我也快进去了，进去以后招呼点。

中队干部战士始终严格执行党的政策，按照党委要求，不参与地方运动。中队工作始终受到地方党委和上级武警部队领导的肯定。

中队指导员 杨玉锁 1968 年入伍，第二年任晋中军分区独立营一连一排一班班长，带领战士开始守卫县看守所，后来当中队指导员十几年。1984 年任晋中支队政治处副主任，1986 年转业。如今年已70 多岁的老杨，讲起当年的工作还历历在目：

"作为政治指导员，我带兵首先严格要求自己。1981 年，城里的看守所跑了一个犯人，扬言要杀县委书记。组织上派我们保卫，我每天晚上带 3 个战士在书记家站岗。一直到第 7 天把逃犯抓住。书记很感谢，问：有自行车没有？那时名牌车不好买。我说有。实际上没有。又问：你家属的工作安排了没有？我说安排了。实际上也没有，还在县油厂当临时工。

"我们的工作经常接触领导。可以说，领导的作风影响着我，地方领导的言行也教育着我。

　　"县长（县革委主任）万縻成，洗脸用一个很旧的木头脸盆架架，抽二毛八分钱的'迎春'烟。县武装部的一位老领导，早上起来锻炼后，买人家早市上剩下的烂豆角。脱下衬衣来，一兜兜抱回家去了。一次，到一位姓田的县领导家里请示工作，看见那位领导吃的也是窝窝头。问他：就吃这？这位领导似乎也无奈地说：啊，不吃这吃甚？又一次，到办公室去，见一位市领导说他的工作人员，写假条不能用整张纸，写多少撕多少，就一条条。又说，收到来信，要慢慢地好好地撕开。看过以后，翻过来，咱们回信的信封就用这。

　　"那时的领导都很自律。他们给我做出了榜样。我们完成任务是应该的。不能借工作自己得好处，也不能给领导添麻烦。"

　　30多年过去了，老杨还这样说。

　　"我长年住在中队。晚上，战士9点半熄灯了，我要查铺。看有没有睡不着的，是不是家里有什么事了，想家啦。第二天要谈话了解。然后上哨位，查哨。每天都是12点以后才睡。睡觉不关门，不脱内衣裤，怕万一有事，开门、穿衣服耽误时间。第二天早上6点半就起来了。6点40分吹起床号，战士出来，我已站好了。

　　"逢年过节，我替战士站哨，让战士们坐一桌吃饭。战士吃完了，我下来和炊事员在伙房案板上吃。炊事员辛苦，你大小总是一个领导，和他一起吃饭，他高兴。

　　"而我们的战士真好呀，进步的不少。在晋中支队，我们的战士提干的最多，惹得其他中队嫉妒，你们怎么提那么多干部？可他不知道我们的战士是怎么工作的。

　　"一个从大同入伍的战士，成分不好，新兵训练结束后，分不下去。领导征求意见：放到你那行不行？我说行。过来了。这个战士很自觉，也很吃苦。他有胃病，可从来不耽误工作。胃痛了，他把一块砖头放在火炉上烤热了，捂到肚子上，来缓解疼痛，就这么坚持站岗和各种勤务。后来提了干，感激地说，指导员培养了他。我说不存在，是你自己干出来的。后来他升到了师级。一次，战士韩跃珍在八一晚会现场维持秩序，抓获一名在逃的盗窃犯，交给公安机关后被判了刑。

跃珍立了三等功。

"有的提了干，探家回来给带一包闻喜煮饼，算是感谢。他家属来队时，我会请他们到家里来吃顿饭。当时我们的干部战士就是这样的关系，处得就像兄弟一样。"

指导员的家属，现在老杨的老伴也情不自禁地说：

"我随军了。一次，我捡了中队食堂扔出来的不要的青菜，买也就2分钱一斤。老杨回来，看见我剁碎了喂小鸡（春天，家里喂了小鸡，大了下蛋）。问：哪来的？我说：食堂不要，扔出来，捡的。老杨不让，训我。

"老杨在部队带兵，我想，怎么也不能给他丢脸，能帮他做点什么算什么。原来在村里干活，随军后一下没事做了。闲着也是闲着，我就给战士们补袜子，补衣服。战士们一年只发两双袜子，勤务多，破得厉害，就拿到家里来补。哎呀，不知道补了多少。有一个战士觉得自己的袜子让指导员的家属补，不好意思，就把袜子藏到被子里，压到枕头底下。我找出来，补了又给他塞回去。补衣服，主要是领口、袖口、胳膊肘、膝盖上。补得把指甲磨得都没了。战士病了，开了中药，拿到家里来熬。做了饭，给战士送过去。做了多少，记不清了。"

一个朴实的长治农村妇女，中队指导员的家属，老杨的妻子，县油厂的退休工人，跟着老杨几十年为部队服务，为守卫看守所的战士服务，老杨做出的成绩（20世纪80年代，杨玉锁当县人大代表，又当县党代表），真的有人家的一半呢。

可老杨谦虚地说：

"我只是做了自己应该做的工作。中队的工作是在县委、县公安局和武警部队的正确领导下完成的，是中队战士们做出的成绩。我和宋李仁，我们中队长和指导员团结得就跟一个人一样，在中队长的带领下，全队官兵和看守所民警密切配合，圆满完成了各项任务。曾获晋中地区县市中队军政训练第一名的荣誉，培养出数十名干部，不少人成为团级军政骨干。"

这些故事和成绩似乎与看守所没有关系。可是，细想想，中队干部战士能如此自律，如此工作，他们的看守任务能完成不好吗？

"那年秋天，盖看守所，在外边劳动时跑了一个犯人。过节的时候，看守所民警到他家蹲守，也没有抓住。天冷了，一天夜里12点，我查哨下来，看见操场上站着一个人。

"'指导员，你还没睡？'那人说。

"我一看，像，马上说：

"'是，你回来了。'

"'嗯，在外边跑的没意思。'

"'那就好，回来就好。快快，到值班室暖和暖和，'伸手去拉住他。握手，也是拽住他。回来了，还能再从指导员手里跑了？看他，跑的时候胖乎乎的，回来，瘦的，耳朵也大了，衣服破破烂烂的。我问他，为什么这个时候回来？他说，他回来好几天了。看见我，他就过来了。知道我不会为难他。

"进来，让战士控制住，马上报告看守所。看守所的民警还问：'谁抓住的？''我抓住的。''你怎么抓住的？''我在操场上抓住的。'

"看守所高兴，跑了的犯人回来了。"

说到过去的工作，老杨的脸上现出一种不负过去岁月的兴奋。老杨接着说：

"'严打'时，我带队押解犯人到一个县里去执行死刑。一个年轻的，强奸了公社供销社的售货员，又把人杀死。案发后，关在咱们县看。执行前，没告诉他。可他似乎有预感，不出号房。押解任务交给我们了。前一天晚上，做他的工作到12点，说带他回一趟老家。要不，不配合，不给你走。说好了。第二天早上，吃了饭出来，他又反悔了。总觉得不对。说什么也要回号房去，说他铺底下有东西要带。我说，有什么东西，我给你拿，又做工作。这才带上车。到了他们县里，开大会宣判执行了。我们安安全全地完成了任务。那次一共枪毙了十几个。县领导表扬说，还是咱们的兵，打出威风来了。

"一次，我们的战士执行巡逻任务。一天晚上，走到猫儿岭，三四个赖小子拦住一个晋华厂下夜班的女工。战士王志科上前询问，说是未婚夫。感觉不对。现场围了不少群众，一个小子趁机跑了。我们的战士朝天鸣枪，散开群众，一直追过去。这小子钻到魏榆饭店的一个下水道里。拉出来，送到了治安队。

"部队站哨，一班两个人，一个在下边值班室，一个在房顶，除了下雨可以进哨所，就是流动哨。一班两个小时。白天对犯人放风、放茅及室外劳动等活动进行武装看押和警戒；夜间监视犯人在监室里的情况。那时，冬天取暖，犯人号房生一个煤泥火。一年冬天，一班战士高生国在房顶站哨。听到 2 号监室，有人声音很轻地喊'救命'。他马上叫人。值班干部立即进去，打开号房门一看，七八个犯人躺在炕上不吭气：煤气中毒。就光着身子，抬到院里晾，抢救了过来。为此，高生国立了三等功。"

安宁看守所

简介　在榆次城北有一个城中村就是安宁村。安宁看守所位于安宁村东，按照地势干燥、通电通水、方便办案的选址要求，于 1979 年立项，1982 年 3 月建成，共占地 30 亩。其中，号房、内值班室、入所检查室、犯人生活卫生用房（厨房、粮油储藏室、囚衣囚被及财物保管室、医疗室、图书室等）建筑占地 5 亩，菜地 5 亩，办公用房（看守所办公室、外值班室、会议室、会见室、提讯室、预审科、驻所检察室）、部队营房、岗楼、围墙等建筑占地 20 亩。

昔日，过了粮店街道口是北山路，往北四五里，到北山路与迎宾街十字路口，再往北到北山路与安宁大街十字路口往北一二百米，路西，一条土渣路进去，一座南北长 100 米、坐西朝东的单面二层楼就是看守所。中间，大门厅立着两根 50 公分粗的古典式圆柱。大门厅的南北两边各 13 根廊柱。南边二楼是预审科，一楼是看守所的办公室和外值班室。北边二楼是武警办公室、宿舍和驻所检察室，楼下 4 间提审室、两间律师会见室（也是家属会见室）。大门厅二楼上是会议室。1993 年上了监控，二楼上的会议室就改成了监控室。

看守所正式民警 15 名，其中 3 名女民警。三班倒工作制，不是现在的上一天，休两天。而是第一天下午 6 点上，到第二天上午 8 点下，上午休息，中午 12 点上，上到下午 6 点。第三天一天正常班。第四天上午 8 点上到 12 点，下午休息，6 点再上。没有食堂，上班前在家吃了饭，还要自带一顿。值班室有火炉，可以烧开水、热饭。没有节假日，周而复始，就这么轮。要不里边就会空下。除了内勤、司务长，所长、两个副所长，各带一个班，每班两个民警。带班所长在外边，两个民警在里边，半小时巡视一次。

号房院　大门厅进出监区的大黑铁门，可以进出车辆，一般紧闭着。两旁各有一个小门，从左边的进去，是伙房、粮库、澡堂、菜地、菜窖和猪圈。从右边的黑铁门一进去，是看守所里院"第一景"：左边6米高的大监墙，与南院隔开。监墙上是"教育、感化、挽救、改造"大字，墙上靠里有一个小门，是浴室门，干部和在押人员都在这洗澡。西墙上有大大的"悔悟"二字。西南角上有一个部队岗楼。北边就是监区院，与南监墙中间是5米的通道。

北院3排正房，中间一条3.3米宽的通道将东西分开，东3排，西3排。每排10间号房，东西各5间。5间号房一个小院，100多平米，是放风场。北边的两排，自然分成4个小院，称作1、2、3、4号院，均为普通院（关押未决犯）。南一排的西3间，是"劳动号"（关押余刑在一年以下的服刑罪犯），另两间是重刑犯号房。东一排的东两间也是"劳动号"，中间一间放犯人衣物。西两间是女号，关押的也就10来个，多时二三十。全监区总共8个号房院。在第一排的东西排房的排头，又各有一个房间，东是在押人员出入监区的检查登记室，西是干部内值班室，里间南北放两张木床。院子里四面高墙，东、北、西三面与号房院墙之间，有一圈3米宽的通道，防止脱逃。四角上有岗楼。监墙上有武警通道檐，护栏高1.2米。战士在上边巡哨，视线好又安全。

号房　号房是砖碹顶，外平内圆，外看房顶是平的，室内拱圆顶。监室径高3米，而且前高后低。铁门上一个小铁窗，旁边玻璃窗，适合阳光照射。窗户右上方还有一个30公分见方的散热窗。后墙上方有一个小窗。前后窗口基本对称，便于空气对流。冬暖夏凉，经济实用。

每个号房长7米，通铺宽两米，水泥地面，90公分宽。通铺高30公分，防止自杀。原来在窑洞院有一个犯人，躺在通铺上，头朝外，用两个木桶，一个打饭桶，一个小便桶，拴了绳子，吊在脖子上自杀。没死了。有点玩赖。到了这边，设计时还是特别注意。卫生间1.2米长、

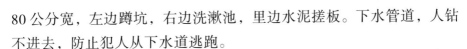

80公分宽，左边蹲坑，右边洗漱池，里边水泥搓板。下水管道，人钻不进去，防止犯人从下水道逃跑。

设计每个号房住7个人，一个人一米宽的铺位。可人多的时候，关十二三个，"严打"期间，能关20多人，晚上睡觉，有的还得打地铺。地上铺了纸板子，再铺上自己的褥子。地下、卫生间，躺的都是人。一个号房院，能关100多人。

里边人多，睡觉不能平躺，只能侧着身子睡。有的起来上卫生间，回来，铺位没了。旁边的一滚，占了。就这，人再多时，只好分开，有的上半夜睡，有的下半夜睡。通铺上的判刑投劳走了以后，地铺上的倒上来。再不行，只好往县里倒。给每个犯人带着费用，临时羁押到附近的县看。晚上值班，两个人一班，每班站两个小时。不让坐，坐下怕瞌睡。到时间民警进来告诉，该换班了。他们就叫起下一班的。

暖气在通铺下，冬天号房里热，可洗漱是冷水。夏天，人多，憋气。为了防暑，看守所给熬绿豆汤，有时买了西瓜，切开，送进去。民警窦有丹会做汽水，将碳酸钠、苏打粉、白糖或糖精倒到凉开水，或冷水里，配在一起。香水，少滴一点，有点香味就行。按说有比例，可做多了，就"冒丢"（估摸着放）。做好了，发到号房，一人一碗。

号房里有"学习委员"，负责里边的安全，有情必报。选"学习委员"：一是听干部的，说实话；二是不在里边胡来，不能让他们成为"牢头"；三是能管住人。管上一段，看行不行。不准打骂，该说就说。不准说话，在号房里或放风，都不允许说话，他就不能说。不行，就得换。继续下去，有的管不住人，或不敢管，或不管，不行。"生活委员"，负责打饭。

号房窗户上的玻璃是"走后门"买的　1979年，侯德胜在晋中师专搞校园基建。这时，公安局盖新看守所，选在现址，与师专隔一条小巷。局里正缺懂基建的人。局领导看侯德胜每天在教师宿舍的工地上风尘仆仆，人实实在在，得知侯德胜学的基建，又搞基建多年，就问老侯是否愿意给帮一段时间忙。这样，把侯德胜借了过来。所领导带着侯德胜到太原、阳泉等地查看人家看守所的建筑布局、号房构造。回来后所领导和侯德胜设计了安宁看守所。随后，侯德胜领着犯人淋石灰、打地基。工程队进驻后，又承担起"监理"的工作。由此侯德胜也成为一名正式公安民警。

1985 年，侯德胜在自己负责建造的安宁看守所前留影①

榆次市公安局预审科科长薛增玉在安宁看守所前留影

当时，市场上玻璃紧俏。侯德胜的舅舅在青岛市城建局当领导，经联系，给批了一车玻璃。那年夏天，所领导派侯德胜和民警赵保江、郑金元到青岛拉玻璃。一路上，赵保江和郑金元两人倒替开着借来的解放大卡车，一天驱车千余里，到了青岛。又排队等了好几天，才买回一车玻璃来。

---

① 1976 年 4 月 12 日，榆次市看守所更名为榆次市公安局看守所。参见晋中市志编纂委员会编：《晋中市志》，中华书局 2010 年版，第 1740 页。

2016 年 7 月 13 日，《榆次时报》发表的侯德胜口述、作者
执笔的《盖安宁看守所前后的一段往事》

号房窗户上的钢筋护栏和钢丝网是在里边住过的人做的 号房玻璃窗，里边是钢丝网，外边是钢筋护栏。郝毛虎，郊区农民，20 世纪 70 年代中期在自家院子里干起了简单的机械加工。不久，"割资本主义尾巴"抓了他典型，住进了看守所。平反后，郝毛虎又干起了他的老本行，联系业务他也没有落下看守所。得知看守所号房窗户上要安装钢筋护栏和钢丝网，就找上来。有住过的那一层原因，看守所的干部知道他人实在，能干得了，也就让他做了。

郝毛虎其人其事①

在榆次城东 3.7 公里的潇河东畔黄土丘陵区，挨着三个村子，东郝西郝，中间便是中郝。郝毛虎自幼精于计算，肯吃苦。20 世纪 60 年代初，因"六二压"，郝毛虎随父亲回到了老家。在太原铸造厂已是熟练技工的他，实在无法面对社员们辛苦劳作一年，一个工只有两三毛分红的现实。于是，郝毛虎开始了他的"打工"生涯。

郝毛虎"打工"，骑一辆破得早已看不出是什么牌子的自行车，走村串户，给人们打把剪子、菜刀，给生产队裁把铡草刀什么的。在那个不允许社员搞副业的年代，这样的"打工"注定是早出晚归，偷偷摸摸，充满着数不清的艰辛。可郝毛虎"磨刀儿——""起剪子——嘞"地跑遍了几个公社的生产队，换回几斤小米、一袋山药蛋来维持生活。

东郝村 70 多岁的郝瑞云至今还记得那年腊月二十几了，郝毛虎

---

① 本文载于 2018 年 1 月 9 日晋中公安微信公众号。

给他打的一把剪刀，30多年了，还轻快如初。他说：

"郝毛虎干活简直跟玩杂耍一般，既神情专注，又轻松自如。两眼盯着锤砧，那双满是伤裂的手，一只不停地翻着铁钳，一只不停地落下铁锤，伴着有节奏的叮当声，那烧红了的铁块，或卷或展，或短或长，不一会，泥捏般地一把剪子就打成形了。"

不久，生产队发现了他的行踪，要批斗他。执拗的郝毛虎任由队里处罚，可他还是要出去"打工"。队里终于同意了他，条件是每天交生产队6块钱，队里给他记一个工。平时没有一点收入的生产队，也是想借郝毛虎"打工"能有点灵活。条件虽然苛刻，可他还是同意了。

"涂水洪涛"，乃小城"古八景"之一，据清康熙与民国《榆次县志》图记载，此景就在"三郝"与郭村一带。20世纪70年代中期，因郝毛虎"打工"村前的潇河水又滚起一阵波涛。

大队同意了，一下给他撑起了腰杆，他干得更起劲了。几年下来，郝毛虎硬是凭着他精湛的技术和超常的辛苦，把自己的名声传了出去，也积累了一些资金。做事大胆的郝毛虎，又跟队里商议，以生产队副业组的名义，占用队里的长庆寺，搞机械加工。队里从郝毛虎外出"打工"中受了益，他要扩大生产便同意了。这样，郝毛虎把他的队伍开进了多年失修的破庙。

寺庙坐北朝南，为一进院落布局。中轴线上建有正殿、山门，两侧为掖门、钟鼓楼、配房、配殿、耳殿。

当年郝毛虎搞机加工占用的中郝村长庆寺

郝毛虎就在这里摆开了阵势，他的生产由打裁剪子、菜刀、锄头、镰刀等小玩意，变成了大件。那时，东赵罐头厂、晋中药材公司、晋中棉麻公司、液压厂的房梁，百货公司和百货二级站的货架、机关单位的钢管床、学校的课桌椅、邮电局的保险柜，等等，都是在他那

扣子、锤子、钻床、电焊氧焊、风箱、吹风机这样简陋的条件下，一件一件地敲打出来的。

笔者记得，1974年在东大街育红学校上初中时，学校新盖的几间教室的大梁，就是用粗粗的螺纹钢焊接成的大三脚架代替了原来的粗木大梁。不知道是不是郝毛虎做的。

郝毛虎的副业组发展了，队里的分红也随之增加。队里的一个工成了一块二、一块三，高出其他生产队八九毛，让他们羡慕不已。社员们给他编出顺口溜，"郝毛虎真神通，挣得钱数不清"，"郝毛虎叫黑钢，×（把）又大梁盖起房"。

然而，他们的生产发展来之不易。郝毛虎白天到城里揽活，跑遍了小城可能供给他材料的单位，走遍了可能需要加工产品的厂矿。他跟经纬厂、锦纶厂、大小卫东厂、物资局、水泵厂、榆次黑白铁业社等单位都建立了机械加工关系，人家要什么就给人家加工什么，人家什么时候要就什么时候交货。为了揽活，也给人家送东西，像小鸡什么的，也请人家吃饭。

郝毛虎在城里联系业务，经常很晚回来。路不好走，又要经过一段河滩和一个树林。他的弟弟们就跟他约定，在离城近点的小东关村口等，接他回来。当年跟着哥哥干活的郝贵宝说："回来，你看他的人吧，跟白天进城简直是两个人，走路都蔫蔫的。"

郝贵宝还记得：

"那时的活多得干不完，一年到头也没有个闲。我们十几个人，每天4点钟起床，一直干到夜里10点多。12个厚的（mm）钢板，都是烧红了，冷了再烧，用扣子、钳子、锤子一下一下裁下来。有时，我们一夜要焊接70多根檩条。现在化工厂礼堂的房梁，18米长、30公分宽、3米多高，是我们十几个人用了三个小平车给人家送去的。起大梁没有吊车，我们是站在山墙上绳子拉，下边的人肩扛、杠子顶，硬是那样人工安装起来的。

"那时的冬天似乎特别冷。一次，他到信用社办事，我们久等不见回来。赶到信用社一看，人家早就下班了，而他竟蹲在地上呼呼地睡着了。地上下了几寸厚的雪，我们冻得在地上跳，可他就那么睡着了。他是累得呀。"

生产发展了，他们的生活自然也比一般社员好。当时城里仅有的几家饭店，人民饭店、国营饭店、延年居，他们是常客。人们传言：

郝毛虎"过油肉的发票上秤秤"。而郝毛虎并没有忘记队里的社员。潇河水正从村口流过。河水涨的时候，人们不是挽起裤腿蹚过去，就是绕道源涡或郭村，很不方便。郝毛虎用自家的槽钢焊了一个小桥梁，上边搭上木板，小桥虽简陋，可大大方便了社员们出行。村里谁家大门上坏了一个门钹子，需要一个大铆钉什么的，郝毛虎从来是来者不拒，不收分文。

说到郝毛虎后来的遭遇，郝贵宝的话语一下沉了下来，说："他终究是一个干事的人。"

1975年，报纸上开始批判新生的资产阶级暴发户，郝毛虎的命运也发生了改变。笔者还记得，上初中时，报纸上反对资产阶级法权，老师念批判材料，说郝毛虎搞副业，在大队的喇叭上一鸣叫，社员们丢下队长安排的活就往他家跑。

一开始，公社让大队批斗。郝毛虎平时为人厚道，对生产队又多有贡献，队里批斗，没人参加。队里批不起来，公社就下来干部，在大队办郝毛虎的"学习班"。

说起当年郝毛虎住"学习班"，村里一位也姓郝70多岁的老妇人，还惊异地告诉笔者：

"那天的天气挺好，没风没雨的，我在庙（长庆寺）外的台阶上坐着，看见郝毛虎从庙里出来，突然来了一阵旋风，卷起地上的黄土，把他团团围住。郝毛虎捂住脸，转了一下身，以为会躲过这一阵风，可那旋风并没有散去。他就使劲挥两只胳膊，驱赶旋风，可那旋风还是旋呀旋，怎么也不散。他又脱下帽子，一个劲地拍打驱赶。那一阵旋风硬是围着他转了好几圈，才终于散去。第二天，郝毛虎就住进了'学习班'。这算什么征兆呢？郝毛虎可是一个厚道人呢。"老妇人深深地叹息道。

住进了"学习班"，一向自信的郝毛虎很不服气，对给他送饭的家人说："没事，咱没偷没抢，凭苦力吃饭，过两天我就回家了。"

可过了两天，市里在村口的一块空地上召开万人大会，郝毛虎被捆绑着站在汽车上，脖子上挂着牌子，狠批一顿"新生的资产阶级暴发户郝毛虎"后，将他关进了看守所。这一关，就是三年多，到1978年年底才出来。

郝毛虎从小就很机灵。书虽只读到小学，却是从一年级跳到三年级，从三年级跳到五年级。52岁的郝毛虎的二女儿郝丽英当年听爷爷

说，父亲 10 来岁的时候，太原刚解放。打仗炸开的城门楼和城墙上，露出很多长长的厚木。父亲买了一把斧头，把长木劈短，捆成整整齐齐的一捆，在城里卖，卖了钱，买饼子吃。

住了看守所郝毛虎见里边的手铐脚镣，笨笨的，不好用，就跟干部说，我给你们打，肯定比原来的好。干部同意了。会见时，郝毛虎让家人拿来他的家伙什。他把一根铁条窝回来，两头砸扁，中间通了眼。大小合适，对起来，一根铁棍穿过去，一头是钉帽，一头留了眼，上锁。他还特意把手铐脚镣箍打得圆润，不至于割肉，减少犯人的痛苦。郝毛虎打的手铐脚镣，看守所用了好长时间。犯人在看守所打造铐犯人的手铐脚镣，可算是郝毛虎的一件奇事吧。

住了几年看守所，与看守所的干部熟了。会见日郝丽英跟哥哥去见父亲，还能跑到里边去，问爸爸在这里能不能吃饱，衣服里还给爸爸带了烟。郝毛虎告诉女儿，能吃饱，让家里不要牵挂。郝毛虎出来后，又认识了交警。改革开放初期，顺城街上的交警岗楼、机动车道上的防护栏，都是郝毛虎做的。

1978 年 7 月，榆次市检察院恢复重建。1981 年，笔者从部队复员后分配到检察院。参加检察机关恢复重建、后来任榆次市检察院副检察长的石宝登，有时对我们后进院的人说：

"咱们院恢复重建的牌子还是我和郝毛虎挂起来的呢。"

郝毛虎从看守所出来，到检察院来要求平反。那天，他正好来到院里，老石叫上他，两人抬着把"榆次市人民检察院"的牌子挂到了临街的大门水泥柱子上。要求平反的上访人员挂检察院的牌子，可算是郝毛虎的又一件奇事了。

20 世纪 90 年代中期，一次，机关到中郝村植树，中午在他家吃饭。笔者才见到早已闻名却一直未曾见过的郝毛虎。他个子不高，人胖胖的，说话总是乐呵呵的。那时他应该已 60 多岁了，可吃饭时，还和我们的小干警们喝得不亦乐乎。

改革开放后，精神上解放了的郝毛虎，又干起了他的老本行，可得从头做起。 1985 年，倔强的郝毛虎花 15000 元买下了当年开会批斗他的那块空地。几年的打拼，郝毛虎在偌大的一片空地上圈起了大院，盖起了厂房，买来了设备，搞起了铸造。2000 年，待他想再大干一场时，老人竟带着对未来的无限希望走了。郝贵宝几次沉痛地说，他的一生充满了艰辛。

适应现实去生活往往是大多数人的生存方式，然而也总有人逆现实生活而去。这样的人有大人物，也有小人物。大人物或许能干出一番改变时代的轰轰烈烈的事业，而小人物却是为了生活，为了生存，可他们在时代中也留下了自己的足迹。我想，郝毛虎就是这样的一个小人物。

郝毛虎，本名为郝宝发，可人们记住的是那个能吃苦、脑子灵活、会挣钱又不忘乡亲、乐于助人的郝毛虎。

生活与生产　雇的两个临时工给犯人做饭。早上三两玉米面糊糊。中午，每人一个碗口大的馒头，有时是大米、面。烩菜，有汤，基本上一菜一汤。为防止"牢头"克扣，负责的民警会守在号房里，看着犯人把馒头吃了。要不，有的就吃不上。晚上，窝头。一个星期能吃一次肉。关押，最少时也得一百七八十人，多的时候 500 多人，好像很有规律。投劳，白天送走人，晚上肯定进人，铺位立即就填满了。人多，其中一部分是久押不决的。问他，谁搞的你的案，都说不上来。一个女精神病，关了五六年没人管。一个月 2.7 万元的囚粮款。人增囚粮款不增，厉害的克扣其他犯人，有的就吃不饱。里边开了一个小卖部，家属给上了钱，上午下午放风的时候，他们就可以买吃的。办案人员提审，为了让他们配合，如实交代，会给他点一支烟抽。知道他们在里边吃不饱，有时还给他们买碗大碗面吃。破了大案，民警们高兴，或许还会给他买点猪头肉。他们吃饱的问题，似乎也关系到案子的侦破。

为了解决吃饱的问题，看守所组织留所服刑的罪犯种菜，或是联系外边的活。给晋中外贸砸核桃，统一在院子里，不允许偷吃，要称分量。一斤皮核桃，砸出多少仁，要不会亏本。或者是拣红豆，大小分出等级；分药材，拣出坏的，也是分出等级。给平遥火柴厂糊火柴盒；给太谷炮厂卷纸炮筒，半成品，没火药；给晋中印刷厂糊信封。搞生产，任务压得死死的，胡思乱想的也少了。

搞生产，有了收入，犯人基本上就能吃饱了。生产收入，30% 提高犯人的伙食，30% 用于再生产，20% 给民警补助，值班民警也有了灶，再剩下的用于犯人的医药费用等。有的家里条件好，给他们的账上打钱，在里边买吃的，也省下了口粮。投劳，2 年以上的要求自带囚服，夏季的 50 元，冬季的 100 元。那时，晋华纺织厂公安处办的案子，人也关到这里。所里就问人家要些次品布回来，做犯人的囚服。有的很穷，投劳走了的，留所服刑出了所的，人家不穿了的衣服就给他了。

皮肤病、性病容易传染。出来干活，晒晒太阳，对患病的有好处。他们的心情好了，监区也稳定了。里边有澡堂，有时不能用，就用脸盆打了水，拿毛巾擦一擦。放风，5个号房的都出来，在小院里慢跑步一二十分钟。重刑犯，照顾点，少跑两圈，走一走就行了。他们也没说的。同犯不在一个院子里关押。

1990年1月，榆次市公安局看守所又更名为榆次市看守所。[1]侯德胜（左）与榆次市公安局预审科的预审员范润林在榆次市看守所前留影

管理死刑犯　20世纪90年代，关押有三四百人，每年的死刑犯有一二十，曾一次枪毙过9个。平时管理，对性格不好的，你得先把他稳住，顺毛毛拨拉，高兴了，再说他。你看你，多英雄，因为这点事，就弄出这么大的事来。提审，问甚说甚，不避讳。但你和他毛了（顶牛了），他会骂你，顶撞，连干部也敢骂。

"管理他们，得懂点艺术，不和他发生冲突。特殊的人得特殊对待。"回忆的老监管说。

在生活上，不违反规定，能照顾的可以照顾一下。他账上有钱，有时食堂做了馒头，不多，先给他，让他吃饱点。烟，两天一盒，让

---

①　晋中市志编纂委员会编：《晋中市志》，中华书局2010年版，第1740页。

他抽。有一个死刑犯，点了菜，要吃过油肉。食堂没料了，没有配蒜薹。不吃，给退了回来。还是特殊情况特殊对待，经批准，司务长出去，到饭店给他买了一个。

生活上照顾点可以，管理上却不能有丝毫放松。找几个对他脾气的，和他说说话，实际上是监视他。一般是安排二三个明的负责他，再安排二三个暗的，时刻注意着。晚上中午睡觉，都要看着。上卫生间，也要跟上。24小时，有专人值班。有情况立即报告。

有的还得开导不要让他胡思乱想。上诉，让他觉得有盼头。有的改判了，高兴地说，上诉成功了。一个女犯，一审后，办案单位和律师都对她说，做最坏的打算吧。女犯听了万念俱灰，每天想的就是死，要死就早点死。二审维持了，离死又近了一步，还闹自杀。最后接到最高法的裁定，死缓，喜极而泣，哭着说："爸，妈，女儿我还能活着。"万分感谢政府。

平时他们沉默寡言却是最危险。监室，三七厚的水泥墙，够结实了。半夜起来上卫生间，几个小时不出来。原来在里边，用水打湿墙，挖墙上的砖缝。一天挖不开，白天就用卫生纸糊上，里边暗，看不清。耳目发现报告才制止了。墙上的砖缝，已挖了很深。

有的很暴躁。一个盗窃犯，当时社会上有名的"一脚踹"，作案时，一脚就把平房的门踹开了。关进来，判了死刑。他想不通，盗窃就把命丢了。一次，晚上看电视，电视机前有一个有机玻璃罩。他不高兴，嫌吵，说你们别看了，抬手就把玻璃罩砸坏了。手铐脚镣都戴着了，你还能把他怎样，不想激化矛盾，也就不处分他了。

省城大医院的一个教授，杀了情人，关了进来，他不像社会上的赖小子，捣乱、闹监起哄，表现比较好。可也怕他出问题。找他谈话，稳定他的情绪，问他一些医疗知识，他会很详细地给你讲解，没有一点教授的架子。住进来，在外边的一切头衔一下都抹平了。当众问他，他会更高兴，给他一个表现的机会。这都是对他遵守监规的鼓励。

杀人犯大部分会很后悔。他们多是因一时之愤激情杀人。一个因为土地问题，与村干部发生矛盾，杀了人。说，当时就是顺不过那口气来。其实如果当时有人能开导开导，他们也不至于为那点事就去杀人。不过很少有哭的。有的哭，也是晚上偷偷的。犯人也是人。后悔了，可也晚了。

里边的人特别敏感，看守所一旦有一点变化，都会引起他们的注意。看守所的作息时间是6：30民警进来喊"起床了"，7：00放风，7：30开饭。8：00办案单位或律师就来了，提审、开庭，或者会见等。10：00放风，12：00开饭，12：30~2：30午休。下午也放风一个小时。有时阴天，就不放了。生产，都在院子里，顶放风了。晚上，夏季10：00熄灯，冬季是9：30。不是熄灯，晚上号房里是长明灯，是睡觉。他们如果发现高墙上的岗哨增加了，或民警们一天进去巡视的次数多了，或早上厨房不像往常提前传来电风机的声音，出操的次数多了，工作人员突然增加了，就会紧张。还有，平时，他们连哪个民警的咳嗽声，哪个民警的脚步声都能听出来，民警们值班的规律也知道。人的目力受限制，听力就会特别好。这些情况有了变化，他们就猜出来了，有执行的，不知道执行谁呀。有的杀人犯，有钱有关系，心存侥幸，总以为死不了，可是遇到执行，也很害怕。第二天还跟民警胆怯怯地说，昨天把他吓得。

有时，晋中开公判大会。把各县的死刑犯都提回来，第二天集中执行，制造声势。人家把人交给我们没事了，可我们可得操心。死刑犯都戴着铁链子，走路不能并着脚，得八字步，蹭着走，哗啦哗啦的。里边的人听见，这么多死刑犯，就会警觉起来，会不会第二天执行？精神紧张的，会出事。县看的一个，第二天执行，突然砸破窗户，拿玻璃往肚子上扎，喊：某所长，对不住了。幸好只是肚子上开了口子，赶快抢救，包好。民警们想办法，进人的时候，就让里边喊操，整个监区都喊，就听不见铁链子的声音了。悄悄地把他们安顿到监室里。一开会，死刑犯就害怕，脸色都变了，吓坏了。没有执行的，还得安慰他们。

执行时，叫他一个人出来，他就知道了。因为平时都是集体活动。有时是清早告诉他，换换衣服。一听这话，他也就知道了。不让见家人。有女犯时，看守所的女民警看不过来，只好临时调局里的女民警，24小时看守。一个脱逃的，执行前，不知道。提出来一看阵势，不对，说要换衣服。于是做她的工作：平时配合得不错，这个时候了不要出问题。她说：不会。让监室把她的东西都拿出来。法院的女法警不敢进去。还好，进去换了一身红运动衣。出来，自己腾腾腾地上刑车走了。一次，执行一个杀死自己孩子的女犯，女民警给她梳头，按乡俗给她的口袋里塞火腿肠。他们对民警平时的管理没意见。知道，民警们都是按规定办事。

判了死刑的，驻所干警都要找谈话，主要是问他有没有要检举、揭发的。一次，号子里关着十几个死刑犯，我们的干警挨着，一个一个谈。看守所的条件有限，我们就坐个小凳，与他们面对面地谈。现在想来，还有些后怕。如果他拿手铐砸过来，怎么办？可我们就这样尽到自己的职责。一位老驻所回忆道。

形形色色的在押人员 那时，看守所还没有卫生所，就在附近医院聘请了医生，有的生病了，就打电话，叫医生过来。

一次，民警王军合发现他号子里一个太谷的小子，快速呼吸。"一看，不正常。临床观察，呼吸性碱中毒。过度换气、过度呼吸，体内的二氧化碳过低，血就成了碱性的，所以叫'呼吸性碱中毒'。这种病很容易治疗，输点液就好了。看着严重，可医院有办法，输了液，很精神地就回来了。可是关上一晚上，就又不行了。反复发作，好不了，是癔病的一种。还有的癔病失音、失明，查不出毛病，可就是什么也听不见，什么也看不见，是神经官能症的一种表现。回家见到他家人就好了，高高兴兴的，没事了。这种病装不出来。不能关押。建议办案单位改变了强制措施。"

有的没病，在里边待得时间长了，想着法子要出去一下，就装病。专门在民警面前，双手捂肚子，站起来，蹲下去，龇牙咧嘴，想出去一趟。可真有病的，也得给看，带到医院，输液打针。出所，安全第一。一次，一个四川的，到了医院，戴着手铐就往外冲，要跑。民警打了面的才追上，逮住。以后在病床上了，才摘掉脚镣，便于治疗。

有的吞东西。把牙膏皮卷成一个铅蛋，或搓成一个条，吞下去。有的是把牙膏皮弄成齿齿，锯手腕。不想在里边住，尽给民警找麻烦。

有一个是吃了饭老吐。好好的，不能吃饭，吃了就吐，带出去检查也查不出原因。耳目报告，吃饭前，他总是不知道吃一个什么东西。

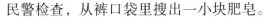

民警检查，从裤口袋里搜出一小块肥皂。

一个单位的领导被人诬陷关了进来，让他"包夹"（看管）死刑犯。有的"包夹"，晚上也迷糊地睡着了，而他不管民警什么时候进去检查，都是直挺挺地坐在那，很负责。后来平反了，释放那天，监管民警进去叫他："老×。"他马上答："到。"很规矩地站在那。民警告诉他，放你呀。这个"犯人"一下就给民警跪下了，表示感谢。他家人来接，在外边等。他人瘦的，穿的衣服松松垮垮破破烂烂，慢慢地从里边走出来，与家人就在看守所的大门前，抱住痛哭。民警们看得心酸。

20世纪70年代末80年代初，社会上出现的"人体特异功能"，也出现在看守所。一个犯人说他会这个。他在一个号房，让人在紧挨着的一个号房里，写了字。拿过去，他团一团，放到嘴里，嚼嚼，就能说出是什么字来。还会气功。能看到地下有什么东西。想让人请他出去勘察地下的宝物。

女犯大部分好管理，可个别的发赖。不该唱歌的时候唱歌。放风时，隔着男女监区大声喊叫，认识不认识，就问，什么时候进来的，因为什么进来的，或是说些下流话。更有的，夏天，专门对着高墙上的武警裸露身体。发现后，在她们的放风场前，垒了一堵墙。

监控效果不好 1993年看守所安上了监控。上监控的时候，带上伙食费用，把犯人临时羁押到几个县看。半个月后押回来。上了监控可以随时掌握里边的动态。有了情况，监控室就打电话下来告诉监区的值班民警。可监控是安在靠墙的床铺的顶上，单向探头，一二铺看不见，效果不好。有时交不起电费，监控不能开。有时有声音没图像。

一次，听到一个号房里有"嚓嚓嚓"的声音。有情况。在监控上告诉他们谁也不准动。进去一看，他们在搓树叶子，准备抽。监区没有树，监区外栽着一排柳树。放风的时候，他们就捡刮风刮到号房院子里的树叶子。攒起来。平时吃饭，菜里放了花椒、辣椒。他们就挑出来，晒干，也是搓碎了抽。家属往里送东西要检查，可检查不严，还是会带进一二根烟。他们拆开，卷得特别细，一支烟能卷出十几根，一人一口地抽。

又一次，听见里边有很重的"嗞嗞嗞"磨东西的声音。原来，他们在地上磨铁钉。磨得很细，磨成针，缝被子。"铁杵磨成针"在这得到验证。以后，就给他们提供针了，用完后收回。寂寞的人，千方百计找乐子。有的把肥皂刻成象棋，下棋。要么就是在外边是干什么的，进来就说什么。吹。一个厨师，说他怎么做饭。说得他们：你快别说了，说得我都流口水了。

侯德胜驾驶摩托车在安宁看守所前

在里边可以看书 侯德胜包号房，还管理犯人的图书。监区里有一间图书室。让他们看的书有小说，思想品德一类的，十万个为什么，中国各地风景，学无线电的，种植养殖方面的。他们要看，就喊报告："侯干事，我想看书。""可以。什么书？"然后拿给他。

1989年6月，侯德胜调到了东赵乡派出所。一次到后沟村办案，一个村民过来说话。侯德胜问他："你怎么在这？"村民说："我就是这个村的。"侯德胜说："我知道你是这个村的。"村民说："我还拿着看守所的书。"见到管教过他的民警或许心虚，没问，他自动就说出来了。侯德胜问："怎么还拿着看守所的书？"这个村民说："我看这本书好，你也调走了，就没有还。出所的时候，就带出来了。"这是一本《农家科学致富400法》。

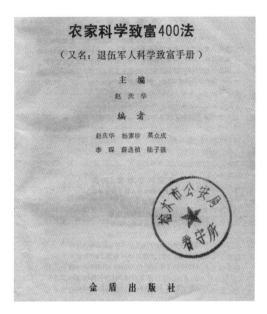

安宁看守所的图书《农家科学致富400法》

监管工作不断进步着　1994年至1997年，秦晋中当所长，他刚来时看守所还有外债。秦所工作认真负责，精打细算。走的时候给看守所留下12万元的结余。期间，上级组织过两次专项检查，账目清清楚楚。秦所的体会是，在看守所干3年等于在派出所干10年。费心，责任太大。看守所内外情况复杂，时刻操心，老是害怕出问题。

"不过他们也是看人了。严肃起来，绷着脸，你值班的时候，整个院子就静悄悄的。咱们一是一，我不打骂，你们也别在我面前犯事。和平共处下来就算了。他们就老实。一给笑脸，这个号子叽叽喳喳，那个号子也叽叽喳喳。"一位老民警说。

"多年在看守所工作养成的习惯，现在还是，晚上睡觉，两小时就醒，改不过来。值班就操心，进去看他们都睡着了，这才放心。"退休多年的侯德胜说。

1997年10月，张一平任所长。一次，法院往里边关人。张所检查关押手续，却只有一审判决书。问老民警，说：以前一直就是这么关的。张所找到法院，问他们，关人怎么没有手续？副院长说："判决书是最高的法律文书，有什么问题？"张所说："你一审判决，人家上诉或检察院抗诉就不生效，怎么能说是有效文书？"又找院长。院长说："我们多少年就是这么干的。"他们的解释是站不住脚的。经张所力争，他们补来了逮捕证，以后他们再也不用一审判决书关人了。

"那个年代，看守所工作只有一个条例（《中华人民共和国看守所条例》）"。可几任所长接力，不断完善监管工作。他们依据条例制定了提审、交接班、出入所、找犯人谈话等几十项制度。

个别谈话　谈话是教育犯人的一种方法，也是了解掌握他们的案情、思想动态的有效途径。侯德胜当年的谈话记录记载着的工作，仿佛还在眼前：

1987年2月20日　8号监房

闻某，男，25岁，他们6个人偷盗5000多元。他家的经济条件比较好，有汽车。进来后，家人给送东西。最近没有送。他觉得家里没人管了，便抱听天由命的思想，在号房里经常散布消极言论，说："走西口做买卖，不如两个手指来得快。"

我对闻的这种侥幸、不劳而获的思想进行了批评。

王某，男，20岁。王是第二次进来。头次是在少管所。和人打架，把腿弄残了，保外就医。这次是保外期间偷盗，被关了进来。在号房里说："（判）什么也不怕，判了刑也得保外就医。出去还是偷，反正没工作，不能生活。要生活得好一些，不能让别人看不起，只有偷，别无他路可走。"

王的这种思想在犯人中比较普遍。我批评了他的虚荣心。可要减少重新犯罪，确实不是单靠关看守所就能解决的。帮助他们就业是一个社会工程。

1987年2月23日　10号监房

宋某，男，27岁。和明某是高中同学，二人平时关系不错。"1986年11月中旬，我打电话问明某借录像带。晚上7点多，去了明家。明拿了两张电影票和我去中都电影院看电影。从电影院出来，我们在菜市口小摊上吃饭。明说有一个无本万利的买卖，问我干不干。我问干什么。明说，到我家睡觉告诉我。吃了饭到了我家，明说，他给开票，让我交到银行去。我问他具体怎么做。他说到时告诉我。27日下午3点多，他打电话叫我，说要我的军裤。暗示有事。我去了他家。他拿出张票让我写。我手冷得不能写字。他便写了个条子，让我抄，填了一个单子。又领我到银行，他先探了路，让我进去把票交到柜台里提现金。从银行出来我们去了他家。明给了我3000元。我说再给点，他又给了我250元。我拿上到太原存了起来。我一时糊涂，跟同学做了错事，犯了罪。这次政府判我二缓三，是给我一次改正的机会。出去以后，我再也不干违法的事了，争取做一个对社会有用的人。"（出所谈话）

近墨者黑，也是贪心所致，都要警惕。

2月24日　上午

司马一，30岁，16日逮捕，从收审所倒过来的，在太原服装厂上班。1986年12月，二人（同案齐某）在东阳铁三局偷了900余元，一辆凤凰自行车。自己估判了2~3年。后悔，对不起父母。

"对不起"也许是真的，但更是里边人的口头禅。

2月25日下午　9号监房

李某，男，18岁，盗窃。住某某局宿舍2排3号，某中学的学生。"1986年10月18日，和妈某翻墙到教育局偷了1台录音机，48盘磁带，3盒录像带。出来后，又把3盒录像带扔到墙外。11月8日，和妈某到中都电影院旁边的一个商店偷了一捆黑布，1台单卡手提录音机，3双布鞋，1双皮鞋，1件短呢子大衣，烟酒罐头，20多元钱，2个提包。11月15日，和妈某在一中偷了1辆飞鸽自行车（28型的）。12月中旬，和妈某在经纬厂子弟学校偷了1台双卡录音机，3盒录像带。12月18日，和妈某到烟草公司小卖部，偷了3箱烟，有友谊、大重九、中华、红双喜、红塔山、贵烟、皇冠等，装了半麻袋，还拿了100多元现金。在收审所时，二赖子让我顶筷子。号子里有一个我们街道上一块住的，才不让我顶了。"

学生犯罪，青少年犯罪，除了家长、学校的责任，又是一个社会问题。

吕某，32岁，杀人，没有其他想法了。原来怕枪毙，现在判死缓，在号房里挺高兴。想上诉减刑，又怕上诉后改判枪毙。所以现在急着想到劳改队。

虽是这样。可他们的思想复杂，又随时变化。必须时刻警惕，不能大意。

3月12号下午，耳目反映："四川家"（焦某）比较捣蛋；"屠岸玉"也捣蛋，最近可点；"蔺三"又玩象棋。"赖鸡"到了号房一言不发，只说家里盖房，和父亲偷了一棵树。思想包袱比较重，经常哭。实际上，他一家四口，偷了9辆自行车。他往他父亲身上推。解某（死刑犯）很想知道执行的时间。打听执行前是否通知。准备写遗书。

掌握狱情，随时注意里边的动态，才能防患于未然。

3月14日下午　9号监房

孟某，强奸，作案后跑到乌市。他的亲戚在教育系统，给他找了工作，准备转正。可他嫌工资低，便辞职做买卖，从北京到了南京。在南京打扮过于风流，被公安怀疑。他怕查出底案，主动交代了。现在号房里比较老实，认为顶多判5年。

这真是：已经负案不知悔，再欲风流终被捉。

侯德胜当年的工作笔记本

交叉检查　晋中公安处还组织11个县市的预审科（股）、看守所交叉检查，互相借鉴好的经验，促进工作。1988年1月，公安处的王副科长、李士杰带领榆次（侯德胜和预审科的一名民警）、寿阳（秦所长、王学书)、昔阳(梁志强、杨庆国)看守所和预审科(股)的民警,检查和顺、左权、榆社、太谷的工作。

1月23日下午,和顺县。看守所民警共3人。全年(1987)共收押201人,其中人犯30人,收审61人,刑拘110人。收押人犯中,直捕5人,刑拘转捕14人,收审转捕11人。1987年,预审股共办理28案30人(上年遗留2人)。性质分类:盗窃12人,投机倒把6人,伤害4人,强奸3人,诈骗2人,交通肇事2人,贪污1人。处理情况:投劳12人,监外执行5人,现押13人(已决2人,未决11人)。他们全年查监48次,抽查108次。诈骗犯王某某,榆社人,家里没人管。入所后,随气候变化,所里发给时令衣服。全年人犯主动向管教反映问题16次,组织人犯学习15次。局里召开宽严大会3次,从宽3人,从严2人。卫生方面,每月大清扫2次、消毒1次,半个月理1次发。伙食方面,每天一顿白面。优点是:领导重视,无超期羁押,统一床单,检察室配合密切,监控设备好。不足:岗位责任制还需要加强。

那一日,检查组白天工作,晚上县局安排到人民大礼堂看电影。进了礼堂,检查组的一位成员突然发现手表不见了。陪同的县局领导安慰说:"不要紧,到时候就有人送来了。"

检查组的人心存疑惑,这黑天半夜的,谁给送来?谁知,看完电影回到招待所,丢失的手表果然送回来了。老百姓捡到,送到了派出所。和顺民风淳朴可见一斑。

1月25日上午,左权县。预审股3人,股长宋世庆,副股长和内勤。1987年共受理28案53人,比1986年增加1案8人,重特大案件8案14人。拘留案犯21人,全部转逮捕。年底,53人全部起诉,无一案发还补侦。年底被评为先进集体,公安处记三等功一次。对外统称预审股,内部分预审、看守、中队,工作相互配合。看守所民警共4人,全年收押83人。处理情况:免诉15人,刑满6人,保外4人,劳改(投劳)39人,现押19人。行政拘留85人。预审、看守、中队联席会议,每月一次,同时进行安全大检查。他们的优点是:掌握犯人心理,每周讲课2次;耳目立功,给予减刑1年半;每日吃1次豆腐,每周吃1次肉,比入所时体重增加;做到"十做到、六不准";县局先进。不足:信息材料无采纳;理论学习少;有自杀未遂的,吃铁片、鞋钉；查号房搜出硬币；监所科未参加。

1月27日上午，榆社县。看守所民警5人。1987年收审17人，押犯32人，共押47人。现"两所"共关押30人，其中，逮捕19人，收审5人，已决6人。有一名姓白的女犯，吞食玻璃片。去年逃跑犯人1名。全年查监47次，谈话215次，讲课18次，写心得119篇。伙食，每人每日1斤，全月30斤粮。预审科民警3人。1987年受理案件11案16人，治安处理3人，刑拘3案4人。直捕8案11人，其中，盗窃6案9人，强奸2案2人。不足：登记卡不全；监室空气不太好；犯人背监规不落实，有的不会背；图书没使用；监所科没参加。

1月29日，太谷县。看守所民警共6人。1987年收押88人，处理96人。（1987）年终收押28人，收审8人。每月学法2次，全年讲课60余次。犯人每月评比1次，随档案送走。宋志远所长汇报。在押人员供应9两粮，吃1斤3两。他们种菜，节约伙食，争取让犯人吃饱。共节约733元，购买高价粮，增加他们的体重。让他们看的书有学种植养殖的，学法的，教修理录音机、彩电的。帮助4名劳改释放人员找工作。犯人经常来信表示感谢。7月24日跑收审人员1名，10月11日抓回。他们是预审员兼看守员，预审股股长兼看守所所长。1987年，预审股共受理16案28人。有2个案未定，一个强奸，定不了。一个伤害，有精神病，也无证据。全年共捕22人。犯人提供线索50条。重大案件7案11人。1987年3月，发现一名姓张的和一名姓王的犯人，预谋逃跑。准备到深山老林挖煤，不用户口。教育已达标。优点是：讲课后人犯写心得，全年民警无违法，中队不能随便进监所。预、看一家，与中队的关系好。下午，检查号房。1月30日上午，查看看守所的（表格）登记卡，走访中队。

检查结束，1月31日、2月1日，王副科长和预审科闫科长分别主持看守所和预审科（股）检查汇报会，最后排名。预审工作，榆次263分第三，左权192分第六，和顺148分第八，太谷131分第九，榆社116分第十。看守所工作，榆次101分第一，左权96分第四，和顺95分第五，榆社86.4分第六，太谷86.2分第七。闫科长最后总结，各家基本上都建立了完整的管理体系，按照29种表格要求，推行目标管理；推广寿阳录音对话经验，各看守所可买录音机。回去以后，参加检查的同志要向分管局长汇报。

如何做好看守所的监管工作：几位老看守如是说

曹拴成，曾在派出所当指导员，后来到了看守所，一干就是十几年。教育要让他感到是为他好，管理要注意细节。如今已 75 岁的老曹如是说。

他们是因为犯法进了看守所，教育就要让他们遵纪守法，让他们认识到遵纪守法是为他们好。我在派出所时，1983 年"严打"前劳教过一个小青年。出来碰见我，说："哎呀，感谢你，曹警官。"我说："关了你，感谢我什么？"他说："你不把我关进去，我还不知道要出啥事呢。我可胆大了。"

里边的人思想复杂，每个细节上都得注意，稍有疏忽就可能出大问题。一次，里边（监室）的茅房（卫生间）堵了，堵了得赶快捅，专门有一根捅马桶的铁丝。一个阳泉的抢劫杀人犯，很积极，主动进去捅。一会儿，把马桶里面的毛巾勾出来了。可我把铁丝拿过来一看，短了一截，不对。我问他，他说没了，就这么长。其他人也胆怯怯地说，没了，就是这样的。不敢说。那不行，得找出来。古住（逼住）他。最后，拿出来了，说是捅断了。拿出有 10 公分长的一截，藏在茅房里了。一对，正好，这下放心了。我有数，想糊弄我。这 10 公分的铁丝，用来自杀、伤害其他人，都有可能，你不知道他会给你弄出什么事来。你得时时刻刻操心，不敢有丝毫大意。

张二根，1995 年至 2004 年当副所长。老张的经验是，管理他们的方法要多，还要掌握好原则性和灵活性。

里边的人不好管，不过他们也是看人。你能力强，方法多一些，脑子反应快一些，看问题全面，对待他们一碗水端平就好管。不管进来的是小偷，还是原来当官的，一律平等对待，他们就没说的，他们的抵触情绪就少些。个别的想不开，做一顿小灶可以。但是绝不能拿他当特殊犯人，没有特殊犯人。

老所长刘日祥的经验是：管而不死，活而不乱。对症下药，做到四勤（腿勤、手勤、脑勤、嘴勤）。腿勤，是多进号房多观察里边的动静；手勤是多记载工作中遇到的问题；脑勤，是多总结多思考；嘴勤，是发现在押人员异常了要多问。

直接监管是看守工作的一项原则。用犯人管犯人，拿犯人当"拐棍"，历来不允许。他们会搞两面派，报喜不报忧，编造假汇报，封锁号房里的真实情况。为了巩固他在号房里的地位，他会百般讨好干部，蒙骗看守人员。对这一点必须清醒。但是，对犯人中的积极因素还得利用。一个街道办事处原来的领导，因派性被关了进来，表现很好，思想境界不一样，配合工作。号子里，都不愿意要死刑犯，还得"伺候"。关到他的号子里，负责起来，不会出问题。新所长来了，给你介绍情况，哪个犯人有什么问题，都告诉你。一个院子几个号房的几十号犯人都能压住，发挥的作用相当于一个民警。像这样的积极因素就应利用。但利用也必须是在严格的管理之下，犯罪严重的不能利用，"牢头狱霸"不能用，没有管人能力的也不行。利用犯人，要多观察他们，发现他们欺负犯人，绝不允许。动员里边的人揭发讨论，人人发言。换人，还是怎么办？有人不敢说话就有问题，单独叫出来谈话了解。一个监室十几个人都谈，挨个叫出来。他们跟你说了什么，就敢在会上讲了。因为你都找了，他们不会猜到这个问题是谁反映的。得保护他们，防止打击报复，他们才敢说。

管教就是每天给他们处理矛盾。人与人相处是一门艺术。互不相识的人关在一个号子里。在社会上，惹不起躲得起。进来了，惹不起也躲不起。这就是民警要解决的问题，让他们互相理解，多沟通，和睦相处，形成一个团结的氛围。但这个氛围必须遵守监规，不是让他们搞成团团伙伙。管教的方法多，还得灵活，才能应对这些形形色色的人。

王军合，66岁，河北人，1982年转业，分配到看守所，先是当管教兼狱医，后来当副所长、指导员，一干就是20多年。退休多年了，可回忆起当年，老王仍有一股燕赵之士的英雄豪气。

看守所工作风险大，是我的第一个体会。我大概记得，这些年来，看守所的民警受处分的有10多个，几乎每年都有。他们受处分，故意的像通风报信的也有，但比较少，大部分是过失。这足以说明在这个地方工作的高风险。不注意，你就是工作了，有时也会受处分。公安部好像有一个统计，看守所民警患心脏病的比较多。这就可以说明问题。

每天工作就是稳定犯人们的情绪。办案单位提审能稳定他们的情绪，但这个稳定，不是矛盾一提审就解决了，不是这个，主要是他的案子。平时案子上的问题他想不通，咱们有的解释不了，分析不了那么深。他案件上想不通，就给咱们监管带来问题。办案单位提审后，案子上他心里有数了。回来，你看吧，精神状态就不一样。走路、说话都有精神了。可里边的矛盾，还得咱们解决。

我问年轻的民警，如何管住犯人？管犯人需要几个要件？得有武装看押，依法办事，公平管理，树立良好的个人形象，这是几条了？可是有了这几条还不行。他不一定听你的。"我要穿上警服比你强。""你管我，我还想管你呢。"他当然不敢这么说。这是一种心理状态。他不服你。看守所工作必须有团队精神。和办案单位不一样，他搞的案别人不能插手。看守所24小时监管，没有团队精神不行。可是进入工作状态，你还必须有点个人英雄主义，否则你还是压不住他。里边的人自觉改造的也有，遵守监规，争取从宽处理。但对立情绪相当大的也不少，有的对社会不满，有的对给他的处理接受不了，他就把这个情绪发泄到民警身上。按照上级要求，按照规定应该做的都做到了，可你还是管不住他。"你是一条龙，给我盘起来；你是一只虎，给我卧着。有什么能耐，出去以后再说。这不是你发威的地方。"这是对"人尖""人的精华"说的。"你有什么本事，冲我来。"对一般的犯人不用这么说。不这样，你压不住他。你迁就他，他小看你，你下一步的工作没法干。

干看守所的工作，你怕得罪人不行。你不能跟他讲感情，你也无法跟他沟通。你跟他沟通，他要你办事，你办不办？不办，他不买你的账；办，你犯错误。所以你不能跟他沟通。我的体会是，凡是能维人（让人感谢）的地方，也能得罪人。能得罪人的地方，也能维人。唯独看守所只有得罪人，不能维人。没有一股不怕得罪人的劲，干不好看守所的监管工作。

在这工作，你还必须勇于担当。有的进来，想不通，从好人一下变成坏人了。不想吃饭，缓冲一下，也可以。"几进宫"的就不一样了。进来吃得好，睡得好。不吃饭，是装。他不说绝食，说有病，不能吃。先给点药，不行，就领出去，到医院去。他家里花钱。看守所是最能体现人权的地方，不能出问题。再不行，怎么办？做思想工作呗。可这些人……那就灌吧。平时就准备着奶粉。灌就有责任，可你不能不做。

一个寿阳的，20来岁。一天，突然肚子痛。我一看，疝气嵌顿，会剧烈疼痛，如不及时处理非常危险。得先疝囊结扎，再腹股沟管后壁修补。必须马上手术。向所长汇报，一边跟附近的铁十七局医院联系，让人家做手术前的准备，一边通知办案单位联系家属。通知了，可家属没来。怎么办？只好先手术。谁签字？还得我签，我监区的人。手术快完了，他父亲来了，才让补签。你不能等，等或许就出问题。

一个犯人，犯的什么罪，盗窃？忘了，反正不是什么太严重的。关了几天，有病，慢性肾炎，人消瘦得厉害。我找所长反映，说不能关了。过了几天，没动静，又跟领导说，死了，咋办？得赶快让出去。现在回想，我才意识到当时人们怀疑的目光：这家伙，是不是跟这个犯人有什么关系？或是得了什么好处？可当时我根本顾不上这些，就是眼看着不行了。那时，病情检查，也不像现在，有好多项，化验也没有现在详细，就是凭临床经验。我在部队，两年卫生员，上军医学校两年，回来在69军第207师师部医院当助理军医5年，军医5年。从部队回来，头脑比较简单，就是考虑工作。一再跟领导说，总算把人弄出去了。过了一个月，所长问我，那个犯人的病就那么厉害了？我说是。所长说，既然厉害，你怎么不早说？以后遇到这种情况早点说。原来，出去不久，死了。

咱一个普通民警，以前说话没人理。这下好了，以后，我说话可管用了。呵呵呵。从警20多年，就做了这么一件光彩事。

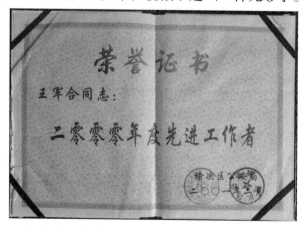

王军合的2000年度先进工作者荣誉证书

郭双保，1990年从部队转业回来，在看守所工作了十四五年。老郭认为，从事监管工作的都是优秀民警。

思想不健康，品德不好，爱占小便宜的人不能干。监管岗位上的腐蚀反腐蚀斗争，表面上看不出来，其实有时候非常激烈。今天是干部，明天可能就是犯人。拉拢干部，通风报信，不优秀你就经不住考验，就干不下去，就要犯错误。平时嘻嘻哈哈可以，但工作必须头脑清醒。我们都生活在社会上，难免会遇到人情世故。里边人的家属通过各种关系找来了，小恩小惠，想见犯人，或给里边送东西。你怎么办？监管工作在很大程度上是凭良心，没人能把你监督得面面俱到，密不透风。简单拒绝不好，熟人面子上过不去，你就得有办法。告诉他，在里边挺好的，不会挨打，安心等待。其他的不行，因为有制度。办事绝对不行。答应，你就会受害犯错误。心存侥幸就倒霉。"家盗不犯是次数少"。这里犯错误太容易了。管理民警，一方面是教育，而更重要的是自我约束。所以，监管民警都是优秀的。

我们有一个兢兢业业的民警老王，工作认真，一切按规定办事，人称"王规定"，老王的老伴在环卫处工作，用的清洁车，老是被人扎破胎，就是出来的人干的，报复老王。老王明知却不去处置他，而是扎一次，就自己补一次，扎一次，补一次。这样竟把那个偷偷扎他老伴车胎的感动了。一次，在车子前丢下十块钱，再也不扎了。我们的民警以这样的方式继续教育着出来的人。

郑瑞才，78岁。1983年至1998年在看守所。先是当管教，后又兼管总务。按制度办事，手续完备，对犯人要管教结合是老郑的工作体会。

那时困难。犯人一天8毛钱的费用，柴米油盐都在里边了。还得给解决囚衣。冬天的棉花、布，还有夏天的，送到日化厂去做。剩下的，人家还给退回来。铺盖是他们自己带，所里也准备一点，特殊困难的，也不能让没盖的。可得精打细算。太穷。到了1990年，伙食费涨到一天一块钱，可买回玉米连磨面的钱都没有。犯人拉出去，赊账，磨回面来。一个月31块钱，哪够？我们是到处要吃的。到农村，买人家的毛菜，就是从地里砍下来的，连菜叶子，不论好赖，直接上秤，卖给我们。便宜。或是人家地里不要了的，我们拉回来。我们有一个 130 卡车,一车能拉 2000 多斤。土豆,一毛多,两毛多,一年和一年的不一样。最便宜的一年好像是 1988 年、1989 年,几分钱一斤。城里蔬菜门市部,人家卖剩下的菜帮子,处理给我们。我们也自己种菜,留所的进行生产劳动。

就是这样,在我手里他们也是幸运的。犯人的伙食是多少花多少,必须清清楚楚,手续严格。买东西,柴米油盐,炊事员验收,在发票上签字,我签字,所长监督也签字。手续俱全,交到会计那里。以前,我在财贸上工作,到农村搞运动,讲的是"别看你现在闹得欢,小心将来拉清单"。经济问题,手续必须清清楚楚,不能胡来。不能在犯人身上捞油水。

伙食就那么多,可我还是尽量想办法给他们调剂,最起码让他们能吃饱。现在你问,20 世纪 80 年代住过的人,有记忆的,会告诉你他在里边的处境。前几年,在商贸城碰见一个,做生意,跟给他干活的人说:"郑干事,对得住人。"

20 世纪 90 年代就好多了,过年,能杀五六头猪。从初一到十五,基本上都改善,有丸子汤,过油肉。哪个看守所能吃上?恐怕我们是山西第一家。平时,一个星期改善一顿,有时两顿。饺子,一人一斤白面,就发下去了。馅子,比有的饭店的都好。投劳,往太原东太堡砖厂送,县看也送。去了,他们的犯人"风皮瓜瘦的"(老郑说了一句他四川家乡话。意为人瘦,不健康)。一个,瘦的,看他,一根指头能把他虬倒。就咱们的犯人面色好。

我还管着号子。七八个民警,管着二三百人,经常白天黑夜忙得下不了班。

犯人捣鬼劲大,稍不注意就把你弄进去。具体的?也不好说。比如,知道你值班,在监区转。这个号房报告,他那有事了。你刚去处理了,又一个号房也报告,也有事了,让你一刻也不得安宁。他们放风的时候就商量好了。对付你,捉弄人。他知道,一报告,你就得去处理。

我的体会是,对犯人,不能打。刚来,没经验。见一个副所长,动不动拿警棍敲,还以为是经验。后来,觉得不对。对他们,光管,不行。打,更不能。你得以理服人,教育他。了解他们的心理,知道他们心里想什么，生活上关心他们。这样，起码在你面前就少捣鬼。你要和他弄成敌对，他专门捣乱，捉弄你。管理好了，头铺就能做好多工作。里边有了问题，他们自己就解决了。确实该严管的，戴铐子，也得让他心服口服。

收审所打死过收审人员，我在看守所十几年，没有死过犯人。有的就是想死也没有让她死了。

一个女犯，把她的一对儿女杀了，在里边绝食。做她的工作：不要这样，要爱惜自己的生命。可是不听。不听，也不能真的让饿死了。只好给她灌食，灌糊糊，里边加了奶、糖。我不会，全靠王军合，费了多大劲。最高法来复核，本来有点原因，死不了。可她一心要死，要求判死刑。枪毙前说，你们终究还是把我的命留下了。意思是没有让她绝食死了。最后，出所时，高声对民警说："这辈子报答不了你们了。下辈子我变鸡给你们家下蛋去呀。"不管怎样，对任何犯人，我们都得把自己的工作做到家。

监所科一个老科长每天进去，犯人们愿意和他谈话，对民警的情况一清二楚。另外两个检察干部也认真，就是话少，不善于跟人们交流，发现问题也不吭气，好像有顾虑，怕得罪民警似的。干你们这个工作，这不是优点。老科长发现问题了，不管你高不高兴，接不接受，给你说出来。监督就应该丁是丁，卯是卯，否则就失去你们驻所的意义了。可就是说也是些，今天的馒头小了，菜没有洗干净，犯人反映有碜。有时说，（玉米面）发糕怎么这么点大？其实，是大师傅的手艺，面没有发起来。见有的犯人咳咳咳，督促，怎么不领上去检查一下。而真正对看守所的财务问题，又基本不过问。

人管人管不住人，应该用制度管人。管犯人，管民警，都得用制度。

我爱动脑筋，看到问题进行分析。不要一看到问题就是批评，不想解决的办法。问题在哪？怎么解决？看守所封闭，更应该建立一套完整的制度。检察院的监督，应该发挥更大的作用。

1991 年，郑瑞才在看守所工作中成绩显著，被评为先进工作者

民警的素质在不断提高 1987 年 10 月，上级要求看守所民警掌握的应知应会标准有：

1. 应知：

（1）知宪法、刑法、刑诉法、民法通则和治安管理处罚条例及看守所工作制度的基本内容；

（2）知监室押犯人数、姓名、案由、主要案情，重点押犯思想动态及家庭情况；

（3）知收押、押解、提审人犯和带领押犯放风、放茅、劳动、洗澡、会见家属和辩护人等项活动的注意事项；

（4）知建立人犯档案和材料积累工作的具体要求；

（5）知耳目选建的条件、培养考察方法和各项审批制度；

（6）知文明管理的具体要求；

（7）知人犯在押期间享有的申诉、控告、检举揭发等正当权利；

（8）知对押犯来往信件和物品进行检查的有关规定和要求。

2. 应会：

（1）会按照监所的管理规章制度，在人犯收押、提审、出监等方面履行各项法律手续；

（2）会对人犯提出的正当权利要求，给予妥善解决；

（3）会按要求配合审讯、审判，掌握在押犯的思想表现及动向，及时准确地反映情况；

（4）会按照规定物色耳目，做到能管理会使用；

（5）会按要求组织押犯学习，开展各种有益于押犯改造的活动和坦白检举活动；

（6）会根据有关法律制度规定和领导要求，处理监室出现的闹监、逃跑、行凶、自杀等事故和事故苗头，并能迅速查清情况，提出处理意见，落实安全防范措施；

（7）会使用枪支、戒具。

随着社会形势的发展，当初看来很不错的安宁看守所不适应实际需要了。2000年，晋中市公安局榆次区分局在新付村修建了新看守所。2005年4月，按照公安体制改革的要求，榆次区看守所上划晋中市公安局，更名为晋中市看守所，在新付村的看守所就成了榆次最后的一所看守所。

晋中市看守所

晋中市看守所位于榆次区新付村。

新付村源于东、西付村。1995年"172"国库建设占用东付村土地后，东付村并入西付村并起新名"新付"，位于榆次城东北2公里的环城东路东侧，为榆次一丘陵村庄。远在唐宋，村南浅沟即有驿道。后至明清，京陕官道穿村而过。合并为新付村后交通更加便利。1999年新建的连接108国道、榆次城区、太旧高速公路和榆盂公路的环城东路依傍村西而过，把新付与外界连成一体。

新付村看守所，建于2000年，2003年5月启用。当时正值"非典"时期，省公安厅文件通知，全省看守所封闭管理，从5月8日到6月8日停止提审一个月。当时，笔者还在公诉科当科长，上来联系提审工作，负责工程的公安局领导邀我们参观新建的看守所。据介绍，看守所占地2万平方米，建筑面积600平方米，监室使用面积1386平方米，共8个监区，其中，7个未决犯监区（即大监区，普通号房），1个留所服刑监区（即"劳动号"房）。每个监区1个民警值班室，5个监室。每个监室的通铺宽2米，地面宽1.1米，室内长7.5米，约

23.3 平方米。每个监室关押 12 人，每个监区可关押 60 人，全所设计关押 480 人。

张利生原来在晋中市公安局当监管支队长，榆次区看守所上划后，市局加强市看工作，张利生就当了晋中市看守所的第一任所长。

张利生说："我刚到市看时在押人员 300 多人，民警 20 多名。我跟民警讲，看守所关押的跟住了监狱的不一样。住了监狱，他的思想就稳定了，就考虑怎样挣分减刑了。留所的也是，思想很简单，就是每个月会见，熬日子，到期回家。而一般在押人员案子没结，将面临怎样的处罚他心里没底，心里没底是人最难的时候。人难的时候他的思想就不稳，思想不稳就容易出问题。而且看守所发生问题，有的是你考虑不到的，像有的想不开，自杀，管教民警就有责任，就像一堵墙倒塌，正好砸到从墙下路过的你。这就要多注意在押人员平时的表现，从正常中发现异常。我们的管理方法也很单纯，像监狱，表现好的可以减刑，而看守所，杀人犯表现好，你也不能免他死，刺头，你也不能加他的刑①。在里边待得时间长的，无形中会滋长一种情绪，千方百计当'班长'。'牢头'是自然形成的。庙里的和尚，是他们的心理。对这些人必须打压，该严管的严管。但主要还是靠做思想工作。一年平平安安下来，看守所高兴，驻所检察室也高兴。很不容易。"

程建平，54 岁，1987 年大学毕业后进入公安机关。从警 30 年，从事过刑警、经侦、派出所、治安、内保、户籍等工作，又曾在县局办公室主任、政治部主任、纪检书记、督察长四职一肩挑。2013 年 6 月至 2017 年任晋中市看守所所长。程所黑红脸，大眼睛，快人快语，待人热情。介绍工作言简意赅，直奔主题，颇具老公安的干练直爽：

"我虽然没从事过看守所的监管工作，可我是从基层一步一步走过来的，知道基层民警们想什么。看守所的年轻民警多，现在全所 40 名民警，年轻民警占到一半以上。年轻人总想干点事，发挥自己的才能，那我就要为他们创造想干工作，愿意干工作，能干工作的环境

---

① 现在，看守所也开始对在押人员在羁押期间的表现实行计分考核，将羁押期间的表现分折算成考核分，看守所、驻所检察室签署意见，投劳时带到监狱。看守所对在押人员管理就有了更有效的奖惩措施。

和氛围。监管工作规矩多，看守所工作特殊，我们必须严格按照公安部及上级的要求来工作。同时，我又让大家'八仙过海'。管理上，各监区有什么好方法，让他们'各显神通'。这样监区长们、每个民警就都有了发挥自己才能的用武之地，每个人的工作积极性就都调动起来了。如今，一监区注重人性化，二监区强调纪律，三监区多做思想工作，四监区营造良好的管理氛围，五监区（'劳动号'）管理注意自始至终，六监区注意发现苗头性问题，女监区管理细致。大家唯恐落后，都想着怎么把监区搞好，把自己的工作做好。这样看守所的工作就做好了。

"年轻人想进步是正常的。开会我跟民警们说，进步了还是没进步，我说了算，更是你们自己说了算。这个你们不用考虑，你们就考虑怎么把工作搞好就行了。搞好工作了，你的进步自然就来了。如果想其他办法，在我这根本行不通。这样就又把大家的心思都调动到怎样搞好工作上来了。

"大家愿意跟我干工作？那得看你这个所长怎么当。工作是民警们干，你就得为大家撑起干工作的腰来。2015 年，我们里边有一个猝死的。处理后，我在全所大会上表扬监区的民警。怎么，有猝死的还表扬？对，我们的民警尽职尽责了，不能因为发生了猝死就批评就追责，当所长的就应该有这个担当。

"我们做监管工作，难免有人找。我跟民警讲，咱们的工作在很大程度上靠自觉。大家切不可拿自己的政治生命换蝇头小利。如果有人找，你不好意思，那好，你们就推到我这来。得罪人的事我来做。

"我怎么应对？有人找来了，他的什么人关进来了，让照顾一下，不要让在里边挨了打，受了治。我说，这你放心，我是看守所最大的官。这里我说了算，我要照顾谁，谁敢欺负？（程所说到这，冲我嘿嘿一笑，意思是，看我够牛的吧）你就放心吧。至于东西，就不要留了。咱们是老同学，老乡，或是你看，咱们在一起工作过，你还信不过我？好。这样把来人送走了。其实，就是 500 个在押人员的家属来找，我也是这个态度。我有责任、有义务照顾好每一个在押人员，让他们在里边不被打骂，不受治。让他们吃饱吃热吃熟吃得卫生。

"怎么做到？我刚来，一次外出开会。一个县看的所长说，他们的人贫血、低血糖的比较多。这明显是营养不足。这个信息引起我的重视。吃不饱容易生病，还会滋生'牢头狱霸'。吃饱的问题关系着他们的身体健康，关系着监区的安全稳定。我们不能等问题发生了再解决。我和政委、几位副所长统一思想，与其营养不足生了病看病花钱，不如平时就补贴他们，让他们吃好，不生病。生产是一方面，但不能单靠生产。我们就加大补贴，把问题解决在前边了。

"看守所不仅仅是看守送走，更要通过监管让在押人员从内心认识到自己的罪错。这是一个高于一般强制监管的境界。我跟民警们说，他怀着怨气进来，又带着怨气出去，不是我们的管教目的。他从思想上发自内心认识到自己的罪错了，才能避免再次犯罪。为此，我给里边买了好多书，法律方面的、社会主义核心价值观方面的，还适当地买了些弟子规等国学方面的。里边是一个封闭的环境，进来正好静下心来认真思考自己的问题。现在里边的'学习委员'是真正的学习委员了，就是组织里边的人学习。有的在押人员跟我说，世上没有后悔药，可通过反思认识到，这里给了他一个吃后悔药的地方，出去以后决不会再犯罪了。他有了这样的自觉，你看这是怎样的管教效果？

"你问我当所长三年多，最大的感受是什么？看守所环境封闭，工作单调枯燥，而工作的压力和责任却特别大，说实话，不是一个一开始就能让人喜欢上的工作。但是我也体会到了其中的快乐。当收到在押人员家属的感谢信，当看到他们悔过自新，怀着感激的心情离开看守所，我感到了在这里工作在这里付出的意义。"

2021年12月30日，作者到晋中市看守所核实书稿的有关内容。

一进大门，进出看守所院子的那条环形路已重新硬化了柏油路，路面平展，交通标线醒目。虽是仲冬季节，看守所的花园里一片萧条，可湛蓝蓝天空上的、高高的太阳把看守所的整个院子照射得晴朗朗的。忙碌的所长张玉柱正好要进监区给在押人员上法治课，我们见面后，就由副所长王林森带我上楼。楼下，不见一个在外边等待会见的律师。现在会见，都通过手机预约，不会出现有律师占着会见室就得等的情况了。提审区一溜讯问室，静静的没有一个提审的。疫情期间，大部分通过视频进行。法院开庭、家属会见也是。楼道洁白的墙壁上是教育整顿成果和警营文化。跟王所我们是老熟人了，到他办公室，王所就径直谈起看守所现在的变化：

一是完全取消了"代购点"，不再有特殊消费。这就消除了经济条件好的在押人员享受特殊待遇，在监区逞强的基础。二是在押人员用餐一律一人一盒盒饭，监室取消了"头铺""跑号的"等称谓，里边由每个在押人员轮流管理。这就铲除了滋生"牢头狱霸"的土壤。三是民警上班通过 AB 门时，有专人负责对所带物品进行检查，工作期间不许出大门。这样就彻底解决了民警"捎买带"问题。民警上班就是上班，一心一意，干干净净。

对制度带来的这些变化，让在看守所工作了近 30 年的王所不禁兴奋地说："变化可谓前所未有。现在民警们的精神面貌一新。你看他脸上的笑容变得生动了，说话也直截了当了。心里没有了别的想法，思想轻松了，表露在了他的脸上。在押人员也是。以前谈话，叫出来你看他的精神，总是紧紧张张的，那眼神低眉鼠眼怪怪的。里边控制了他，他就精神紧张。问什么，也是没有，挺好的。实际上是不敢说。而现在，叫出来，他能抬起头来，平等平和地跟民警说话。情绪很稳定。这，不用问，就知道，里边没问题。民警的管理也就更人性化了。良好的管理，严密的制度带来的是真正的文明和谐规范稳定安全的效果。我们的工作真的是越来越规范，越来越好了。"

2011 年至 2012 年的时候，由中都北路往北到与文苑街十字路口向东上环城东路，北行约二三公里，从路西的一个小岔口进去，若是在夏天，绿树掩映，到了近前才可以看见岔路口有一个上写"新付村"的小牌子；若是在冬天，周围一片荒凉，远远看去，前边这座三四层的楼房，后边高高的围墙，围墙上有电网的建筑就显得很突出。

从岔路口进来是一段简易柏油路，路南是庄稼地，快进路北的大门时，是看守所的配电室。进了大门，前边一个一人来高东西十来米长的彩釉砖影壁，上边镶嵌着"晋中市看守所"几个大字。

进了院子，东边是锅炉房。再往前是看守所的"花果园"，里边种了杏树、桃树、梨树、苹果树，还有葡萄。每当夏天，绿荫浓浓，果实累累。西边是武警菜地和训练场。

影壁后，两边柏油路，中间圈了一块绿地，进出看守所的车辆环绕而行。柏油路北，是坐北朝南的办公楼，共三层，可中间的主楼比两边高出一层。西边是武警中队营房区。东边是看守所的办公楼。楼前外院，东边一溜预制板平房，七八间，是监管卫生所。看守所、拘留所、戒毒所的在押人员出入所健康检查，就在这里。门外墙上还挂着"民警心理健康服务中心"和"心理危机预防和干预工作组"两块牌子。

一层楼门口，挂着"晋中市人民检察院驻晋中市看守所检察室"的铝合金牌。进了楼，左拐，一个楼门进去，一溜 7 间房，从东向西分别是，家属会见室、律师会见室和 5 个讯问室。二层，是所长、政委办公室，再往里是卫生所所长办公室。三层一上来，是驻所检察官接待室，西边一间是主任办公室。往里，是民警休息室。

接待室也是一个两间的大办公室。西北墙角，立一个文件柜，里边是检察室的工作资料。靠西墙，对摆着两个大办公桌。南边靠窗，放一张木床。东墙上是按照最高检统一格式制作的人民检察院看守所检察工作制度图板。下边靠墙一个简易电脑桌，桌上电脑里有看守所关押的所有在押人员的基本信息。检察系统里的信息是到下边"阳光工作室"抄看守所系统里的，然后上来，输入电脑。北墙上，两个窗户，可以俯视整个监区。

主楼中间，从二层伸出一个大檐廊，下面三根大柱子。一楼正厅就是看守所办理日常业务的接待大厅——阳光工作室。进去，当地摆两套简易桌椅，来提审的办案人员，来会见的在押人员的近亲属、律师以及其他来办事的人，可以坐下来休息或等待。正面工作台，里边的工作人员时常忙碌。看守所办理出入所登记及其他业务就在这里。里边墙上是监督台，有看守所所有民警的照片，下边写着他们的职务和编号。

从"阳光工作室"出来，东边是一个可以进出大汽车的大黑铁门，进去就是监区。大黑铁门挨过去，就是民警日常进出监区的 AB 门的 A 门值班室，里边 24 小时有民警值班。出了 A 门进 B 门。

出了 B 门，就是看守所的里院。对面一排北房，西是会议室和内值班室，东是食堂和厨房。食堂和厨房对面的几间南房，是储藏室和给在押人员做饭的操作间。

北房中间一个白天常敞开着的门，从这个门进去就是监区。一进监区的过道西面是内值班室。内值班室对面，是入所人员体表检查室。

那时，启用着6个监区，东4西2。每个监区的铁门常关着。若要进去，就拍门上的钢筋门闩。里边听到，会有人来开门。这个人一般是每个监区的"跑号的"。

进了监区，第一间是民警值班室。值班室过去，是挨着的5个监室，第一个是过渡监室，第二个是未成年人监室，往里依次是第三、四、五监室。监室的铁门上，有一个小四方口，是民警观察孔。民警巡视不需要进监室，通过观察孔就可以观察到里边的情况。

监区与监墙四周之间有一条二三米宽的通道，这是民警们饭后可以活动一下的地方，绕着走几圈。

出了看守所大门，向西，就完全是土路，两边庄稼地。一直出去，是新修的中都北路。往南到了聂村村口，才有公交车站牌。作者曾多次骑自行车从这里上来，得45分钟，也曾从这里走回去，得1小时40分钟。

昔日晋中市看守所大门外一瞥

2014年，看守所的门前修通了宽敞的文华东街，已不是那时的情形了。

　　昔日设计与建造均超前的新付村看守所，如今也不适应形势发展的需要了。离城 30 里的李坊村西侧，2020 年 3 月 1 日开工的新晋中市看守所正如期建设中，总建筑面积为 33584.10 m²，设计关押 1200 人。笔者相信，晋中市看守所的明天像正盛开着的桃花一样，各项工作一定会更加灿烂美好。

附　录

1. 驻所诗二首

驻所检察官[①]

有一种检察官，
人们一般不了解他。
常年驻在看守所，
为住在里边的人说话，
有时还惹得被监督者讨厌，
他也感到很无奈。

可高墙里也需要和谐，
铁栅栏也要有温度。
他就是一缕阳光，
让住在里边的人感到温暖。

在监区冷清的通道上，
常常走来他那缓慢而踏实的脚步。
监所的安全，
高墙里边人的平安，
社会的公平正义，
一样在这里体现，
这就是他的心愿。

[①]　本诗载于《山西检察周刊》，2017 年 5 月 13 日，第 13 版。

驻所检察官的一天

如东边准时升起的太阳，
像田间如约吹来的春风。
那个钟点便传来你稳健的脚步声，
人们便看到你修长、不知疲倦的身影。
"你好。"
那一身检察蓝通过了几重铁门，
迎来民警的一声问候。
"你好。"
回应一声是应有的礼貌。
先了解生病在押人员昨天的情形：
"晚上睡得咋样？血压多少？"
该提醒的就得多提醒。

"那个'心脏病'已定期'发作'了七次，
还一直嘟嘟囔囔。"
对玩赖的，
民警似乎有点无奈。
"告诉他，
这不是他与小三幽会的地方，
以为玩这'小把戏'就能出去。"
做思想工作你得看对象。

"那几个羁押快到期的还得提醒。"
"晓得啦，认真的检察官。"
外值班室的民警玩了一个小贫嘴，
是那个快嘴姑娘。

"请坐。现在你还不能见你儿。

我们保证，里边不打不骂更不会饿不着他。"
可怜兮兮的老农要见被刑拘了的小儿，
跟群众说话可不能打官腔。

下午，在办公室梳理一天的工作，
收押、出所、提审、会见，总计多少，
写日志是一天工作的最后一项。
有时间了还一定要学习一会，
要不，就是工作着你也会跟不上趟。

从里边出来，
红了一天的太阳已经偏西，
让余晖抹去一天的疲惫，
365 天都是这样。

（写于 2019 年 2 月）

2. 浅谈驻所检察谈话应把握的时机①

　　找在押人员谈话，是驻所检察的一项日常工作。谈话应注意谈话的时机，在适当的时机谈话，才能了解在押人员的思想动态，发现问题，及时提出检察建议，消除可能发生的监管事故，取得好的谈话效果。笔者在实际工作中体会到，下列情形是找在押人员谈话的适当时机：

　　1. 在押人员新入所时。无论是被拘留的还是被逮捕的，也不论他们触犯法律的事实是什么，他们初进看守所总会有一种进去以后不知将会面临怎样的情形的恐惧或害怕心理。他们刚入所，监管民警已向他们宣布了监管制度，这时候找他们谈话，主要是告知他们检察机关

---

　　① 本文载于《山西检察》2011 年第 6 期。

驻所检察的职责，他们享有的权利，受到侵害时可及时约见检察官，来消除他们的紧张心理，为以后的监管打好基础。

2. 在押人员生病时。生病容易使人生悲，更何况处于看守所这样的特殊环境。生病不符合取保候审、监视居住或保外就医的，除监督督促看守所积极医治、生活上照顾外，这时的谈话就要多给予人文关怀，尽量减少或消除其悲情。

3. 在押人员的家事发生变化时。有的在押人员被羁押时，正遇亲人生病，或家人下岗，或孩子升学，或夫妻不和等情形。在押人员入所后，对这些变化会更加牵挂。这时谈话，可以向其适当通报家人的好消息，鼓励其积极配合司法机关的工作，争取早日回归社会。对不好的消息，就要多劝其顺变节制，不可再有不好的行为，加重家庭变故的裂痕。

4. 诉讼阶段发生变化时。对尚未判决的在押人员来说，一般都希望早点开庭，获得一个确定的判决。但是在诉讼的各个阶段，总会有各种因素使诉讼期限延长，如一案几人，其中一名犯罪嫌疑人的事实不清，就会导致全案退补，延长侦查期限；对一名犯罪嫌疑人进行精神病司法鉴定，就会延长同案其他犯罪嫌疑人的羁押期限；一人上诉，就会使全案进入二审；等等。这就很容易使交代了犯罪事实，或想尽快结束诉讼的在押人员烦躁。这时的谈话，应主要给他们讲刑事诉讼程序的规定，诉讼程序的必要延长，也是为了查清事实，公正地对待每一名犯罪嫌疑人，来消除他们的烦躁心理。

5. 在押人员调了监室后。监室里有的在押人员可能会受到其他在押人员的欺负，或是没有处理好人际关系与同监室的人发生矛盾，导致调整监室。调整监室后，他们的居住环境有了变化，这时找他们谈话，其顾忌就会减少，说出原监室的问题，这就便于我们掌握监室动态。

6. 在押人员报告要求谈话时。既然在押人员主动报告要求谈话，想必是他有了急于报告的真情，或他的思想有了什么变化。不可漠然视之。

7. 在押人员闹情绪，甚至是发生自伤自残情形时。有的在押人员特别是女性或未成年在押人员，心理承受能力差，难以尽快适应羁押生活，可能出现闹情绪、装病，甚至是发生自伤自残等情形。他们有的是因为怕完不成生产任务，有的是不了解法律，害怕自己被判得重了。这时的谈话，就要注意了解他们闹情绪的思想根源，尽量为他们解决一些实际问题，例如，提醒民警根据在押人员的技能体能来适量安排在押人员的生产任务，有时还应给他们解释法律规定，来平复他们的情绪。

8. 违犯监规被适用禁闭措施后。有的在押人员违犯监规是因为一时的情绪激动。被禁闭后，其情绪平静下来就会产生后悔心理。这时找他谈话可以消除他的对立情绪，教育其记取教训，不可再犯。

9. 在押人员提出控告、举报、申诉或提交自首、检举和揭发犯罪线索等材料之后。他们提出这些材料，总是希望司法机关能尽快给予答复，有一个他们所希望的结果。认真对待他们提出的这些材料，是维护在押人员合法权益和体现司法公正的要求。这时与他们谈话，就要把查证属实，或是转办，或是不符合法律规定的审查情况向他们解释清楚，既肯定他们维护自身合法权益和愿意立功的表现，又不要使他们因检举揭发或立功无果反而产生悲情。

10. 发现在押人员的言行突然乖戾时。在押人员有的话多，有的话少，有的好动，有的安静。驻所检察人员在日常的监区监室巡查中如果发现言少的话多了，或好说的话少了，性格外向的沉默了，好静的活跃起来了，就要引起重视。这些异常言行中或许就隐含着不稳定的因素。这就要求我们注意观察他们的神态是否紧张，行迹是否鬼祟。找他们谈话，要尽量让他们谈近期的思想，从中发现问题，我们就可以对症解决，防止突发事件。

11. 办案单位反映在押人员口供发生了重大变化时。出现这种情况，或许是在押人员的思想发生了变化，或许是发生了通风报信的问题。这时找他们谈话，可以听为主，主要让他们谈对自己案件的认识。他们即使不肯说出真情，也可以提醒我们多加注意，防止监管漏洞。

12. 在押人员出所时。无论是投劳、改变强制措施，或刑满释放，在押人员终于脱离看守所，客观境遇大变，没有了对其他在押人员或监管民警的顾忌，这时可以主动向他们征询监管民警的执法情况，争取让他们说出监室或看守所监管工作中存在的问题。这个谈话机会，不可错过。

13. 在押人员被刑讯逼供，或被监管民警殴打、体罚虐待后。这种情况虽然不多，但情况发生后，还是应该主动找他们谈话，向他们说明对违法违纪民警的处理，同时也要消除他们的对立情绪，配合监管，防止发生其他事故。

14. 监管民警提醒我们找某个在押人员谈话时。有时监管民警会提醒检察官与某个在押人员谈话。这种情况往往是他们发现了我们未发现的问题，或他们谈话效果不好，需要我们一同解决。对这种情形应当引起重视。

15. 前次谈话以后一段时间。谈过一次话之后，大部分在押人员都会有所表现，思想趋于稳定，行为也会表现正常。可也有的谈一次话并不能解决问题。这就要注意谈话以后他们的表现，必要时再进行谈话了解，把谈话的效果体现出来。

16. 有人说情时。在当地有社会关系的在押人员可能会抱有幻想，想着什么关系会来帮助他减轻处罚，他们进来一段时间就会发生波动。有人说情，我们正好可以据此分析他的思想动态。这时找他们谈话，就可以有针对性地打消他们的侥幸心理，教育他们认识自己的犯罪行为，积极配合办案单位的工作，才是早日回归社会的正确出路。

要减少或杜绝看守所监管中的事故，完备的监管硬件设施、严密的防范措施，都很重要。但最根本的还是从思想上消除事故隐患。找在押人员谈话，像对待普通人一样，尊重他们的人格，维护他们的合法权益，是了解他们思想动态的最便捷的方法。而在日常工作中做有心人，注意观察在押人员的言行，把握好谈话时机，则是了解他们思想动态的非常有效的切入点。

3.驻所检察推进社会管理创新的路径①

当前，我国正处于经济社会发展的重要战略机遇期和社会矛盾凸显期，各类错综复杂的社会矛盾不断以诉讼的形式进入司法领域，司法机关办理的各类刑事案件可以说相当一部分就是社会矛盾激化到一定程度的结果。看守所是羁押未决犯和短刑期罪犯服刑的场所，又可以说是社会矛盾的一个集散地。相对其他社会管理部门而言，看守所具有高度的封闭性，但其监管活动又与许多社会管理有着密切的联系。看守所的监管工作若有不当，不仅不能完成好自身所承担的社会管理任务，而且还影响乃至破坏其他社会管理部门已取得的社会管理成效。检察机关驻所检察室，担负着监督看守所严格执行刑罚和依法监管，保障被羁押人合法权益的重要职责，对推进社会管理创新发挥着积极作用。

一是充分保障在押人员的生命健康权，促进看守所文明监管。生命健康权是人最基本的权利。犯罪嫌疑人、被告人和短刑期留所服刑罪犯虽然在押，可他们合法的生命健康权仍应受到保护。但是由于在押，他们维护自身合法生命健康的权利自然受到一定限制，这就更为他们的亲属所牵挂。所以，驻所检察对在押人员的生命健康应给予更多的关注。通过对监区、提讯室的日常巡视，发现是否存在对在押人员刑讯逼供的情形；发现是否存在在押人员管理在押人员的情形，严防出现"牢头狱霸"现象；对在押人员实施暴力、脱逃、自杀和破坏监管秩序的行为，按照有关规定（《中华人民共和国看守所条例实施办法试行》第二十条）看守所可以使用的械具为手铐、脚镣、警绳。但严禁以械具作为刑讯和体罚的手段，严禁使用"安全床"等不符合规定的械具。驻所检察官发现有以上问题时，要及时向看守所提出纠正违法建议。对玩忽职守造成在押人员非正常死亡的，要坚决追究责任。日常检察还要注意在押人员是否吃饱吃熟吃热，吃得安全卫生；

---

① 本文载于《晋中检察》2012 年第 2 期。

检察在押人员生病是否能得到及时医治；检察在押人员的生产劳动是否影响休息；对未成年、老残、女性在押人员还应给予更多的关注，保障他们的特殊权利。通过各项日常检察工作，保障他们的身体健康，保证刑事诉讼的顺利进行，促进看守所文明监管。

二是维护在押人员的合法权益，努力保持社会关系和谐稳定。看守所在押人员虽然暂时脱离了正常的社会关系，但他们合法的经济或民事权益不应受到影响和侵害。但由于在押，他们行使经济和民事权利必然受到限制。在押期间，他们合法的经济和民事权利发生变化，如他们的住房面临拆迁，他们的债权债务到期需要及时行使权利或履行义务，婚姻发生变化等，势必会影响到在押人员的思想情绪，影响到相关人员的利益，影响到这部分社会关系的稳定。驻所检察工作应注意到这些情况，监督和支持看守所配合有关部门为他们办理有关委托、代理等法律手续，监督和支持看守所为他们办理民事诉讼手续等，维护在押人员合法的经济、民事权利，及时确定他们与有关方面不稳定的权利义务关系，进而促进社会关系的和谐稳定。

三是坚决查处监管民警违法犯罪行为，促进看守所廉洁公正执法。看守所封闭但终究是社会管理的一个特殊主体。它既是上位社会管理主体社会管理成效的下位管理单位，如公安机关拘留犯罪嫌疑人，要羁押于看守所；又是监狱、社区矫正机构等下位社会管理主体进行社会管理的上位社会管理主体，如剩余刑期一年以上的罪犯（修改后的刑诉法为剩余刑期三个月以上）判决生效后，要投劳送监狱服刑，被宣告缓刑的罪犯要由社区矫正。看守所在刑事诉讼社会管理活动中承上启下，作用非常重要。监管民警的违法犯罪行为，影响有关的刑事诉讼社会管理主体已取得的管理成效，影响社会的和谐稳定，例如，监管民警为在押人员通风报信，很可能影响案件的准确认定，影响案件的正确处理，抵消前期侦查、审查起诉机关已取得的社会管理成果，影响公众对法治的信仰；监管民警受贿为犯罪分子虚报立功材料，会影响到同案服刑人员的情绪，影响监狱的教育改造效果；等等。驻所检察官通过接待在押人员亲属，受理他们的控告、举报、申诉，通过找在押人员谈话，通过分析办案单位反映的在押人员口供发生变化的原因，获取监管民警通风报信等违法犯罪的线索和证据，坚决查处。

四是认真接待在押人员亲属来访，努力化解社会矛盾。在押人员亲属来访，有的是不了解羁押的有关规定想会见未决在押人员，有的担心在押的亲人在关押期间受到虐待，有的是询问被关押的亲人的诉讼期限；有的则是办案单位羁押通知送达不及时，亲属对办案单位的拘留或逮捕措施提出异议；等等。对他们的来访，我们首先应表示理解，不应歧视，要像接待一般来访群众那样接待他们。对他们提出的合理要求，根据法律法规应给予尽可能地帮助或解决，对不符合规定的也要耐心解释清楚，让他们相信法律，化解他们心里的疑惑，消弭因羁押可能带来的次级矛盾，促进社会和谐。

五是及时发出告知文书，不使监外执行罪犯脱管漏管。看守所在押人员有的被判处管制，宣告缓刑；刑期在一年以下的留所服刑人员，可能被裁定假释；生病符合条件的会被决定暂予监外执行。根据《刑法修正案（八）》、《刑事诉讼法》（修正）和《关于社区矫正实施办法》的规定，他们属于社区矫正人员，对他们出所后的继续管理是加强社会管理的重要环节，是社会管理创新的重要内容。检察室要及时向这些社区矫正人员居住地司法行政机关发出告知文书，详细告知他们在看守所羁押期间的具体表现、经济状况、生产技能、性格特征、心理状态、是否需要给予帮助等情况，以便社区有针对性地进行矫正。对被剥夺政治权利并在社会上服刑的罪犯，要告知公安机关。

六是召开联席会议，建立监管风险评估预警机制，及时处置监管活动中的突发、意外或个别事件。人的思想最复杂，在押人员的思想工作难做，再细的监管工作也可能百密一疏。为防止在押人员突发的自伤自杀，或伤害其他在押人员的突发事件，及时处置在押人员绝食等个别事件，根据实际情况检察室要定期或不定期地与看守所、武警部队、监管卫生所以及办案单位召开联席狱情分析会，联合建立监管风险评估预警机制，一旦有突发或个别事件发生，有应急措施及时应对，及时消除消极事件的负面影响，维护看守所监管活动的安全稳定，防止负面舆论影响社会和谐稳定。

七是对看守所社会开放活动进行监督。看守所推行对社会开放，邀请人大代表、政协委员及有关单位人员视察看守所的监管活动，是看守所监管工作的进步。这项工作对逐渐消除看守所的神秘封闭状态，消除公众对看守所执法的不信任感，促进看守所文明监管，推进社会和谐稳定很有意义，驻所检察室在其中有许多具体工作要做。驻所检察人员要监督开放工作是否在法律规定的范围内进行，防止视察人员私下串通案情，传递口信，防止开放视察活动侵犯在押人员合法权益，不使视察活动妨碍刑事诉讼的顺利进行，保障看守所社会开放和视察活动取得实际效果，对推进社会和谐稳定起到实际作用。

4."对等监督"的反思与出路①

为加强对刑事执行的法律监督，最高检要求派驻检察机构的规格与监狱、看守所对等，要求派出检察院检察长应当由与监管场所主要负责人相当级别的检察官担任。驻所检察也提出了类似要求，为的是在"官本位"观念下好开展工作。其愿望何其好，而其效果却未必。加强对监管场所的监督，"规格对等，级别相当"还远远不够。

先看"规格对等"。驻监狱检察室，现在我们基本上已经是市级院派驻了，应该说与县处级的监狱已经"平起平坐"了。可我们的监督还是乏力，而与我们一样级别的中级法院审理减刑假释案件却不存在"难"的问题，法院的减刑假释裁定书均由监狱"代劳"已不是什么秘密。监狱为什么对同样级别的机关，一个何其恭，而另一个又何其倨呢？"规格对等"才好开展工作，可以说就是一个形而上。

再看"级别相当"。我们的侦监、公诉部门办理案件，公安机关就是厅级侦查员办理的案件报捕、移送起诉，我们的侦监、公诉部门需要一个同等级别的检察官审查批捕和审查起诉吗？回答是明确的，根本不需要。还有，现在我们的派驻检察室主任都入员额了，级别可以说与监管场所主要负责人的相当了。可是我们监督被动的局面改变

---

① 本文载于"刑事执行"（微信 xszxjc），2017 年 1 月 5 日。

了吗？没有。"级别相当"才好开展工作，其实就是一个自欺。

加强对刑事执行的监督，"规格"应该对等，"职级"应该相当，但还远远不够。加强对监管场所的监督，不是我们的人员职级的问题，也不是派驻机构的规格问题，根本的是我们的派驻检察工作机制问题。派驻检察虽然对监管场所发生的职务犯罪案件有侦查权，对留所服刑罪犯或服刑人员又犯罪案件有审查逮捕、审查起诉权，但这不是派驻工作的常态或主流。对监管场所的日常监管活动进行监督才是我们的主要工作。可是，对他们的日常监管工作，我们的派驻检察没有侦监、公诉部门那样的"坐等"捕与不捕，诉与不诉就可以立即制约对方的工作机制。看守所和监狱的工作不到我们这边来，是我们去够，去跟，去了解，去获知，才能去监督。特别是，审查减刑假释，虽说副本抄送我们，可决定权不在我们。我们没有"坐等"决定提请或不予提请减刑假释的决定权，没有可以制约监管单位的工作机制，这才是我们派驻监督的被动所在。

再看我们的其他职能。刑事执行检察监督，可以说整个刑事诉讼过程都在我们的监督范围之内。监督的范围宽，按说监督的权力也应该大。可是，细想想，我们刑事执行检察的各项职能履行起来却都很被动。财产刑执行监督，社区矫正监督获得的法律文书往往滞后；去参加人家的减刑假释暂予监外执行会议，我们"人单势薄"，一次呈报减刑的人多，材料复杂，形式性审查"被同意"、走过场在所难免；羁押必要性审查、指定居住监视居住监督，需要我们去协调数个办案部门，一个"去"字，被动性尽在其中矣；强制医疗监督，决定不在我们，解除时，刑诉法又不规定报我们审查；等等。刑事执行检察的一个总特点就是，我们的职责总是在被监督对象人家的工作机制之外履行。我们的监督视角没有一项伸入到被监督对象的工作机制之中。这才是我们监督无力的要害所在。

说是监督，却往往还不知情。我们要了解，要知情，一靠自己发现，二靠人家报告。我们自己发现往往有偶然性，而人家"自揭家丑"向我们报告，又往往有选择性。深入不进去，监督自然浮皮潦草。就是监督了，可是没有刑诉法强制性保障的《检察建议》《纠正违法通知书》，就是发给人家了，我们自己也会感到底气不足。

监督必须要有刚性，既要有说"是"的权力，也要有说"不"的权力，更要掷地有声、说话管用！

刑事执行检察工作机制应当进行革命性的重建，将我们的监督触角延伸到刑事执行的运行机制当中去，对刑事执行的程序和实体，具有环节性的决定权和否定权，这才是刑事执行检察改革的出路所在。

5. 女监民警们的监管经验①

在驻女子监狱检察工作中，我了解到监狱民警工作的辛苦，看到他们兢兢业业努力工作的精神，也听女监民警们讲述了他们各自的工作经验。

王警官：对职务犯的管教，要有针对性

王警官，曾在八监区当教导员。2014年成立职务犯监区，将监管经验丰富的她调到十二监区当教导员，担当重任。

职务犯与其他服刑人员有区别。

一是她们的年龄都比较大，病也多。糖尿病、心脏病、高血压，几乎每个人都有。以前她们在习惯了的那个环境里，迎来送往，吃吃喝喝，不觉得。进来一下改变了以前的生活习惯，各种病就出来了。而且多数又正值女性生理变化期，各种疾病就多。有的还有心理问题。一个30多岁的。在单位表现很好。领导同事一致认为，好同志。她做的账，认认真真，查，根本查不出问题。可是她知道，里边的问题有多大。没查出问题来，她自己承受不住了。在家，开煤气，割手腕自杀。幸亏被家人发现。最后她自首了。进来，得了抑郁症。外出诊断，有自杀倾向，不好控制。里边自杀的东西太多了。撞铁窗。窗户上的玻璃、暖瓶，打碎了割手腕，用床单、内衣上吊，等等，防不胜防。

_____

① 本文载于"刑事执行"（微信 xszxjc），2017年10月9日。

只好服药，做思想工作。多谈话，多关心。跟她拥抱，拉钩，有问题找民警，不要采取过激行为。说得好好了。可是回到号房，其他服刑人员的一个动作，一个鄙视的眼神，就能把你不知费了多大劲做的工作一下给你毁了，就又反复了。她们有病，民警们跟着也思想压力大。

二是她们的自我保护意识更强。说话谨慎。她们都聪明，爱面子。犯了监规，说一下，就觉得挺不好意思。说一个事，也能理解接受了。不像其他犯人，说不通。可有了矛盾，不像农村犯罪的，大大咧咧，有什么一下都说出去了，都是在底下较劲，一般不会明地大吵大闹。

三是对她们的所谓素质，不能估计过高。她们有的走向社会，正常的人生教养还没有形成，就通过各种非正常途径上去了。在书记主任，或什么长的位置上，她以为呼风唤雨地玩转了一方天地。一旦脱离开那个职位，她原来还未成熟的品质就更暴露出来了。"政治上有教养的人是不会贪污受贿的。"说的正是她们。

四是普遍不能吃苦。出工，也就是从监舍出来到工房去，工房就在同一个楼道的另一个房间，坐在那做花。做一会，就腰酸了，不能干了。其他服刑人员不会。

有特点，管教她们就要有针对性。

一是生病的该看的看。有病，该外诊的，她们自己花钱，有医院的诊断，就尽量让她们外诊。身体上、生理上关心她们。

二是给她们讲一些中华优秀传统文化，促她们自省。平时我收集一些短小美文，每次值班封号前，给她们念上一篇，进行灌输。要不她们脑子里乌七八糟的东西太多，正确的东西进不去。看她们进来的言行，可知她们以前很不注意这方面的学习。现在学学，她们就很注意听。还有，她们与社会隔离了，很想知道外面的事，不要将来出去了与社会隔离得太厉害。给她们读一些养身、心理保健的小文章，她们也爱听。可是遇到矛盾，也得经常敲打一下。女人，在一个群居的环境里，小心眼，发脾气。经常说说就能避免矛盾。

三是注意培养她们的劳动意识，节约意识。生产上规定了任务，其实也是象征性的。只要去做都能完成。她们的生活账上有钱，但不能任她们花。一个月只能消费 500 元。不控制，一个月 5000 也能给你花了。她们出事，都是大手笔，赌，一次几万、十几万，出去了。涉案都是几百万，几千万。进来了，得控制她们消费。这里不是让她们享受的地方。

四是鼓励她们做好人好事。哦，是的。就像小学生。什么是好人好事？比如，站队列，发现前排同犯的领子立着，给她翻下来，就是一件好人好事。还有，晚上，睡上铺的，她的书掉下来了。睡下铺的捡起来，递给她，也是。或者，同犯有了思想问题，你给她做通了，或是自己思想上有了疙瘩，通过干部教育自己学习，解决了，也是。具体的，思想上的，都行。做好人好事和谐她们之间的关系，促使她们共同改造。

郭警官：做服刑人员思想工作，得找到心理症结

郭警官，六监区的副教导员，从事监管工作 20 年，国家二级心理师。长年的管教工作，让她说起话来有一种老师似的，看似简单，实则包含了许多道理在里边的风格。

在监舍里，服刑人员之间有矛盾。是呀，有矛盾。哪没有矛盾？更何况在监狱这样的环境里，没有矛盾就不对了。发生了矛盾，吵架，要扣分。所以她们一般不会吵。

一次，两个吵了。一个聪明的，一个脑子有点问题不聪明的。吵什么？都说"你将来嫁不出去"。我一听，就笑了，嫁得出去嫁不出去，还有很多年，现在讨论早了点。

她们没有直接利害，吵架并不表明她们有矛盾，是心里有了不高兴的事。不能盲目批评。扣分也不是目的，是手段。解决矛盾，你得找出她们表面矛盾下边的真正原因。

先叫聪明的进来，还得微笑地说，绷着脸，就对立了。你要处理我。她本来心情不好。号房人多，容易烦躁，引发心里不高兴的事。不要站那么直，来，过来，坐下来慢慢说。这才是真正的谈话，这才能打消她对你的防备心理，她才能跟你说心里话。问她，你为什么跟她吵，她不聪明。聪明的说，今天会见了。弟弟来了，跟我说，有了孩子了，却一定要离婚。我心里不好受。为什么？又一个家庭破裂了，又有孩子住监狱呀。我就是父母离婚，家里缺少温暖，到社会上去寻找，结果遇到坏人，我就住了监狱。弟弟离婚引发了她对父母的怨，这才是根本。不想让弟弟离婚，不想让弟弟的孩子成为一个可怜的人，走犯罪的路。她切身感到完整的家庭对孩子健康成长的重要。回来，她心情不好。如果给了平常，不会跟她吵。说开了，我让聪明的出去给不聪明的道歉，承认错误。一会，不聪明的过来了，承认错误。说她家里没人管，看到监舍的同犯会见，心里难受。好了，找到原因了。然后把她们都叫进来，她们当面互相道歉，没事了。

服刑人员有多方面的差异，有的自卑，像吸毒的、家庭有了问题的、没钱的、家里没人管的、外地的；有的不自卑，还自以为了不起，像本地的、长得漂亮的、有钱的、原来在外面有职务的、暴力犯厉害的、在社会上混的、黑社会的、文化高的，她们自信。有这些差异遇到点事她们的心理就不一样，就特别敏感。

C.荣格说，症结是每个人无法解决的难题、曾遭受过的挫折；也可能是你无法逃避或克服的东西，即通常的弱点所在。做她们的工作，你得找到她们的心理症结在哪里。我这样运用对不对呢？

进来了，有的总觉得判得不公。公，这个世界有吗？有完全的公吗？有一把卡尺量吗？法也不是机械。不去面对，怎么好好改造？已经进来了，没有退路，这是一个事实，不面对不行。想不通，非要跟自己较劲，不如用行动，好好干活，多挣分，早回家。这也是一个症结。

王教导员：一边拉家常，一边做服刑人员思想工作

王警官，六监区教导员，当了一辈子教导员，有丰富的管教经验。她会在不经意间，在谈笑间就把服刑人员的思想工作做通了。

一边拉家常，一边做服刑人员思想工作，她就服服帖帖的了。有时是边洗脸边跟服刑人员谈，你轻松，服刑人员也不紧张了。她本来就防着你，你却要去做她的工作，你不采取平和的态度，你不让她放松，她怎么会跟你说实话。有时你还得绕着弯子去问，才能把她真实的想法找出来，把她心里的疙瘩解开。

穿上警服，把电警棍一摆，她就紧张，就跟你对立就排斥你了。

她不把真实的想法告诉你，你也达不到教育的目的。生产上出了问题，下材料的小票划错了，可以批评，再找她谈。这段时间活多，知道你们挺累的。划错票，你也不是故意的，谁没有个粗心大意的时候。她就说呀，谁谁对她怎样，她就专门划错。她自己就承认了，还用你去训她。

当然。人各种各样的都有，更何况里边的奇葩不少。这就要看对谁了。对不吃这一套的，你就既不能对牛弹琴，也不能对猴杀鸡。警察要有这个判断力。聪明的不聪明的，分不清，骂一顿不行。

她的心理你不懂。她骗你不骗，她偷你不偷，她抢你不抢，你怎么会知道她的心理。可是她住监狱，你也住监狱。你是去改造她。而改造与被改造本身就是矛盾。有了问题，不能盲目批评。批评说不准，她心里不服。不服她就会挑同犯给你出难题，给你挑事。同犯信同犯的，同病相怜，不信你。有的一挑就跳，你的麻烦就多了。这可不是我们教育改造要的效果。

杨警官：服刑人员的心里深处，总有一个难以触碰的点

杨警官，十监区的副监区长，从事管教工作10年。学了4年监狱学专业。快人快语是她的特点。

导师说，服刑人员是可以改造好的。我们说，管教工作是神圣的。但是长歪了的树，扭过来很难。

先说一个她们总的心理。刚入监，难受。原来她就不是官，也没钱，可她也总有一个自由吧。一下栽到这么个连拉屎尿尿都要有人管的地方，她能不难受吗？出监的，考虑未来的打算。年轻的时候进来，出去也老了。原来有点姿色有点资本的，也没了。找工作，找男人，这是说离了的，没离的好点。怎么生活？这个负担就重，压力就大。中间的，服刑改造期间，倒是没什么。远虑还在远处，近忧是怎么多挣分。所以好点。

服刑人员跟普通人一样，她也希望得到别人的肯定。不管她们原来如何作恶犯罪，她也总有长处，也想在队长面前表现一下。对她们的闪光点表扬一下，她就会高兴，心里美滋滋的。她们高兴了，咱们监狱不就安全稳定了，咱不就工作突出了，年终不就可以受表扬了。服刑人员的喜乐，关乎咱的福祉，你说是不？呵呵。

　　她们又特别需要关心。不管原来她在外边多狂多狠，是官是商，进来了，她绝对是弱者。弱者就需要关心。关心她们的所需是最有效的教育改造。一个老年犯，40多岁生了姑娘。进来后告诉姑娘说她出国了，没有告诉孩子她住了监狱。是呀，原来慈爱伟大的母亲，一下跑到监狱里去了，这给可爱的小公主多大的打击呀。怕孩子知道，也不敢打亲情电话。可她非常想念孩子。知道了她的这个情形，我们就鼓励她打。我们一般是两部亲情电话一起打。她打的时候，我们专门停了一部，让话机里没有了杂音，不要让对方听出来，让她女儿感到母亲在国外生活得很好。通了话，姑娘放心了，她也放心了。打了这个电话，这个服刑人员感动得不知道该说什么好。

　　她们的心里深处，总有一个别人难以触碰的点。这个点你触碰到了，她就特别感激。一个咱们很正常的事，举手之劳的事，她就是很大很大的事。你举一下手，她就特别感激你。想想，你这一举手多值得呀。咱再教育改造她，你说她还会有什么问题？

　　有的老太太，出监呀，不出去。在外边时，晚上吃不上菜，早上吃不上馒头，中午吃不上肉。有的第一次吃到蛋糕。没有住过监舍这么好的房子，没有看过液晶电视。过年监狱给发了花生糖果，舍不得吃，要寄回家里去。这在一定意义上，是社会的悲哀。她们进来了，就特别需要关心。生活上关心，对她们的改造就很起作用。

　　工作这么多年，我们尽职了。她们出去前，可高兴了，兴奋得晚上睡不着觉。看她们出去的时候，我们的心情也可好了。教育改造好服刑人员，她们顺利地回归社会，就是我们的成绩。她们平平安安，不再给社会添麻烦，就是我们的成功。我们也可有成就感呢。可是在里边表现好，出去以后社会环境变了，让她一尘不染，不好说。

　　碰到过出去的没有？碰到过。碰见了，有的打声招呼。问问她现在干什么。有的交了男朋友，急得向你摆手，不敢认，装不认识。估计是男的不知道她住过。咱理解人家，就过去了。只要她们好。

　　可是有的又跟社会上的混，又犯罪了。重新犯罪全归到监狱头上，不太合适。她又进来了，说又在不该见面的地方见面了。这不是我们能扭转得了的，应该是一个社会问题。把这个责任算到监狱改造头上，还不把我们监狱的警察冤枉死呀。你说呢？我这可不是为我们辩护。有关部门帮助她们解决出监后的实际问题，特别是就业问题，对巩固教育改造成果十分必要。

安警官：管教服刑人员，也得走群众路线

安警官，一监区的副教导员，从事监管工作六七年，负责监区的减刑、假释考核工作。年轻，可姑娘的工作经验却不少。

教育的方式方法，没有固定的模式。我是向老同志学习，在实践中摸索出规律来。

她们当初犯罪可恶，可管教不能戴有色眼镜不能歧视。公正地处理问题，公平地看待她们，她们就不会对你有看法。她们最恨不公平的干部。强压只是一时。民不服吾能，而服吾公。她们不惧你强，而服你公。呵呵，我这也是学来的。

管教她们也得走群众路线。对，把她们当群众。从群众中来，到群众中去。服刑人员向民警反映的问题多，你听到的就多。可你不能听风就是雨，不敢先入为主，你得先调查一下再处理。多听听服刑人员的反映和看法，你才能知道自己做的是不是到位，或做到哪一步了，用她们的评价去验证自己是否还有需要弥补的地方，这样才能提高自己。我们只有12个干部，她们140多人。她们早把每个民警研究遍了。你工作的好坏，她们看得最清楚，所谓群众的眼睛是雪亮的。哈哈，我这样说对吗？

你还得摸准她们的性格，把她们的性格摸准了，你一句话就能处理问题。说对一句话，她的心情一下就好了，不去纠结过去，不说当时发生的钻牛角尖的事了。

有一个服刑人员跟同犯拌了嘴，一直吵吵，一根筋。我说，你吵的目的是什么。没有目的，老吵吵不是很没有意义吗？她不吭气了。一会说，谁谁骂她来，可不好听了。这个我信。我们这的女子可不尽是淑女。我说，她们有的说出来的话难听，你可别笑话。我说，别人说你的话，你有选择听与不听的权利。如果是领导在会上表扬你。那还了得，一定是你改造超好，年度改造积极分子，下年度减刑肯定有你。对你有影响，当然要记在心里了。不如你的人，讽刺你骂你，是为了打击你，是要把你拉下来，是要你跟她一样了。你听她干什么？你就当没听见，她也奈何不了你。调整好自己的心态，做正确的自己最重要。听到不如你的人骂你，就气，那我说你不需要改造了，还没等改造好，早气死了。她这么一听，不坐了。坐在这耽误工夫。赶快干活，挣分去了。教给她们怎样自强自立，也应该是教育改造的内容。

梁警官：有多少精力，也都用进去了

梁警官，监察室主任。1988 年起从事监管工作，曾在三个中队当教导员。老公是教师，他们都是人类灵魂的工程师。

那时的条件不如现在。我们结了婚，还住在监狱的筒子楼里，就一间房，做饭在楼道里，也没有觉得怎么苦。

你让我用一句话说出工作中最深的体会，那我说："有多少精力，也都用进去了。"上了班，不用说了。下了班，也进去了，就是找她们谈话。她周围都有什么人、亲戚关系怎样。把她家里的情况都了解到了，就把她了解透了，你就知道她想什么了，管理起来就容易多了。

王警官：发现问题要及时，解决问题得果断

王警官，十一监区的教导员，从事监管工作 30 年。王导可谓女承父业。老一辈监管干部的敬业精神，在她身上体现着。

工作中发现问题要及时，而解决问题还得坚决果断。一次，一个服刑人员与监舍的同犯发生了矛盾想不开。如果只调她一个人出去，恐怕不行。她们都爱面子，她会更想不通。我就当即将她们监舍的人拆散，分到各个监舍去。后来这个服刑人员说，幸亏我及时调整，要不当晚她可能就自杀了。一个果断的决定，避免了一起恶性事故。

郭警官：如果服刑人员遇到危险，我肯定第一个冲上去

郭警官，看守队教导员，47 岁，也是一个老管教，曾在毛编中队

当队长。精明能干是他的特点。

服刑人员应该有身份意识。可是有了服刑人员的身份意识以后，也还得有点别的意识才能提人的精神头。我教育服刑人员，你们不要老把自己当罪犯。生产，你就是工人，上课，你就是学生。生产就应该提高生产效率，发展是硬道理嘛。安排生产，你有好的建议，可以提高生产率。好呀，提出来。有个服刑人员说，郭队长，我提一个建议。我说你提。她改进生产。大家讨论，说好。行，就按她说的来。她气顺了，产量上去了，咱不就要个这效果吗？如果你硬要强调，就以为自己的行，她在生产中这给你出一点毛病，那出一个问题，搞不好。人活着图一个顺心，她们也一样。

队长，可以说就是一个大家长。你得对人家负责。我对她们讲，如果你们遇到危险，我肯定会挺身而出，第一个冲上去。

这话把我也给深深地感动了。如果不是这样想，郭队也不会说出这样动人的话来。能说出这样动人的话，郭队也一定会去这么做。你想，她们听了能不感动吗？教育改造罪犯，还有比能感动人更有效的方法吗？

6. 一位八旬老监管的情怀①

在驻监检察工作中，我不仅认识了工作中的监管民警，也结识了一位退了休的老监管。我叫她张大姐。

1971 年已是公社妇联主任、公社副主任的张大姐，调到了女监，来了就直接分到管理犯人的中队。几年后，担任了中队指导员。

一天，张大姐跟我讲起她过去工作中的几个故事。

一个洪洞来的，只有十八九岁，生产劳动、参加各种活动都很好，就是好打架。一天，她师傅把她带到办公室。那时，我们的办公条件很差，一排土坯房，屋里几个中队的干部在一起办公，值班休息的地方是土炕。我一听，好家伙，一天就打了三架，气得拿起炕上的扫炕

---

① 本文载于《晋中日报》，2014 年 11 月 20 日，第 3 版。

笆帚疙瘩就打她。她一下跑到她师傅的身后，拉着她师傅的衣服喊："师傅救救我，师傅救救我。"她师傅嘴上不停地说："不听话就该打，不听话就该打。"却伸开胳膊像母鸡护小鸡一样护她。现在想来，就和闹着玩一样。其实，我哪里是打她，只是想吓唬吓唬她，在她屁股上轻轻拍几下。说起这桩往事，张大姐自己也笑了。

会见的时候，我们把她在监狱的表现告诉她妈。她妈说："我们把她交给你们了。好，管得好。"

"管教犯人，要诚心。"退休 20 多年了，张大姐还说着她的工作体会，"你抱着一个为她们好的心，工作就好做了。"

那时候也不知道哪来的那么大的激情，每天心里想的就是工作工作。我们中队有一个病犯，要送到太原公安医院去。她走不了路，我就用平车拉上她，到榆次公共汽车站。到了太原，下了车，她还是走不了。我就让她在汽车站等，我到公安医院去叫人来拉她。

从公共汽车站到公安医院还有一段距离。快中午走的，天黑呀，还不见我回来。她就求路人，没人理。她就跪在地上给人家磕头，说："我是犯人，我的指导员上午就去找车了，可到现在还没有来，求你们把我拉到公安医院去。"

她的虔诚，终于感动了一位老汉。那老汉又找了一个人，把她送到了公安医院。她掏出身上仅有的 3 块 5 毛钱，给人家，人家也没要，走了。

公安医院的一个科长还狠狠地批评她："你到哪里去了，把你的指导员都快急疯了，到处找你。"我们一来一往，走岔了。她还是一名伤害致死的重刑犯呢。我们的关心，换来了她的真心改造。没跑。

我管过一个叫汪占香的犯人，出去后，嫁给一个汽修厂的工人，过得挺好。可就是好几年了，怎么也上不上户口。她就来找我。没有户口怎么行呢？可我怎么办？她已离开监狱了，她这事不归我们管，可将她拒之门外于心不忍。我就挨个地找有关单位。到了民政局，人家就问，是不是拐卖人口的。我就跟人家说明情况，原来是我们监狱的犯人，刑满出来了，还没有上上户口。赶紧把有关手续递过去，说好话。好不容易过了一关。

然后到公安局去。人家又问，是不是卖淫的。我就再给人家解释一遍，赔笑脸，说好话。到了派出所，人家又问，是不是歌厅舞厅的。哎呀，在监狱我们管犯人，可出去办事，跟普通人一样，受气，说好话。好不容易跑了三四个月，终于哪一家也没要钱，到我退休，给她上了户口，也给我20多年的监管工作画上了一个圆满的句号。

张大姐的故事，让我看到了老一代监管民警的监管情怀，看到了他们的奉献精神。

张大姐，叫张秀兰，山西省女子监狱的退休民警，一位年已80，但仍然精神矍铄、很健谈的老人。

7. "王规定" 的故事

笔者整理榆次公检法史料，公安局的同志向我讲述了他们的一位退了休的民警王安国的故事。老王工作认真，一切按规定办事，人称"王规定"。春节期间一个晴朗的下午，我登门采访了老王。

老王已86岁，因病居家，可仍热情地接待了我。老王老家文水县汾曲村，从小家贫，6岁死了父亲，9岁母亲改嫁，婶婶将他带大。在日伪时期，读了2个月的书。20岁那年，村里照顾参了军。先在太原，后来分到阳泉义井煤矿看押犯人。1968年，集体转业到北京，在北京交通大队二中队当交警。

"文革"时，王安国（后排右）在阳泉义井和战友在一起

在北京当交警时，王安国（右二）和同事在一起

老王追忆着往事，清晰地对笔者说：

"说我拦过总理的车，不是的。那是人们误传。一次，木樨地的交警参加学习班，调我们卢沟桥的人去顶班 20 天。我去了。在第 18 天上，从钓鱼台国宾馆出来一个车队。我们执勤要记首长的车号。我一看是首长的车过来了，就赶快到岗楼上去变指示灯，没变及时，结果总理的车队停了下来，靠在了路边。信号灯变绿后，车队就走了。这就是事情的经过。'拦车'没有的事，我怎么会拦总理的车呢？

"我怎么调回榆次的？当时调北京的时候，我就不愿意去，因为离家又远了，照顾家不方便。到了北京，我二十六七岁，说话口音改不过来。一开口，人家就笑话'老西'。接电话，跟人交流困难。回来好，说什么都能听懂。我就想回山西。当时，榆次派出所一个姓张的民警，他老家是河北的，想调到北京离家近。跟我说好以后，手续全是他跑下来的。1975 年，我就这样跟他对调回了榆次。也不是人们说的受了处分。受了处分还能回来当交警？

"人们说我是榆次的'岗楼第一交警'也不对，以前有王明宪科长。

要说我是第一个在'八一'饭店岗楼执勤的交警倒是事实。那时，榆次只有两个交警执勤岗楼，一个是北门口，一个是'八一'饭店。'八一'饭店在榆太路上的一个十字路口，离城远，在汽车站旁边，那里很乱，没人愿意去。我就带着徒弟李三宝，到'八一'饭店岗楼执勤。那时我们叫公安局交通科，科里有十来个人。李三宝才15岁，文化不高，人们瞧不起。我鼓励他工作之余好好学习，不要像我没文化。而三宝也很爱学。现在，副处。"

1975年，王安国（右）和交警李三宝

说到这，老王一种师傅说到得意徒弟时的骄傲不禁溢于脸上。老王接着说：

"那时人们的交通意识差，违章的比较多。我在北京养成的习惯，对违章的严格按规章办事，教育人们遵守交通规则，因此也得罪了人。一次在街上扣住一辆自行车。局里的一个科长给我打电话，问：'下午你在岗楼扣了一辆自行车？'我说是。那科长说是他儿子的。我不会说话，不像有的人：哎呀，不知道是你儿子，给你送过去呀，还是让他来拿呀？既执了勤又维了人。不会说这样的话。还直直地问人家：'你儿子还说什么来？'那小伙子骑车撞了人，我拦住了他。小伙子很冲，说：'你怎么扣的，还怎么给我送回来。'我没理他。果然，这是要我给人家把车送回去呢。这下，把人家给得罪了。"

"不过，父亲的同事对我们家的帮助还是很大的，"在家照顾父母的王丽琴、王丽花姐妹接着父亲的话，一人一句地说：

"父亲刚到榆次，人生地不熟。我们和母亲一下都到了榆次。侯洪，他刚从教育局调到公安局，看我们上学没着落，就一次次跑教育局，把我们安排到了东大街学校。解决了我们姐妹上学的问题。

"我们家人口多，刑警队的张子勤把他家的一张很大的钢管床给了我们。父亲说得给钱。张叔叔说给啥钱了。"

提起这些过去几十年的往事，至今还让王丽琴姐妹念念不忘。

老王看一眼，在里屋照料老伴的两个姑娘，很满足地说："老伴来了榆次没工作。一次街道上招工，报名体检上了班，环卫处的大集体，一天一块钱扫马路。给分了好长的一段路，扫不过来。我就替她扫。每天。有人见了，就说'那个扫马路的警察'。怕什么？劳动挣钱不丢人。老伴扫了16年马路，我也帮着扫了16年。现在退休了，一个月2300元。挺好。四个子女，三个女儿，一个儿子，都在工厂上班，工厂都破产了。有的自养，有的搞小经营，有的也退休了。咱没文化，工作一辈子没犯错误，住公安局90多平的房子，正科待遇，一大家人。真的很知足。"

王家姐妹望着一辈子很不容易的父亲，接着父亲的话说：

"那时我们住在公安局的排房宿舍，房前有一块空地，我爸就养鸡、种菜。我妈扫菜市场，人家卖菜剩下的菜叶子，我爸帮着把好点的收拾回来，剁碎了喂鸡。没办法，家里人口多。后来我爸到了看守所。不是领导，可他直接管里边的人。有人就找到家里来，送钱，红红的一沓沓，没见过那么多钱，想见里边的人。父亲可以说是'断然拒绝'，'绝对不收，违法的事绝对不做。'父亲以他朴实的言行教育我们。父亲一辈子就是一个普普通通的民警，可我们很为父亲骄傲。"

（写于 2021 年 2 月 10 日）

8. 刑事执行检察人员要做到"四自"和"四慎" ①

刑事执行检察人员具有大部分派出派驻、独立工作在外的特点，这就要求刑事执行检察人员做到"四自"和"四慎"。

"四自"即自力、自律、自励、自觉。派出派驻在外，就是独立工作在外，这就要求派出派驻检察干警具有较强的独立工作能力。除应请示汇报的工作外，大量的工作要求派出派驻检察干警独立处理。独立工作在外，意味着执行机关的规章制度更要靠自觉，廉洁自律，遵守各项纪律不能放松。独立工作在外，做好工作更需要自我激励，积极主动地把工作做好，不能辜负了自己担负的一份职责。独立工作在外，意味着一人形象乃一机关之形象。平时我们的一言一行，一举一动，不能有损"检察"二字，更不能玷污我们的检徽。自觉维护检察机关的形象，是我们工作的应有之义。

刑事执行检察工作独立在外的特点，还要求刑事执行检察干警做到"四慎"，即慎言、慎情、慎独、慎行。

慎言，即说话要谨慎，不能乱表态。工作中，我们会接触看守所、监狱的民警和监管单位的医护人员，公检法各办案单位的办案人员，还有律师，在押人员、服刑人员的近亲属，还有打听案件进展情况或说情走关系的说客，等等，更有每天都要接触见面的形形色色的在押人员、服刑人员。接触的人员多，了解到的各方面的情况也就多。这就要求我们必须谨慎自己的言谈，不能乱讲所知道的情况。出了监区，不说里边的情况，在监区里边，不说外边的情形。对一般民警不说领导开会研究的问题，向领导反映民警的问题，要恰如其分，有利于民警今后的工作。休息时，不谈工作。谈此项工作时不说彼项工作。接待在押人员、服刑人员近亲属既要依法遵守纪律，又要合情合理。找在押人员、服刑人员谈话，要有明确的目的，不能泛泛而谈。应对说客，要有理有节，既坚守纪律，又要保护好自己。

---

① 本文载于"执检之声"（微信 xszxjc），2016 年 8 月 12 日。

慎情，即遇人处事，要不急不躁，不惊不乍，表情始终保持平和。细心观察了解在押人员、服刑人员的神态是否紧张、行迹是否鬼祟、言谈是否正常，是我们掌握在押人员、服刑人员思想动态的基本工作方法。同时，在押人员、服刑人员也在"察言观色"，注意着我们。跟在押人员、服刑人员谈话，他们反映的问题，有的是他们的真实思想，符合实际，有的则是他们的听说，或猜测甚至就是假话。我们不能听风就是雨，听到反映情况，就喜形于色，信以为真，听到反映问题，就变脸批评教育。喜怒写在脸上，无助于工作，还可能被在押人员、服刑人员牵着鼻子走，使我们的工作处于被动。

慎独，即在无人监督的情况下，也应努力工作，严格自律。派驻检察人员少，大部分工作，如巡视监区，找在押人员、服刑人员谈话，接待在押人员、服刑人员近亲属和有关人员来访，与看守所、监狱民警交谈工作，日常工作中向看守所、监狱、强制医疗机构、社区矫正机构等执法机关提出口头工作意见，等等，都是在无人监督的情况下一二个人，甚至就是一个人进行的。这就对我们工作的自觉性提出了更高的要求，不可因领导不在，没有同事监督，对该提的问题就漠然视之，对该做的工作就放弃不做。同时自觉遵守检察工作纪律、规章制度，廉洁自律不能放松。

慎行，即执法和工作行为要规范，提出监督意见一定要吃准。派驻检察，我们住的（办公室）、用的（办公用品）一般都是看守所或监狱提供的，而职责又是对他们进行监督。这就更要求我们应严格规范自己的行为，不可向看守所、监狱提除工作以外的要求。日常检察监督一定要弄清情况，符合法律法规。发出检察建议书、纠正违法通知书，要言简意赅，一语中的，合法合理合情，让监管单位心服口服。研究工作，提出意见的言词要委婉，但态度要明确，不能模棱两可，进而达到既积极履行职责，又不影响工作关系的效果。

9. 后环节谈话——发现案件线索的重要渠道 ①

查办监管场所的职务犯罪较查办其他领域的职务犯罪更难，难在监管场所（看守所、监狱）比较封闭，案件线索不容易获取。

后环节谈话，是获取监管场所职务犯罪案件线索的一个重要渠道。通过找服刑人员谈话，了解看守所民警（或办案民警）是否存在违法犯罪情况，找刑满释放人员谈话，了解监狱民警是否存在违法犯罪情况。

监狱服刑人员脱离了看守所民警的监管，检举、举报他们经历的或知道的看守所民警违法犯罪的行为没有了顾忌，驻监检察人员找他们谈话，他们很可能将其经历或知道的看守所民警职务犯罪的事实或线索讲出来。具有同样情形的还有刑满释放和假释人员，当地刑事执行检察部门的干警，有选择地找假释人员或还在帮教期的刑满释放人员谈话，他们或许会将在服刑期间经历或知道的监狱民警违法犯罪的事实或线索讲出来。

为取得好的谈话效果，谈话时要注意以下几点：

一是找谈话的对象要有选择。例如，找外地犯罪人员谈，他们的顾忌会更少。他们对看守所同监室的本地在押人员获得当地关系关照的情形，可能更怀嫉妒或愤恨心情。找他们谈话，获取线索的可能性就大。

二是要对他们进行必要的法治教育。他们受到看守所、监狱民警的违法侵害，往往迫于被监管的地位和环境，不敢检举或举报。谈话人员向他们宣传驻监、刑事执行检察职能，鼓励他们大胆维权，他们才会将监管场所（办案中）的违法犯罪行为讲出来。

三是向他们宣传关于立功的法律法规，鼓励他们检举、揭发。特别是对那些刑期长的服刑人员，他们向往自由的心情更为迫切。驻监检察人员向他们讲解关于立功的法律法规，鼓励他们将知道的看守所

---

① 本文载于"刑事执行"（微信 xszxjc），2016 年 9 月 5 日。

民警（或办案民警）违法犯罪的事实讲出来，争取立功，早日重获自由。

四是谈话的态度要诚恳。我们不能仅仅为了获得监管场所职务犯罪的线索而谈话。我们找他们谈话，要让他们明白讲出看守所民警（或办案民警）或监狱民警违法犯罪的事实或线索，既是维护他们的自身利益，也是每个公民应尽的义务，更是法治社会的要求。只要事实存在，我们就会一查到底，决不会导致查案不成造成打击报复，解除他们的后顾之忧。

10. 女性犯罪心理问卷调查及犯罪心理分析①

犯罪一般都有深层的心理原因。作为犯罪人群中的特殊群体，女性犯罪人员犯罪的原因往往又与女性特有的不良心理相关。最近，我们参考《中国犯罪心理测试个性分测验测评试题》中的部分试题，从现代心理学的角度设计问卷，采取发放问卷的方式，在山西省某女子监狱进行了一次女性犯罪心理问卷调查。调查采取一般统计方法对当前女性犯罪的基本情况、犯罪原因进行统计分析，又尝试从现代心理学角度分析女性犯罪的心理，以期找出女性犯罪的突出心理原因，并从心理学方面提出几点预防女性犯罪的建议。

一、当前女性犯罪的基本情况

这次我们共发出问卷 1000 份，收回有效问卷 952 份，占该女子监狱全部服刑人员的 50.4%。从获取的资料看，当前女性犯罪的基本情况为：

1. 女性犯罪数量逐年上升，且就是除去出监因素，近几年来的增长也较快（见表一）。

---

① 本文载于《人民检察》（山西版），2013 年第 1 期。

表一

犯罪年份	1995	1996	1997	1998	1999	2000	2001	2002	2003
人数	9	9	16	26	25	26	19	25	23
犯罪年份	2004	2005	2006	2007	2008	2009	2010	2011	
人数	32	35	52	87	114	160	169	125	

2. 中年女性犯罪突出，青少年也占一定比例（见表二）。

表二

年龄组	18 岁以下	19~30 岁	31~40 岁	41~50 岁	51~60 岁	61 岁以上
人 数	58	234	471	152	31	6
%	6.1	24.6	49.5	16	3.3	0.6

3. 单身和发生婚姻变故的女性犯罪多（见表三）。

表三

婚姻状况	离异	再婚	丧偶	离异同居	单身
人数	157	45	47	28	274
%	16.5	4.7	4.9	2.9	28.8

4. 共同犯罪的多，且多与男性犯罪人员一起作案，分别为 50.2% 和 58.5%。

5. 农民、无业人员及初中以下文化人员犯罪的多，分别为 24.4%、32.8% 和 64.3%。

6. 犯罪罪名集中。诈骗（167 人，17.5%）、贩毒（136 人，14.3%）、抢劫（89 人，9.3%）、盗窃（76 人，8%）、强迫卖淫（76 人，8%）、故意伤害（75 人，7.9%）、故意杀人（72 人，7.7%）、贪污挪用公款受贿等职务犯罪（56 人，5.9%）、拐卖妇女儿童（31 人，3.3%）、利用邪教组织破坏法律实施（15 人，1.6%）。

7. 女性犯罪危害性并不小。她们虽然从犯、初犯的居多，分别为 55.9% 和 85.9%，又有 73.4% 的服刑人员"犯罪后感到后悔，对不起被自己伤害的人"，但女性犯罪的社会危害性并不小，10 年刑期以上的占到 43.8%。

8.经济收入低的家庭和人员犯罪的多。被问卷人员"家庭年收入在3万元以下的"占47.7%，个人无稳定收入和每月收入1000元以下的分别为30.1%和20.9%。

另外，从犯罪地点来看，在城市作案的，占55.6%，在农村犯罪的，占20.5%。

二、女性犯罪原因一般统计分析

德国犯罪学家、刑法学家李斯特认为："任何一个具体犯罪的产生均由两个方面的因素共同使然，一个是犯罪人的个人因素，另一个是犯罪人的外界的、社会的，尤其是经济的因素。"[①] 故，我们从影响犯罪人犯罪的个人因素和外在因素进行分类分析，发现导致女性犯罪的内在因素主要有（见表四）：

表四

问卷项目	%
没有钱，又想追求享乐	30.1
爱面子，好和其他女性比穿戴、比富有	28.2
平时喜欢化妆、美容、美甲、戴首饰，到高档娱乐场所	33.4
有不良嗜好，如酗酒、抽烟、吸毒、赌博等	26.1
因不良嗜好而犯罪	19.2
有过情人（婚外情）	23.4
因婚外情犯罪的	17.8
平时说粗话，或偶尔说粗话的	41.2
犯罪前感到过去的生活一切都变得极为无聊	36
社会就是"撑死胆大的，饿死胆小的"	33.9
性格方面固执、任性、好钻牛角尖	42.1
脾气不好，稍不如意就发脾气	36.8
忍受挫折能力差、鲁莽、组织纪律性差	26.7

---

① ［德］李斯特著：《德国刑法教科书》（修订译本），［德］施密特修订，徐久生译，何秉松校订，法律出版社2006年版，第12页。

由上表可以看出：

1. 不考虑经济收入的生活消费，往往导致好虚荣的女性违法犯罪。爱美人之天性，而女性更甚。在追求时尚、追求消费的当今，高消费的女性往往刺激一般女性的嫉妒之心，导致爱面子好虚荣的女性盲目攀比。家境好的讲究，一般家境的也追求。有的年轻女性家里无法满足其过高要求的生活消费，可能与他人结伙犯罪。有的要强的女性总怕过得比别人差，被人瞧不起，通过不正当途径获取钱财。

2. 不良嗜好导致违法犯罪。生活中没有积极的兴趣爱好，如68%的服刑人员没有读书等好习惯，思想空虚，无所事事，为寻求消遣，在不经意间染上不良习惯，如赌博、吸毒等，正常的经济收入难以应付不良嗜好的开销，往往引发犯罪。

3. 个人生活行为不检点，引发犯罪。通过问卷发现，犯罪人员中，不少人自身行为轻浮，言语粗俗；有的女性虚荣心强，问卷中，"面对男性给的百十元的小礼物，如包、提袋，给就接受，或是要好的男性朋友就接受"占33.4%。轻易接受男性的小恩小惠，极容易招来心存不良的男性的侵扰，结果又和他们一起犯罪，或对生活不负责任，产生婚外情，或为了经济主动委身于人，日久生变，引发刑事案件。

4. 人生价值观发生偏差。如今我们建设社会主义市场经济，经济利益会突出地摆在每个人面前。但是如果把经济利益放到绝对的位置，就很容易让人为了金钱不择手段，为了利益不惜以身试法。问卷中"你的人生的精神支柱就是能挣到更多的钱吗？"选择"是"的，占到38.8%。

5. 犯罪人中有不良性格的占到一定比例。一般来说，经济是导致人犯罪的主要原因。但是，我们注意到问卷中还有这样一组数据，"你犯罪是否因为找不到工作"，选择"否"的占到69.1%；"你挣的钱够花吗？"选择"是"的占到46.3%。这就使我们注意经济以外的因素。性格是人的心理个别差异的重要方面，人的个性差异首先表现在性格上。恩格斯说："人物的性格不仅表现在他做什么，而且表现在他怎样做。"①"做什么",说明一个人追求什么、拒绝什么,反映了人的活动动机或对现实的态度;"怎么做",说明一个人如何去追求要得到的东西,如何去拒绝要避免的东西,反映了人的活动方式。犯罪行为往往与不良性格有密切的关系。由于性格的习惯性,在外界哪怕是很小的诱因下,根植于犯罪性格中的负面因素,如鲁莽、轻率、懒惰、性放纵等,便会释放出来,导致犯罪。

导致女性犯罪的外在因素主要有(见表五):

表五

问卷项目	%
平时受不良文化,如图书、影视中色情、暴力等内容的影响,对新鲜事物特别感到好奇,喜欢刺激的游戏等	43.9
因找不到工作犯罪	18.8
想好好生活,但缺乏社会帮助	36.7
犯罪是因为生活困难	35.4
对生活感到缺乏信心	44.4
犯罪因为交友不慎,受不好的朋友的欺骗、勾引、利用	53.6
意志薄弱,易受暗示,乐于从众	50
对别人的意见,不同意也不好意思驳人家的面子	60.7
丈夫对孩子,对妻子不闻不问,还常因小事打骂	29.3
在家里,经常因为经济,因为钱吵嘴	22.9
夫妻关系一般与不和	43.9

由上表可以看出:

1.不良文化的影响不可忽视。现在的网络、书刊、影视中的不良内容及网吧刺激性的游戏,极容易诱发青年女性违法犯罪。有的没钱上网,抢盗获取钱财,有的深陷刺激的游戏不可自拔,导致暴力犯罪。

---

① 《马克思恩格斯选集》第四卷,人民出版社1972年版,第344页。转引自伍棠棣、李伯黍、吴福元主编:《心理学》,人民教育出版社1985年版,第207页。

她们无选择地接受电影电视中的社会否定性评价行为，歪曲着她们的价值观。

2.有的因家庭生活困难导致犯罪。孩子上学，家人生病，丈夫经济收入有限，缺少社会救济，导致犯罪。这类案件虽说不多，可也是女性犯罪的一个原因。

3.交友不慎，被不怀好意的人利用，陷入犯罪的泥坑。女性一般意志薄弱，寻求群体的心理较强。她们犯罪很大一部分是被已有犯罪行为的女性感染，有的通过上网认识了并不了解的人，受骗上当从事了犯罪活动，有的是受周围熟悉的男性犯罪人员的诱骗、勾引，有的还受到男性犯罪人员的侮辱、性侵犯，或自暴自弃，或受到要挟控制，无法自拔，就干脆跟着走上犯罪道路。问卷还显示，除通过上网、跳舞，在社会上交到不良朋友外（52.5%），还有18.9%是同学或同事的引诱、欺骗。这就提醒女性特别是年轻女性，对于熟人朋友也要注意识别，要有正确的人生观，决不跟品行不好的人在一起。

4.家庭不和，婚姻不正常变化多导致犯罪。在人们注重享乐，社会开放的当今，有的女性处理丈夫外遇等家庭矛盾不当，怀一时之愤，也开始找情人，或更有自己先出墙者，终至家庭发生变故。为了获取新的生活经济基础，有的女性铤而走险，违法犯罪。有的女性长期忍受家庭暴力，又无处求助，或求助无果，终至忍无可忍，发生家庭激情暴力犯罪。

三、女性犯罪原因现代心理统计分析

除以上一般统计分析外，我们又尝试从现代心理学的角度，对女性犯罪心理进行分析，以期对女性犯罪心理有更多的了解。

1.儿童心理与社会秩序发生冲突。随着年龄的增长，在家庭百般呵护下的儿童进入了少年而又青年时期，步入社会。现代心理学认为，"人多多少少都想固执那孩童时代的意识境界而不放——表现出对命运之神的反叛"。[1] 在一胎化政策的形势下，人们的观念在发生变化，

---

① [瑞士]C.荣格著：《现代灵魂的自我拯救》，黄奇铭译，工人出版社1987年版，第158页。

家人会对女孩给予更多的呵护，更多的娇惯，使得她们的生理年龄与心理年龄未能同步成熟，一起成长。她们社会化转变好的，能很快适应社会。如果她们的心理总是停留在"幸福的时代"，心理不能随着年龄一起成长，"如果他的固执与其现实有了冲突和错觉，那么问题自然就会产生"。[①] 问卷统计，独生女犯罪占到18%；"长大后，你是否常回想你快乐的童年时光？"选择"是"的，占55.7%。她们留恋停止于儿童时期这一现象，也即现代心理学上所称的"固置现象"，"即在人格发展过程当中因在幼时某发展阶段所受深刻经验而其性格固定于该阶段之情况称之"。[②] 她们带着儿童时代的以自我为中心的意识，带着不成熟的心理进入激烈竞争的社会，很容易与社会秩序，与其他人特别是也强烈地以自己为圆心画圆的"总也长不大"的人发生冲突，乃至暴力相向，违法犯罪。

2. 小时候遭遇挫折，容易导致成年后违法犯罪。现代心理学认为，"症结所指的是每个人无法解决的难题、曾遭受过的挫折，至少就目前而言，可能是他无法逃避或克服的东西——即通常所谓的弱点所在。"症结的典型化形式，主要来源于"孩童时代的最初经验"。[③] 女孩小时候若遭受挫折，在其心里可能有更深更久的印记，让其长期背负自卑心理。长期的自卑心理会影响到女性的正常成长和发展。成年后生存的需要让她们不得不进入社会，不得不到社会中去竞争去发展。可自卑阻碍着她们。为了生存的需要，她们可能会转而向底层社会去寻找需求，在社会无益的人群中寻找同类，获得认同，谋取生存。自卑还会让她们遇事过于敏感，过度维护自己的自尊。当在社会上与他人发生一般人不以为意的矛盾或冲突时，于她们来说可能就是无法忍受的，突发的激情犯罪很可能就发生在这类女性身上。问卷统计，"你

---

① ［瑞士］C.荣格著：《现代灵魂的自我拯救》，黄奇铭译，工人出版社1987年版，第157页。

② ［瑞士］C.荣格著：《现代灵魂的自我拯救》，黄奇铭译，工人出版社1987年版，第68页。

③ ［瑞士］C.荣格著：《现代灵魂的自我拯救》，黄奇铭译，工人出版社1987年版，第129页。

小时候遭受过挫折"的占 36.7%，这个挫折是："父母离异"（8.8%），"失去父（或母）"（16.3%），"受到过性侵害"（5.7%）；"在生活中有自卑感"的占到 41.3%；"对发生在身边的事，或人们的话语很敏感"的占到 55.7%。

3. 人格分裂导致违法犯罪。由于传统文化的影响，社会中女性一般定向于柔顺、服从、被动和应有自我牺牲精神。为了获得人们的认可，走向社会的女性也往往努力去适应社会文化给予她们的角色。但是，从一胎化家庭成长起来的女性，以自我为中心的意识却与男性一样的明显和强烈。再加上如今科学技术的进步、社会的发展，国家保护妇女合法权益的法律制度不断健全，女性的就业面越来越宽，女性在许多领域发挥的作用与男性几乎无别，甚至还有优势。"因而他要向可能把他限制在他人所走过之路上的传统力量挑战。"① 传统角色的要求和在社会上发展面临的机遇，实现自我的强烈愿望的心理，在她们内心发生着激烈的冲突。这样，一种内心分裂的心理便发生了。现代心理学认为，"一切强调此一分裂的东西都会使病人走向恶化的道路"。② 心理分裂症可能使女性采取超乎寻常的方法或手段去发展自己，结果性格的善和行为的恶便让人难以理解实则合乎情理地发生了。问卷统计，"你是否关心他人、乐于助人、谦虚慷慨、勤劳？"选择"是"的，占到 73.5%；"你坦率、大方、善良"，选择"是"的，占到 79.1%；"你觉得，工作上并不比男性差"和"好以自我为中心、骄傲自大的"，又分别占到 32.6% 和 47.4%。

4. 心中的秘密隔离了与社会的交往。保有秘密于每个人来说是必不可少的。但现代心理学又认为，"当人一旦有了罪之观念后，心灵即会有掩饰的行动产生"，"继续保密的结果就会慢慢地促使心灵产生一种隔离该秘密保有人与社会的毒液"③，"它就像是心里头的一种

---

① ［瑞士］C. 荣格著：《现代灵魂的自我拯救》，黄奇铭译，工人出版社 1987 年版，第 356 页。

② ［瑞士］C. 荣格著：《现代灵魂的自我拯救》，黄奇铭译，工人出版社 1987 年版，第 355 页。

③ ［瑞士］C. 荣格著：《现代灵魂的自我拯救》，黄奇铭译，工人出版社 1987 年版，第 58 页。

罪恶感，会使不幸的保有者切断他和同胞们的来往"[1]。人是社会的人，融入社会才会成为一个正常的人。如果因为保有秘密而与社会产生隔离，其秘密或许就与危害社会有关。不能说保有秘密必然导致犯罪，但犯罪的隐蔽性、秘密性，与正常社会的隔离性，正是心里保有秘密，与社会主动隔离的犯罪人常有的性情。女性多情感，多情绪化，性格多内向性，她们性格的局限性客观存在，会更容易保守自己心中的秘密。问卷统计，"别人说的事，你是否总不相信是真的？"选择"是"的占到 39.7 %。不相信，对强者来说，会想办法去证实，是进攻，而对弱者对一大部分女性来说，出于自我保护，恐怕就是退缩是隔离。"你心里是否有一个长期隐藏起来的秘密？"选择"是"的，占到 42 %；"这个秘密是否连你的亲人，如父母，丈夫也不知道？"选择"是"的，占到 33.5 %；"你对自己守住的这个秘密是否有罪恶感？"选择"是"的，占到 22.6%；"这个秘密是否影响到你与他人的接触，与社会的交往？"选择"是"的，占到 27.3%。

　　5. 过度克制容易让人走向反面。现代心理学认为，"就如同秘密的情况一样，我们在此也应有所保留。克制是有利于身心的，甚至可说是一种美德。"[2] 同时，现代心理学还认为，"假如我们把情绪压制以免伤害其他人，本性当然也会对我们发脾气。在这方面，本性最不喜欢有空白了，长时间后，再也没有比人与人之间，只凭压制情绪来维持一个和谐的关系，更令人受不了的事了。"[3] 与有秘密相似，女性懦弱、多内向、爱面子的性格，极容易让她们面对不如意的事，如同事、社会上的性骚扰，甚至是长期的家庭暴力，也采取克制的态度。克制让人产生孤独，感到压抑，长期孤独压抑的结果，不是窒息就是爆发。问卷统计，"你在生活中，是否有过孤独感？"选择"是"的，

---

　　① 　[瑞士]C.荣格著：《现代灵魂的自我拯救》，黄奇铭译，工人出版社1987年版，第 59 页。

　　② 　[瑞士]C.荣格著：《现代灵魂的自我拯救》，黄奇铭译，工人出版社1987年版，第 62 页。

　　③ 　[瑞士]C.荣格著：《现代灵魂的自我拯救》，黄奇铭译，工人出版社1987年版，第 62 页。

占到 56.8％，"你是否向亲人朋友倾诉孤独？"选择"否"的，占到 50.6％；"面对欺压，你是否逆来顺受、忍着？"选择"是"的，占到 41.9％；"你犯罪是否因长期受欺压、不堪再受对方的欺负、忍无可忍进行报复？"选择"是"的，占到 22.2％。当她们的压抑她们的克制突破她们脆弱的意志和情感的底线时，就会以强烈的反应爆发出来。克制的反面就是"本性对我们发脾气"，采取过激的暴力手段来发泄克制。问卷统计，因激情犯罪的女性，有 68％曾有过长期忍受暴力的经历，终至发生过激的反暴力行为。

6.受到犯罪的家人的影响。家人或亲戚朋友中，特别是直系长辈中有犯罪者，极容易影响到其他家人。对于犯罪，一般来说，人们都会持否定性评价，哪怕犯罪人是亲人长辈。但是，在与犯罪的亲人朝夕相处期间，意志薄弱的女性很容易在潜移默化中受到犯罪意识的影响，特别是在犯罪既给家人带来利益而又未被查处的时候。这就如现代心理学告诉我们的，人们的潜意识世界，就像心理治疗医生与心理患者的关系一样，医生对患者产生一种有效的心理治疗影响力，患者也在不知不觉中影响着医生，"病人便把他的病菌转移到了健康者身上"。[1] 问卷统计，"你家除你以外是否还有其他人犯罪？"选择"是"的，占到 14.3％；"家人对你的犯罪是否知道？"选择"是"的，占到 49％；"你的犯罪是否受到家人的暗示、默许或鼓励？"选择"是"的，占到 8.6％。

7.中年女性争强斗狠。在家庭中，"男主外，女主内"是人们的传统观念，而实际生活中的大部分家庭也是如此。但现代心理学提醒我们注意这样一种现象，"我们常不难看到四五十岁的男人结束其事业，然后让其太太穿上裤子，开间小店，而他便在这店中执行起打杂的工作。有很多妇女过了四十岁才开始感到她对社会有所谓的责任，才开始兴起对社会服务的意识"。"通常此种倒转的变态总会同时带

---

① [瑞士]C.荣格著：《现代灵魂的自我拯救》，黄奇铭译，工人出版社 1987 年版，第 87 页。

来在婚姻中的各种各样的不幸。"①这种现象的出现，有女性生理的原因，而更多的是随着生理变化而来的心理变化和生活变化所致。这时，"上有老下有小"，家庭生活拮据，丈夫一人在外挣钱已不能使家庭摆脱贫困，让她们被迫从生活的后台走到生活的前沿；或者正好相反，生活条件比较好的家庭，四十岁以后的她们，家庭负担大减，迎来了在社会上奋斗的第二春。可她们又逐渐接近更年期，受内分泌激素的影响发生周期性的变化，表现为抑郁、焦虑、头痛、烦躁、敏感多疑、情绪不稳定、注意力不集中等，难以与她们的心理相符合，甚至在内心发生激烈冲突。可糟糕的是对这一变化，有时连她们自己也毫不知情，在没有任何心理准备的情况下就发生了。她们发展事业可能更精打细算，可是难以一下适应"初涉"社会的规则，对外发生矛盾可能与他人争强斗狠发生犯罪，与内则可能夫妻争执，家庭失和，甚至就是婚变。家庭变故的代价势必是经济上的重创。为了积累今后的生活基础，她们可能转而采取违法犯罪的手段来积累财富。原来连她们想都不曾想的犯罪便发生了，甚至就在家庭变故中出现了。问卷统计，41～50岁年龄段犯罪的，占到 16%，犯罪又大多为侵财型和暴力型犯罪，分别占到 59.2% 和 23.7%。

8. 挫折情绪导致报复社会。犯罪的精神分析学派理论中的"挫折攻击理论"认为，"当一个人的欲求得不到满足时，个体即将这种激怒的情绪通过向社会或他人实施攻击行为或报复行为来得到补偿，从而求得心理的平衡。该理论将挫折与产生攻击行为的关系绝对化了，且忽视法律、道德对人的影响，忽视个体自身的意志对欲求的控制和调节作用，因而受到了一些学者的批判"。②但是"耶鲁大学对'挫折'做过十年研究，结论是：我们所说的不道德和对他人的敌意，很多是

---

① ［瑞士］C. 荣格著：《现代灵魂的自我拯救》，黄奇铭译，工人出版社 1987 年版，第 168 页。

② 梅传强主编：《犯罪心理学》，法律出版社 2010 年版，第 43 页。

因为自己的不幸才造成的。"① 问卷统计，65% 的人 "有过想为社会做出点有益的事的美好愿望"，"认为这个美好愿望没有实现" 的原因依次为，"社会不公" 13.4 %，"家庭不支持" 17%，"自己努力不够" 55.4%；39.6% 的答卷者认为，"对没有实现自己心中的美好愿望感到很气愤"。虽然她们能认识到自身的问题，但女性遇到矛盾和问题更容易情绪化，做事更容易走极端也是事实。问卷中的挫折比例，还是值得人们注意的。

四、预防女性犯罪的几点建议

1. 独生子女的家庭教育问题应引起社会的注意。一胎化政策下，重男轻女的观念在发生改变，独生子女家庭，可能对女孩给予更多的娇惯，让女孩形成的以自我为中心的意识更牢固。她们的社会化年龄要比生理年龄迟得多。这样，在她们适应社会的过程中，就很容易与他人发生矛盾，矛盾处理不当就很可能引发犯罪。在家庭中，对女孩更加呵护的同时，还应关心她们的心理健康，教给她们要自立自强，随着生理年龄顺利成长适时融入社会，就非常必要。

2. 采取一定的方式，对中年妇女进行心理健康教育，使其对突然出现的性格变化有所准备。在农村社区女性集中的企业、公司，应有专门针对女性心理问题的心理咨询诊所，由懂得心理咨询的人员及时排除她们的心理障碍；基层妇女组织应适时向她们发放女性心理健康常识宣传资料，让她们了解即将面临的由生理变化而来的心理突变，提前预防避免不应有的违法犯罪行为。

3. 树立正确的人生观价值观，把人生更多的注意力转移到为社会做有益的事业方面来，这是我们社会主义价值观的要求，也符合现代心理学的要求。"人总是相信，是他塑造了观念，可是事实上，是观念塑造了人。"② 人总是有什么样的观念，就会有什么样的行为。从现

---

① ［美］马尔兹著：《你的潜能》第七章《养成快乐的习惯》，晏樵译，工人出版社1987年版。转引自钱理群、王尚文、吴福辉、王晓明主编《新语文读本》八年级下，广西教育出版社2005年版，第128页。

② ［瑞士］C.荣格著：《现代灵魂的自我拯救》，黄奇铭译，工人出版社1987年版，第75页。

代心理学的角度来看，也要求女性应有正确的生活态度，用正确的观念指导自己的人生，防止违法犯罪。树立正确的人生价值观，还应为自己确立实际的人生价值目标。不切实际的，超过自己能力的价值目标容易让人产生挫折感，让人向上的精神转向反面。正常的还应有承受人生挫折的心理准备。人生奋斗有成功就会有失败，就会有挫折。防止由挫折情绪恶化为对他人对社会的攻击行为。

4. 更多地关心女性的生存状况。特别是关心下层女性的生活生存状况，减少在就业、工资等方面对她们的不平等待遇，及时解决她们因下岗、失业、生活突然变故带来的生活困难，最大限度地避免她们因生活困难、家庭变故、心理失衡而犯罪。

5. 鼓励年轻的女性在自己的亲戚朋友中，选择一个比较成功的人作为自己学习的榜样，努力向他们学习。鉴于女性较易受人左右的心理，选择一个自己身边的可学的榜样，来慢慢地改掉自己的不良习惯，使自己朝着阳光向上的方向发展。现代心理学认为，"一种有人引导的生活比起一种飘渺的生活要好得多、丰富得多，而且健全得多了"。[1] 还应有意强化她们的自立自强意识，增强以心中的榜样抵抗社会不良因素影响的能力，拒绝违法犯罪人员的引诱。

6. 及时倾诉心里的压抑。心里有结，要学会及时倾诉。保有秘密也好，克制也好，过度了，就会郁结为一种心理症。现代心理学认为，"只有借助于表白，我方能投入人类的怀抱中，从此可免于受负担道德放逐之苦。此一倾诉治疗法之目的便是充分的表白——只有表面上把事实说出是不够的，而是要诚心诚意地将受压抑的情绪真正解放才行。"[2] 向亲人向知己的朋友倾诉自己心里的苦闷，释放心中的压抑，防止心中的秘密成为隔阂亲情的障碍，成为自己融入社会的篱笆，防止克制撑破"气球"，走向贤惠、淑女的反面，对减少犯罪特别是突发的激情犯罪，很有意义。

---

① [瑞士]C.荣格著：《现代灵魂的自我拯救》，黄奇铭译，工人出版社1987年版，第174页。

② [瑞士]C.荣格著：《现代灵魂的自我拯救》，黄奇铭译，工人出版社1987年版，第65页。

7.加强自身修养，学会宽容、忍让和大度。激烈竞争的现实，很容易把人们逼到为了各自的利益无所不用其极的地步。女性多嫉妒的性情，很容易把自己和身边的竞争者对立起来。当与对方的矛盾发展到一定程度时，有的女性不惜用自身的肉体呼朋引类，报复对方。这次问卷，我们除了一般的选择题外，还专门留了两道简答题，其中一道是"请你谈一点预防犯罪的建议"，有相当一部分答卷者写道"不要太贪""不要太嫉妒""学会宽容、忍让""遇事要冷静，不要冲动""避免与人发生冲突"。服刑人员的一句话，是她们付出数年，十数年自由的代价得出来的，非常值得警醒。加强自身修养，学会宽容，实在是女性乃至所有理智的不想违法犯罪的人们的一生的必修课。

11. 死刑执行临场监督①

引言

死刑执行剥夺被执行人的生命，对人的惩罚最为严厉而又无可挽回，必须加强监督，做到准确无误，同时还应保障被执行人的合法权益。根据最高人民检察院《人民检察院刑事诉讼规则（试行）》（2012年版），自2013年1月1日起，死刑执行临场监督的任务由刑事执行检察部门承担。

"包夹控"

今天是2015年6月11日，星期四，我跟晋中市院刑执局的领导到昔阳县看守所，检察死刑犯被执行前的情况，并对明天的执行进行临场监督。明天，关押在昔阳县看守所的一名死刑犯将要被执行。

17：00，县看。县检察院刑执科尹科长说，这几天（明天将要

---

① 本文原载于榆次文联《秋实》2016年第1期，有删改。

被执行的死刑犯的情绪）还比较平稳。为保持常态，不惊动他，我们没有进监区，只在监控上查看了他的状况。

看守所所长陪我们到内值班室去，说：星期一他会见了家属，思想就有了波动，白天黑夜睡不着，烦躁，激动。我们 8 名民警，每班 2 名，负责看管。一有空就找他谈话，防止发生意外。今天可能是困得实在顶不住了，睡着了。从监控上看，一个单间里，地铺上睡着一个罪犯，两名民警在窗外警惕地注视着里边。

死刑犯的心理复杂，情绪波动大，看似平静，可不知道他会提出什么要求或弄出什么事来。执行前几天，法院一般会安排会见近亲属，民警们更得操心，稍有疏忽，就可能出问题。

一次，一个县看守所的被执行人提出捐献遗体，没有办成。他就自杀，放风的时候，把衣服撕成条，拴在铁网上吊脖子，幸好被救下来。为此他们加强了"包夹控"措施。这几天可以说是犯人的"等死期"，民警们的"危险期"，民警们都特别操心。

亲属会见后，对"里边的"（被执行人）得更加操心，可还有外边的呢。平遥所的一位副所长说，一次，白天家属会见了。夜里 2 点，家属又来敲民警宿舍的门，说还要见一次。不让的话，就跳楼。我们的民警都是一些年轻人，吓得不敢开门。不过，最后还是把工作做下来了。

监管工作不好做，监管死刑犯更操心，这就需要他们家属的配合和理解。看守所的民警也在"包夹"之中呢。

不同的心态

检察官：第二天早上 6：40，宾馆窗外的东山上已挂起了一灰色的云团。我穿好检察服，扎上领带，准备出发。刑执局的领导进来问，带小徽（检徽）了没有？戴上咱们的小徽心里踏实。

犯罪人其实也不是天生的"坏人"，其犯罪也有多方面的原因，哪怕是罪大恶极的死刑犯。我理性地看待他们，"以无情的目光论事，以慈悲的目光看人"。① 怀恻隐之心送他们上路。

警察：尽管他们罪该一死，甚至十恶不赦，可这并不妨碍民警们怀着怜悯的心情来对待他们朝夕监管的死刑犯，而且民警们一般都会平和地跟他们道别。

一次，一个40多岁的死刑犯被提出来执行。在进出监区的大通道上，他的目光越过站在他周围的人们的头顶，习惯地把目光投向一侧的外值班室的小窗口。几年来，他每次进出看守所，都会在这停下来喊"报告"，听候里边的命令。今天他不用向这里喊"报告"了，这个窗口里的人除悲情地看着他，并没有向他发出命令，倒是监管他的民警过来给他的嘴里塞了一支点着的烟。他咬着烟嘴，抽了一口，说："谢谢。"往出带他时，他两臂高高地反背着，向两个民警深深地鞠了一躬。出 AB 门时，他对又一位民警说："走了。"这位民警马上回他一句："走好。"声音都低低的，像老友的一次郑重道别。

又一次，在寿阳，在监管民警给一名死刑犯往出拿家人给他准备的衣服的间隙，他也是说了一句"走了"。监管他的民警说"好"，又表扬他说，"像个男子汉"。他蹲在地上轻轻地"切"一声，然后无奈地低下头去。民警回头对我们说，（被执行人）在所里关押了两年多，没有给所里找麻烦。

有一次，晋中市看守所的两个死刑犯往出走时，还跟民警来了一句："再见。"民警马上反应："不是再见，是你们走好。"

还有一次，介休市看守所所长，在被执行人已被押上刑车，车门就要关上的一刻，急急地对中院的法警队长说，给他点一支烟。得到队长的同意，他马上跨一步到跟前，把手里已点着的烟，塞到死刑犯的嘴里。死刑犯马上说："谢谢。"

"有的死刑犯，执行时，我心里会难过。难过不是同情他犯罪，而是觉得通过教育他变好了。执行的那天，我们把他提出来交给法院的人，看着他被带上刑车，特别是他上了刑车，回头看看守所的那一刻，还要强作笑脸，冲你笑一下。平时教育他，执行的时候不要哭，他果

---

① ［英］弗兰西斯·培根著：《人生论》，何新译，湖南人民出版社 1987 年版，第 220 页。

然听你的了。此一刻，我心里会更难过，就是过后几天心情也不好，心里沉沉的。心想，人已经改变了，还用不用执行呢？"晋中市看守所的王林森副所长停了一下，又说，"一次执行了死刑犯。第二天上班，有的民警讽刺我，说某某没给你打电话？我说，某某被执行了怎么给我打电话？民警说，某某临走时，你不是把你的电话告诉他了。人们就笑。"

真是心底坦荡的人无所惧。

法官：那给他们量刑，真正操生杀大权的法官呢？合议的时候，会是怎样的心理呢？我曾问一个跟自己一样有了白发的法官。我以为他会说出一番感慨来。谁知他说得很简单："一样。因为审理的死刑案太多了。与量其他刑罚没什么不同。"哦，干什么干得多了，也就平淡了。那第一次呢，总会有所感吧？可惜白发法官对"第一次"的记忆已模糊了。

而一位挂职最高法院的教授，第一次在死刑复核裁定书上写下"核"字（也即杀的意思）的当晚，就开始做噩梦，梦见被告人从案卷里走出来找他来了。这毕竟不是一个因为"太多"就能让人轻松的工作。

"监斩"

一般我们是7点到看守所。一次，灵石县院分管刑执工作的王副检察长说，别那么急，咱们"监斩"，咱们没有到场，他们（法院）也执行不了。

这天，尹科长陪我们到餐厅吃了早餐，7点半，我们到了看守所，法院的人也来了。看守所的民警打开 AB 门，一张小桌已摆在大通道上。一个年轻的穿短袖制服的女书记员，在小桌上摊开好几份法律文书，她写好了文书，让检察官签。这是签死刑执行临场监督文书。我用摄像机拍了最高法院的死刑执行命令。

"心理素质超强"

看守所的民警进监区提人去了。生死关头，人生的最后时刻，他们会有什么反应呢？

一次在祁县看守所，同时执行两个死刑犯。提出来，一个说他要上厕所，另一个也说要上大号。实际上，他们是紧张。

晋中市看守所的民警说，一次一个杀了别人妻子的被提出来，呼吸不正常了，脸色也变了，说话结结巴巴，浑身哆嗦。问他，平时你不是说不怕死吗？他说，临死了，人总是有点怕。不愿意死。有的验明正身时，签字的手一直在发抖，民警给他点一根烟，手抖得抽不着。有一个被带出监区，吵吵着说："我要回监区去，我要在这里转一圈"。

而大部分被执行的死刑犯如法官说的，能坚持下来。为什么？我问当天宣读死刑裁定的40多岁的法官。他说："他们的心理素质超强。可以说他们从作案到被抓，已预见到了今天，他知道自己做的事的后果，每天想的就是一个'死'，已经接受了。"

有一次，我们看到一个死刑犯只戴着脚镣，空着两手，在监舍里走来走去。这是少见的。所长说："这个死刑犯一直表现不错，不像其他死刑犯'闹监'称'老大'，尽给咱们出难题。他说，他不出事。给咱们提出的一个要求是让他自由些。我们考虑，作为一种奖励，就没给他戴手铐。"果然，第二天，很顺利地执行了。

又一次，我们在监控上看到第二天就要被执行的一个死刑犯，在监室里很快地走来走去，从监室的一头，从4个人正围在一起吃饭的一头，很快地走到另一头，来到他们6个人一堆的一头。除了戴着手铐脚镣外，看不出他与其他在押人员有什么不同。虽说两天前他会见了家人。

第二天，验明正身时，法官问一句，他一个"是"。直到最后问他，还有什么话要对家人说？他很干脆地说"没有"。法官宣读（实际上是说）了裁定书的主要内容，问他听懂了吗？他说听懂了。法官把一份裁定书给他。这个个头一米七以上，方正脸，只因脸瘦才变成长条，身子直直的，不像一般的南方农村人，比较黑瘦，个子不高的死刑犯，又很干脆地说："不要。"法官说："这份是你的。"他又紧顶了一句："不要。现在给我有什么用？就留在这里。"法官命令道："给他拿上。"法警叠起来，塞进了他的衣服里。

一个死刑犯，验明正身的时候，打断法官的提问，说："不用说了。我知道。"然后就在法官让他签字的地方签上他的名字，又很利落地摁了手印。

一个基层院的老监所科长说：以前，有一次到了刑场，警察问将要被执行的一个小青年，想什么呢。他还笑一下说，尽想他未婚妻来。

而更多的是到了这时，麻木了，叫干什么就干什么。还有更想得开的。一次，关在榆社县看守所的一个，提出来，验明正身时犯人还说，我以为你们在国庆前会来，十一前我就在等你们，你们现在才来。县看的民警说，一般在大的节日，像十一、元旦、春节这些节日前，他们的情绪就低落，有预感，以为会被执行。过了，他们就会松一口气。有的会解脱了似地说："今天是我的好日子。我不用再受罪了。"有的问他现在想什么。他马上简单地回一句，"没想什么"。

他们对监管民警有话说

其实，他们并不是"没有"。怎么会没有呢？在人生的最后时刻，能没有话说？而"没有"的更多原因恐怕是面对陌生的法官和其他执法者，身处严肃紧张的气氛中，在时间不允许的情形下，他们有话说不出。倒是在之前，他们对朝夕监管他的民警有话说。

王所说，一次执行一个死刑犯。他朝 AB 门走着走着不走了，回过头来说，要跟我说一句话。经检察官同意，我快步走到他跟前，他对我说，让我告诉他家里，把他的骨灰拿回老家去。他不想在外当孤魂野鬼。我说，不知道你家里的电话，他就告诉我一个电话号码。过后，我给他父亲打电话，告诉他的留言和他在看守所的表现。他父亲听后就哭了。后来他父亲和他弟弟还专门到看守所来见我。见了，他们先是哭，后是高兴，知道了看守所文明管理他的情况，非常感谢。

王所说，有的我会过去，握握他的手，上去抓住他的胳膊，有时还跟他们拥抱一下。他们的身子不是紧张发抖，而是紧紧的，非常紧，僵硬硬的紧。

有时候晚上值班，我会看看他们的照片和遗留下的东西，翻看他们看过的书，看看他们写在书页空白处的感言，回想他们在所里关押期间的情形。其实他们有的本质并不坏，是他们控制自己情绪的能力实在太差，一时鲁莽闯下了大祸。

一次，一个被执行了的，他儿子到看守所来，说要见我。律师会见时，死刑犯告诉律师，他在里边，我对他很好。将来让他儿子到看守所来看看我，表达一下谢意。民警告诉他，第二天就来了。我听了还哭了半天。可惜他没有再来，非常遗憾。

会见近亲属

一次，我们监督执行一个外地的。他来到一个小县城打工，找了当地的一个女的。后来，人家不干了。他就到人家里，吵起来，把女的掐死了。我问县院的驻所干警，这两天他的表现。干警说，会见家属，他妈、他哥哥来了。家人哭得跟泪人似的，可他倒很平静，希望快点执行了。

一个四十七八的，怀疑他的相好又有人了，杀了人。会见家属时他的舅舅、外甥来了，他说，你们不要管，明天我就走了。

一个还年轻的说，想家人。他认识了一个女的，两人如胶似漆后产生了矛盾，把人给杀了。前一天会见了家人，哭着说很后悔。

验明正身

7：45，看守所AB门过道。死刑犯被提出来了。他戴着手铐脚镣，两边各由一名民警抓着他的胳膊，快步走进来。他穿着一身新衣，上身T恤，下身深色运动裤，新鞋子。剃了的光头，刚长出些许头发，显得他的脸光秃苍白。他来回转着头，两眼急切地来回看着周围的人，似乎在寻找或想看到什么人。从里边跟出来五六个民警，大概是这几天分班看守他的。

眼前都是严肃的执法者，有法官、检察官和左臂上戴着黄色袖标，上边是红色"执法"二字的法警。他们有条不紊地做着各自的事。法官在小桌上准备好了几份被执行人必须签字捺印的法律文书，检察官严肃而细致地注视着眼前的一切，而法警已将几根细麻绳依次摆在地上，它们有不同的用途。

此时，他看不到亲人，只有这些陌生的执法人员，他问了一句，我的家人呢？是不是在榆次等着？法警队长平常地回了他一句，一切都给你安排好了。你就不用操心了。

7：55，他被提到了法官面前。法官拿起裁定书，验明正身，问道，你叫什么名字？罪犯回答了他的名字。什么地方人？某县。出生年月日？……

最后的形象

核实完身份，书记员让他在几份文书上签字时，看守所所长扭头对我说，让他看一下照片。他说要给家人留一张没穿囚服的照片。我点了一下头，所长马上叫外值班室窗口里的民警，递出一张五寸彩照来，是死刑犯在监区院里，穿着这身新衣，没戴手铐脚镣的一张全身照。所长递到他眼前。死刑犯一边并不看文书上写着什么，就在书记员指给他的地方签下他的名字，一边扭头看所长让他看的照片，马上说了一声："谢谢。"很快，他在所有的要他签上名字的法律文书上签了名，并在告诉他的地方，一张一张摁上他的指印。他签字的中性笔，丢在光光的小桌上，没人收起。

临了了，他们还有牵挂，想给亲人留下一个念想。他们很配合很愿意留下他们最后的"形象"。一次，我临场监督摄像，要被执行人配合。他就很在意地将两腿来了一个站稳的姿势，又将脸朝向我的镜头。

最后的寄托

死对他们是别无选择的结局。可他们仍对生充满了眷恋，哪怕是在这死的前一刻，对家人，对父母，对他们自己短暂的一生。一个杀害出租车司机实施抢劫的年仅 26 岁的死刑犯，在从看守所到刑场的途中，一直对法警说他的父母，说他的兄弟。一个多小时的路程浓缩了他短暂而罪恶的一生。

一次，一个 40 多岁的被带进 AB 门通道，往法官跟前来。他抓紧时间回头对跟着的民警说了一句什么。我问民警他说什么，民警说让把他在监室里的东西收拾一下，交给他的家人。

又一次，一个抢劫杀人的出监时，要把他留在监室里的家人的照片拿来装在身上。他们想念家人，这是他们人生的最后寄托。可他们残忍的行为，罪恶的行径，却不是对家人负责的态度。如此巨大的矛盾就这样聚集在他们身上。

最后的牵挂

一次，一个验明正身后，法官问他还有什么要说的。他说，想捐献遗体。家贫。他的意思是捐了遗体得点钱给他的两个孩子。他苦笑一下说："到这个时候了，没办法了。"

"手续复杂，没批下来。"法官回了他一句，又问，"你还有什么要说的？"他回答："没有了。"

最后的谈话

他们"没有"，可我们还有最后的谈话。一次，在被执行人换了家人给他准备的内衣内裤、一身新西装，民警用电动剃须刀给他剃了胡须，我们核实了他的基本情况后，我记下这样几句对话：

"你在看守所羁押期间有无控告、申诉、举报的情形？"

"没有。"

"你还有什么要说的？"

"告诉所有的人，不要像我这样。"

是呀。他这么一个中等个子、身体壮实、黑红脸膛的汉子，我怎么也想不明白，凭他的体力、凭他的努力，怎么就不能生活呢？怎么就非要一步一步走到今天呢？

前一天，他跟民警说，没想到这么快。快，那是因为他走到今天的脚步就一直没有停下来，2008年因盗窃被判处有期徒刑4年，2012年11月因盗窃被判处有期徒刑1年，2013年又是盗窃，杀了人。

出所

8：00。签了字，看守所民警才打开他的手铐，将他交给法警。法警开始用细麻绳往他胳膊上缠，他老实地仰起头对法警队长说："我不乱动。"他的两只胳膊背了过去，T恤被勒紧，他说了一句："把衣服往上拽一下。"法警队长上前把他的T恤往上拽了一下。估计是舒服了些，他就立即说："谢谢。"捆好了，两边的法警抓着他被捆绑的胳膊往AB门外走去。

一次，法警队长对捆绑的法警说，不要捆得太紧。又不断地拍拍犯人的胳膊，问他，紧不紧。路比较远，不舒服了就吭气。又一次，法官让法警把一份裁定书塞给死刑犯。法警叠起来塞进了他披着的棉衣里，还不忘说一句，一会把棉衣穿上，要不路上冷。有一次，法警捆住被执行人的双臂，往上提。他轻声地"哎呀"一声。法警问他，你的胳膊是不是有问题。他说，他的胳膊动不了。那边指挥执行的法官说，不要捆太紧，差不多就行。

又一次，死刑犯在院子里脱光了身子，换一身或许是他的家人，或许是他自己，也或许是民警为他准备的红内衣内裤。他可能是慌了些，也或许是天冷，抖得穿不上。一个法警过去温和地对他说，不着急，慢点穿。

眼前，从看守所的大黑铁门上的小门往出迈腿时，他的脚在小门坎上崴了一下，又崴了一下，才出了大门。院子里有十几个人注视着他，有看守所的工作人员，有正好来办事的其他人。他对旁边站在一起的两个人，轻声说了一句："走了。"他们其中一人是从本县指定的为他辩护的律师。

辩护律师

我曾专门走访过几位从业多年的律师，为死刑犯辩护，他们心里会怎么想，或者说，当预感你的委托人必有一劫时，你的心理活动是怎样的。

田宇平律师说，独立思考非常重要。有的案件在当地甚至在全国的影响都非常大，舆论关注，作为律师，你不能受外界因素的影响。以事实为根据，以法律为准绳，也是律师的职业要求。张玉牛律师说，也只能是客观地履行职责，从他的认罪态度，一贯表现，是否有立功、自首情节，从对方的过错等方面进行审查，会更加注重办案单位是否存在违反法定程序的问题。左韶山律师说，每个犯罪人在判决前都是犯罪嫌疑人，不能妄下判断。他就是罪大恶极，他享有的权利也应该得到保障，律师在其中就要发挥作用。张宝恒律师说，一个县里的案子，就因为些家务琐事，就把他老婆杀了，对这样的人，我心里极不同情，可还得去做本职工作。从证据、从对方的过错、从法律程序等方面，尽可能地抠出点理由来，为他辩护。王和平律师说，一次，代理一个"打点子的"案子。会见时，他一下就给我跪下了，说救救他。我问他，你自己感觉怎么样。他们在里边就交流了，他说，恐怕要出大问题。这就对了。他们做下那样的事，现在又求活命。我告诉他，我代理了这个阶段，就不办了。因为看了公安的起诉意见书，知道办下去，

313

百分之百不行。告诉他家属，另请律师，或国家给指定。不能忽悠人，不能做无德律师。韩建伟律师说，知道他可能会掉脑袋，也得尽量想办法，尽最大努力去为他辩护，因为这是职业使命使然。刘彦明律师说，有的家属会提供一些有利的证据，可往往是夸大的，这也可以理解。我会跟他家属说，得看了案卷，有证据印证才行，不能因为收了他的费就瞎应承。人家也是保命钱，辩不下来，收了人家的钱，你心里也不安。乔永安律师说，我会告诉他，有钱不如给被害人家属，获得人家的谅解，减轻社会压力，或许还有转机。这是一个两利的考虑，因为辩下去也无非是走一个过场。

张兰明律师介绍了他在 20 世纪 90 年代初办的一个案子。被告人老婆叫人到家里来通奸，被捉奸在床。争吵中，被告人用大改锥将二人捅死。被害人有重大过错，但杀人不可取，可终究是义愤杀人。法官采纳了律师的辩护意见，判了死缓。张律师说，但这也不能说律师就发挥了多大的作用，律师的作用也很有限，律师只是多方面因素之一。这个青年在村里印象很好，村民联名上保；公诉人客观公正；最根本的是案件材料，被告人的犯罪事实不足以判处死刑，立即执行。但最直接的因素有两个：一是律师把从轻的意见讲出来；二是法官能够采纳，公诉人认可。以后办理这类案件时我就特别注意，该说的意见一定要说出来，认准的就要坚持到底。不能一看案件严重，事实清楚，就虎头蛇尾。律师要通过自己的辩护去感动或打动法官，运用自己的辩护技能去感染检察官，维护被告人的合法权益。

生死一瞬间

8：05。前边法院的刑车开动了。一辆刑车，三辆警车，都开着车顶上的红蓝色警灯，轻轻地驶出了看守所的院子。离开看守所一段距离了，警报才响起。出所时，所长专门告诉，走远点了，再拉警报。要不里边的死刑犯听见了，思想压力大。有的吃不下饭，一天只吃一包方便面。刚吃一口，就到卫生间吐出来。

穿过繁华的县城街道，车队向城外驶去。天还下着雨，时大时小，警车前窗上的雨刷器时快时慢地来回闪着。路上一阵阵"唰唰"的声音，车队驶出了县城。

这个年轻人，就在他基本还是一个孩子，刚满 18 岁的时候，从老家来到昔阳。一天晚上，他出来闲逛，迎面过来一个年轻女子。无所事事的他临时动意，问女子几点了。女子好意掏出手机，看了一下告诉他。谁知他竟鬼使神差地猛地去抢女子的手机。可怜女子，这个手机可能是她辛辛苦苦工作几个月刚买的，怎么也不忍就这样被人抢去，与他撕扯在了一起。他用随身携带的水果刀刺向了好意告诉他现在几点了的女子。女子倒地了，随后他也被抓。这个价值 970 元的手机，让两个年轻人丧失了生命。

生死一瞬间。如果重来，被执行的他，恐怕不会为抢这么一部手机就连捅被害人数刀，将其捅死，他也付出生命的代价。可是在经济社会，在这物欲横流的世间，有多少人为财而丧命。

一个流窜作案的惯犯，临执行前说，如果重来一次，他绝不会违法犯罪。相信他此时此刻说的是真话吧。人之将死，其言也善，其言也真。可他醒悟得实在是太晚了。

太晚的还有最终的心服口服。一个年轻人，为了钱财，竟行骗到同学家，骗财不成，竟将同学的家人杀死。为寻求活命，他在公安机关侦查、检察院审查起诉过程中，在法庭上屡屡翻供，甚至把父母（犯伪证罪）也拖进来。到了刑场上，他才终于说出了恐怕是自发案就已埋在心底的一句话："我知道迟早会有这一天。"这是自作孽不可活。

执行

9：20，刑场。刑车驶入执行地，雨下得更大了。车队没有进城，而是从外环直奔建在城边的火化场的刑场。我们跟着前边的刑车，而且有法院发的"特别通行证"，车就直接开了进来。

2004 年联合国人权委员会第 67 号决议要求成员国"保证不会以公开或其他羞辱性的方式执行死刑"[①]。我国 1979 年 7 月 1 日通过

---

① ［英］罗吉·胡德、卡罗琳·霍伊尔著：《死刑的全球考察》（第四版），曾彦、李坤、李占州、郭玉川译，莫洪宪审校，中国人民公安大学出版社 2009 年版，第 216、230 页。

的《中华人民共和国刑事诉讼法》第 155 条第 3 款规定："执行死刑应当公布，不应示众。"1984 年 11 月 21 日，中共中央宣传部、最高人民法院、最高人民检察院、公安部、司法部联合发出通知，规定："执行死刑不准游街示众。"还规定："执行死刑的刑场，不得设在繁华地区、交通要道和旅游区附近。""严格控制处决犯人的现场。除依法执行死刑的司法工作人员外，其他任何人不准进入刑场或拍摄执行死刑的场面。" 1986 年 7 月 24 日，两高两部《关于执行死刑严禁游街示众的通知》再次指出："（插签游街示众）这种做法不符合社会主义文明的要求，社会影响也不好，必须坚决纠正。"

我们进入的这个小院，法院已全部封闭。除了法院的执行人员和检察院临场监督的检察官外，没有持"特别通行证"的车辆、人员，一概不得进入，对被执行人的人格给予充分保护。

一次，十几名黑衣法警，两名押一个，将几名死刑犯带到一个土垭前，他们都顺从地站过去。先是站着拍照，然后转过身去。他们有的面无表情，有的歪着头，一副"任由"的模样。

世界上最早主张废除死刑的贝卡里亚认为，"打击犯罪的最有效手段不是严厉的刑罚，而是不可避免的刑罚，只要这种刑罚是与犯罪相对称的"[1]。但是，如果因自己的罪恶而必须受到严惩的时候，还没有一点忏悔，还如此淡定的话，那么，对这样的人除了处以死刑外，还有什么刑罚能与他们的罪和恶相对称呢？

几名死刑犯朝土垭跪下。两边的法警将胳膊伸得远远地扶着罪犯，有的能自己跪直的，法警就放开了手。

他们的挽歌

那么，此时此刻他们会想什么呢？一次，我问一个多次执行刑场押解任务的法警，他们在车上说什么？法警说，一般他们不说话，我们不会主动跟他们说。有的说他哪不舒服了，胳膊捆得麻了，我们就

---

[1] ［意］贝卡里亚著：《贝卡里亚刑事意见书 6 篇》，黄风译，北京大学出版社 2010 年版，第 22 ~ 23 页。

给他拍拍，尽量让他舒服点。大部分是不说话，有的说也是天南海北的，就是不说案子。有的说家里的情况。有的简单地问一句，今天农历几号。

人总是至死也不甘心自己的人生就是一场空白。哪怕他就是一个打工者，哪怕是他杀人的原因龌龊。

一次，一个容忍老婆通奸，后又杀了人的，一路上都在唱歌。

唱什么歌？

从头再来。押解的法警说。

不甘心死，可死已无可挽回，就祈求来生。

执行方式

这时，穿着雨衣的行刑指挥法警，将手中的令旗一抖，指一下跪着的死刑犯，然后猛地往下一挥，命令道："开始。"

从历史上看，各国执行死刑的方式可谓千奇百怪，主要有：煮刑、火刑、钉刑、注射毒药、电刑、石刑、车磔、斩首、枪决、绞刑、轮刑、电椅、毒气室、断头台、"绑在轮子上碾死"、"被用重物压死"、"在油锅里被烫死"、"先被红热的钳子烧，然后被五马分尸"、"绞死，被挖去内脏或切成四份"、淹死、"戴着枷锁被吊死"、压、拖、四肢分解、金属灌喉等。我国历史上有炮烙、腰斩、弃市（杀之于市，与众弃之）、轘（车裂，使头与四肢各部分裂）、磔（剖断肢体）、脯（去衣磔之）、焚（用火烧死）或在活着的时候被剥皮，或者"凌迟处死"，还有"囚笼"（犯人被关在一个笼子里，笼子里堆了一些砖头，犯人踮着脚尖站在砖上。头伸出笼子外，肩膀被交叉的木条卡着，直至吊死），（中国式）"钉刑"（犯人被十字形状地钉在路边的大榕树下，直至死去），"站笼"（刑具是一个带盖的大笼，盖子有一个孔，犯人的头从这个孔探出。笼的底部是一层厚厚的石灰和七块堆在一起的砖。第二天，他脚下所踩的砖被抽掉一块，同时石灰中被注入了少量的水，由此产生的有毒气体直熏他的脸。每天这样，直至最后一块砖也被抽掉，犯人在极其痛苦中死去），等等。① 我国从 1997 年开始采用注射方式执行死刑。②

然而，古老的死刑也日益式微。1764 年贝卡里亚就提出废除死刑。2008 年联合国大会在全球范围内就暂停执行死刑的决议进行投票，106 个国家投赞成票，而仅有 46 个国家投了反对票。③

我国一贯坚持严格控制死刑的政策

早在 1948 年 1 月，毛泽东就指出："杀人是越少越好。不可不杀，但不可多杀。"④1950 年代毛泽东又提出，凡介在可杀可不杀之间的人一定不要杀。⑤2011 年 5 月 1 日施行的刑法修正案（八），取消走私文物罪、走私贵重金属罪、盗窃罪等 13 个经济性非暴力犯罪的死刑，这使中国的死刑罪名减至 55 个。增加规定审判的时候已满 75 周岁的人，一般不适用死刑。2015 年 8 月 29 日，第十二届全国人大常委会第十六次会议表决通过了刑法修正案（九），取消了 9 个死刑罪名，分别是：走私武器、弹药罪、走私核材料罪、走私假币罪、伪造货币罪、

---

① 参见 [英] 罗吉·胡德、卡罗琳·霍伊尔著：《死刑的全球考察》（第四版），曾彦、李坤、李占州、郭玉川译，莫洪宪审校，中国人民公安大学出版社 2009 年版，第 11～12、214、215、217、218 页；[德] 李斯特著：《德国刑法教科书》（修订译本），[德] 施密特修订，徐久生译，何秉松校订，法律出版社 2006 年版，第 411、415 页；王志亮著：《外国刑罚执行制度研究》，广西师范大学出版社 2009 年版，第 403 页；赵路译：《俄罗斯联邦刑事执行法典》，中国人民公安大学出版社 2009 年版，译者序第 3 页；[意] 贝卡里亚著：《论犯罪与刑罚》，黄风译，中国法制出版社 2005 年版，第 53 页；史记殷本纪第三；参见 [英] 麦高温著：《中国人生活的明与暗》，朱涛、倪静译，中华书局 2006 年版，第 143～146 页；蒲坚主编：《中国法制史》（修订本），光明日报出版社 1999 年版，第 32 页。

② http://news.sina.com.cn/c/2009-12-10/204516751704s.shtml：1997 年，昆明市中级人民法院在全国率先采用注射方式执行死刑，2001 年 9 月，最高人民法院要求全国各地法院推广注射执行死刑。

③ [英] 罗吉·胡德、卡罗琳霍·伊尔著：《死刑的全球考察》（第四版），曾彦、李坤、李占州、郭玉川译，莫洪宪审校，中国人民公安大学出版社 2009 年版，"更新至 2009 年 6 月 30 日"，第 2 页。

④ 中共中央文献研究室编：《毛泽东文集》第五卷，《在西北野战军前委扩大会议上的讲话》，人民出版社 1996 年版，第 25 页。

⑤ 《毛泽东选集》第五卷，人民出版社 1977 年版，第 40 页。

集资诈骗罪、组织卖淫罪、强迫卖淫罪、阻碍执行军事职务罪、战时造谣惑众罪。至此次刑法修改后，中国的死刑罪名降至 46 个。2013年 11 月 12 日，党的十八届三中全会审议通过的《中共中央关于全面深化改革若干重大问题的决定》提出，要完善人权司法保障制度，逐步减少适用死刑罪名。这些都表明我国对生命尊重的态度。

忠于职守的法警

9：23。"砰——"，随着沉闷的一声枪响，执行完毕。拍照后，火化场的工作人员拿着白色大塑料袋过来，装进去，抬到他们的运尸车上，运到不远处的火化炉里去。

我问一个入职三年多，参加了十余次执行任务的法警，执行前后有什么感想。他说，第一次执行的时候，领导告诉明天有任务，脑子里会老想这事，执行后也想。不过执行的多了就不想了，就像完成一件平常的工作一样了。因为他代表了正义，罪犯被执行是因为罪恶。

我想，他是一个忠于职守的好法警。我说，若怀着慈悲的心去执行，去送他上路，心里就不会疙疙瘩瘩的了。因为犯罪是由多方面因素造成的，他们就是恶魔，也总是有一定原因的。

余言

我曾问一个从 1976 年始建就一直在火化场工作至退休的工作人员，对一次一次的火化工作有什么认识。他淡淡地笑了一下说，看得多了，就没什么感觉了，就跟正常工作一样。

那火化死刑犯的工作人员呢？一个年轻的工作人员说，一开始看了，非常震撼。警车远远的，刺耳的警笛声由远至近，开到小院里。一个鲜活的生命进来，又眼睁睁地看着死去，心里非常震撼。可是干的时间长了，就没什么感觉了，就跟正常工作一样。又一个"正常"。如此说来，主张废除死刑的贝卡里亚又是对的，"在大部分人眼里，死刑已变成了一场表演，而且，某些人对它怀有一种愤愤不平的怜悯感。""处死罪犯的场面尽管可怕，但只是暂时的。""暂时的可怕"能让不断目睹的人"正常化"，那么，"暂时的可怕"又能对见不到特殊的"表演"、在欲海中挣扎的人们起多大的威慑作用呢？倒是"欲望促成人健忘"，"死刑所给予（人）的印象是取代不了它（健忘）的"。① 所以，"死刑既是有效的，同时又是无效的。""制止人们犯罪的最大的约束力量不是处死罪犯时可怕的并且短暂的表演"②。这也是贝卡里亚说的。

火最无情，火于消灭罪恶的躯体也最简单。炉里一把火，顷刻成灰。可要割断他们与社会、与人们，特别是与他们的亲人，与他们有着某种关系的人们的联系则不容易。尽管他们的家属有的并不来取他们的骨灰，有的只做简单处置，而有的则像"终于归来"。火化场的工作人员说，来取骨灰的大部分面目凝重，心事重重，而不像一般来办丧事的人那样悲伤。他们的表情很复杂。复杂的人性决定了复杂的社会。一声枪响和一炉烈火，简单化不了复杂的犯罪动因，不能像一下夺去他们罪恶的生命一样立即消灭他们犯下的罪恶。死刑终究不是一剂灵药，能包治百病。

德国犯罪学家李斯特认为："研究表明，任何一个具体犯罪的产生均由两个方面的因素共同使然，一个是犯罪人的个人因素，另一个是犯罪人的外界的、社会的，尤其是经济的因素。"③ 社会经济是一直要发展的。那么，犯罪与惩罚犯罪就是一道永也无解的难题。

---

① [意]贝卡里亚著：《论犯罪与刑罚》，黄风译，中国法制出版社2005年版，第58页。

② [意]贝卡里亚著：《贝卡里亚刑事意见书6篇》，黄风译，北京大学出版社2010年版，第23页。

③ [德]李斯特著：《德国刑法教科书》（修订译本），[德]施密特修订，徐久生译，何秉松校订，法律出版社2006年版，第12页。

后 记

告诉你这样的检察工作，这样的检察官

看守所一般不为人们所了解，就是公检法的人，也不是每个人都能近距离地了解它。像我，从事检察工作 30 多年，刚到检察院时是法警，后来转为助检员、检察员，在民行科、控申科、办公室干过，没在法纪科干过，可我在经济科干过；没在反渎局干过，可我在反贪局干过；没在批捕部门干过，可我在公诉部门干过。有时我就想，如果能从事一回监所工作，特别是能在驻看守所检察室工作一回，也就不枉所谓干了一辈子检察工作。2011 年我正在下乡，7 月，一个偶然的机会，单位征求我的意见，是否愿意到驻晋中市看守所检察室去，我立即就同意了。

让有的人认为驻所是"二线""没意思"的去吧，让有的人"就能干个那"鄙视、不屑、自高一等之色溢于言表去吧，让有的人"就是去混"去吧，我就是愿意去体会一下驻所工作。我觉得能近距离地接触在押人员，能亲身了解看守所的监管工作，能当一回驻所检察官，于自己的人生就是一个丰富。为此，在这将近一年的时间里，我记录工作中的点点滴滴，积极思考工作中遇到的问题，不断提醒自己不要虚度了在这工作的时光，努力将"没意思"的工作做得有意义，把枯燥的工作做得有滋味。

可是，整理日记我还是看到自己工作中的许多不足。尽管王林森副所长说，我是他在看守所 20 多年见到的工作最深入的一名驻所检察干部，我是与看守所民警交流最多的一个检察官。说我经常进监区，不是为了招呼自己的人才进去找哪个在押人员谈话，而是为了发现工作中的问题，为了了解里边的矛盾，然后去解决问题化解矛盾；说我

与民警交谈，总结了民警们的许多好的工作经验，同时也希望他们能改变旧的思维习惯，去适应迅速发展的形势。可扪心自问，我还是不满意自己的工作。比如，受女性犯罪心理问卷调查的启示，我曾想设计出若干调查项目，在看守所搞一次不同诉讼阶段在押人员心理变化问卷调查。这本是一项很有意义的工作，却因自己的懒惰放弃了。还有，那天发现一监区的在押人员"传书"，虽然跟值班民警说了，却没有往深里追究；等等。而且从日记看，我对看守所和民警们的了解还很肤浅，驻所工作也做得远远不够。尽管如此，我还是不能忘记这11个月来的经历，因为我在这真诚地付出了。

2012年7月，我离开了驻所检察室。也许是我太在意那段驻所工作了，驻所工作和看守所的民警给我留下了太深的印记，所以在我离开驻所检察室之后，驻所工作的情景，会不时地出现在我的脑海里。尽管我做的都是些烦琐小事，普普通通，简简单单，不似在公诉科时，一年办了多少案，也不似在反贪局时，一年拿下了几个贪官，那样有成就感，可我就是不能忘记那一段经历。

我每天坐着接送车，与看守所的民警们一起上来，开始在这里一天的工作。有时，我是顶着风，冒着雪，骑着自行车上来，尽管疲惫却感到浑身舒爽。我与民警们交谈，听他们讲述各自的工作体会和工作中的甘苦；我参加他们的交接班仪式、狱情分析会，了解狱情动态；我巡视监区，参加看守所的安全检查，为监区的安全和稳定贡献我微薄的力量，尽到自己的职责；我还会像年轻的公岗人员一样，抄写日志，输录驻所信息，虽有点尴尬，却也丰富了我的驻所经历。所有这些，既增加了我对看守所工作的了解，也使我收获了许多有益的人生感悟和体验。我找在押人员谈话，给他们上法制课，解答他们的疑问，为他们提供尽可能的帮助，让我看到了另一种人生的人性和心理。在这11个月零4天里，我工作着，也辛苦而有时又郁闷着，但我更充实着。还有，这里的民警无论是年轻的还是年龄大的，以及卫生所的大夫、护士，尽管他们也发牢骚，也说怪话，也言语偏激，愤世嫉俗，有种种不足，但他们都责任心强，警惕性高，按照上级的要求和自己的职责努力工作，给我留下深刻印象。当然，我也写了监管工作和驻所工作中的不足。我相信，这些不足随着我国法治建设的不断进步会不断地得到纠正和克服。

整理这段日记，让我又重新回到驻所的日子里，让我的思绪又沉浸在那将近一年的驻所检察工作中，沉浸在与晋中市看守所的民警和监管卫生所的大夫、护士们一道工作的日子里。

在本书出版之际，首先要感谢著名作家、曹乃谦老师赋诗鼓励，感谢晋中市看守所所长张玉柱的支持，感谢晋中市看守所原政委闫国华、晋中市看守所副所长王林森、晋中市公安局监管卫生所所长张剑锋对我工作的大力支持，感谢晋中市看守所的民警和晋中市公安局监管卫生所的大夫护士对我在驻所检察室期间工作的支持。

其次，感谢1953年就在榆次县人民法院担任审判员、后来任榆次市人民法院副院长、如今年已92岁的武福洪老人提供珍贵的照片和历史回忆，并题字鼓励。

感谢1954年从部队转业到榆次市人民检察院、曾任榆次市人民检察院批捕起诉科科长、后又任榆次县人民法院副院长、榆次县公安局副局长、榆次市公安局副局长，88岁的何北管老人的宝贵回忆。

感谢榆次县公安局预审股原股长、88岁的李达老人，感谢曾任榆次县公安局预审科科长、公安局副局长、榆次市人民法院院长、如今年已85岁的张效先老人，感谢榆次县公安局原副局长、如今年已93岁的王富贵老人，感谢榆次市看守所原所长、如今年已90岁的马修贵老人，感谢榆次县人民检察院原检察员、榆次市人民检察院原检察员、刑事科科长、检察委员会委员、如今年已85岁的高守铎老人，感谢1963年任榆次市法院书记员、后任民庭庭长、如今年已82岁的刘玺泉老人，感谢1960年代初榆次市法院法警、后任审判员、办公室副主任、调解中心主任、如今年已80岁的尚玉牛老人，感谢榆次市人民法院原院长李进田，感谢1963年至1978年在榆次市看守所当会计兼保管又当管教、如今年已82岁的骞云老人，感谢榆次市法院退休干部赵铁保，感谢1960年代在榆次市法院当法警、如今年已72

岁的蔺海宽老人提供的宝贵回忆和珍贵照片。

感谢榆次市看守所原民警侯德胜提供的历史照片、资料和回忆。

感谢中国人民武装警察部队山西省总队晋中地区支队榆次县中队原指导员杨玉锁、原中队长宋李仁提供的宝贵照片和回忆。

感谢榆次市收审站原站长谭守先，榆次市看守所原所长秦晋中、张一平、刘日祥，第二看守所原所长李惠、郭志恒、指导员王海宽、王军合，榆次市公安局政保科原科长原振田，感谢晋中市公安局榆次分局技术科原科长康文平、原指导员温祁明，感谢榆次市看守所原副所长刘国顺、张二根，感谢榆次市（县）看守所老民警窦有丹、陈森、曹拴成、郭双保、郑瑞才、武荣贤、霍安国、胡爱忠、白银马、王安国、程维宁、赵斗北、郭丽萍、袁占国、段建国、王殿科及郭创郎，感谢晋中市榆次区人民检察院监所科赵凤山、文耐萍、贾惠等老干警的回忆。

感谢榆次区作家协会主席劲草（范拴练）对书稿提出宝贵意见。

感谢榆次县人民检察院原检察员、科长王明宪的老伴、92 岁的李鲜鱼老人，感谢榆次市看守所原所长郭庆成的老伴、91 岁的武爱文老人提供的宝贵回忆。

感谢榆次市人民检察院原检察长刘有恒之女刘玉香，榆次市人民检察院原检察长徐振国之女徐晓英，榆次市人民检察院原检察长王瑞祥之女王翠萍，榆次市人民法院原院长贾君谊之子贾成清，榆次市人民法院原副院长刘二海之子刘建英，榆次市人民法院原副院长任贵祥之子李榆平，榆次市人民检察院原副检察长张福海之女张润香，榆次县人民检察院原副检察长赵玉保之子赵沁忠，榆次市人民检察院原副检察长聂昌煜之子聂建设，感谢 1955 年任榆次市人民检察院秘书（后任刑事科副科长，20 世纪 80 年代任办公室主任、控申科长）的任招聚之女任敏，榆次市人民法院刑庭原庭长侯树勋之子侯国华，榆次市人民法院刑庭原庭长司鹤轩之子司小华，榆次县人民法院原书记员、榆次市人民法院民事庭原庭长马忠秀之子王美德，曾受到山西省高院表彰的榆次市法院原书记员张碧玲之子刘卫国，榆次县看守所原所长谢金彪之女谢如意，榆次县看守所原所长魏春贵之子魏建祥，榆次市公安局预审科原科长薛增玉之子薛建明，榆次市公安局收审站原站长成森林之子成学忠，榆次市人民检察院原检察员刘晓兰之子郝宝山，榆次市人民检察院原秘书、检察员张建中之子张左平，晋中市第一人民医院著名外科主任郭统珍之子郭晋岩，以及榆次县看守所原副所长要四娃之子要玉文提供的历史照片和资料。感谢接受我采访，给过我帮助的人们。欢迎智者，补漏指正。

　　还要感谢我的妻子多年来对我默默无闻的关心，以及女儿李北南提出的意见。

　　最后，我将自己的一首习作附于此，聊以自励，也是我从检几十年的体会：

检察官①

矢射有星准，
出秤在防偏。
职责代表公益，
乃护法之官。
本质监督法律，
最是人权保障，
公诉又为先。
所罪必惩罚，
所害使申冤。

情之诱，
权之迫，
利之牵。
最初使命难憾，
诚意气冲天。

---

①　本诗载于《山西检察周刊》，2018年6月23日，第13版。

芳草葱葱郁郁，
百鸟嘤嘤呖呖，
瘫我亦欣然。
真本色不改，
说此任谁堪？

李砚明

2021 年 10 月 10 日于山西榆次